김민수 밀리터리 장편소설
MILITARY NOVEL

열도
파괴

dream
novel
드림노블

열도 파괴 3 도쿄에 아침이 왔는가

초판 1쇄 인쇄 2016년 9월 19일
초판 1쇄 발행 2016년 9월 29일

지은이 김민수
발행인 오영배
기획 박성인
책임편집 이대용
표지 · 내지 디자인 공간42
제작 조하늬

펴낸 곳 (주)삼양출판사 · 드림노블
주소 서울시 강북구 도봉로 173
대표 전화 02-980-2112 **팩스** 02-983-0660
편집부 전화 02-980-2116 **팩스** 02-983-8201
블로그 blog.naver.com/dreambookss

등록번호 제9-00046호
등록일자 1999년 3월 11일

ⓒ 김민수, 2016

값 10,000원

ISBN 979-11-313-0647-5 (04810) / 979-11-313-0644-4 (세트)

3
도쿄에 아침이 왔는가
김민수 밀리터리 장편소설
MILITARY NOVEL
열도파괴
dream
Novel
드림노블

차 례

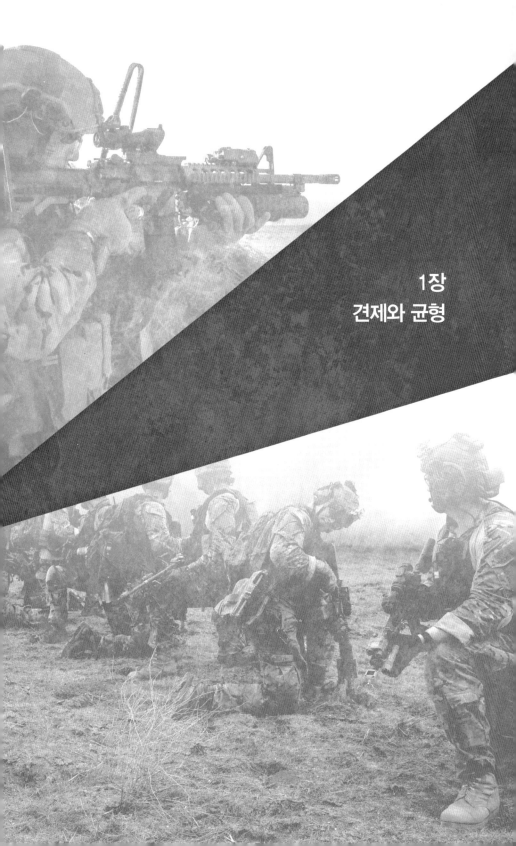

1장
견제와 균형

2016년 8월 1일 04시 35분 미국, 버니지아주, 랭글리 근처 다이너 '드리프터'

앤더튼은 정보본부의 분석관 우에토 유이 일위를 통해 켄타로 이좌의 소식을 듣게 됐다. 야심한 시각에 켄타로 이좌가 은밀하게 누군가와 접촉했고 그 장소에서 가스 폭발로 추정되는 사고로 현장에 있던 모든 사람들이 목숨을 잃었다는 소식을 곧이곧대로 믿을 사람은 없었다.

앤더튼은 특히 유이 일위가 랭글리의 부서 통신망이 아닌 랭글리 바깥에 위치한 다이너의 팩스로 보내온 5장의 보고서를 보는 순간 눈앞이 캄캄해졌다.

그는 다이너의 구석 자리에서 유이 일위가 켄타로 이좌의 메시지를 중심으로 정리한 핵무기 관련 계좌들에 대한 내용을 수차례 반복해서 읽었다.

유이 일위는 앤더튼에게 문제의 계좌들이 냉전 시대에 불법적으로 활동한 공작 조직이 불법적인 활동을 위해 운용했던 것들이며 이것들을 운용한 당시 책임자가 사카모토 쇼임을 분명히 전달했었다.

그는 당연히 사카모토 쇼가 아베 신조의 최측근이자 정치 공작 분야에 관여하고 있음을 잘 알고 있었다. 또한 아베 신조의 직접적인 지시 내지 묵인 없이는 자국의 영토로 핵무기를 반입하여, 핵 테러 분위기를 조성하는 것이 불가능하다는 것 또한 알고 있었다.

그렇지만 그에 못지않게 충격적인 것은 어떻게 사카모토 쇼가 핵폭탄을 밀반입한 시점과 북한의 특수부대원들이 열도 내에서 사보타지를 수행하는 시점이 일치하고 있는지였다.

앤더튼은 문제의 핵폭탄을 북괴군 공작조가 인계받아 도쿄 도내로 운송했음을 확신했다. 엡실론 팀이 가나가와 현에서 교전을 치렀던 괴한들이 바로 정찰병들이라는 증거가 한참 전에 나왔기 때문이었다.

그는 대체 제이크 어윈과 일본 현지의 존 캐플린 패거리가 이 사악한 동양인 악당들과 무슨 일을 꾸미고 있는지 가늠할 수 없었다. 앤더튼은 일본에서 언제 핵폭탄이 터질지 모르고 또 일본과 북한이 어떤 돌발 행동을 할지 모르는, 시각을 다투는 상황에서 일본과 북한, 제이크 어윈의 등 뒤에서 이 사안을 밝혀내는 것은 불가능하다고 직감했다.

그래서 그는 매우 극단적인 방법을 택했고 그 결과 그가 앉아 있는 곳에서 보이는 다이너 주차장에 제이크 어윈의 BMW가 도착했다. 제이크 어윈 또한 비상 상황에 대비하여 랭글리에 머물고 있었기 때문에 앤더튼의 연락을 받고 긴급한 만남에 응해 줬다.

차에서 내린 제이크 어윈은 약하게 내리는 빗줄기 때문에 우산을 펼쳐 들었다. 그런 뒤 다이너 건물로 걸어오면서 창가 쪽 자리를 두리번거렸고 앤더튼은 그를 향해서 일본에서 보내온 팩스 출력물을 쳐들어 보였다.

잠시 뒤, 제이크 어윈이 다이너로 들어와 앤더튼이 앉아 있는 가장 안쪽 자리로 걸어왔다. 그는 걸어오면서 바 테이블 너머의 종업원에게 블랙 커피를 주문했고 앤더튼의 테이블에 도착하자 트렌치코트를 벗어 들었다.

"제이슨!"

"갑자기 연락드렸는데 나와 주셔서 감사합니다, 제이크."

어윈은 자리에 앉은 뒤, 어깨 너머로 다이너 내부를 다시 한 번 살펴봤다.

"이곳에 들르는 직원들이 많다고 했는데, 나는 처음이오. 괜찮아 보이는데. 추천할 만한 메뉴가 있소, 제이슨?"

제이크 어윈은 마주 앉아 있는 앤더튼의 시선을 모르는 척하면서 계속해서 식당 안을 살폈다. 그러자, 앤더튼은 단호한 표정을 지어 보이며 그에게 말했다.

"일본에 밀반입된 핵폭탄에 대해서 극비 정보를 입수했습니다."

그 말에 어원이 시선을 그에게 보낸 뒤, 말없이 그를 주시하기 시작했다. 그가 할 말을 앤더튼이 자신의 입으로 말했다.

"알고 있습니다. 엡실론 팀이 레드 비어드를 체포한 뒤로 이임무에서 손을 떼라고 직접 지시하신 거."

앤더튼은 그 말을 하고서, 어원의 반응을 살폈다. 그는 예상과 달리 앤더튼에게 신경질적인 반응을 보이지 않았고 차분하게경청할 모습을 보였다. 그러자 앤더튼이 말을 이어 갔다.

"이 모든 것은 제가 필요하다 판단하여 강행했습니다. 그 아프간 왕족 놈을 심문하느라 시간이 지체되는 동안 안 되겠다 싶어서, 제가 엡실론 팀이 레드 비어드의 화물 운송 루트를 추적하여 일본으로 투입했고 그들이 그가 일본에 반입시킨 핵폭탄의존재를 확인했습니다."

"거기까지는 이미 다들 알고 있지 않소. 심지어 DPRK 놈들이 그 폭탄을 도쿄 어딘가에 숨겨 놓았다는 것까지 말이오. 이미 벌어진 일이니, 내 당신과 당신 부서를 문책하지는 않겠지만다음에도 내 인내심을 시험하지 마시오, 제이슨."

앤더튼은 머그잔 안에 있는 식은 커피를 한 모금 마신 뒤 설명을 이어 갔다.

"그게 다가 아닙니다, 제이크."

앤더튼은 팩스 용지들을 어원 앞으로 밀어 보냈다. 때맞춰,

다이너 종업원이 어원 앞에 뜨거운 커피가 꽉 채워진 머그잔을 내려놓고 주문을 받을 수첩을 꺼내 들었다. 그러자, 앤더튼은 그녀에게 미소를 지으며 말했다.

"애니, 주문은 잠시 있다가 해도 되겠소?"

"편할 대로 하세요, 제이슨."

종업원이 주방으로 발걸음을 옮기고, 앤더튼은 팩스 출력물을 읽고 있는 제이크 어원을 빤히 쳐다봤다. 그가 한 장 한 장 넘기면서 사태를 파악하는 표정을 지어 가는 것을 지켜보다가, 앤더튼을 다시 설명을 건넸다.

"문제의 핵폭탄을 구매했던 국제 은행 거래 계좌입니다. 레드 비어드 그리고 플루토늄 거래와 관련된 수십 개의 계좌들 중에서 6개 계좌들을 골라냈습니다. 그것들 중 2개가 일본과 관련되어 있어서 이것이 일본을 기반으로 운용 중인 북한 놈들의 비밀 계좌인 줄 알고 일본 정보본부의 협력자에게 조사를 부탁했습니다. 그런데 결과는……"

이제는 충격을 받은 표정으로 제이크 어원이 앤더튼의 설명에 끼어들었다.

"북한 놈들이 아니라, 일본 놈들이 튀어나온 것이오?"

"아베 신조의 최측근입니다. 아베 총리의 군사정책에 대해 밀접한 영향력을 행사하고 있는 사카모토 쇼가 어떻게든 핵폭탄 구매와 관련되어 있는 것 같습니다. 그자는 한때 자위대 정보조직의 고급장교였고 특히, 북한 쪽에 대한 비밀공작에 깊이 관여했다고 합니다."

어윈은 팩스 용지들을 내려놓고 방금 전과는 완전히 다른 분위기를 보이며 앤더튼의 설명을 경청했다.

"현재까지 확인된 퍼즐들을 맞춰 놓으면 일본 측이 자신들의 자위대 병력을 북한군 특수부대원들로 위장하여 자국민들에게 테러를 저지르지 않은 이상, 일본과 북한 사이에 모종의 음모나 거래가 있는 듯합니다."

"빌어먹을 개자식들 같으니."

제이크 어윈은 뜨거운 커피 잔을 양손으로 잡고 잠시 생각에 잠겼다.

앤더튼은 그사이에 바 테이블 위쪽에 설치된 대형 TV 쪽으로 시선을 보냈다. 때마침 폭스 뉴스에서 일본 테러 사태에 대처하는 UN의 무력함을 지적하는 보도가 방영 중이었다.

그 상태로 10여 분 정도가 지나고, 어윈이 커피를 한 모금 마셨다. 앤더튼이 그때서야 그에게 시선을 보냈고 어윈이 입을 열었다.

"앞으로 동북아에 재앙이 닥치겠군."

"어떻게 하실 겁니까, 제이크?"

어윈은 다시 입을 다물고 커피 잔 안의 커피를 내려다봤다. 그러기를 10여 초 정도가 지나고 그가 시선을 앤더튼에게 보내며 말했다.

"이 정보가 가진 파급효과는 동북아에서 3차 대전이 일어난 것과 같소, 제이슨."

앤더튼은 고개를 끄덕여 동의하는 모습을 보였다. 그러자, 어원이 목소리를 한 톤 낮추고 말했다.

"하지만 당신도 그러한 대혼란을 원치 않을 것 아니오? 일본과 북한은 물론, 주변국들까지 이 소용돌이에 휩쓸리면 동북아의 안보와 외교, 경제 모두가 초토화되어서 장기적으로 우리 미합중국까지 혼란에 빠질 수 있소."

앤더튼은 어원이 일장 연설하는 말투로 옮겨 가는 것을 들으면서 그가 어떤 꿍꿍이를 가지고 있을 거라 짐작했다. 그런 그의 생각을 입증이라도 하는 듯, 어원이 또다시 말을 멈추고 한참 있다가 완전히 다른 표정으로 앤더튼을 응시하며 말했다.

"제이슨, 중요한 부탁을 하나 해야 할 것 같소?"

"예?"

"이 정보를 당신 선에서 통제하시오. 당신은 물론, 일본 현지에 있는 정보원에게도 이 정보의 공개를 포기하도록 최대한 손써 주시오."

"그게 무슨 말씀입니까?"

"이 사안에 대해 대통령 각하와 국가안전보장회의 구성원들과 긴밀하게 논의해야겠소. 하지만 결론이 어떻게 날지 모르니, 이 정보에 대해서 최대한 통제를 해 줘야겠소."

앤더튼은 대답 없이 어원을 정면으로 주시했다. 그 상태로 잠깐의 시간이 지나고 어원이 다시 물었다.

"원하는 게 뭐요, 제이슨?"

앤더튼은 그 말을 듣고 나서야 입을 열었다.

"우리 부서의 예산, 인력 그리고 업무를 위해 운용하는 전술,

전략 자산을 업그레이드해 주십시오."

"그게 다요?"

그 말에 앤더튼은 피식 웃었다. 그는 커피를 한 모금 마시고 마저 대답했다.

"나와 우리 팀원들의 직급도 당연히 올려 주셔야 하지 않겠습니까? 차후에 존 캐플린 같은 망나니 자식들이 우리 업무 성과를 가로챌 엄두를 못 낼 만큼 말입니다."

어윈은 미소를 지으면서 고개를 끄덕여 보였고 두 사람이 악수를 나눴다. 그러고 나서 어윈이 팩스 출력물들을 챙겨 들고 일어났다. 그러나 그가 테이블을 떠나려는 순간 앤더튼이 그를 불러 세웠다.

"제이크?"

어윈의 시선이 앤더튼에게 향하자 그가 물었다.

"설마 핵폭탄이 정말로 도쿄에서 폭발하는 것은 아니겠지요?"

그 질문에 어윈은 양 손바닥을 위로 향한 채, 두 손을 어깨 높이로 들어 보였다. 그런 뒤 다이너의 출입문을 향해 성큼성큼 걸어 나갔다.

앤더튼은 머그잔을 든 채 커피를 마시지 못하고 그의 뒷모습을 뚫어지게 응시했다.

＊　　　＊　　　＊

2016년 8월 1일 05시 7분 미국, 워싱턴 D.C., 백악관

오바마 대통령은 농구를 할 때 즐겨 있던 운동복 차림으로 백악관 내, 긴급 상황실에 머물고 있었다. 그는 잠에서 일찍 깨자마자, 일본과 북한에서 일어나고 있는 상황들이 업데이트되는 상황실 모니터들을 지켜보고 있었다. 그가 종종 상황 보고에 대한 질문을 하면 당직 인원들은 그에게 상세하게 답해 줬다.

그렇게 그가 동북아 내, 일련의 사건들을 직접 모니터하고 있을 때 짐 베커가 소리 없이 상황실에 들어왔다.

"각하!"

"짐, 퇴근하지 않았소?"

"너무 늦게 업무를 마쳐서 그냥 제 방에서 쉬고 있었습니다."

오바마는 짐 베커의 시선을 끌고자, 그의 앞쪽에 있는 대형 스크린들을 응시하면서 말했다.

"우리가 잠든 시간에도 일본과 북한에서는 작은 소동들이 끊임없이 일어나고 있었소."

그 말에 짐 베커가 오바마에게 한 걸음 다가섰지만, 그는 대통령이 기대했던 반응대신 작은 목소리로 속삭였다.

"각하, 꼭 보고 드려야 할 것이 있습니다."

그 말에 오바마가 그에게 시선을 보내며 물었다.

"여기, 이 상황실 안에 우리 미합중국의 모든 정보기관들이 업데이트시켜 주는 실시간 정보 말고도 다른 긴급한 일이 있단 말이오?"

짐 베커는 어색한 미소를 지으며 고개를 끄덕였다.

오바마는 짐 베커를 따라 상황실 맞은편의 화상 회의실로 걸음을 옮겼다. 다른 상황실과 집무실과 달리 화상 회의실의 위성통신 장비는 국가 내 최고의 보안 성능을 자랑했고 그 장비는 대통령이 들어오기 전부터 이미 작동 중이었다.

대통령 경호대의 고참 요원이 화상 회의실 안에서 미리 대기하다가 대통령이 들어오자 회의실 밖으로 나가서 문을 닫았다. 베커 수석은 대통령이 대형 스크린 앞에 서자, 구석에 앉아 있는 콘솔에서 직접 작동 스위치를 눌렀다. 그러자 랭글리에서 대기 중이던 제이크 어윈이 나타났다.

"안녕하십니다, 각하. 늦은 시간에 죄송합니다."

그가 오바마에게 인사를 건네자 짐 베커가 대통령에게 제이크 어윈이 보내온 팩스 용지를 건네주며 설명했다.

"WMD 부서에서 레드 비어드의 핵폭탄을 구매한 계좌들의 주인을 찾아냈다고 합니다."

오바마가 팩스 용지를 건네받아 읽을 때, 제이크 어윈이 헛기침을 몇 번 한 뒤 설명하기 시작했다.

"문제의 계좌들에 대한 정보는 일본의 정보기관에서 몇 시간 전에 확인한 것입니다. 그 계좌들은 일찍이 한때 일본 자위대의 초법적이고 동시에 불법적인 공작 기관 '별반'에서 운용했던 것으로써……."

"제기랄, 이게 사실이오?"

어윈이 본격적으로 설명에 들어가기도 전에, 팩스 용지의 마지막 페이지를 읽은 오바마 대통령이 버럭 소리쳤다. 그는 팩스 용지를 쳐든 채, 스크린 안에 있는 제이크 어윈을 바라보며 한층 고조된 목소리로 물었다.

"제이크, 북한 놈들이 아니라 일본인들이 핵폭탄을 구매했단 말이오?"

호통을 치듯 묻는 대통령의 모습에 제이크 어윈이 잠시 머뭇거리다가 대답했다.

"네, 맞습니다. 각하, 핵폭탄을 여러 가지 우회 경로로 구매를 한 자는 일본인들인 것 같습니다."

그러자 오바마는 더 격앙된 목소리로 물었다.

"그리고 그 일본인들이 사들인 빌어먹을 핵폭탄을 북한 놈들이 도쿄 안으로 가지고 들어와 있단 말이오?"

"네, 각하."

오바마는 곁에 서 있는 짐 베커에게 시선을 보냈고 그가 고개를 끄덕여 보였다. 오바마는 한동안 충격에 휩싸여 말을 잊었다. 그는 한 손으로 입을 가린 채 팩스 용지들을 다시 읽었다.

10여 초 정도가 지나고 나서, 마침내 대통령이 고개를 들고 입을 열었다.

"제이크, CIA의 대책은 무엇이오?"

그의 질문에 제이크 어윈은 난감한 표정을 지으면서 대답했다.

"죄송합니다, 각하. 적어도 이 사안에 대해서는 우리 CIA에서 단독으로 판단하고 조치를 취하는 게 쉽지는 않을 듯합니다. 아무래도 이 사안은 국가 간에 직접 다뤄야 하지 않을까 조심스레 건의해 봅니다."

그 말에 오바마가 짧은 한숨을 내쉬었다. 그런 뒤 고개를 몇 번 끄덕였고 그의 모습을 지켜보던 베커가 대신 제이크 어윈에게 인사를 건넸다.

"고맙소, 제이크. 아까 협의한 대로 일단 이 정보에 대한 보안 조치에 최선을 다해 주시오."

"네, 짐. 그렇게 하겠습니다. 그럼, 이만."

제이크 어윈은 아직도 팩스 용지를 읽으면서 꼼짝하지 않는 대통령에게 인사를 생략하고 화상 회의를 끝냈다. 스크린이 꺼지고 나서도 오바마는 한참 동안 그 자리에 서서 말없이 팩스 용지를 읽었다.

베커 수석은 그의 모습을 10여 초 정도 더 지켜보다가 말했다.

"각하, 선택을 하셔야 할 듯합니다."

그 말에 대통령의 시선이 그에게 향했다.

"각하께서 직접 일본의 총리와 담판을 지으셔서 이 문제를 해결하시거나, 아니면……."

"아니면, 또 무슨 방법이 있소, 짐?"

대통령의 신경질적인 반응에 베커는 잠시 말을 멈추고 그를 응시했다. 대통령이 고개를 끄덕이자 다시 그가 말을 이어 갔다.

"우리 미합중국에 구정물이 튀지 않는 한도에서 다른 외교적인 방법을 통해 전체적인 상황을 해결하는 방법도 있습니다."

"그 말이 그 말 아니오?"

"아닙니다, 각하. 각하께서 이 정보를 전 세계에 공개하고 아베 총리와 담판을 짓는 경우에는 일본과 북한은 물론, 동북아시아의 외교와 안보가 총체적인 혼란에 빠지게 될 겁니다. 향후 십수 년 동안은 동북아시아가 우리 미합중국은 물론 서방권의 모든 외교력과 경제력을 빨아들이는 블랙홀이 될 수도 있습니다. 게다가, 그러기에는 이미 중국 놈들이 남중국해와 센카쿠 열도 문제를 너무 크게 부각시키면서 동북아, 동남아가 충분히 혼란스럽습니다. 만약 이 정보가 일본 주변국들에게 알려져서, 북한과 일본 사이의 모종의 음모가 낱낱이 공개된다면 상상조차도 하기 힘든 문제들이 터져 나올 수 있습니다. 이미, 중국 쪽은 일본 내 상황을 이용하여 우리 미 해군과 대치하고 있는 지역에서 우위를 차지하고 있고 러시아까지 남한 내 사드 시스템 구축을 빌미로 쿠릴 열도에 해군력을 집중시키는 등 심상치 않은 모습을 보이고 있습니다. 게다가 남한은 북한이 전방 지대에 병력을 전개, 전쟁 분위기를 조성하는 바람에 자기들 경제 상황까지 사보타지를 당하고 있다고 아우성입니다. 이런 상황에서 이 음모가 밝혀진다면……."

베커 수석은 말을 마치자마자 긴 한숨을 내쉬었다. 오바마는 꺼져 있는 스크린을 응시하면서 꼼짝하지 않았다.

＊　　　＊　　　＊

2016년 8월 1일 11시 23분 미국, 워싱턴 D.C., 백악관

짐 베커는 사카모토 쇼의 위성 휴대전화 번호를 책상 위에 올려 두고 버번 한 잔을 마셨다. 그런 뒤, 다시 잔을 가득 채우고 그대로 들이켰다. 그는 자신의 집무실로 오는 모든 연락을 사전에 차단한 뒤 혼자 있었다.

오바마 대통령 못지않게 짐 베커 자신에게도 이 사실은 큰 충격이었고 혼란 그 자체였다. 그는 미합중국 또한 이 사안에 잘못 대처했다가는 북한과 일본, 양국 정부를 전복시킬 수 있는 재앙에 휩쓸려 갈 수 있음을 잘 알고 있었다.

하지만 일본이 이번 북한의 테러 사건을 종결시킨다면, 이를 계기로 평화 헌법을 무력화시킬 수 있는 개헌론을 밀어붙일 동력을 얻게 되고 결국에 일본이 동북아의 안보에서 과거보다 더 큰 지위와 위상을 갖게 될 수 있다고 그는 생각했다. 그리고 미국은 동북아에서 일부 전력을 빼낸 뒤, 중국이 헤이그 국제사법재판소의 판결을 무시하고 통째로 집어삼키려는 남중국해에 투입하여 지역 내 균형을 유지하고 또 IS와 관련된 중동 사태에도 보다 효과적으로 대처할 수 있다 믿었다.

이제 그는 전체적인 상황을 자신, 나아가서 오바마 행정부에게 유리한 방향으로 이끌기 위해서 사카모토 쇼를 통해 아베 신조에게 압박을 가할 생각이었다. 그렇지만 독사 같은 일본인들이 어떻게 나올 것인가에 대해서는 그도 철저히 대비하고자 했다.

대화와 협상의 과정에서 오바마 행정부를 이 사악한 음모와 관련하여 분명히 선 긋기를 해야 하는 것 또한 명심해야 했다.

준비를 마친 베커가 사카모토 쇼의 위성 전화번호를 눌렀다. 번호를 누르고 신호가 가는 동안 그는 잔에 버번을 한가득 채웠다. 그리고 그가 한 모금 마시려는 찰나, 사악한 일본인의 목소리가 들려왔다.

"사카모토 쇼입니다."

"안녕하시오, 미스터 쇼. 나는 짐 베커요."

"아, 베커 상. 오래간만입니다. 어떻게 지내셨습니까?"

"일본 안의 사건에 대해 유감을 표하는 바입니다. 그리고 상황을 해결하고자 애쓰는 당신네 정부의 모든 구성원들에 대해서 존경을 표합니다."

"말씀 감사합니다, 베커 상. 그래, 무슨 일로……."

"당신 사무실로 지금 팩스가 2장 들어가 있을 겁니다. 확인해 보십시오."

"예? 알겠습니다. 잠시만 기다려 주십시오."

베커는 태평양 너머, 사카모토의 사무실에서 일본어로 뭐라 속삭이는 것을 듣고 있었다. 잠시 뒤, 그의 목소리가 들려왔다.

"이것을 제게 보낸 이유가 무엇입니까, 베커 상? 나는 군복을 벗은 지 매우 오래됐습니다."

"단도직입적으로 말하겠소, 미스터 쇼."

"네, 베커 상."

"그딴 말장난으로 시간을 허비하지 맙시다. 당신들이 젠장할 핵폭탄을 은밀하게 구매하여 당신네 영토에 숨어 있는 빌어먹을 북한 놈들에게 넘겨준 것을 알고 있습니다."

"대체 지금 무슨 뚱딴지같은 말을 하고 있는 겁니까? 이 계좌들은 사용하지 않고 방치된 지 십수 년이 넘었습니다. 북조선의 테러범들이 이것을 찾아내어 해킹한 뒤에 사용했을지 누가 압니까?"

"그러면 그 점을 수사하여 밝혀 주겠소? 그리고 당신네 국민들과 동북아의 모든 주변 국가들에게 그 수사 내용을 낱낱이 밝혀 줄 수 있겠습니까?"

잠시 동안 사카모토 쇼는 대꾸하지 않았고 베커 수석은 그의 대답을 재촉하지 않았다. 한참이 지나고 나서야, 사카모토가 완벽한 영어로 대답해 왔다.

"베커 상 외에 이 일을 알고 있는 사람이 더 있습니까?"

"그게 중요합니까?"

"그렇습니다, 베커 상."

"한 명 더 있습니다."

"누굽니까?"

"미합중국의 대통령입니다."

사카모토는 다시 오랫동안 대꾸하지 않았다. 그사이에 베커 수석은 버번을 길게 한 모금 마시고 사악한 일본인의 머릿속에 들어가 보려고 머리를 굴렸다.

잠시 뒤, 사카모토의 목소리가 들려왔다. 베커는 그의 목소리에서 고조되어 있는 긴장을 느낄 수 있었다.

"원하는 게 뭡니까, 베커 상?"

한 손에는 위성 휴대전화를 한 손에는 버번 잔을 들고 있는 베커는 그 말을 듣고 미소를 지었다.

*　　　*　　　*

2016년 8월 1일 13시 32분 북한, 평안남도, 순천, 북한군 제11 비행기지

김승익 소장이 자신의 부관, 김기환 소좌와 단둘이 제11 비행기지에 도착한 시간은 동이 튼 직후였다.

비포장 길을 거의 5시간이 넘게 달려오는 동안 운전을 했던 그의 부관 김기환 소좌나 김승익 모두 기진맥진한 상태가 되었다. 그의 승용차가 비행기지의 정문을 통과하자마자 넓은 활주로가 두 사람의 앞에 펼쳐졌다.

활주로 구석에 위치한 도로를 타고 한참을 달리다가 이들의 차량은 정문의 반대편에 있는 관제탑 쪽으로 방향을 바꿨다. 도로를 타고 빙 돌아서 가는 것 대신, 텅 빈 활주로를 가로질러 가기로 했던 것이었다.

김승익 소장은 조수석에 앉아서 하나 남은 담배 개비를 물고 불을 붙였다. 그리고 차창 바깥을 응시하면서 연기를 내뿜었다.

이곳은 원래 포장 활주로인 제트 비행기지였음에도 활주로의 외곽에 비포장 활주로 지대를 구축하여 AN-2기들을 운용해 왔다.

이곳 비행기지 사령관은 그와 함께 거사를 꾸민 친중 강경파 세력의 구성원이었는데, 그는 일찍이 김승익이 정찰총국 안에서 총애를 받고 승승장구했듯이 조선인민군 공군에서 자신의 입지를 잘 다진 인물이었다.

그래서 그는 지금은 유류난 때문에 거의 운용하지 않지만 한때는 북조선의 중요한 전력이었던 미그 23기와 SU-25기, 그리고 대남침투작전용 AN-2기들과 같은 중요 전술기들이 운용되는 이 비행기지를 지휘하고 있었다. 그리고 그 덕분에 오늘 김승익 소장과 대부분의 음모 가담자들이 2대의 AN-2기에 분승, 은밀하게 중국으로 도주할 기회를 마련할 수 있었다.

관제탑과 AN-2기들이 주기되어 있을, 거대한 격납고 주변에는 경보병대 병력이 개인화기와 중화기를 지닌 채 포진해 있는 상태였다. 신형 얼룩무늬 군복 차림의 경보병들은 김승익의 승용차가 관제탑 쪽으로 접근하자 그들의 AK74 소총을 겨눴다.

운전석에 있던 김기환 소좌가 조심스럽게 차량을 세웠다. 그들에게 자신과 김승익 소장의 신분증을 보여 주자 경보병 사관장으로 보이는 자가 잔뜩 찡그린 표정으로 신분증 안의 사진과 두 사람의 실물을 확인했다. 그런 뒤 곧 김승익의 눈치를 보더니 그를 향해 거수경례를 해 보였다.

김승익은 그때가 돼서야 차량 출입문을 열고 바깥으로 나왔다. 활주로 바닥에 두 발을 딛기도 전에 그의 오랜 습관이 그로 하여금 주변을 주의 깊게 관찰하게 만들었다.

격납고와 관제탑 일대에는 완전무장한 경보병들이 곳곳에 배치되어 있었고 그들은 김승익의 승용차 쪽을 주시하고 있었다.

이윽고 격납고의 한쪽 구석에 있는 출입문이 열리고 두 사람의 군관들이 김승익 쪽으로 달려왔다. 김승익과 안면이 있는, 군관인 김철현 소좌가 그에게 거수경례를 해 보였고 김승익이 고개를 끄덕이며 물었다.

"다들 어디 계시나?"

"기다리고 계십니다."

"내가 마지막으로 도착한 것이오?"

"아닙니다, 참모장 동지. 25사단장 동지께서 도착하지 않으셨습니다."

김승익은 그와 대화를 이어 가며 격납고 쪽으로 걸음을 뗐다. 이들이 걸음을 이어 가는 별안간 격납고의 대형 출입문이 좌우로 열리기 시작했다.

대여섯 명의 비행기지 병사들이 낑낑대며 거대한 출입문을 열었고 곧 격납고 안에 주기되어 있는 2대의 AN-2기들이 천천히 모습을 드러냈다.

김승익의 시선이 그곳에 고정되어 있을 때, 김철현 소좌가 낮은 톤으로 말했다.

"아무래도, 25사단장 동지께서는 보위부 놈들 때문에 합류하지 못하실 것 같습니다.”

김승익의 시선이 그에게 바로 향하자 그가 무거운 표정을 지어 보였다. 그들이 격납고 안으로 들어가자 또 한 무리의 중무장한 병력이 AN-2기 근처에 포진해 있는 게 보였다.

넓은 격납고 안에는 일렬로 2대의 안둘기가 주기되어 있었고 격납고 뒤쪽 구석에는 북괴군 무인정찰기의 관측을 피하고자 격납고 안으로 들여놓은, 곧 중국으로 도피할 4명의 장성들의 지프와 승용차가 주차되어 있었다.

김승익 소장을 향해 담배 개비를 물고 있던 누군가가 한 손을 내밀며 다가왔다.

“2국장 동지!”

목소리의 주인공이 다가오자 김승익이 차렷 자세로 경례를 취하려 했지만 그가 김승익의 오른손을 낚아채, 악수를 했다. 그는 이곳 제11 비행기지의 지휘관인 오인선 소장이었다.

“내, 동무를 위해서 단 10분만 더 기다리자고 했소. 저 동무들은 보위부 병력이 쳐들어오기 전에 한 시간 전부터 발을 동동 구르면서 나를 닦달했단 말이오.”

오인선 소장이 악수를 나누지 않는 다른 손으로 가까이에 있는 AN-2기 쪽을 가리키자 둥근 창 안에 다른 3명의 장성들의 모습이 보였다. 모두 김승익과 함께 이번 도쿄 거사를 계획하고 진행시킨 핵심 인물들이었다. 모두가 최소 북괴군 야전군단 사령부를 지휘하는 장령급이었지만 고작 소장급인 자신을 기다려 준 것이 김승익의 입장에서는 의아할 정도였다.

"자, 어서 서두르시오. 부관 동무는 저 앞쪽 안둘기로 탑승하시오."

오인선은 김승익을 뒤쪽에 주기된 안둘기로 직접 안내했고 김기환 소좌는 그 앞에 주기된, 57밀리 로켓탄 발사기를 양 주익에 장착한 안둘기 쪽으로 탑승하도록 턱으로 가리켰다.

오인선의 부관인 김철현 소좌가 눈치껏 김기환 소좌에게 AK74 소총과 실탄이 든 군장 하나를 건네주며 그쪽으로 데리고 갔다.

김승익은 오인선을 따라, 기체를 빙 돌아 기체 좌측의 출입문 쪽으로 향했고 곧 두 대의 수송기들이 엔진에 시동을 걸었다.

단발성의 폭발음과 함께 프로펠러가 돌기 시작하면서 격납고 안에 있던 경비병들과 격납고 밖에서 대기 중이던 경보병들 또한 분주하게 움직이기 시작했다.

김승익은 항공기 측면 출입 문턱까지 이어진 이동식 계단 위에 서서 물끄러미 그 광경을 지켜보고 있었다.

비행기지까지 숨차게 달려올 때에는 생각지 못했던 많은 상념이 그의 발길을 잡고 있었던 것이다. 그런 그를 기체 안에서 오인선 소장이 재촉했다.

"동지, 이제 북조선 땅에 미련 두지 마시오. 어차피, 일이 풀리지 않는다면 예상하고 각오했지 않았소?"

오인선은 물고 있던 담배 개비를 격납고 바닥에 내던지고 김승익의 한 손을 기내로 잡아끌었다.

김승익은 말없이 그를 따라 기내에 들어갔고 어두운 기내에서 자신의 자리를 찾아 앉았다. 그는 자신이 특수부대 군관 시절 훈련과 실전 상황에서 횟수를 셀 수 없을 만큼 빈번하게 탑승했 었던 AN-2기에 좌석이 장착되어 있는 것은 처음 본다고 생각 했다.

그가 마지막 자리에 앉자 외부에서 출입문이 닫혔고 이어서, 안둘기가 엔진 출력을 높이면서 기체 안에 진동이 전달되기 시 작했다.

서서히 기체가 움직이면서 격납고 밖으로 진출하자 기내 안으 로 밝은 아침 햇살이 쏟아져 들어왔다. 김승익의 앞쪽 좌석에는 4명의 장성들과 2명의 부관 군관들이 있었고 그들 중 몇 명이 아직도 담배를 태우고 있는 통에 벌써부터 기내 안에 연기가 자 욱했다.

김승익 소장은 등받이에 몸을 기댄 채 기내 창을 통해 까만 격납고 바닥을 일없이 쳐다봤다. 그는 그때가 돼서야 일본 본토 에서 고립되어 있을 곽성준과 그의 정찰조원들을 떠올릴 수 있 었다. 그는 고립무원의 땅에서 전멸당할 그들의 운명에 마음 아 파했지만 그들이 도쿄 도심 한복판에서 핵폭탄을 터뜨린다면 공 화국, 나아가서는 이 세상에 가져올 파급효과에 대해서는 기대 하는 바가 컸다. 김승익은 권력욕에 눈이 먼 다른 장령들과 달 리 이 폭풍 속에 떠 있는 낚싯배 같은 북조선의 운명이 안전하 게 보장받을 거라 소망하고 있었다.

김승익은 그러한 목적을 위해서는 자신의 목숨 하나쯤은 장기 판 위에 하찮은 졸처럼 소모되어도 된다 생각했다. 그러한 생각들이 이어지면서 그는 자신도 모르게 긴 한숨을 내쉬었다.

이윽고 선두 AN-2기가 격납고를 나서고 잠시 후, 김승익 일행이 탑승한 AN-2기가 천천히 그 뒤를 따라 움직이기 시작했다. 김승익은 둥근 기내 창을 통해 눈 부신 햇살이 쏟아져 들어오자 이들의 수송기가 격납고 밖으로 진출했다 짐작했다.

그는 이제 곧 기체가 속도를 얻고 활주로에서 이륙하면 나머지 탈출 과정은 걱정할 필요가 없을 거라 짐작했다. 2대의 AN-2기들은 남한을 침공할 때 그 기체들의 고유한 임무인 저공 침투 과정을 실행하여 조용히 중국으로 향해 갈 것임을 확신했기 때문이었다.

그는 가슴팍에서 담배를 꺼내 물었다. 그러나 그는 라이터나 성냥을 빌리기 위해서, 왼쪽 좌석에 앉아 있는 오인선 소장에게 시선을 보냈다. 그러자 그가 좌석 벨트를 풀고 몸을 일으켜서 김승익 쪽으로 몸을 기울여 자신의 라이터로 불을 붙여 줬고 그 순간 두 사람의 시선이 마주쳤다. 서로가 가진 허탈감과 좌절감을 공감했는지 오인선이 고개를 몇 번 끄덕였고 김승익은 억지로 미소를 지어 보였다.

그러나 다음 순간, 두 사람이 서로 움찔하는 모습을 볼 정도의 강력한 폭발음과 충격이 기체를 뒤흔들었다.

"퍼엉! 펑!"

서너 번의 폭발음이 이어지고 그때마다 거센 충격파가 이들의 안둘기 기체를 뒤흔들었다. 그 직후, 이들의 안둘기는 기수를 최초 향하던 방향에서 우측으로 크게 꺾었고 조종석 쪽에서 우왕좌왕하는 소리가 김승익의 좌석에까지 들려왔다.

김승익은 본능적으로 전투가 벌어지고 있음을 직감했다. 그가 탑승한 안둘기는 움직이지 않는 상태에서 격렬한 엔진 소리를 토해 내다가 갑자기 잠잠해졌다. 거의 동시에 기체 외부에서 소화기 총성과 대공포 포성이 울려 퍼졌다.

김승익은 허리춤에서 백두산 권총을 뽑아 들고 기내 창을 통해 외부를 살폈다. 격납고에서 가까운 곳에 있는 대공포가 어딘가를 향해 연속해서 사격을 가하고 있었고 경보병들이 분주하게 움직이는 게 보였다.

그때 출입문이 덜컥 열리고 철갑모(방탄 헬멧)가 아닌 얼룩무늬 전투모를 착용한 경보병 한 명이 머리를 들이밀고 소리쳤다.

"적들의 직승기가 공격해 옵니다. 격납고 안으로 대피하십시오!"

그의 경고에 김승익과 다른 장령들이 신속하게 출입문으로 향했다. 김승익은 출입구를 통해 활주로 바닥에 뛰어내린 뒤, 주변을 살폈다.

이들의 안둘기를 앞서서 먼저 격납고를 나섰던 AN-2기가 100여 미터 정도 앞쪽에 멈춰 서 있었는데 기체가 대파되어 불타고 있었다. 그가 고개를 돌려 격납고와 관제탑 쪽을 바라보자 관제탑 쪽에서 거센 불길과 함께 까만 연기가 치솟고 있었다.

잠시 뒤, 경보병들과 대공포 운용 요원들의 총성, 포성이 잠깐 그친 사이에 그는 귀에 익숙한, 무시무시한 소리를 듣게 됐다. 활주로의 반대편 끝 쪽에서 5개의 거대한 까만 물체들이 날아오고 있었고 그것들이 내는 소리가 바로 MI-24A 직승기들임을 알아차렸던 것이다.

모두 5대의 하인드 헬기들이 각기 다른 고도로, 좌우로 넓게 대형을 갖춰서 비행해 오고 있었는데 헬기들은 쉴 새 없이 12.7밀리 기관포탄과 57밀리 로켓탄을 격납고와 활주로 쪽을 향해 발사했다.

이들 공격 헬기들은 모두 활주로로부터 5~6미터의 고도를 유지하여 대공포의 초저각 사격조차도 불가능하게 만들었다. 활주로 곳곳에 설치된 대공포들이 불을 뿜고 있었지만 MI-24A 헬리콥터들의 위치 한참 위쪽에서 포탄들이 폭발하여 까만 점들이 생겨났다.

포신을 최대한 낮춰서 초저각 사격을 할 수 있는 격납고 근처 대공포좌 3곳은 MI-24A 헬기들의 최초 기습 사격에 파괴되었고 활주로 좌우에 있는 대공포 진지들이 쉴 새 없이 대공사격을 가했다.

그렇지만 거대한 하인드의 기체들은 공중에서 작렬하는 포탄들에 아랑곳하지 않고 활주로 바닥에 바짝 붙어 포복 비행을 실행하면서, 김승익 소장 일행의 위치를 향해 다가오고 있었다.

"펑! 펑!"

헬기들을 향해 급한 대로 경보병들이 7호 발사관의 고폭탄을 발사했고 대전차 고폭탄 수 발이 하인드 헬기들 쪽으로 날아갔다.

5명이 거의 동시에 고폭탄을 발사하자, 현장에 있는 모든 사람들이 움찔하게 만들 정도의 충격파가 활주로 위에 쫙 퍼졌다.

이들의 로켓 발사 직후, 헬기들은 비행 대형을 깨고 상하좌우로 흩어졌다가 이내 다시 대형을 형성하기 시작했고 선두의 하인드 2대는 경보병대의 RPG7 공격을 화승총 사격으로 오인, 기체 후방에서 십 수 발의 플레어들을 쏟아 냈다.

그러한 기세로 이제 MI-24A 헬기들은 500여 미터 미만의 거리까지 좁혀 왔고 조직적으로 대공 사격을 가하던 경보병들이 동요하기 시작했다.

김승익 소장 일행이 탑승했던 안둘기 근처에 DShK 중기관총이 탑재된 지프 한 대가 있었는데, 공격 헬기들이 거리를 좁혀 오자 중기관총 사수와 운전병이 허겁지겁 도주하기 시작했다. 그들을 시작으로 7호 발사관 사격을 가했던 경보병들도 겁납고 뒤쪽으로 달려가 버렸다.

그들을 지휘하던 경보병 중대의 사관장은 그들을 향해 고래고래 소리를 치기만 했지 차마, 자신이 데리고 있던 병사들을 향해 AK 소총탄을 날려 보내지 않았다. 안둘기의 주익 아래쪽에 몸을 숨기고 있던 김승익은 슬금슬금 도주하는 경보병들을 뒤따르려는 2명의 장성들을 쳐다봤다.

오인선 소장은 언제 없어졌는지 파악도 되지 않았지만 김승익은 그러한 사실에 신경 쓸 겨를이 없었다. 오랫동안 잠자고 있던 전사의 본능이 그의 몸 안에서 다시 기지개를 켜는 순간이었다.

"가자구, 기환 동무. 여기서 이렇게 끝날 수는 없겠다."

김승익은 파괴된 첫 번째 AN-2기에서 피투성이가 되어 빠져 나왔던 자신의 부관 김기환 소좌의 어깨를 툭 치고는, 50구경 기관총이 탑재된 지프 쪽으로 달려갔다. 두 사람이 지프를 향해 달려가고 난 잠시 뒤, 김승익은 RPK74 경기관총을 들고 부하들이 하나둘 도주하는 것을 지켜봤던 경보병중대 사관장과 마주쳤다. 사관장은 교전 현장을 이탈하는 부하들을 불러들이려다가 결국에는 자신도 부하들이 모습을 감춘 곳으로 향하려던 중에 김승익과 마주친 상황이었다.

김승익은 그를 향해 원위치로 돌아가라는 듯 손짓을 해 보였고 그의 손짓 한 번으로 사관장은 심기일전하여 그의 경보병들을 다시 불러 모았다. 지프 쪽에 도착한 김승익이 직접 운전석 뒤쪽, DShK 거치대 앞에 서서 모두가 들을 수 있도록 소리쳤다.

"동무들, 화력을 한곳에 집중시켜라! 가장 근거리에 있는 직승기에 화력을 집중시켜라!"

그때쯤에는 지프와 두 번째 AN-2기 근처에서 우왕좌왕하던 20여 명의 경보병들이 엎드려쏴 자세로 방어선을 다시 구축했었다.

김승익은 김기환의 도움을 받아 중기관총의 탄통을 새 걸로 교체한 후, 자기 손으로 새 탄띠를 총기에 삽입, 장전했다. 그런 뒤 총구를 쳐들어 200여 미터 안까지 접근해 온 하인드 헬기들을 정조준하고 방아쇠를 당겼다.

"타타타타타~! 타타타타타!"

그가 짧게 방아쇠를 끊어 당길 때마다 엄청난 총성과 함께 MI-24A 헬기를 향해 12.7밀리 중기관총탄들이 쏟아져 나갔다.

5대의 헬기들 중 2대가 격납고 쪽을 향해 접근 중이었는데, 그중 선두에 선 하인드가 김승익이 날려 보낸 중기관총탄에 계속해서 얻어맞았다. 그렇지만 헬기는 동요하지 않고 곧 비행 패턴을 차분하게 유지했다.

하인드의 기수 부분이 김승익의 지프 쪽에 고정되는 순간, 김기환 소좌가 곧 닥칠 위험을 감지했다. 그는 재빨리 김승익을 밀어서 지프 아래로 떨어뜨렸고 주변의 경보병대원들이 의아해하는 반응을 보이기도 전에 자신이 직접 중기관총의 손잡이를 잡았다.

하지만 그가 방아쇠를 누르기도 전에 MI-24A의 기수 쪽에 장착된 4연장 개틀링 건이 치명적인 선회를 시작하고 수십 발의 12.7밀리 탄들이 순식간에 지프를 집어삼켜 버렸다.

"펑!"

12.7밀리 탄들이 차체에 박히면서 폭발음과 함께 지프의 보닛이 튀어 올랐다. 그러나 차량의 유폭은 발생하지 않고 그 상태로 까만 연기가 지프 앞쪽에서 허공으로 솟아올랐다.

김승익은 활주로 바닥에서 겨우 고개를 쳐들어 지프 쪽을 살폈다. 그의 충성스러운 부관 김기환은 대구경 총탄에 만신창이가 되어 지프 아래로 떨어져 있었다.

조금 뒤, 무시무시한 소음과 거센 바람을 몰고 MI-24A 헬기가 김승익의 위치로 다가왔다.

그는 지프 차체 쪽으로 기어간 뒤, 차체 측면에 등을 기대고 앉았다. 그런 뒤 총집에서 백두산 권총을 꺼내 든 뒤, 그를 향해 지면에 닿을 듯이 비행해 오는 거대한 하인드 헬기를 향해 겨눴다.

김승익은 집채만 하게 보이는 M-24A 헬기를 정면으로 마주 보는 순간에도 자신의 판단과 결정을 후회하지 않았다. 그는 자신의 운명에 순응했고 군복을 입은 채 전투 현장에서 최후를 맞이하는 이 순간이 더없이 고맙고 만족스러웠다.

그렇지만 자신도 모르게 가지고 있는 연민과 세상에 대한 미련이 그의 가슴을 뜨겁게 달궈 갔다. 그는 그 뜨거운 감정이 목구멍을 타고 올라오는 것을 억지로 삼켰다. 그러고는 권총의 슬라이드를 당겨 9밀리 탄을 약실로 밀어 넣었다.

러시아제 공격 헬기와 그의 위치 사이의 거리가 50여 미터도 되지 않을 때, 김승익은 방아쇠를 당겼다.

엄청나게 큰 헬기의 로터 회전음과 엔진 소리 때문에 그의 권총 발사음이 딱총 소리처럼 울려 퍼졌다. 그러나 그의 모습은 주변에 있던 경보병대원들에게 강한 자극이 되었고 십수 명의 젊은 경보병들이 그를 엄호하고자 각자의 자리에서 MI-24A 헬기를 향해 소총 사격을 가하기 시작했다.

다음 순간, 1열 횡대로 다가오던 3대의 하인드 헬기들 중 선두 헬기가 기수 부분을 활주로 바닥 쪽으로 숙였다. 그러자 나머지 2대의 헬기들 또한 기수 부분을 뒤따라 숙였고 잠시 뒤, 김승익이 예측했듯이 3대의 공격 헬기의 양 주익에 장착된 로켓탄 발사기에서 수십 발의 57밀리 로켓탄들이 일제히 쏟아져 나왔다. 3대의 헬기들이 30발 정도의 로켓탄들을 단일 표적 지점을 향해 내뿜었다.

그 직후, 김승익과 경보병들이 저항하던 활주로 지점 일대가 노란 불꽃과 까만 연기로 뒤덮였다.

이어서 이들의 후방에 있던 격납고에도 또 다른 2대의 하인드 헬기에서 발사된 수 발의 로켓탄들이 작렬했다. 잠시 뒤, 하인드 헬기들이 3대, 2대 식 짝을 지어 쑥대밭이 된 김승익의 저항 지점과 격납고 직상방을 지나쳐 날아갔다.

헬기들의 1차 공습이 완료되자 관제탑, 전술기 격납고들과 비행기지 병력의 막사와 같은 제11 비행기지의 중요 거점들 근처 상공에 짙은 국방색 낙하산들이 나타나기 시작했다.

하인드 헬기 편대가 나타났던 반대편 공역에서 역시, 저공 침투 비행을 통해 접근했던 20여 대의 AN-2기 침투기들이 200명의 항공육전대원들을 낙하산으로 투입하는 작전 2단계가 시작되는 순간이었다.

비행기지 내 5곳의 주요 거점들 상공에서, 보통 정상적인 낙하산 강하 고도인 300여 미터 이상이 아닌 100여 미터의 초저공 강하 고도에서 기체 이탈, 낙하산을 전개한 육전대원들은 낙하산이 완전하게 펴진 뒤 5초도 되지 않아 활주로 바닥에 접지했다. 그들은 낙하산 하네스를 벗자마자, 공화국의 반혁명 세력을 완전히 제압하기 위해서 약정된 목표 지점을 향해 폭풍처럼 쇄도해 갔다.

5명의 친중 강경파 장군들의 새로운 공화국의 탄생 시도가 좌절되는 순간이었다.

2장
사방에 적

2016년 8월 1일 14시 23분 일본, 가나가와 현, 가와사키 시

　곽성준 소좌는 약정된 가와사키 시 도심 버스를 타기 위해서, 근처 정류장에 1시간 전에 도착했었다. 그는 멀리에서 정류장 주변 건물들과 거리를 수차례 정밀하게 확인했다.

　특별한 이상 징후가 없는 것을 확인한 그는 정류장에서 가장 가까운 건물로 들어가 자리를 잡았다. 그는 건물 중앙에 있는 계단 통로 2층에서 정류장 일대를 주시했다.

　곽성준은 예고나 예정에 없이 도쿄를 벗어나, 노동당 극비 공작조와 접촉하는 것에 대해서 아직까지도 미심쩍어했다. 특히, 믿을 수 없는 공작조에게서 내키지 않는 임무를 전달받는 것이라면 그는 더 생각하고 싶지도 않았다.

이윽고, 약정된 시간이 되자 곽성준은 더욱 긴장된 눈초리로 거리를 주시했다. 그리고 14시 30분이 되자 때맞춰 먼 우측 교차로에서 도심 버스 한 대가 천천히 건너오는 게 그의 시야에 포착됐다.

그는 허리 뒤춤에 꽂아 둔 45구경 권총을 뽑아 슬라이드를 당긴 뒤 놓아 줬다. 그리고 뒤로 젖혀진 해머를 '해프 코킹' 위치에 옮겨 놓았다.

그러한 대비도 부족한지 그는 얇은 재킷의 우측 속주머니에서 22구경 소형 권총을 꺼내 장전한 뒤 집어넣었다. 이 모든 준비를 하면서도 그의 시선은 버스 정류장 쪽으로 접근하는 버스에 고정되어 있었다.

감속하던 버스가 곧 정류장 앞에서 멈춰 섰고 곽 소좌는 손수건으로 얼굴과 목의 땀을 닦으면서 버스 차창들을 통해 버스 안을 살폈다.

운전기사를 포함하여 11명이 탑승한 26인용 대형 버스의 차량 번호판은 노동당 공작조가 접선하기로 한 것과 일치했다. 버스의 출입문이 열렸지만 아무도 내리거나 타지 않았고 그는 재빨리, 거리 분위기를 최종 확인한 후 서둘러 계단을 달려 내려갔다.

그 잠깐의 시간 동안에도 곽 소좌는 버스 안의 사람들과 정류장 주변을 지나치던 일본인들의 모습과 행동을 분석했다. 그리고 특이점이 없다고 결론지으며 막 닫히려던 버스 출입문 사이로 한 팔을 집어넣었다.

버스기사는 깜짝 놀라서 다시 출입문을 열어 그가 탑승하도록 기다려 줬고 그는 "스미마셍"이라고 말하며 슬쩍 고개를 숙여 인사했다.

곽성준은 요금을 계산하면서 버스 내부와 좌우 좌석들을 살폈는데, 승객은 남성 6명과 여성 4명이었다. 모두 20~50대 정도의 각자 다른 연령대, 옷차림, 분위기였기 때문에 그가 한눈에 수상한 구석을 찾아내는 것은 불가능했다.

그는 조심스럽게 버스의 가장 뒷좌석 쪽으로 향했다. 그는 통로 좌우에 앉아 있는 승객들의 시선과 그들이 휴대한 가방이나 물건들을 살폈지만 모든 것이 평범해 보였다. 곽 소좌는 버스의 뒷좌석 창가 쪽에 자리를 잡았다. 그런 뒤 그의 앞쪽, 좌석들 너머의 사람들의 모습을 주시했다.

버스는 정류장을 떠나면서 속도를 내기 시작했고 곧 2차선으로 진입했다. 버스 차창들을 통해서 거리 좌우의 수많은 차량들과 사람들, 빼곡히 서 있는 빌딩들이 곽성준의 눈에 들어오기 시작했다.

이따금 그의 눈에 들어오는 이정표들을 보면서 그는 버스의 현재 위치, 그리고 버스가 향하는 곳을 계산해 갔다.

버스가 훨씬 넓은 거리로 진입할 때쯤, 곽 소좌는 자신의 3열 앞쪽 좌석에 앉아 있던 백발의 노신사가 자리에서 일어나는 것을 주시했다.

차내 안내 방송과 함께, 버스가 감속하면서 다음 정류장으로 접근하고 있었고 그는 그 노인이 버스에서 곧 하차할 것이라 생각했지만 그는 몸을 빙 돌려서 곽 소좌 쪽으로 다가왔다. 곧 곽성준의 좌측 1열 앞 창가 좌석의 20대 중후반 여성이 통로 쪽 좌석으로 옮겨 앉았다.

버스가 정류장에 정차하자 앞쪽, 중간 쪽 좌석에 앉아 있던 남성 1명과 여성 2명이 하차했다.

그때쯤에는 진한 향수 냄새를 풍기는 50대 정도의 남자가 곽 소좌의 왼편에 앉아, 자신의 서류 가방을 다른 한쪽에 내려 뒀다. 그는 말없이 곽성준과 함께 버스의 출입문을 통해 누군가 탑승하는지 촉각을 곤두세워 주시하고 있었다.

곽 소좌는 그의 바로 앞쪽에 앉아 있는 30대 정도 되어 보이는, 정장 차림의 여성이 함께 버스 출입문을 살피고 있는 것으로 보아 그녀 또한 노신사와 일행임을 짐작했다.

버스 출입문이 닫히고 나서야 노신사가 곽성준에게 시선을 보냈다. 그는 대뜸 곽 소좌에게 쪽지 하나를 건네줬고 곽 소좌는 그것을 펴 보기 전에 그를 정면으로 응시했다.

곽성준은 그가 풍기는 분위기와 가늠할 수 있는 연륜으로 보아, 이 버스 안에 몇 명이 탑승해 있을지 모르지만 어쨌든, 이들 공작조의 책임자급은 될 거라 짐작했다.

50대의 남성은 두꺼운 뿔테 안경에 학교 교장 선생님과 같은 외모를 가졌고, 고가 브랜드의 여름 정장과 손목시계를 착용하고 있었다.

곽성준은 쪽지를 펴 보며 시선을 그 안으로 옮겼다. 쪽지에 적혀 있는 내용은 숫자로 써 놓은 것이었는데, 곽 소좌는 읽는 즉시 그 내용을 해독할 수 있었다. 3줄에 걸쳐서 쓰여 있는 숫자들의 내용은 다음과 같았다.

'백두산 공작조, 최종 임무 수행 철회, 귀환 수단이 확보될 때까지 대기할 것.'

곽성준은 자신도 모르게 미간을 찡그렸고 그 모습에 노신사가 슬쩍 미소를 지었다.

곽 소좌는 쪽지를 갈기갈기 찢어서 입 속에 넣었다. 그리고 그것을 씹으면서 고개를 돌려 그를 응시했다. 그때가 돼서야 두 사람 사이에서 대화가 시작됐다. 먼저 말을 꺼낸 사람은 노 신사였다.

"고생 많소, 동무. 이곳 최전연(최전방)까지 와서 일체의 지원 없이 자력으로 열도 전체를 공포에 떨게 만드는 정찰병들의 기개가 자랑스럽소."

곽 소좌는 고개를 살짝 끄덕이며 건조한 미소를 잠시 지었다가 바로 지워 버렸다. 그리고 낮은 목소리로 그에게 질문을 건넸다.

"이 지령이 언제 전달되었는지 여쭤 봐도 되겠습니까?"

"그 지령은 이틀 전에 비상 연락망으로 수령했소."

곽 소좌는 위아래 입술들을 입 안으로 끌어들이고 입을 꽉 다물었다. 그때, 노신사가 그에게 물었다.

"동무, 고향이 어디요?"

질문과 함께 노신사는 나란히 앉아 있는 곽 소좌 쪽으로 몸을 돌리며 한 손을 내밀었다. 곽 소좌는 얼떨결에 그를 향해 몸을 돌리며 악수를 청하는 그의 손을 내려다봤다. 그때에는 두 사람의 바로 앞쪽 좌석의 여성 공작원이 좌석 너머로 두 사람을 살피고 있었다.

"청진입니다, 동지."

곽성준은 대답과 함께 오른손으로 그의 손을 맞잡았는데, 그의 시선이 자신도 모르게 노신사의 손목에 채워져 있는 롤렉스 시계에 그리고 이들의 앞쪽에서 꼼지락거리는 여성 공작원 쪽에게 향했다.

다음 순간, 노신사는 악수를 하지 않는, 나머지 다른 한 손으로 곽 소좌의 왼쪽 손목을 잡았다. 곽 소좌는 그의 양손이, 혈기 왕성한 젊은 정찰병들과 맞설 수 있을 만큼의 힘을 가지고 있음을 느끼면서 그의 이상한 행동에 대해 경계심을 가졌다. 그리고 그때, 노신사는 그의 두 손을 꽉 잡은 채, 포옹을 하듯이 그를 자신 쪽을 끌어당긴 뒤 속삭였다.

"동무를 내, 꼭 청진으로 보내주겠소."

곽성준은 자신의 상체가 노신사 쪽으로 끌려갈 때, 그의 시야에 스쳐 지나가던 여성 공작원의 모습에서 심상치 않은 점을 느꼈다. 좌석 너머로 보였던 그녀는 만년필을 들고 자신의 좌석에서 몸을 일으킨 상태였다.

곽 소좌는 본능적으로 자리에서 일어나려 했지만 노신사는 이미, 그의 양어깨를 무지막지한 힘으로 붙잡고 있었고 여성 공작원은 새끼손가락 길이의 독침이 튀어나와 있는 만년필을 곽성준의 옆구리 쪽으로 들이미는 순간이었다.

곽성준은 젖 먹던 힘까지 짜내 머리를 최대한 뒤로 젖혔다가 노신사를 향해 들이밀었다.

"억!"

노신사는 외마디 비명을 지르며 주춤했지만 여전히, 그의 양어깨를 꽉 잡고 있었다. 하지만 곽성준은 그 틈을 타 몸을 뒤쪽으로 눕혔다. 그는 그 자세를 취하면서 노신사를 자기 쪽으로 끌어왔고 그때, 곽 소좌의 옆구리로 향하던 여성 공작원의 독침이 노신사의 왼쪽 옆구리를 찔렀다.

독침에 찔리자마자 놀란 노신사가 그의 어깨를 놓아 줬고 그는 앉은 자리에서 몸을 일으켰다. 그런 뒤, 오른발을 앞쪽으로 쭉 뻗어 여성 공작원의 얼굴을 가격했다.

그 직후, 곽 소좌는 버스 안에 있는 모든 이들이 상상하지도 못할 정도의 빠른 속도로 허리 뒤춤에서 45구경 권총을 꺼내 들고 방아쇠를 당겼다.

"탕! 탕! 탕! 탕! 탕!"

그의 총구에서 발사된 총탄들은 독침으로 그를 공격하려던 바로 앞쪽의 여성 공작원, 그리고 소음권총을 꺼내 들고 각자 좌석에서 일어나려던 공작원들과 버스 운전사를 위협하던 또 다른 여성 공작원을 향해 날아갔다.

때맞춰 반격하려던 4명의 노동당 공작원들이 머리와 목에 강력한 45구경 총탄을 얻어맞고 나가떨어졌고 가장 먼 거리에서 운전기사를 위협하던 여성 공작원은 어깨에 피탄된 뒤 근처 좌석 뒤로 몸을 숨겼다. 이 모든 상황이 단 3초 만에 일어났었다.

곽성준은 차창 밖을 통해 현재 버스의 위치를 파악했고 자신이 휴대한 실탄량을 확인했다.

그는 단 한 명 남은 여성 공작원을 제압할 수 있다는 확신이 있었기 때문에 버스에서 최대한 빨리, 멀리 벗어날 궁리를 벌써부터 하고 있었다.

그는 좌석 뒤에 쪼그리고 앉은 채로 전방을 향해 총구를 겨눴다. 그때쯤에는 노신사가 독극물이 몸 전체에 퍼져서 경련으로 몸을 떨고 있었고 곽 소좌는 그를 잠시 주시했다가 다시 시선을 원위치시켰다. 그렇지만 다음 순간, 1초도 안 되는 짧은 순간 동안 방심했었던 그의 시야에 VZ61 기관권총을 쳐들고 있는 여성 공작원의 모습이 보였다. 그리고 그가 방아쇠를 당기기도 전에 먼저 사격해 왔다.

"타타타타~! 타타타!"

7.65밀리 권총탄들이 곽 소좌 쪽으로 날아왔는데 대부분의 총탄들이 그의 바로 앞쪽 좌석과 근처 차내 벽에 박혔다. 총탄이 박살 낸 차내 벽의 금속, 플라스틱 조각들이 곽성준의 얼굴을 때렸고 그중 하나가 그의 우측 눈을 찔렀다.

곽 소좌는 오른쪽 눈에서 쏟아져 나오는 눈물 때문에 눈을 뜰 수도 없고 일순간, 자신이 무력해졌다는 사실에 깜짝 놀랐다.

그는 연신 두 눈을 깜빡이면서 파편으로 인한 통증과 충격에서 회복하고자 애썼지만 그의 마음대로 통제할 수 있는 것은 없었다.

"펑! 펑!"

느닷없이, 버스의 좌측 유리창들이 통째로 박살이 나면서 유리 조각들이 차내 안에 쏟아져 날렸다.

곽성준은 한 손바닥으로 오른쪽 눈을 가린 채 그곳을 살피자, 이들이 탑승한 버스와 나란히 달리고 있던 또 다른 버스 한 대에서 서너 명의 괴한들이 커다란 망치로 이쪽 버스의 측면 유리창들을 모두 박살 내고 있었다.

다음 순간, 노련한 정찰병인 곽 소좌조차도 전율할 만한 일이 벌어졌다. 괴한들이 한두 명씩 유리창을 모두 제거한 뒤, 맞은편 버스의 차창 쪽에서 이쪽 버스로 건너오기 시작했던 것이다. 3명이 이쪽 버스로 건너올 때가 돼서야 곽성준은 머리 위, 좌석 너머로 M1911A1 권총을 쳐들고 방아쇠를 당겼다.

"탕! 탕! 탕! 탕!"

그의 권총 사격에 괴한들의 버스가 거리를 두기 시작했지만, 그 직후 먼저 건너온 자들이 그의 엄폐 위치로 총탄들을 끼얹다시피 했다.

수류탄의 폭발음에 버금가는 9밀리 권총, 7.65밀리 기관권총, AKS74U 자동소총의 총성이 차내에 울려 퍼졌다.

불과 몇 초 전까지만 하더라도 남아 있는 한 명을 제압하고 교전 현장을 이탈할 곽성준의 최초 계획은 이제 그의 머릿속에서 온데간데없이, 그는 자신의 생존 확률에 대해 고민해야 할 시점이 되었다.

2차로 합류한 노동당 공작원들의 공격에 곽성준의 앞쪽 좌석은 통째로 찢겨진 것처럼 엉망이 되어 있었고 근처 차내 벽면은 벌집으로 변해 가고 있었다. 그 시점에 다시 공작원들의 버스가 다가와 이들의 버스와 나란히 달리기 시작했다. 거의 밀착한 채로 질주하는 두 차량들 사이로, 또 다른 3명의 공작원들이 이쪽 버스로 넘어왔다.

곽성준은 그때쯤, 오른쪽 눈의 시력을 회복했고 권총의 탄창을 새것으로 교체했다. 그는 자신의 생존 가능성에 대해 걱정하기보다는 자신을 제거하고자 하는 북쪽 지휘부의 의도에 대해 분노와 황당함을 느꼈다.

곽 소좌는 자신과 자신의 조원들이 반역의 의도는커녕 명령 불복종의 기미조차도 보이지 않았는데 왜 자신이, 도쿄 전체를 담당하고 있는 모든 노동당 공작원들의 사살 대상이 되었는지 이해할 수가 없었다.

"곽성준 동무~!"

갑자기, 누군가가 그의 이름을 불렀다. 곽 소좌는 그 목소리의 주인이 자신의 최초 반격에서 살아남았던 여성 공작원이라 생각했다. 이어서 그녀의 목소리가 차내에 울려 퍼졌다.

"무기를 버리고 투항하라! 동무는 공화국의 군인이 아니오? 지금 당장 무기를 버리고 공화국의 결정을 받아들이시오. 그래야, 공화국에 남아 있는 동무의 가족들도 안전을 보장받을 것이오!"

30대 후반 정도로 보이는 여성 공작원은 가냘픈 외모와 달리, 고참 직업군인과 같은 목소리로 곽성준을 압도하려 했다.

그동안 2명의 공작원들이 AKS74U와 VZ61을 쳐들고 그의 위치로 접근해 오고 있었다.

곽 소좌는 좌석과 좌석 사이의 바닥에 누운 채로 아랫입술을 지그시 깨물었다. 그는 공작원들이 접근해 오는 발소리와 버스 운전기사에게 진로를 설정해 주는 다른 공작원의 목소리를 듣고 있었다.

그는 자신의 죽음을 너무도 담담하게 받아들였다. 총기의 화력, 머릿수, 위치, 시간, 뭐 하나 그에게 유리한 것이 없었기 때문에 차라리 저항을 포기하고 자신의 운명을 받아들이면 고국에 남아 있는 가족에게 피해가 가지 않겠다는 계산까지 했었다.

곽성준은 누운 상태로 차창을 통해 보이는 하늘을 응시했다. 그는 더없이 푸르게 보이는 저 하늘을 이제 다시 볼 수 없을 거라 생각하며 긴 한숨을 내쉬었다.

그러나 그때, 유리창이 박살이 나서 뻥 뚫려 있는 후방 차창 바깥에서 새까만 거조 한 마리가 휙 지나가는 게 그의 두 눈에 잡혔다. 그것을 본 순간, 잠시 전까지만 하더라도 투항하려 했던 곽성준이 다시 자신의 권총 손잡이를 꽉 쥐고 몸을 일으켰다. 그는 앞쪽 좌석 너머로 권총을 쳐들고 방아쇠를 당겼다.

"탕! 탕! 탕! 탕!"

"타타타타타~!"

곽 소좌의 견제 사격에, 그에게 접근하던 공작원들이 자신들의 자동화기로 대응해 왔다. 다시, 그의 머리 위와 주변에 찢겨진 좌석 직물 시트와 박살 난 차내 벽 파편들이 비산했다. 하지만 잠시 후, 총성이 그치고 공작원들이 다급한 목소리로 소리치는 게 그의 귀에 들려왔다.

다음 순간, 공작원들을 기겁하게 만들, 곽성준이 예측했던 일이 벌어졌다.

"우우우웅~!"

강력한 프롭 엔진음이 버스를 뒤흔든 뒤, 차내 중간 즈음에 있던 공작원들이 버스 바깥, 허공을 향해 권총과 기관권총 사격을 가했다.

곽성준이 재빨리 좌석 너머로 머리를 노출시켜 앞쪽 상황을 살피던 찰나, 좌석들 너머로 보이던 운전석 쪽 근처 천장에서 번쩍하는 불빛과 함께 순식간에 샛노란 화염이 버스 앞쪽, 이어서 중간 구획으로 쏟아져 들어왔다.

엄청난 열기와 독한 화학 물질의 냄새가 차내 안에 가득 찼고 곽성준은 황급히 몸을 다시 눕히면서 재킷을 끌어 올려 자신의 머리를 감쌌다.

거의 동시에 버스 천장을 작렬한 헬파이어 대전차 미사일의 엄청난 폭발력이 버스 차체를 두 동강 내 버렸다. 버스 차체의 앞쪽 1/3이 그대로 떨어져 나갔고 그로 인해 버스 내부를 쓸어 버릴 수 있었던 강력한 화염과 파괴력이 외부로 새어 나가기 시작했다. 이미 화염을 뒤집어썼던 3명의 공작원들은 차체가 분리될 때, 차도 쪽으로 빨려 들어가듯 추락했다.

이어서 버스의 나머지 2/3 부분이 차도 위에서 좌우로 요동치다가 이내 전복되었다.

"아!"

곽성준은 본능적으로 손에 잡히는 뭐든 잡으려 했지만 차체는 급격하게 기울어 그의 몸이 허공에 붕 떴다. 그런 뒤, 이제는 아래쪽으로 내려와 있는 천장 위에 떨어졌지만 다시 차체가 뒤집어지면서 그의 몸이 또 한 번 붕 떴다가 좌석들 위로 떨어졌다.

그 과정에서 곽 소좌의 머리가 독침에 맞고 죽은 공작원의 무릎에 부딪쳤고 그 충격이 그의 머리를 멍하게 만들었다. 그의 눈앞에서 오색의 소용돌이가 돌기 시작했고 그의 허리 아래쪽에는 못이 뚫고 들어오는 듯한 통증이 찾아왔다.

"콰콰콱!"

아직도 속도를 가지고 있는 차체는 계속해서 아스팔트 도로 위로 미끄러져 나갔고 곽성준은 눈앞에서 푸른 하늘과 높은 빌딩들이 들어오는 것을 그대로 응시하고 있었다.

"우우웅~!"

또다시 이들의 버스에 헬파이어 미사일을 발사했던 MQ-9 '리퍼'가 특유의 긴 날개를 뽐내듯 차체 직상방을 스쳐 지나갔다.

미끄러져 나가던 차체가 멈추자, 거리 곳곳에서 사람들의 말소리가 들려왔고 거리를 둔 북서쪽 상공에서 헬기 소리가 들려오기 시작했다.

곽성준은 머리를 쳐들려고 했지만 그의 몸은 움직이지 않았다. 누워 있는 그의 시야에 들어오는 하늘에는 노란 띠들이 어지럽게 뒤죽박죽이 되어 떠 있었고 그의 목과 등에는 쉴 새 없이 찌릿한 느낌들이 오갔다. 그는 자신이 바지 앞섶이 축축해진 것을 뒤늦게 느꼈지만 정작 신경이 쓰이는 것은 그의 엉덩이와 허리 쪽을 적셔 오는 피가 자신의 것인지 아니면, 그게 제압했던 노신사와 여성 공작원의 것인지였다.

그의 시야에 누군가 불쑥 나타나서 큰 소리를 치며 호들갑 떨기 시작했다. 낯선 행인은 곽성준의 양어깨를 잡아서 상체를 일으켜 세운 뒤, 좌석에 등을 기대고 앉게 해 줬다. 곽 소좌는 그때서야 정신을 차리고 자신의 몸 상태를 확인했다.

그때쯤에는 거리 사방에서 사이렌 소리가 어지럽게 울려 퍼지고 있었다. 곽성준은 자신의 몸 전체에 묻어 있는 피가 누구의 것인지 파악할 겨를도 없이 몸을 일으켰다.

그런 뒤, 그의 주변으로 소리치면서 다가오는 일본인 남성들의 손을 뿌리치고 버스 차체 너머로 보이는 교량 난간을 향해 비틀거리며 걸어갔다. 그는 교량 난간 너머의 강으로 몸을 내던질 생각이었지만 영문을 모르는 현지인들은 그를 붙잡으려 했다.

하지만 곽성준은 그들의 손을 뿌리치고 난간 바로 앞에 섰다. 그의 두 눈에 짙푸른 하늘과 깨끗한, 솜털 같은 구름이 들어왔고 거리 어디에선가로부터 그의 후각을 자극하는 좋은 음식 냄새가 그의 콧속에 들어왔다. 곽 소좌는 낯설게도 그 음식 냄새를 맡는 순간 살고 싶은 욕망이 자신의 이성을 압도하는 것 같다 느꼈다. 그렇지만 그는 망설임 없이 까만 강 수면을 향해 몸을 내던졌다. 20여 미터 아래 수면으로 추락하는 그의 좁은 시야 안에 세상의 모습이 녹아서 들어왔고 그의 몸뚱이가 강한 충격에 강타당하는 순간 그는 아무것도 느끼지 못하게 됐다.

곽성준은 어릴 적부터 가자미 식해를 좋아했다. 그는 그의 외할머니가 담가 준 가자미 식해를 옥쌀 밥과 먹는 것을 가장 좋아했고 그가 17살에 군에 입대한 후 20여 년 동안 그 음식의 삭힌 맛을 너무도 그리워하며 살았다.

그리고 그는 지금 그의 가족들과 안방에 모여앉아 가자미 식해를 먹고 있다. 그의 아버지, 어머니, 남동생 그리고 그를 키우다시피 했던 그의 외할머니까지 모두가 입가에 미소를 머금고 그가 식해를 먹는 모습을 지켜보고 있었다.

그는 분명히 그가 어렸을 때부터 맡고 기억했던 안방에서 나는 냄새를 맡을 수 있었다. 그의 동생은 늘 그러했듯 그의 눈치를 보며 식해 그릇 안에 젓가락을 들이밀었고 그는 그릇을 자기 앞쪽으로 끌어당겼다.

그러자, 그의 어머니는 곽성준의 그릇 안에서 식해를 한 수저 떠서 동생의 그릇에 담아 준 뒤, 곽성준의 머리를 쓰다듬었다. 곽성준은 언제나 그랬듯 멋쩍은 웃음을 식구들에게 지어 보였다. 그는 순간, 너무도 행복했다. 그는 마음이 따뜻해지고 수많은 전투에 의해서 찢겨져 온 그의 몸뚱이에 새살이 돋는 것을 느꼈다. 그러나 무서우리만큼 단련된 그의 무의식은 그가 지금 즐거워하는 모든 것이 꿈이라는 것을 주지시켜 주고 있었다.

"컥~! 컥!"

곽 소좌는 격한 기침을 하면서 눈을 떴지만 그의 눈에는 아무 것도 보이지 않았다. 대신 그의 두 귀에는 보트에 장착된 모터 소리만이 들려왔다.

잠시 후, 그는 자신의 목덜미와 얼굴에 물방울들이 거칠게 튀어 부딪치는 것을 감지했다. 그리고 그가 계속해서 눈을 깜빡이며 의식을 완벽히 회복하려 한 뒤, 곧 그의 시야에 환한 빛이 스며들기 시작했다. 곧이어 그의 두 눈에 푸른 하늘이 들어오면서 그는 완전히 의식을 회복했다.

그는 자신의 몸에 빨간색 구명조끼가 입혀져 있고 그 위에 굵은 로프 한 가닥이 둘러져 있는 것을 알아차렸다. 그는 자신이 낡은 고무보트에 의해 끌려가는 것을 알아차린 뒤 주변을 두리번거렸다.

고무보트의 후미에 앉아 모터 손잡이를 잡고 있는 사람은 백발의 노인이었다. 곽성준은 노인이 자신을 보트 위로 끌어 올릴 기력이 없어서 자신에게 구명조끼를 입힌 뒤 보트로 끌고 가고 있음을 파악할 수 있었다.

그가 머리를 움직이는 것을 본 노인이 그를 향해 손을 흔들며 소리쳤다.

"다메(안 돼)~! 다메~!"

곽 소좌는 보트가 만들어 내는 물살에 몸을 그대로 내맡겼다. 그는 어찌 됐건, 교전 현장을 벗어나고 자신에게 위협적인 존재가 아닌 노인이 자신을 구해 줬다는 사실에 안도했다.

곽 소좌는 강의 좌우에 도심 지대가 아닌 수풀이 가득한 지형임을 확인하며 조바심까지 접었다. 그 상태로 20여 분 정도가 지나자, 마침내 보트의 전방에 간이 선착장이 그의 눈에 들어왔다. 노인은 그를 향해 손을 흔들며 그를 안심시키려 했다.

곽 소좌는 물을 먹지 않기 위해서 목에 힘을 주고 있었고 그러잖아도 녹초가 된 그의 몸은 더 기력을 잃어 갔다.

조금 뒤, 보트가 간이 선착장 구획에 들어오자 노인은 보트를 뭍으로 몰아간 뒤 모터를 정지시켰다. 그때에는 그의 몸도 수면 아래 바닥에 올라와 있었다.

"천천히! 천천히!"

노인은 곽성준의 등 뒤에서 그의 구명조끼 양어깨 부분을 잡고 뭍으로 그를 끌어 올렸다. 그때쯤에는 곽 소좌도 완전히 정신을 차리고 몸을 움직일 수 있었다.

곽성준은 자기 힘으로 천천히 몸을 일으켰고 노인은 그를 부축해서 간이 선착장 주변에 있는 벤치들 쪽으로 데려갔다. 노인은 그를 벤치 위에 앉힌 다음, 바쁜 걸음으로 자기 보트 쪽으로 다녀왔다. 그는 모포 한 장과 큰 휴대 가방 하나를 가져와 곽성준의 앞쪽에 두 무릎을 꿇고 앉았다.

노인은 휴대 가방 안에서 큼지막한 보온병 2개를 꺼낸 뒤, 그중 하나에서 뜨거운 물을 컵에 가득 따랐다. 그리고 그것을 그에게 조심스럽게 건네줬고 이어서 그의 몸에 모포를 덮어 줬다.

곽 소좌는 뜨거운 물을 조심스럽게 마셨고 곧 체온이 떨어진 그의 몸에 온기가 돌아오는 것을 느꼈다. 겨우 한숨 돌린 두 사람이 뒤늦게 어색한 침묵의 시간을 갖게 됐다. 잠시 후, 노인이 그에게 조심스럽게 말을 건넸다.

"어쩌다, 강에 빠져서 떠내려 왔소? 익사하기 직전에 발견해서 겨우 손을 쓴 것을 알기나 하시오?"

곽성준은 힘없이 고개를 끄덕이며 "아리가또! 아리가또!" 소리를 반복했다. 노인은 곧 다른 보온병 안에서 있던 스프를 휴대용 컵 안에 따라서 그에게 건넸다. 그는 노인의 두 눈을 빤히 응시하면서 그것을 받아 들고 천천히 마시기 시작했다.

곽 소좌는 온몸에 기력이 충전되는 것을 느꼈지만 그 순간, 자신의 뇌리를 스치는 생각 하나에 숨이 콱 막혔다. 70세 이상은 되어 보이는, 유순하고 평화로운 인상을 가진 이 노인을 자신의 존재를 발견했다는 이유만으로 죽여야 한다는 생각이 그의 머릿속에 떠올랐기 때문이었다.

곽성준은 스프를 다 마시고 컵을 노인에게 건네주며 말했다.

"저를 구해 주셔서 감사합니다. 저를 어떻게 발견하셨습니까?"

노인은 별일 아니라는 듯 손사래를 치며 대꾸했다.

"낚시를 마치고 이곳으로 돌아오다가 강의 한쪽 구석 나무줄기에 매달려 있는 당신을 발견했소."

그는 곽성준에게 인자한 미소를 지어 보였고 그 모습에 곽 소좌는 가슴속에 칼날이 살을 헤집고 들어오는 고통을 느꼈다. 그는 그러한 감정을 어렵게 삼키고 다시 말을 건넸다.

"노인께서 나를 이곳으로 데리고 온 것을 아는 사람이 있습니까?"

노인은 양손을 들어 보이고 웃으며 대답했다.

"지금 당신과 나 둘뿐이잖소. 낚시를 할 때에는 난 휴대전화를 차 안에 두고 오는 것을 세상에서 가장 중요한 규칙으로 생각하지요. 내, 곧 전화를 가져와서 응급차를 불러 주리다."

노인은 멀리에 주차된 자신의 차량을 손가락으로 가리키면서 대답했고 곽성준은 그 말에 억지웃음을 지으면서 마음 한편에서 감지되는 불씨를 애써 무시하려 했다. 그러나 그는 노인을 당장 죽여야 한다는 사실을 피할 수 없음을 너무도 잘 알고 있었다.

그런 그의 속내를 알 턱이 없는 노인은 곽 소좌의 상태가 좋아진 것에 뿌듯해하면서 자신의 가방 속을 뒤적거리며 말했다.

"그래도 혹시 모르니 내 이곳으로 구급차를 불러 보리다. 차 열쇠가 여기에 있는데, 어디 갔지?"

노인은 그에게 등을 보인 채 가방 속을 살폈고 곧 열쇠를 찾았다. 그리고 그것을 그에게 들어 보이며 좋아했는데 그때에는 곽성준이 모포를 벗어 두고 벤치 앞에 서 있었다. 노인을 응시하는 그의 두 눈에는 눈물이 고여 있었다.

*　　　*　　　*

2016년 8월 1일 14시 54분 일본, 도쿄, 하네다 공항, 전역합동대테러본부

야스쿠니 신사에 대한 포격전 당일, 국군 707부대의 고공지역대와 특공지역대에서 각각 1개 중대씩 추가 병력을 하네다 공항으로 보내 줬지만 전장형의 2중대와 윤민 대위의 5중대는 그들과 교대하지 못하고 현지에 남아 있었다.

설상가상으로 대한민국 현지에서도 심상치 않은 북괴군의 움직임 때문에 전군이 데프콘 3의 상황에 들어갔기 때문에 이제 707부대는 국군 지휘부와 긴급한 통신만을 유지한 채, 현지의 전역합동대테러본부의 영향력을 더 받는 상황이 되어 있었다.

제3 격납고와 제4 격납고에는 새로 합류한 707부대원들과 비슷한 시기에 합류한 델타포스 C스쿼드런 병력이 분주하게 오가면서 무기와 작전 장비를 점검하고 도쿄 시내에 투입될 준비를 하고 있었다.

야스쿠니 신사에 대한 박격포 공격 사건 이후로 전장형은 눈을 뜨고 있는 시간 내내, 육자대 아파치 헬기의 공격에 쓰러진 강정훈 중사와 피투성이가 된 그를 끌어안은 채 앉아 있던 최승희 중사의 모습을 머릿속에서 지울 수 없었다.

그는 상황이 정리되고 복귀한 시점부터 제3 격납고의 간이 숙소에 이종진, 신영화, 최승희와 함께 있었다.

5중대의 윤민 대위와 최정학 준위가 새로 합류한 707부대원들에게 상황을 전파해 주고 이들은 잠시 조용히 있게 배려해 줬다.

한국군, 미군, 자위대, 지휘본부와 정보분석실 인원들을 위해 4군데의 넓은 구획에 야전침대들이 설치되어 있었는데, 전장형 일행은 칸막이들로 구분되어 있는 한국군 구획 내 야전 침대에 몸을 눕히거나 앉아 있었다.

최승희는 아직도 강정훈의 피로 지저분한 크립텍(Kryptec) 전투복 차림으로 멍한 표정을 지은 채 앉아 있었다. 전장형 또한 강정훈의 피가 묻어 있는 두 손으로 생수병을 든 채 꼼짝 않고 누워 있었고 입구 쪽 침대에 앉아 있던 이종진 준위와 신영화 상사만이 새로 합류한 국군 특전대원들과 필요한 업무 처리를 했다.

새로 합류한 인원들 중에 고공지역대 3중대의 이승우 대위와 지역대 통신담당관 박미소 준위가 있었는데, 이들은 2중대원들을 위해 한국에서 가져온 김치 캔과 장조림과 같은 반찬거리, 햇반을 가져와 건네준 뒤 전장형과 최승희를 지켜보다가 조용히 격납고 출입구로 향했다.

그들이 제4 격납고로 향한 뒤, 다시 격납고 안이 한참 동안 정적이 흘렀다. 조금 뒤 정문 쪽 출입문이 아닌 격납고 좌측 출입문이 열린 뒤 몇 사람의 걸음 소리가 안에 울려 퍼졌다.

10개의 야전침대가 배치된 이들의 구획으로 두 사람이 모습을 드러냈다. 특수작전군의 지휘관 스즈키 일위와 정보사의 라현철 준위였다. 두 사람의 등장에 이종진 준위가 이번에는 전장형과 최승희를 불렀다.

"중대장님, 최 중사!"

그의 목소리에 안쪽 침대에 있던 전장형과 최승희가 방문객들 쪽으로 고개를 돌렸다.

전장형은 누워 있던 침대에서 마지못해 일어났고 최승희는 앉은 채로 이들 쪽으로 몇 걸음 다가서는 스즈키 일위에게 시선을 보냈다.

스즈키 일위는 전장형을 향해 거수경례가 아닌 정중하게 고개를 숙여 목례를 했다. 그런 다음 영어가 아닌 일본어로 말을 건넸고 곁에 서 있던 라현철 준위가 최승희 중사 대신 통역해 줬다.

"2중대원들 모두에게, 우리 특수작전군 대원들을 대신하여 강정훈 중사의 죽음에 대해 깊은 위로를 전합니다."

그의 말에 전장형을 비롯한 최승희와 이종진, 신영화가 한숨을 쉬거나 고개를 떨궜다. 스즈키의 말은 라현철을 통해서 계속 이어졌다.

"무엇보다도 당신네, 대한민국이 아닌 우리나라를 위해서 목숨을 걸고 우리와 함께 싸워 준 것에 대해 이 기지에 있는 모든 자위대원들이 감사해하고 은혜를 입고 있다고 생각합니다. 부디 그 점을 알아주시기 바랍니다."

스즈키는 땀과 화약 냄새에 절어 있는 방탄복과 전투복을 입은 채로 2중대원들 앞에 서 있었다.

전장형은 한숨조차 쉴 수 없을 정도로 가슴속이 한없이 무거웠지만, 이미 많은 부하들을 잃어버린 스즈키 일위의 위로를 무시할 수가 없었다.

전장형 대신 그의 앞에 서 있는 이종진이 스즈키에게 고개를 숙이며 짧은 일어로 대꾸했다.

"아리가토, 스즈키 상."

스즈키는 이종진과 신영화 상사에게 어색한 미소를 지어 보인 뒤, 전장형 뒤쪽 침대에 앉아 있는 최승희를 향해 고개를 한번 끄덕여 보였다. 그러고는 조심스럽게 뒷걸음을 쳐 이들의 숙소 구획 칸막이 너머로 사라졌다.

전장형은 그 자리에 서서 꼼짝 않고 스즈키의 뒷모습을 응시하고 있다가 그가 사라지자 자기 침대에 앉았다. 다시 격납고 안에 불편한 침묵이 이어지려는 순간 라현철의 목소리가 들려왔다.

"누구, 담배 가진 사람 있소?"

그 말에 이종진이 고개를 가로저으며, 3중대원들이 남겨 두고 간 캔 식혜를 그에게 건네주며 대답했다.

"우리 중대는 흡연자는 나밖에 없는데, 담배가 다 떨어졌습니다. 이거라도 드시죠."

"아, 그렇소?"

라현철은 이종진이 건네주는 비락 식혜를 받아 들고 가까이에 있는 침대에 앉았다.

"잠시만 기다려 주십시오."

그런데 그가 캔 뚜껑을 따서 식혜를 한 모금 마실 때쯤 최승희 중사의 목소리가 들려왔다. 오전부터 한마디도 하지 않던 그녀의 목소리에 2중대원들의 시선에 일제히 그녀에게 향했다.

최승희 중사는 침대에서 일어나 강정훈 중사의 침대 아래쪽에 있는 백팩을 꺼내 들었다. 그런 뒤 그 안을 뒤적거리다가 국산 멘톨 담뱃갑을 꺼내 들고 라현철 곁에 서 있는 이종진에게 던져 줬다.

　라현철은 이종진에게서 담뱃갑을 받아 들면서 최승희에게 고개를 끄덕여 인사를 건넸다. 라현철은 캔 식혜를 내려놓고 담배한 개비를 꺼내 불을 붙였다. 그는 4명의 707부대원들이 자신을 지켜보는 가운데 담배를 길게 한 모금 빨더니 갑자기 연기를 급히 내보냈다.

　"아, 이거 박하 담배구만. 그렇소?"

　라현철은 그가 정찰병 시절에 좋아했던 미제 카멜 멘톨 담배를 떠올리며 말했는데, 갑자기 이종진이 그 말에 이어 한마디보탰다.

　"강정훈이. 이놈 새끼. 온갖 터프한 척 다 하더니 담배는 에쎄 멘톨이네. 망할 놈의 새끼. 그리고 담배 끊었다고 하더니, 이놈 새끼가 여태 숨어서 피웠나 봐."

　그 말에 최승희가 피식 웃었다. 곧 그녀가 강정훈 중사의 백팩을 쳐들며 말했다.

　"강 중사 놈, 이 백팩 안에 들어 있는 것 좀 보십시오."

　최승희의 말에 이종진이 거들어 주고자 바로 큰 소리로 대꾸했다.

　"그놈 가방 속에 야동 DVD나 있겠지, 뭐. 그거 얼른 감춰 놔라. 이놈 중대장님이랑 네 목숨 구해 줘서 훈장 받을 텐데, 훈장

받는 특전용사 가방 속에 일제 야동 DVD가 무슨 말이냐?"

이종진이 최승희 중사에게 건넨 말에 전장형까지 웃으면서 침대에 앉았다. 최승희 또한 자신과 중대원들을 위로하기 위해서 돌덩어리가 들어 있는 가슴에도 불구하고 평소와 같은 말투로 말했다.

"야동 DVD면 다행입니다. 여기 보십시오. 담배 꼬불쳐 놓은 것에다가 가나 초콜릿, 신라면, 고추 참치 캔, 은단 껌까지. 무슨 PX를 차려 놨습니다. 여기에 초코바까지 있는 거 보십시오. 하여간, 이 강 중사, 이놈. 저 혼자 몰래 먹으려고 다 숨겨 놨습니다. 의리 없는 새끼."

최승희는 백팩을 중대원들에게 들어 보이며 입가에 미소를 짓고 있었지만 그녀의 눈에는 눈물이 맺혀 있었다.

의외의 분위기가 이어지면서 전장형도 입을 열었다.

"그런 괴짜 강정훈이가 나하고 승희 목숨, 또 스즈키 일위 소대원들 목숨을 구했지. 망할 놈."

전장형이 말을 마치자 과묵한 신영화 또한 입을 열었다.

"다들 아시겠지만 말입니다. 강 중사 놈이 우리 중대에서 이동 간 사격을 제일 못하는데, 그놈이 그 상황에서 경기관총을 갈겨 대는 적에게 이동 간 사격을 하면서 혼자 나갔다는 게, 지금 보니 참, 그렇습니다. 하사 때부터 철딱서니 더럽게 없는 줄 알았는데 지 여군 동기랑 중대장님 어떻게 될까 봐 튀어 나갔나 싶어요."

이종진은 신영화의 말에 말없이 고개를 끄덕였고 최승희는 조용히 눈물을 훔쳤다. 잠시 후, 2중대원들의 대화를 듣고 있던 라현철이 담배 연기를 내뿜고 말했다.

"후~! 전쟁이 그런 게 아니겠소, 여러분. 당신들은 몰랐겠지만 강정훈 중사가 사살한 경기관총 사수는 내가 북조선에 있던 시절에 독사에 물린 허벅지에서 내가 피를 빨아내 살려 줬던 전재훈 중사라는 정찰병이었소. 이놈의 세상이 정말 웃기지 않소? 나랑 통성명 한번 하고 나니까 틈만 나면 제2 격납고로 놀러 와서 나랑 담배를 같이 태우고 컵라면을 함께 먹었던 강정훈 중사가 오래전 내가 어렵게 목숨을 구해 줬던 정찰병 동무를 쏴 죽일지 누가 알았겠소? 이놈의 세상살이 정말 지독하게 씁쓸하오."

라현철은 그 말을 마치고 전장형 쪽으로 천천히 걸어갔다. 그러고는 전장형에게 샘플 양주 병 몇 개를 건네준 뒤 최승희에게 시선을 보냈다. 최승희가 강정훈의 백팩을 안고 서서 라현철을 바라보자 그가 말했다.

"최승희 중사라고 했소? 오늘 일로 너무 어려운 생각 하지 말고, 강정훈 중사가 구해 준 목숨, 앞으로 아끼면서 잘 사시오. 그게 그 동무한테 살면서 보답할 수 있는 유일한 방법이 아니겠소?"

최승희는 백팩 안에 있는 2갑의 담뱃갑들을 빼내 라현철에게 건네줬다. 라현철은 전장형에게 시선을 보냈고 전장형이 괜찮다는 듯 고개를 끄덕이자 담뱃갑들을 받았다.

"고맙소, 최승희 중사."

그는 담배를 입에 물고 다른 중대원들에게 눈인사를 건네면서 들어왔었던 출입문을 향해 천천히 걸어갔다.

전장형과 이종진, 최승희, 신영화는 꼼짝하지 않고 그의 뒷모습을 지켜봤다.

＊　　　＊　　　＊

2016년 8월 1일 22시 54분 일본, 도쿄, 지요다 구, 일본 총리 대신 관저

며칠째 도쿄를 녹여 버릴 것만 같았던 더위가 오래간만에 찾아오는 소나기로 식혀지고 있었다.

아베 신조는 반 시간이 넘도록 거센 빗줄기들이 쏟아지는 거리를 내려다보면서 꼼짝 않고 서 있었다. 그의 뒤쪽 집무실 책상 너머의 소파 쪽에는 사카모토 쇼와 하시모토 켄타, 그리고 요즘 아베 신조와 보이지 않는 신경전을 벌이고 있는 전 자민당 총재이자 아베의 정치고문 시나가와 쇼이치로가 앉아서 그의 뒷모습을 말없이 주시하고 있었다.

아베가 빈 코냑 잔을 책상 위에 내려놓자, 하시모토가 일어나서 그의 잔에 코냑을 채워 줬다. 총리는 그 잔을 집어 들었고 그 뒤로 다시 침묵이 흐르는가 했는데 갑자기 그가 코냑 잔을 한쪽 벽에 집어 던져 버렸다.

요란한 소리를 내며 잔이 깨지자, 집무실 출입문이 덜컥 열리면서 권총을 꺼내 든 경호원들이 들어왔다. 그들을 향해 사카모토가 한 손을 쳐들어 보이며 제지했고 곧 총리가 그들에게 나가 보라는 손짓을 건성으로 해 보였다.

출입문이 닫으면서 사카모토는 두 경호원들에게 출입문에서 거리를 두고 복도 쪽에 서 있도록 주문했다. 그런 뒤 그가 출입문을 닫고 문에 등을 기대고 섰다. 아베는 사카모토의 그런 조치를 기다렸다는 듯이 그때서야 말을 했다.

"이 계획을 받아들이다니 내가 미쳤던 것 같소."

그는 말을 마치면서 사카모토 쇼와 시나가와를 쏘아 봤다. 곧 정계 은퇴를 앞둔 백발의 시나가와는 총리의 적대적인 눈빛에 동요하지 않고 대꾸했다.

"각하, 아직은 이 모든 일이 통제 가능한 상황입니다. 북조선 테러범들이 핵폭탄을 터뜨릴 수 있었다면 진즉에 터뜨렸을 겁니다. 설령, 지금 핵폭탄을 터뜨리려고 해도 지금 도쿄 도 전체를 6만 명의 경찰, 자위대 병력이 포위하고 수색 중입니다. 게다가 미국 측의 NEST 기관의 2차에 걸친 방사능 수색 결과 도쿄 시내에서 핵폭탄이 발견된 바 없습니다. 아마, 북조선 놈들은 도쿄 바깥 어디에선가 핵폭탄을 실은 트럭을 타고 돌아다니다가 결국에는 우리 검문에 걸려서 제거될 겁니다. 그 과정에서 핵폭탄이 터지더라도 도쿄 도 바깥의 변방이라면 약간의 부수적 피해만이 있을 텐데……."

그 말에 아베가 한 손을 번쩍 쳐들면서 소리쳤다.

"통제 가능하다고? 통제 가능해?"

아베의 무례한 말투에 정계와 재계를 오가며 일본의 오랜 군국주의 세력을 대변했던 노신사가 깜짝 놀랐다. 아베는 그의 표정을 개의치 않고 사카모토와 하시모토에게 손가락질을 하면서 말했다.

"이 계획이 드러나면 우리는 다 같이 할복자살을 해야 할 것이오. 다들 알고나 있는 거요?"

"각하, 그래도 북조선에서 이 테러범들에 대한 모든 정보를 넘겨 줬고 우리 전역합동대테러본부와 미국 측이 모든 정보기관과 특수부대 전력을 동원하여 핵폭탄 회수에 협조한다 했으니……."

하시모토가 머리를 조아리며 대꾸했지만 아베는 더욱더 격노하여 소리쳤다.

"당신들은 지금 기자회견장에서나 둘러댈, 그따위 말에 목숨을 걸고 싶은 것이오? 북조선 놈들이 이미 말하기를, 핵폭탄을 조작할 마지막 공작조가 그놈들의 지휘 계통에서 벗어났다고 하는 말이 대체 무슨 말이오?"

사카모토가 착용하고 있던 넥타이를 헐렁하게 하면서 아베 쪽으로 다가왔다. 그러고는 조심스럽게 대꾸했다.

"각하, 그들 말로는 일시적으로 교신이 되지 않으니, 자신들이 모든 수단과 방법을 강구하여 그 마지막 공작조를 찾아 무력화시키고 핵폭탄의 최종 위치를 우리 쪽에게 전달해 준다 약속했습니다. 그리고 현재 그렇게 일을 진행 중인 것처럼 보입니다."

그러자 아베가 이번에는 사카모토를 향해 손가락을 쳐들며 말했다.

"만약 그 공작조가 핵폭탄을 도쿄 시내로 가지고 들어와 터뜨리면 그때는 어떻게 할 것이오? 그런 일이 없으리라는 보장이 있기나 하시오?"

사카모토는 하시모토와 시나가와를 힐끗 본 뒤, 아베에게 정중하게 대답했다.

"최악의 경우, 그렇게 되는 상황을 상정하여 현재 계획을 세우고 있습니다. 이 점에 대해서는 이미 미군 태평양군 구성군이 협조해 준 기본 계획을 토대로 우리 자위대와 경찰, 전 내각기관들이 참여하여 각자의 역할을 수행하는……."

"내가 지금 그 말을 듣자는 게 아니잖소? 그 말은 내각 긴급회의 때에도 모든 실무 책임자들이 같은 조련사에게 훈련받은 앵무새들처럼 떠들어 댄 내용이 아니오?"

"각하, 6만 명의 인원이 3중, 4중으로 차단선을 치고 도쿄 시를 지키고 있습니다. 적 공작조는 이들 6만 명뿐만 아니라 우리 일본, 국가 전체의 추격을 받고 있으니 곧 우리에게 무력화될 것이 분명합니다."

아베는 더 이상 그의 말을 듣고 싶지 않다는 듯 고개를 거칠게 가로저어 보였다. 다시 집무실 안에 불편한 침묵이 가득해졌다.

바깥 하늘에서 벼락이 치면서, 조명을 어둡게 해 둔 집무실 내부가 잠깐씩 환해졌다.

사카모토는 총리의 책상 앞에 서서 꼼짝하지 않았고 아베는 불안한 듯 몸을 좌우로 움직이며 유리 벽 너머의 바깥세상을 주시했다.

조금 뒤, 시나가와가 자리에서 일어섰다.

하시모토가 그를 제지하려는 듯 그의 정장 재킷 소매를 잡았지만 그는 손사래를 치면서 총리 쪽으로 다가갔다. 그런 뒤 작정한 듯 말했다.

"총리 각하, 평정심을 찾고 상황을 지켜보십시오. 미국 놈들도 우리 계획에 대해 낌새를 챘음에도 우리에게 모든 상황을 통제하라고 내버려 둔 상황입니다. 만약 핵폭탄이 터지면 우리는 미국과 조율한 대로 사건 수습을 하고 표면적으로 북조선 놈들에게 압박을 가하면 됩니다. 필요하다면 우리 이지스 함에서 미사일 몇 방을 날려 주고 북조선 놈들도 우리 해역 쪽으로 미사일 몇 발을 쐈다가 미군이 난리를 치면 양쪽이 물러서는 시나리오도 있지 않습니까?"

아베는 말없이 그를 응시했다. 아베 신조는 일본의 에도시대부터 강력한 정치적 영향력을 배경으로 메이지 유신과 임진왜란, 태평양전쟁을 이끌었던 주류 세력들 중 하나인 조슈번(초수번)의 후손이었다. 조슈번 세력에는 이토 히로부미와 같은 극우 정치인이 있었고 아베는 그의 고조부가 이토 히로부미와 함께 수학했던 적이 있을 정도로 진정한 조슈번의 후손이었다.

시나가와 쇼이치로 또한 일본의 극우 정치인 고이즈미 준이치로처럼 에도시대에 일본에서 가장 큰 해적 집단인 사쓰마번의 후손으로서 임진왜란 당시 한국의 경상도 지방을 휩쓸고 태평양전쟁 발발에 크게 기여한 선조들의 극우 의식을 계승한 인물이었다.

21세기인 현재에도 아베와 시나가와는 과거 태평양전쟁을 시작하도록 일왕에게 압력을 행사하고 당시 일본 정치판을 주도했던 그들의 선조 못지않게 일본을 강력한 군사 대국으로 탈바꿈하게 한 뒤, 한국과 중국, 동남아 국가들 위에 군림하고자 했다.

두 사람은 대내외적으로 회자되고 있는 '아베노믹스'의 실패와 센카구 열도를 사이에 둔 중국 외교전에서의 굴욕적인 패배, 그리고 내각과 자민당 지도부의 치명적인 대규모 뇌물 스캔들이 근래에 가속화되는 일본의 군국화 과정은 물론, 자신들의 내각과 자민당을 뿌리째 흔들 것을 우려하여 북한과의 은밀한 거래를 추진했고 오늘날 현시점에 이르렀다.

그럼에도 불구하고 두 사람은 죄책감이나 양심 따위는 안중에 없이 오직 이 상황을 극적으로 전환할 수 있는 기회를 모색하기만 했고 그 점에 대해 먼저 인내심이 바닥난 아베 신조는 크게 동요하는 상황이었다.

시나가와는 그런 아베 신조의 모습이 못 미더웠고 이미 보이지 않는 곳에서 일본을 이끌고 있는 정계와 재계의 후원자들에게 아베 신조가 돌발 행동을 할 경우를 대비하여야 한다고 성토해 오고 있었다.

시나가와는 매우 확신에 찬 어조로 말을 했고 곧 술기운이 슬슬 오를 아베 신조가 그에게 신경질적인 반응을 보일 것 같았지만 아베는 꼼짝 않고 그의 말을 경청했다.

사카모토가 그런 분위기에 다시 말을 이어 갔다.

"각하, 이미 이 계획을 진행시킨 인원들이 할복을 각오하고 최선을 다해 사태를 수습 중입니다. 미국 쪽이 묵인하는 우호적인 상황이라면 일이 틀어져도 최악은 피할 수 있습니다. 부디 핵폭탄이 도쿄 도 안에서 폭발할 거라고 미리부터 단정하고 무너지지 마십시오."

아베가 큰소리치지 않자, 뒤늦게 하시모토까지 설득에 참여했다.

"게다가, 북조선 놈들이 지금 이 공작조를 제거하고 핵폭탄 회수에 자신감을 드러내고 있습니다. 48시간 안에 모든 상황을 끝내고 핵폭탄의 위치를 우리에게 알려 주겠다고 합니다. 그때까지는 각하께서도 차분하게 상황을 지켜봐 주시기 바랍니다."

그 말에 마침내 아베가 움직이며 반응했다. 그는 전보다 훨씬 차분해진 말투로 말했다.

"북조선 놈들과 거래를 했다는 것에 우리 목을 다 걸었지만 그래도 어찌 그놈들 말을 믿고 마냥 기다리겠소."

총리의 말은 이제 세 측근에게 설득당한 톤으로 들려왔고 세 사람은 이제 합심하여 아베를 진정시킬 생각을 각자의 머릿속에서 하고 있었다.

*　　*　　*

2016년 8월 2일 17시 14분 일본, 도쿄, 하네다 공항, 전역합동대테러본부 지휘부

전역합동대테러본부의 회의실에서는 육해공 자위대의 파견 대장들과 특수작전군 실무자들, 그리고 707부대원들과 델타포스 대원들이 대형 스크린에 떠 있는 위성사진을 보고 있었다.

위성사진들을 보고 있는 사람들 대부분은 현재 일본 정부가 비공식적으로 북한 정부로부터 일본 내 활동 중인 북괴군 공작조들에 대한 상세한 정보를 공급받고 있음을 알고 있었다.

일본 정부가 테러 행위를 저지르는 북괴군 정찰조들이 북한 정부의 정권을 전복시키려는 반정부 세력의 지시를 받고 있음을 인정하고 그에 맞춰 외교적으로 대처하겠다는 것이 이 기괴한 협조 관계의 조건이었다.

오늘 회의실에서 논의되는 작전은 북한에서 입수된 최신 정보들에 근거하여 최초로 이루어지는 자위대의 군사 조치가 될 예정이었다.

자위대 정보본부 측이, 공안조사청의 지원을 받아 분석한 후, 최종 공개하는 정보는 회의실 안에 있는 모든 이들의 입이 쩍 벌어지게 하는 내용이었다. 정보본부 요원이 한 장 한 장 바꿔가며 설명하는 위성사진 안에는 바로 야마나시 현에서 은신하고 있는 북괴군 정찰병들의 은거지가 들어 있었던 것이다.

정보본부의 노무라 야스카제 일위는 정찰위성이 촬영한 사진들 속에서 3명의 남자들의 모습이 들어 있는 사진을 스크린 상에서 최대한 확대했다. 그 상태로 그는 지시봉을 양손으로 잡고 힘주어 말했다.

　"이제까지 보여드린 사진들 안에 최소한 3명의 남성들이 혼자서 차례로 등장했지만 이 마지막 사진에는 3명이 모두 등장합니다. 이들이 머물고 있는 펜션은 북조선 쪽에서 지난번에 알려 온 공작조들의 은거지들 중 하나이며 원래 최초 한 명이 거주하는 것으로 현지 관공서에 신고가 되어 있던 곳입니다. 결국, 이 3명 중 2명 혹은 3명 모두 아니면 최악의 경우 3명 이상의 정찰병들이 이 펜션에 머물고 있다고 판단되었습니다."

　그가 말을 마치자, 가장 앞줄에 앉아 있던 오사야 타카오 방위대신이 손가락을 쳐들며 물었다.

　"그 펜션에 대한 감청이나 도청이 이루어졌소?"

　"네, 각하. 지난 이틀 동안에 단 한 번의 전화 통화나 휴대폰 통화도 없었으며 외부와의 일체 접촉을 피하고 있습니다. 하지만 저 신원 불명의 남성들이 펜션 외부를 수시로 살피고 있었기 때문에 우리 정보본부 소속의 감청 차량이 그 동네에 고정 위치를 잡을 수 없었습니다. 그리고 펜션 외부에도 마을 일대를 살피는 CCTV들이 설치되어 있어서 섣불리 펜션 내부 동정을 살피는 것은 우리의 감시 의도를 노출시킬 수 있어서……."

　야스카제 일위가 설명을 마칠 즈음, 특수작전군의 부지휘관 야스모토 히로키 이좌가 그의 곁에 나란히 섰다. 그런 뒤, 그에게 무선마이크를 넘겨받아 말했다.

"일단, 현재의 정보만으로도 펜션에는 수 명의 적 공작원들이 머물고 있음이 확실하기 때문에 이후의 상황 파악은 우리 특수작전군 병력을 펜션 일대에 강습시켜서, 펜션을 기습하는 것이 최선의 조치라고 결론지었습니다. 이 자리에서의 브리핑을 마친 뒤, 50여 명의 특수작전군 병력이 CH-47J 2대에 분승하여 펜션 근처 개활지대로 강습하는 작전이 실행될 예정입니다."

그가 말을 마치자, 회의실 안에 있는 사람들이 동요하기 시작했다. 방위대신은 정보본부의 책임자를 불러 자신이 들고 있는 브리핑 자료 내용을 직접 질문했고 그 모습을 스크린 앞쪽에 서 있는 야스카제 일위와 히로키 이좌가 지켜보고 있었다.

잠시 동안 술렁였던 분위기가 가라앉고 타카오 방위대신이 기습작전에 긍정하는 분위기를 보이자, 히로키 이좌가 모두를 향해 한 손을 들어 보였다. 그런 뒤, 다시 긴장된 목소리로 기습작전에 대해 말을 이어 갔다.

"50여 명의 특수작전군 대원들은 펜션을 포위한 뒤, 모두 세 곳의 출입구와 창문을 통해 펜션 내부로 진입하여 적 공작원으로 보이는 모든 인원들을 제압하거나 체포할 예정입니다. 헬기들이 펜션 근처에 기습 착륙하는 시점에는 야마나시 현 외곽에서 대비 중인 육자대 병력과 경찰 병력이 작전지점으로 2차 투입될 예정입니다."

그는 말을 마친 뒤, 방위대신에게 조심스럽게 시선을 보냈다.

그는 작전에 투입되는 특수작전군 대원들의 명단을 보다가 시선을 히로키 이좌에게 향했다. 그런 뒤 모두가 들을 수 있는 목소리로 물었다.

"북조선 공작원들을 잡는 과정에서 아군 사상자가 발생하겠죠?"

"네, 각하 현시점에서 최소 3명 이상의 적 공작원들을 제압하는 과정에서 2~3명의 아군 사상자나 부상자가 발생할 듯합니다."

그 말에 중간 열 우측에 앉아 있던 전장형 대위는 피식 웃음을 터뜨렸고 이종진 준위는 콧방귀를 꼈다. 이들의 뒤쪽에 앉아 있는 델타포스 대원들 또한 못마땅하다는 듯 고개를 가로저어 보였다.

곧 히로키 이좌가 브리핑을 정리하고자 모두를 좌에서 우로 훑어본 후, 말했다.

"이번 작전에 대해 질문이나 다른 의견을 가지신 분이 있으시다면 지금이 그것을 말할 마지막 기회입니다. 혹시 있습니까?"

히로키 이좌와 야스카제 일위는 방위대신의 허락을 받은 상황에서, 감히 이들의 특수작전에 대해 이의를 제기할 사람이 없을 거라 단정한 듯 연단에서 내려올 채비를 했다.

그런데 그때, 5열 횡대로 배치된 좌석에 앉아 있는 사람들 중 우측에서 누군가의 손이 허공 높이 번쩍 올라왔다. 그 손을 보지 못하고 내려가 버렸던 히로키 이좌는 야스카제 일위에 의해서 다시 연단으로 올라왔다. 히로키는 '쯧' 하는 소리를 내고는 마지못한 표정으로 거수한 사람 쪽을 한 손으로 가리키며 말했다.

"일어나서 소속을 밝혀 주십시오."

전장형이 벌떡 일어서자, 그의 말을 완벽한 일본어로 통역하고자 최승희 중사가 함께 일어났다. 그녀는 전장형이 한국말을 하는 것에 맞춰 일본어로 통역해 줬다.

"대한민국 707부대 대위 전장형입니다."

두 사람의 목소리에 회의실에 있는 모든 이들의 눈과 귀가 그들 쪽으로 향했다. 전장형은 히로키 이좌를 응시한 뒤, 그의 자리에서는 뒤통수만 보이는 방위대신에게 시선을 보내며 말했다.

"특수작전군이 적 공작원들의 은거지를 강습하는 방식에 대해서 재고해 보시기를 권합니다."

그 말에 사람들이 다시 웅성거리기 시작했다. 몇몇 자위대 간부들은 자리에서 일어나 전장형 쪽을 실눈을 뜨고 응시했다. 그럼에도 불구하고 전장형은 동요하지 않고 큰 목소리로 또박또박 말했고 최승희 중사도 그의 분위기를 통역 내용에 그대로 반영했다.

"대형 헬기를 이용한 강습 방식은 오사카와 야스쿠니 신사 일대에서 적 공작원들이 보여 줬던 대공 대처 능력을 과소평가한 결과처럼 보입니다. 만약, 펜션 안에 중화기가 있고 적들이 그것을 적절하게 운용하게 되면 특수작전군의 헬리콥터들은 개활지대에 착륙하는 게 아니라 불시착하거나 추락할 겁니다. 양측이 충격전을 벌이기도 전에 특수작전군이 큰 피해를 입을 수 있는데도 이렇게 과감하게 적들 코앞에 헬기 강습 작전을 펼치겠다는 의도를 이해할 수가 없습니다."

전장형의 의견이 최승희의 입을 통해서 나오기가 무섭게 히로키 이좌가 가소롭다는 듯한 표정을 지으며 대꾸했다.

"전장형 대위, 의견은 고맙지만 당신네 707부대는 적 공작원들이 이제 우리 자위대와 경찰에 쫓겨 다니면서 그들의 전투력과 전투에 대한 의지를 상실했을 거라는 사실을 간과하고 있지 않나 싶소. 만약, 우리 특수작전군의 기습이 성공하여 적들을 일거에 섬멸한다면 그때는 어찌하겠소? 지난 사건 동안 우리 특수작전군 병력도 적들과의 오랜 추격전과 시가지 전투를 통해 뛰어난 임기응변 능력을 가졌고 이제 그 능력을 적들에게 갚아 줄 절호의 기회가 왔다는 점에 동의하지 않습니까?"

그 말에 전장형은 그의 중대원들과 뒤쪽에 앉아 있는 밀러 대위와 허드슨 준위에게 시선을 보냈다. 밀러 대위는 전장형의 의견에 동의한다는 듯 고개를 끄덕여 보였고 허드슨 준위는 대테러 부대원들이 출입문 돌파 직전에 전파, 공유하는 수신호를 그에게 만들어 보였다.

전장형은 다시 시선을 히로키 이좌에게 보내며 자신의 의견을 밝혔다.

"만약 이번에 투입되는 특수작전군 대원들이 제 병력이라면 저는 CH-47J 헬기들을 적 공작원들의 앞마당에 착륙시키는 모험을 감행하지 않을 겁니다."

"미안하지만, 전장형 대위가 이 작전에 찬성을 하든 그렇지 않든 이 작전은 실행될 겁니다. 대형 수송기 소리가 헬리콥터 소리보다 작다는 겁니까? 어차피, 양쪽 침투 소음은 거기서 거기 아닙니까? 707부대는 실무 계획에 영향을 끼치는 것보다는 우리 병력이 작전 실행하는 것을 업저버로서 지켜보는 것에 더 애써 주시면 감사하겠소. 그리고……"

히로키 이좌의 말을 중간에 끊게 만든 것은 오사야 타카오 방위대신이었다. 그는 손가락 몇 개를 쳐들어, 히로키의 발언을 중단시킨 뒤 자리에서 일어섰다. 그런 뒤 전장형을 향해 몸을 빙 돌려 섰다. 회의실 안의 모든 경찰, 군인들이 숨죽인 채 그를 응시했다.

그는 전장형을 향해 고개를 슬쩍 끄덕여 보인 뒤 큰 소리로 말했다. 이번에는 그의 말을 최승희가 한국말로 통역하여 전장형에게 전달했다.

"우선 오사카와 도쿄에서 우리 자위대의 작전에 목숨을 걸고 도움을 줬던 707부대원들의 용기에 대해 깊은 감사를 표합니다. 히로키 이좌는 대한민국 현지의 국민들의 반응에도 불구하고 당신들 특수부대원들이 목숨을 걸고 전투에 참여해 온 사실을 잠시 망각한 듯합니다. 이 점에 대해 정중히 사과드립니다."

그는 말을 마치자마자 전장형을 향해 공손하게 고개를 숙여 인사했고 전장형은 영문도 모르게 함께 고개를 숙여 예를 표했다. 그런 뒤, 방위대신은 히로키 이좌를 힐끗 본 뒤, 전장형에게 말을 이어 갔다.

"당신들의 용기와 헌신에 대해 보답하는 차원에서라도 진중한 의견을 듣고 싶습니다. 만약, 전장형 대위가 이번 작전을 지휘한다면 어떤 방식으로 적 공작원들의 은거지를 기습하겠습니까?"

그 말을 듣자마자, 전장형은 최승희 중사에게 연단 쪽으로 따라 나오라는 고갯짓을 한 뒤 연단으로 달려 나갔다.

그는 히로키 이좌에게서 지시봉을 빼앗아 스크린의 가장 좌측 상단에 있는 전역합동대테러본부의 구성표를 가리켰다. 그러자 스크린 조작병이 구성표를 화면 한가운데로 확대시켰다.

전장형은 구성표 중에 최종 상황 시, 예비 병력으로 넘겨져 있는 제1 공정단의 보통과 대대를 가리키며 말했다.

"특수작전군의 헬리콥터 기습 작전보다는 여기 있는 제1 공정단의 낙하산 강습 작전을 건의하고 싶습니다. 적들은 CH-47J과 같은 특수목적용 기체의 로터 회전음을 멀리에서부터 청취하는 순간 곧바로 자신들에게 특수작전군이 들이닥칠 것을 직감할 겁니다. 따라서 적들이 인지하고 있을 특정 헬리콥터 기체의 소리보다는 적들이 감히 상상도 못 할 C-130기의 침투 소음이 훨씬 더 승산이 있다고 생각됩니다. 게다가 착륙 지점을 확보한 후, 착륙 지점에 착륙하여 특수작전군을 지상으로 투입시키는 시간이 너무 길 거라고 생각됩니다. 차라리, C-130기 1대에 경무장한 공수부대원들을 최대한 탑승시킨 뒤, 펜션 일대의 개활지대와 도로 일대를 지나치듯 통과하면서 병력을 직접 투입하는 것이 훨씬 더 빠를 겁니다. 적들이 C-130기의 소리를 듣는 순간 어차피, 기습부대의 침투기도가 노출되겠지만 그래도 2대의 CH-47J 헬리콥터들이 멀리에서부터 적들에게 경고를 해 주고 느린 속도로 개활지대에 착륙, 특수작전군 병력을 투입하는 과정보다는 훨씬 빠른 시간 안에 많은 병력을 투입할 수 있을 겁니다."

전장형은 말을 마치고 모두의 반응을 살폈다. 최승희 중사가 그의 의견, 마지막 대목에 대한 통역을 마치고 함께 사람들의 반응을 살필 때, 두 사람은 모든 군경 실무자들이 전장형이 아닌 방위대신을 빤히 쳐다보고 있는 것을 알 수 있었다.

오사야 타카오는 앉은 상태에서 전장형을 올려다보고 있었지만, 그는 양쪽에 앉아 있는 자위대와 정보본부 간부들이 그에게 전장형의 의견에 대해 조언해 주는 것을 듣고 있었다.

히로키 이좌는 뒤늦게 전장형의 의견에 수긍하는지 전장형을 향해 고개를 크게 끄덕여 보였다.

방위대신이 자리에서 일어섰다. 그런 뒤, 그의 뒤쪽에 앉아 있는 30여 명의 사람들을 훑어본 뒤 모두가 들을 수 있을 만큼 큰 목소리로 말했다.

"만약, 전장형 대위가 건의한 낙하산 침투 작전이 우리 아군의 사상자를 최소화할 수 있다면 그대로 진행하시오."

그의 말이 끝나기가 무섭게, 각 부서 책임자들이 움직이기 시작했다. 방위대신은 연단 쪽으로 다가서며 전장형을 향해 오른손을 쭉 뻗었고 전장형은 그의 손을 맞잡고 악수를 나눴다.

그 두 사람 뒤쪽에서는 특수작전군 지휘자들과 제1 공정단, 경찰 지휘부의 인원들이 각 부서에게 무전기와 스마트폰을 통해 지시를 내리고 있었다.

3장
강습

2016년 8월 3일 0시 3분 일본, 도쿄 외곽, 야마나시 현 북서부 상공

전역합동대테러본부에서 하달된 긴급 명령과 임무 관련 정보들이 접수된 지 6시간 반 만에 육자대의 정예 부대인, 제1 공정단 제2 보통과 대대 3중대 52명은 하네다 공항의 격리 지역에서 C-130H기에 탑승, 기지에서 이륙했다.

3중대장 야마다 타카히로 일등육위는 급조해 만든 지도와 임무 설명서를 각 분대장들에게 전달하여 기내에서 각 공수부대원들의 임무 내용을 브리핑했다.

전역합동대테러본부에서 최종적으로 결정한 북괴군 공작원에 대한 기습 작전의 내용은 타카히로 일위의 3중대가 펜션 근처의 개활지대에 낙하산으로 강습하여 펜션을 포위하고 공수부대원들이 휴대한 경대전차 유도탄과 경기관총으로 1차 공격 후, 펜션 내부에 진입하여 2차 공격을 가하는 것이었다.

만약을 대비하여, 3중대의 공수부대원들이 지상에 접지, 교전을 시작할 즈음에 CH-47J 헬기로 출발할 특수작전군 병력 50여 명 또한 이들을 지원할 예정이었다.

C-130H기가 목표 지점인 야마나시 현에 가까워지면서 기내등은 빨간색 작전등으로 바뀌었고 이제 야마다 일위와 타구치 유타카 일등육조, 마츠야마 켄이치 이등육조는 기내 좌우 좌석에 착석해 있는 중대원들을 숨죽인 채 주시했다.

방탄복에 실탄, 수류탄이 가득 들어 있는 수납 포켓들을 잔뜩 부착하고 야간 투시경 장착대가 부착된 방탄 헬멧을 착용한 공정부대원들은 자신들이 지난 수 주 동안 전 열도를 휩쓸었던 강력한 적들을 섬멸하고자 투입되는 상황을 잘 알고 있었다.

그 때문에, 제1 공정단에서 가장 뛰어난 기량을 자랑하는 2대대 그리고 그중에서 뛰어난 3중대원들은 수시로 흐르는 땀을 닦으면서 긴장의 끈을 늦추지 않았다.

조종석과 가까운 좌석에 앉아 있던 타카히로 일위는 항자대 승무원들이 분주하게 움직이기 시작하는 모습을 보면서 침투 기체가 목표 지점에 가까워졌음을 확인했다. 이윽고 조종석에서 인터컴을 통해 수송기 승무원들, 그리고 그들을 통해 강하 지원 인원에게 기다렸던 말을 전파해 왔다.

"10분 전! 10분 전!"

조종석에서의 공지 직후, 강하 지원자들이 좌우 측 출입문으로 50여 명의 공정대원들을 이끌 강하조장들에게 수신호를 보냈다. 그러자 그들이 통로에 서서, 자신의 강하조원들을 향해 수신호를 만들어 보인 뒤 소리쳤다.

"강하~ 10분 전! 강하~ 10분 전!"

그의 목소리를 듣자마자, 긴장된 모습으로 꼼짝하지 않았던 3중대원들이 좌석에 앉은 채로 자신의 방탄 헬멧 턱 끈과 장비 결속 상태를 살피기 시작했다.

강하조장들 사이에 선 채, 일사불란하게 움직이는 중대원들을 지켜보던 타카히로 일위도 기체 좌측 출입 문가로 걸음을 옮겼다.

그때, 기체 속도가 120노트를 유지하고 있음을 재차 확인한 수송기 승무원들이 양편에서 동시에 측면 출입문을 위쪽으로 밀어 올려 개방했다. 이어서 강하자들을 위한 발판을 아래쪽으로 고정시켰다.

기내 안으로 세찬 바람이 쏟아져 들어오기 시작했고 타카히로 일위는 좌측 출입 문가에 섰다. 그러자 그의 등 뒤에 서 있던 안전근무자(강하 지원 인원)가 그의 하네스를 붙잡아 줬다. 타카히로는 출입문 바깥으로 머리와 상체를 쭉 들이밀었다.

C-130H기는 까만 밤하늘에서 고도를 낮추고 있었는데 기수가 향하는 곳, 먼 아래쪽에 불이 환하게 켜져 있는 야마나시 현 외곽 마을들이 그의 시야에 들어왔다. 그가 다시 몸을 기내로

들여놓을 때, 2명의 강하조장들이 이번에는 '5분 전' 공지를 전파했다.

"강하 5분 전~! 강하 준비! 일어서엇!"

5분 전 공지가 전파되자 공수부대원들이 일제히 좌석에서 일어선 뒤, 좌우 출입 문가를 향해 섰다. 그들은 자신의 노란색 스태틱 라인(생명줄)의 끝에 있는 고리를 각 조의 우측, 좌측에 있는 강하 유도 줄에 걸었다.

타카히로 일위가 다시 강하조장들 쪽으로 자리를 옮길 때, 강하조장들이 양팔을 쳐들면서 소리쳤다.

"장비 검사~!"

공정대원들은 자신의 앞사람의 낙하산과 스태틱 라인을 확인한 뒤, 앞사람의 어깨를 치며 이상 여부를 보고해 왔고 2명의 안전근무자들이 그들의 보고가 앞사람에게 전달되는 것에 맞춰 2차로 그들의 장비 결속 상태 및 낙하산을 눈으로 확인하면서 걸어 올라왔다.

이윽고 좌우 측 열에서 가장 먼저 뛰어내릴 1번 강하자들이 강하조장에게 엄지손가락을 쳐들며 '이상 무'라 보고하자, 강하조장들이 양측 조원들에게 "강하 3분 전!"을 전파한 후 좌측과 우측 출입 문가로 자리를 옮겼다. 그들은 출입문 발판이 고정되어 있는지 확인한 뒤, 위쪽으로 개방되어 있는 출입문이 제대로 고정되어 있는지 확인했다.

그런 뒤, 강하조장들이 이상이 없다는 의미로 타카히로 일위를 향해 엄지손가락을 쳐들어 보이며 "이상 무!"라 소리쳤다.

타카히로는 두 사람에게 양손 엄지손가락을 쳐들어 보인 뒤 "오케이!"라고 대꾸했다.

"강하~ 1분 전~!"

강하조장들이 양측 강하조원들에게 최종 공지를 전파했고 강하자들의 기체 이탈 시, 그들의 스태틱 라인들을 한쪽으로 정리하고자 안전근무자들이 출입문 쪽에 자리를 잡았다.

그때에는 모든 강하자들이 출입 문가의 강하 유도등을 뚫어지게 응시하고 있었다.

타카히로는 진한 위장 크림 속에 표정을 숨기고 있었지만 그의 중대원들이 분명, 용기와 투지로 가득 차 있을 거라 확신했다.

그는 부하들의 높은 사기 외에도 각각 200발이 넘는 실탄과 4발의 수류탄을, 각 조별로 01식 경대전차 유도탄 발사기, M249 경기관총과 40밀리 유탄발사기를 휴대했다. 뿐만 아니라 약간의 시간 차를 두고 합류할 특수작전군, 경찰 병력이 3중대의 전투를 지원할 예정이었기 때문에 3중대원들 대부분은 북조선 테러분자들을 압도적으로 섬멸할 수 있다 확신했었다.

이윽고 초록색 강하 유도등에 불이 들어오면서 타카히로 일위와 2명의 강하조장들이 중대원들을 향해 소리쳤다.

"고우~! 고우~! 고우~!"

50여 명의 공정대원들은 강하 유도 줄에 걸어 둔 스태틱 라인의 고리를 밀면서 각 조의 출입문 쪽으로 이동했다. 출입문 쪽에서 강하조장이나 안전근무자가 각 강하자들의 고리와 연결된 스태틱 라인을 걷어 가는 시점에는 강하자는 출입문 바깥의 까만 허공 속으로 몸을 날린 뒤였다.

눈 깜짝할 사이에 양쪽 출입문들을 통해 20여 명이 넘는 공정대원들이 기체 밖으로 몸을 날리는 것을 지켜보다가, 타카히로 일위는 자신의 방탄 헬멧 측면에 장착된 액션 캠의 고정 상태를 확인했다.

전역합동대테러본부 지휘부는 이제껏 그의 액션 캠을 통해서 공정대원들의 투입과 기체 이탈을 지켜보고 있었고, 그는 그가 기체를 이탈하는 순간에 액션 캠이 헬멧에서 떨어지는 것을 방지하고자 한 손으로 고정 상태를 확인했던 것이다. 그가 카메라 점검을 마치자 각 조의 마지막 강하자들이 막 출입문 바깥의 허공으로 몸을 날린 뒤였다.

타카히로는 2명의 안전근무자들을 향해 엄지손가락을 쳐들어 보인 뒤 우측 출입문을 통해 몸을 날렸다.

출입문을 통과하는 순간 야간 강하를 할 때마다 늘 그러했던 것처럼 아무것도 보이지 않는 칠흑 같은 어둠 속으로 뛰어드는, 등골이 오싹하는 느낌이 아주 잠깐 그를 찾아왔다가 사라졌다. 그의 몸은 C-130H의 프롭 엔진 소리와 격렬한 진동 속에 휩쓸렸다가 곧 진공 상태에 빠진 듯한 착각에 빠졌고 산낭에서 낙하산 뭉치가 빠지는 소리가 들려오다가 이내 지상으로 추락하던 그의 몸에 13식 낙하산이 펼쳐지는 충격이 가해졌다.

타카히로 일위는 어렵게 고개를 쳐들어 낙하산이 완전하게 펼쳐진 모습을 확인하면서, 양손을 하네스의 어깨 쪽을 뻗어서 낙하산 조정 줄을 잡았다. 그의 전투화 발아래에는 수십 개의 13식 낙하산들이 펼쳐져 있었고 머리 위쪽에서는 멀어져 가는 침투 수송기 소리가 울려 퍼지고 있었다.

타카히로 일위는 낙하산을 조향하는 중대원들 아래로, 멀리에 보이는 DZ(Drop Zone: 강하 지점)를 살폈다. 넓은 논과 밭이 있는 강하 지점을 그 주변의 도로 가로등들이 밝혀 주고 있었고 강하 지점의 남쪽 끝에는 특수작전군 선발 대원들이 설치한 스트로브가 깜빡이고 있었다. 4개의 스트로브들이 깜빡이는 곳은 바로 제1 공정단 기습 병력의 타격 지점인 북조선 테러범들의 은거지 근처였다.

*　　　*　　　*

2016년 8월 3일 0시 13분 일본, 도쿄 외곽, 야마나시 현 북서부

"강하가 시작됐습니다, 조장."

작업용 밴 차량의 조수석에 앉아 있던 사내가 운전석에 앉아 있는 또 다른 사내에게 나지막이 말했다. 운전석에 앉아 있는 30대 중반의 남자는 차량 출입문을 열고 나온 뒤, 들고 있던 쌍안식 야간 투시경을 눈가로 위치시켰다.

야시경의 접안렌즈 속 초록색 영상 속에는 막 펼쳐진 수십 개의 낙하산들이 포착되었다.

그는 야시경을 쳐들고 있던 두 손 중에서 왼손으로 그의 가슴팍에 있는 무전기 헤드셋의 키를 누르고 말했다.

"강하 병력이 내려오고 있다. 모두 경계를 늦추지 말도록!"

"알겠습니다, 조장"

남쪽에 주차된 또 다른 밴에서 응답이 오자, 그는 다시 양손으로 야시경을 잡고 낙하산들을 주시했다.

이들은 긴급하고 은밀하게 북조선 공작원들의 은거지 근처에 도착했던 특수작전군 소속 선발대였다.

지휘관 오노 류지 일등육조와 3명의 조원들은 제1 공정단의 신속대응 병력을 맞이하기 위해, 축구장 6개 정도 넓이를 가진 급조된 강하 지대 일대에 스트로브들을 설치해 놓고 일대를 주시하고 있던 중이었다.

뿐만 아니라, 류지 일조는 강하 지대 북쪽과 남쪽에 각각 야마나시 현 소속의 전력 관리소의 밴 차량들을 주차시켜 놓고 강하가 시작될 때, 전조등을 켜서 강하 지대와 도로 지대를 구분해 놓고 있었다.

그는 야시경을 빙 돌려서 강하 지점에서 500여 미터 정도 떨어진 마을 쪽을 살폈다. 야심한 시각이기 때문에 일체의 인기척이 없었다. 그는 특히 마을 외곽에 있는 5채의 펜션들 중에 적 공작원들이 은신한 것으로 추정되는 펜션을 주의 깊게 살폈다.

류지 일조의 야시경은 이제 펜션과 가까운 곳에 자리 잡고 있는 또 다른 조원들의 밴 차량 쪽을 살핀 뒤, 자신의 위치 쪽으로 천천히 살피며 내려왔다. 그가 다시 저음의 프롭 엔진음이 울려 퍼지고 있는 밤하늘 쪽으로 옮겨 갈 찰나 별안간 조원의 목소리가 들려왔다.

"조장, 도로 안으로 차량 한 대가 진출합니다!"

그의 초록색 시야가 다시 도로 정중앙으로 향하자 남쪽의 밴 차량과 그의 밴 차량 중간 지점에서 맹렬한 속도로 달려오는 승용차 한 대가 포착됐다.

류지 일조는 무전기 키를 누르고 남쪽에 있는 조원을 호출했다.

"하마다! 방금 그쪽에서 민간인 차량을 통과시켰는가?"

그의 다급한 목소리에 조수석에서 요시무라 마사키 이등육조가 MP5SD6 소음기관단총을 꺼내 들고 하차했다. 그때에도 남쪽의 감시조는 응답하지 않았고 류지 일조는 야시경을 운전석 안으로 던져 넣은 뒤, 소음기가 장착된 HK416을 꺼내 들었다.

두 특수작전군 대원들은 조심스럽게 60여 미터 거리까지 접근한 세단 차량을 향해 사격 자세를 취했다. 그는 지금 당장 강하 지대에 현 상황을 전파해야 한다고 생각했지만 눈앞에 닥친 위험 요소를 본능적으로 반응하고 있었다.

"어떻게 할까요, 조장?"

"계속 접근해 오면 바로 사격을 가해!"

"혹시 주민들이면 어떻게 합니까?"

"저쪽 감시조를 뚫고 전속력으로 달려오는데 무슨 소리야?"

마사키 이조는 류지 일조의 지시를 따르려다가, 혹시나 하는 마음에 총기에 장착된 전술 라이트를 켰다. 그는 승용차를 향해 전술 라이트 빛을 투사한 뒤, 한 손바닥으로 라이트 앞을 가렸다가 치워 내기를 반복하면서 신호를 보냈다.

"야, 임마, 요시무라, 너, 정신 나갔어?"

류지 일조가 그에게 역정을 내며 괴 차량을 향해 총기의 견착 사격 자세를 잡았다. 그러나 그가 방아쇠를 덜컥 당기려는 순간, 그의 우측 수풀 속에서 부스럭거리는 소리가 났다.

류지 일조는 본능적으로 위험을 감지하며 총구를 펜션 쪽 도로에서 그의 우측 잡풀 지대로 겨누면서 동시에 방아쇠를 당겼다.

"푹! 푹! 푹! 푹!"

"퍽! 퍽! 퍼퍽! 퍽!"

류지 일조는 수풀 속에서 나타난 실루엣을 향해 총탄들을 날려 보냈고, 그쪽에서도 그에게 소음기를 통해 발사되는 22구경 탄을 날려 보냈다.

곧 마사키 이조가 몸을 빙 돌려 류지 일조가 사격하는 지점을 향해 전술 라이트를 비추며 사격을 가했지만 그가 세 번째 총탄을 날려 보낼 때, 질주해 오던 승용차의 우측 측면이 그를 들이받았다.

마사키 이조는 몸을 피할 새도 없이, 세단에 치인 뒤 밴 차량 차체로 처박혔고, 수풀 지대 쪽으로 사격을 가했던 류지 일조는 22구경 총탄에 피탄됐다. 2발의 소음 권총탄들이 그의 가슴팍과 복부에 박혔음에도 불구하고 그는 수풀 지대와 도로 경계선 즈음에 서서 사격 자세를 유지했다.

"푹! 푹!"

류지 일조는 형언 못 할 고통을 삼키면서도 두 번이나 방아쇠를 당겼는데, 그때 수풀 속에서 시커먼 그림자가 불쑥 튀어나와 그에게 달려들었다. 괴한은 류지 일조의 HK416 소음기를 한 손으로 채어 잡고 다른 한 손에 들고 있던 22구경 소음권총 총구를 그의 미간에 들이댔다.

"퍽!"

*   *   *

2016년 8월 3일 0시 17분 일본, 도쿄 외곽, 야마나시 현 북서부

오사카를 공포에 떨게 했던 대덕산 공작조의 부조장 황인범 상사는 현장에서 제압된 2명의 특수작전군 대원들을 향해 확인사살 목적으로 2발씩 22구경탄들을 날려 보냈다. 그런 뒤, 품 안에 있던 개인 무전기를 꺼내 그의 조원 김신용 중사에게 소리쳤다.

"적 경계조 제압! 신용이, 빨리 강구 지뢰(크레모아)를 설치하고 이쪽으로 합류하라!"

황인범 상사는 류지 일조 일행이 대기했던 밴 차량의 앞쪽으로 옮겨가, 도로의 좌측 제1 공정단 병력이 접지하고 있던 강하지점 그리고 밴 차량의 전방 30여 미터 지점에 정차해 있는 승용차 쪽을 응시했다. 곧 차량을 몰고 왔던 김신용 중사의 목소리가 무전기에서 새어 나왔다.

"지금 가고 있습니다, 부조장 동지!"

김신용은 승용차의 정차 지점 근처, 좁은 경사면 지대에 4발의 크레모아들을 고정해 두고, 그것들의 도전선 가닥들을 끌고 황인범 상사가 있는 밴 차량 쪽으로 뒷걸음질 쳐 오고 있었다.

크레모아들은 도로 아래쪽, 논과 밭이 시작되는 지점에 설치했고 그것들이 수천 개의 극소형 쇠구슬을 투사할 방향은 바로 공정단 대원들의 접지 지점이었다.

황인범은 그를 지켜보다가, 차량 안에서 류지 일조의 야시경을 꺼내 들었다. 그는 그것을 쳐들어 넓은 논과 밭 한가운데로 접지하고 있는 공정대원들을 살펴봤다. 이미 50여 명의 병력이 바닥에 접지하여 낙하산 하네스를 벗고 경계 대형을 구성하는 중이었다. 그들 또한 총성을 들었는지, 류지 일조의 무전기에서 다급한 목소리들이 들려왔다.

황인범은 이번에는 시선을 돌려, 펜션 가까이에 주차되어 있다가 또 다른 정찰조원들에게 제압당한 두 번째 밴 차량 쪽을 살폈다. 그곳 도로 위에는 대덕산 공작조의 조장 리원제와 오가산 공작조의 조장 박진성 대위가 RPK74 경기관총을 설치한 채, 공정대원들이 접근해 오기를 기다리는 모습이 보였다.

"거의 다 됐습니다, 부조장 동지!"

막 도착한 김신용이 헐떡거리면서 도전선들을 4개의 격발기들에 하나씩 연결하기 시작했다. 황인범은 그가 도로 바닥에 내려 둔 RPK74 경기관총을 쳐들고 공정단의 강하 지점을 주시했다.

"격발기 설치 완료했습니다! 강구 지뢰 격발 준비 끝!"

두 무릎을 꿇고 있는 김신용 중사가 도로 바닥 위에 나란히 놓아 둔 격발기들 위에 자신의 오른 팔뚝을 올려놓은 채 보고했다.

그 시점에는 인근 상공에 떠 있는 낙하산은 하나도 없었다. 모든 공정대원들이 접지하여 낙하산 하네스를 해체하고 총기와 장비를 챙겨서 이동을 개시하기 직전이었다.

황인범은 다시 한 번 두 명의 조장들이 대기 중인 펜션 쪽, 밴 차량을 힐끗 쳐다보고 다시 시선을 전방의 강하 지점에 두었다. 약한 달빛이지만 수십 명의 공정대원들이 꼼지락거리는 것이 그의 육안에도 잡혔다.

황인범은 짧은 한숨을 내쉬었다. 이제까지 잘 버티어 온 그의 운이 여기서 다할 것인지 아니면 계속 이어질 것인지 확인해야 하는 막연한 부담감이 그의 가슴을 짓눌렀고, 그로 인해 당장 입이 떨어지지 않았다.

"부조장 동지? 지금 격발합니까?"

그런 그의 마음을 김신용 중사가 바로잡아 주었다. 황인범은 그의 뒤쪽에 무릎쏴 자세를 취하며 대답했다.

"격발!"

그의 입에서 한마디가 나오는 순간, 김신용 중사는 오른 팔뚝 아래에 있는 4개의 격발기들을 동시에 눌렀다.

"퍼어어엉~!"

제1 공정단의 기습 병력이 접지한 지대를 향해 설치되었던 4

발의 크레모아들이 폭발하면서 이곳 일대를 엄청난 규모의 흙먼지와 연기가 삼켜 버렸다.

밴 차량의 뒤쪽에 엄폐하고 있었음에도 황인범과 김신용은 무시무시한 폭발음과 충격에 압도되었다.

황인범은 충격에서 회복하고자 머리를 거칠게 흔들었다. 그런 뒤 야시경을 통해 공정단의 강하 지점을 살폈다. 짙은 흙먼지가 그의 시야를 가려 버린 상태였고 그의 청력 또한 '삐'하는 고주파음 때문에 아무것도 들을 수 없는 상태였다.

황인범은 앞쪽에 엉거주춤한 자세로 서 있는 김신용의 어깨를 잡고 흔들었다. 그는 고개를 돌려 황인범을 주시했고 황인범은 그에게 묵직한 RPK74를 넘겨 줬다. 그가 기관총을 넘겨받고 양각대를 펼치며 사격 자세를 취할 때, 황인범도 경기관총의 사격 자세를 취했다.

두 사람은 밴 차량 쪽 도로에 엎드려쏴 자세를 잡은 뒤, 흙먼지와 화연이 걷히기를 기다렸다.

두 정찰병의 청력이 회복되기 시작할 즈음, 두 사람의 귀에 가장 먼저 들려오는 소리는 공정단 대원들의 고함 소리와 호각 소리였다.

밴 차량 안과 류지 일조의 시신 쪽에서는 개인용 무전기를 통한 공정대원들의 다급한 말소리가 계속해서 이어졌다.

4발의 크레모아 공격으로 모든 공정대원들이 제압되었다고 생각하지는 않았지만, 황인범은 내심 그들이 초반의 강력한 선공에 우왕좌왕하기를 바라고 있었다.

흙먼지가 거의 가시고, 논밭 위에서 엄폐할 곳을 찾아 움직이는 공정대원들이 두 사람의 눈앞에 나타났다.

강력한 폭발에도 불구하고 그들은 과감히 크레모아들이 폭발한 지점을 향해 달려오고 있었다. 7명의 공정대원들이 반격을 위해 접근하고 있었고 황인범은 그들을 향해 총구를 겨누고 소리쳤다.

"제압해!"

"타타타타타~! 타타타타타!"

황인범 상사의 사격에 바로 이어 김신용 중사의 RPK74 기관총이 불을 뿜었다. 시끄러운 총성에 의해 두 사람의 반쯤 막혔던 귀가 탄피들이 아스팔트 바닥에 떨어지는 소리를 들을 만큼 뚫렸다.

두 사람의 집중사격에 이들의 위치에서 2시 방향 15~16미터까지 접근했던 4명의 자위대원들이 쓰러졌다. 그 즉시 그들 쪽에서도 정찰병들을 향해 응시하기 시작했다.

김신용 중사가 횡사로 기관총 사격을 가하는 동안, 황인범은 몸을 일으켜 밴 차량의 앞쪽으로 달려갔다. 그런 뒤, 그곳에서 도로 아래쪽 3명의 공정대원들이 엄폐해 있는 논바닥을 향해 세열수류탄을 힘껏 투척했다. 그는 투척과 동시에 뒤로 돌아보지 않고 다시 김신용 쪽으로 달려왔다.

"쾅! 콰쾅!"

그가 투척한 수류탄이 폭발할 즈음, 황인범은 김신용의 어깨를 툭 친 뒤 처음 그가 류지 일조를 기습했던 도로의 우측 아래쪽, 수풀 지대로 향했다.

"타타타타타타~! 타타타타타~!"

김신용은 몸을 일으켜, 전방과 2시 방향을 향해 기관총탄을 퍼부으면서 뒷걸음쳤다. 그때, 밴 차량에서 50~60미터쯤 떨어진 논바닥 한가운데에서 무언가 번쩍했다.

김신용은 반사적으로 도로 바닥에 납작 엎드렸고 거의 동시에 "쿵!"하는 충격이 밴 차량을 뒤흔들었다. 공정대원이 날려 보낸 40밀리 유탄 한 발이 밴의 차체 우측면을 정확히 강타했다.

40밀리 유탄의 위력은 밴이 큰 폭발로 산산조각이 날 정도라기보다는 차체가 크게 흔들린 정도였다. 그렇지만 폭발 충격은 김신용의 머리를 강타했고 그는 잠시 방향 감각을 잃었는지 일어나지 못하고 허둥대기 시작했다.

도로의 반대편 수풀 지대에 내려가 있던 황인범이 다시 도로로 올라오는 순간, 그의 눈앞에 2명의 공정대원들이 불쑥 나타났다. 그들은 아군의 유탄 살상 범위 안까지 들어와서 대기하다가 유탄 착탄 즉시 정찰병들을 제압하고자 나타난 것이었다.

김신용은 반사적으로 인기척을 느끼는 곳을 향해 기관총 총구를 겨누고 방아쇠를 당겼다.

"타타타타타~!"

그러나 그의 기관총탄들을 뒤집어쓴 자위관 한 명 또한 김신용 중사를 향해서 89식 소총의 방아쇠를 당겼다.

"타타타타타탕!"

자위관이 발사한 총탄들이 막 몸을 일으켰던 김신용 중사의 몸통을 꿰뚫었고 그는 밴 차량 쪽으로 나가떨어졌다.

황인범은 도로와 수풀 지대 사이의 경계선 즈음에서 공정대원들을 향해 RPK74의 총구를 겨누고 방아쇠를 덜컥 당겼다.

"타타타타타타!"

그의 사격에 2명의 자위관들은 도로 건너편 논바닥으로 사라졌다.

황인범은 다시 도로 위로 올라와 김신용에게 다가가려 했지만, 도로 바닥 위에 고개를 처박고 앉아 있던 김신용이 그를 향해 한 손을 들어 보였다.

"일어나! 당장 일어나!"

황인범은 김신용을 향해 소리쳤지만 그는 그 자세를 그대로 유지하면서 다시 한 번 손을 흔들어 보였다. 마치, 자기는 괜찮으니 먼저 가라는 듯한 손짓이었다.

황인범은 도로 위로 올라와 엎드려 있는 그를 붙잡아 일으키려 했지만 그때, 다시 공정단 병력이 있는 곳에서 무언가 번쩍했다. 이번에는 섬광의 관측과 동시에 노란 불덩어리가 밴 차량 쪽을 향해 순식간에 날아왔다.

황인범은 김신용의 머리를 자신의 품 안으로 끌어들였고 그 순간 01식 경대전차 유도탄이 밴 트럭에 작렬했다.

*　　　*　　　*

2016년 8월 3일 0시 34분 일본, 도쿄 외곽, 야마나시 현 북서부

"콰앙~!"

강력한 섬광이 도로 전체를 밝히고 리원제 대위와 박진성 대위의 시선이 동시에 그쪽으로 향했다. 도로 북쪽의 있던 밴 차량이 공정대원들이 발사한 대전차 유도탄에 파괴되는 순간이었다.

"씨팔!"

논밭에서 기동하고 있는 공정대원들을 향해 RPK74 기관총 사격을 가하던 두 정찰 군관들은 1시 방향의 도로에서 화염에 휩싸인 밴을 보면서 황인범 상사와 김신용 중사가 자위대원들의 반격에 끝장났음을 직감했다. 그러나 두 사람은 동요하지 않고 침착하게 밴 차량 주변 도로 바닥에서 각자의 경기관총 사격을 재개했다.

최초 크레모아 공격 직후, 시야를 확보하자마자 사격을 가했던 두 정찰병들은 이미 12명의 공정대원들을 쓰러뜨린 직후였다. 이들이 날려 보낸 기관총 예광탄들은 강하 지대 전체를 촘촘하게 좌우로 훑으면서 날아갔고 상황을 파악한 공정대원들 또한 이들에게 응사해 왔다.

정찰병들은 자신들의 머리 위로 스치듯 지나치는 유탄 비행음들과 근처에서 튀어 날리는 아스팔트 조각들로 자위대원들이 얼마나 많은 총탄을 날려 보내는지 파악할 수 있었다.

두 정찰조장들은 밴 차량의 앞쪽과 뒤쪽에서 사격 위치를 잡았지만 공정대원들의 대응 사격이 너무 치열해지자, 앞쪽에서 사격하던 리원제가 밴 차량의 뒤쪽 박진성 쪽으로 기어 왔다.

탄창을 교체하던 박진성이 그를 발견하고 뭐라 하려는 순간 도로 일대로 환한 조명이 쏟아졌다. 그때부터 5.56밀리 경기관총 총탄들이 끝도 없이 밴 차량 쪽으로 날아들었다. RPK74와는 다른 찢어지는 듯한 총성을 가진 일제 M249 경기관총들이 정찰병들에게 사격을 집중시키기 시작한 것이었다.

리원제와 박진성은 이제 전열을 정비한 공정대원들이 곧 이곳을 접수할 것임을 직감했다.

"지금! 지금이야, 이 동무야!"

리원제의 재촉에 박진성이 차량 아래쪽에 있던 크레모아 격발기들을 한 손으로 주섬주섬 빼냈다. 그는 그들의 위치에서 80~90미터 정도 떨어져 있는 공정대원들을 향해 4발의 크레모아들을 설치했는데 이제 그것들을 격발할 참이었다.

"아!"

격발기를 살피던 박진성이 기관총탄이 박히면서 비상시킨 아스팔트 조각에 뺨을 얻어맞았다. 금세 뺨 위로 피가 흐르기 시작했지만 그는 개의치 않고 격발기들의 안전장치를 하나하나 격발 위치로 옮겨 놓았다.

또 한 발의 수타식 조명탄이 허공 높이에서 빛을 쏟아 내기 시작했고 두 사람은 금방이라도 01식 경대전차 유도탄이 밴을 향해 날아들 것을 걱정했다.

"이 동무야, 빨리 터뜨리지 않고 대체 뭐하는 게야? 어?"

리원제는 그의 동료에게 역정을 내면서 자신이 직접 4개의 격발기들 위에 경기관총 개머리판을 올려놓았다. 그런 뒤, 망설임 없이 개머리판을 손바닥으로 콱 눌렀다.

"퍼펑~!"

이들의 위치에서 자위대원들의 거점을 향해 또 한 번의 강력한 폭발이 투사되었다.

크레모아들의 거센 후폭풍과 흙먼지가 사면을 타고 도로 위까지 올라와 두 정찰병들을 삼켜 버렸고 이들은 엄청난 폭발음의 충격에 머리가 멍해졌다.

"후! 후! 후! 후!"

두 사람은 서로 경쟁이라도 하듯 힘겹게 심호흡을 하기 시작했고 그와 같은 조치로 폭발 충격에서 신속하게 벗어났다.

리원제는 그의 눈앞에 펼쳐진 난장판을 보고 고개를 가로저으며 말했다.

"가자고, 이 동무야. 이 생지옥에서 벗어날 수 있는 기회는 지금뿐이다!"

그는 RPK74를 지팡이 삼아 몸을 일으켰고, 박진성을 부축해 세웠다. 논 지대의 정중앙을 향해 뻗어 나갔던 상당한 양의 흙먼지와 하얀 연기는 아직도 허공에서 흩어질 기미가 없어 보였다.

박진성 대위를 펜션 쪽으로 먼저 앞세운 뒤, 리원제는 잠시 황인범 상사가 제압되었던, 전소 중인 밴 차량 쪽을 응시했다. 혹시라도 공정대원들의 로켓 공격에서 살아남은 정찰병들이 있었다면 지금 자신 쪽으로 합류해야 했지만 그곳에는 거센 불길과 까만 연기 외에는 아무것도 보이지 않았다.

　박진성의 두 귀가 때맞춰 멀리에서 울려오는 진동을 감지했다. 또렷하게는 들리지 않았지만 그는 그 진동이 헬리콥터 소리와 비슷하다는 것은 확신할 수 있었다.

　리원제는 20여 미터 정도 앞서 달리다가 이제는 자신을 엄호하고자 도로 한편에서 무릎쏴 자세를 하고 있는 박진성을 향해 달리기 시작했다.

＊　　　＊　　　＊

2016년 8월 3일 0시 39분 일본, 도쿄 외곽, 야마나시 현 북서부

　"아아아～!"

　크레모아에서 투사된 극소형 쇠구슬들에 피탄된 십수 명의 공정대원들 중 2명이 고통에 찬 괴성을 지르고 있었지만, 논바닥에서 뒹굴고 있거나 엄폐했던 나머지 공정대원들은 아직도 폭발충격에서 회복되지 못한 채 어리둥절해 있었다.

　"탕! 탕! 탕! 탕! 탕!"

　펜션 쪽을 향해 야진하다가 쓰러진 대원들 중 누군가 그 방향을 향해 소총 사격을 가하고 있었는데 타카히로 일위는 그 총성이 딱총 소리처럼 들려오고 있다는 사실에 답답한 한숨을 내쉬었다.

　"망할 자식들, 반드시 내 손으로 죽여 주겠다."

타카히로가 질퍽한 논바닥에서 몸을 겨우 일으키며 적들을 저주했다. 그는 몸을 일으키자마자 01식 경대전차 유도탄 발사기 사수와 저격수가 있었던, 그의 우측 강하 2조 병력 쪽으로 고개를 돌렸다. 그들 쪽에서 중대 선임 부사관인 타구치 유타카 일조가 중대원들의 피해 상황을 확인하고 전열을 재정비하고자 소리치고 있었다. 타카히로 일위는 유타카 일조를 향해 손가락을 쳐들며 소리쳤다.

"유타카 일조!"

그가 소리치자, 충격에서 회복하지 못하고 있던 무전병이 자신에게 소리친 줄 알고서 그의 곁에서 벌떡 일어섰다. 유타카 일조 또한 두 차례의 크레모아 공격에 청력에 손상을 입었는지 타카히로 일위의 호출에 응답하지 않고 대여섯 명의 강하 2조 병력을 챙기고 있었다.

타카히로는 자신의 방탄 헬멧을 벗어든 뒤, 그를 향해 집어 던지며 소리쳤다.

"유타카 일조~!"

그때서야 유타카가 몸을 빙 돌려 타카히로에게 응답했다.

"네, 중대장!"

유타카 일조는 타카히로 쪽으로 달려왔고 그 또한 무전병의 어깨를 채어 잡고 유타카를 향해 달려갔다. 두 사람은 중간 지점에서 만나자마자, 논바닥 위에 한쪽 무릎을 꿇고 앉으며 자세를 낮췄다.

타카히로는 유타카 일조의 귓가에 소리쳤다.

"대전차 유도탄으로 지금 당장 적들의 밴을 날려 버려! 그런 다음 그쪽 2조 병력을 이곳 논 구획의 우측에 최대한 밀착시켜서 적 방향으로 전진시키시오. 나는 이쪽 강하 1조 병력의 기관총 2정을 적 방향으로 고정, 엄호사격을 가하게 한 다음에 도로 너머 반대편 논으로 우회하여 적들을 공격하겠다!"

경기관총 사격을 가하면서 동시에 좌우 측에서 측면 공격을 가하겠다는 급조된 전술은 사실, 자위대원들에게 선택의 여지가 없었다.

강하 지대를 벗어나지 못한 공정대원들은 반쯤 먹은 귀 때문에, 이들의 위치 근처로 점점 더 가까워지는 특수작전군의 CH-47J 헬기들의 소리를 듣지 못하고 있었다. 그러나 정찰병들과 전투를 치를 수 있는 26명의 공정대원들은 이제 죽고 다친 동료들의 복수를 위해서 눈이 뒤집힌 채 움직이기 시작했다.

*　　　*　　　*

2016년 8월 3일 0시 43분 일본, 도쿄 외곽, 야마나시 현 북서부

"슈슈슛! 쾅!"

박진성과 리원제가 펜션 쪽으로 되돌아올 때쯤, 두 사람이 엄폐했던 밴 차량이 환한 섬광을 사방으로 쏟아 내며 폭발했다. 동시에 밴 차량을 조준했다가 빗나간 또 한 발의 대전차 유도탄이 두 정찰병의 위치 좌측 허공으로 날아가다가 근처의 2층 주택 외벽에 명중했다.

"콰앙!"

번쩍하는 섬광과 폭발음에 두 정찰조장들이 동시에 움찔했다. 그러나 그 직후, 리원제가 겨드랑이에 끼고 있던 경기관총을 번개같이 쳐들더니 그의 직전방을 향해 난사하기 시작했다.

"타타타타타타~!"

그의 사격에 박진성 대위 또한 급히 총구를 쳐들어 사격했고 그들의 십 수 미터 앞쪽에서 다가오던 현지 경찰관들이 총탄을 뒤집어쓰고 쓰러졌다. 3명의 정복 경관들이 쓰러지자, 리볼버 권총으로 사격을 하던 나머지 2명이 혼비백산하여 근처 골목 안으로 뛰어들어 갔다.

리원제는 기관총을 안은 채, 다른 한 손으로 허리춤 탄띠에서 수류탄을 뽑아 들었다. 그런 뒤, 박진성이 대신 안전핀을 뽑자마자 앞쪽으로 몇 미터 달려간 다음 골목 안쪽을 향해 수류탄을 힘껏 던졌다.

"쾅!"

수류탄이 폭발하면서 정찰병들이 은신했던 펜션과 근처 주택들의 유리창이 깨져서 쏟아져 내렸다.

"탕! 탕!"

박진성이 리원제가 수류탄을 투척했던 11시 방향 골목 쪽을 응시할 때, 별안간 그의 우측 주택 출입 문가에서 권총탄들이 그를 향해 날아왔다. 리원제의 급작 사격에 쓰러졌던 경찰관 한 명이 엎드린 상태에서 기습 사격을 해 온 것이었다. 그리고 그가 발사한 2발의 눈먼 총탄들 중 한 발이 박진성의 우측 팔 위쪽을 관통해 우측 가슴 안까지 뚫고 들어왔다.

"아아!"

박진성은 무지막지한 통증에 순간 꼼짝하지 못했고, 그의 6미터 후방에 있던 리원제가 다시 경찰관을 향해 대응 사격을 가했다.

"타타탕! 타타타탕!"

두 번 끊어 쏜 사격에 경찰관은 수발의 총탄에 머리가 박살나며 다시 쓰러졌다. 그때, 공정단의 강하 지점에서 CH-47J 헬기 2개가 온 동네를 흔드는 듯한 굉음과 진동을 앞세우고 착륙 지점을 향해 고도를 낮추고 있었다. 그런데 현장에 있는 모든 이들이 파악하지 못했던 존재가 하나 있었다. 바로 CH-47J 헬기들의 선두에 있던 1대의 AH-64DJ 아파치 헬기였다.

리원제가 박진성을 부축하고자 달려가는 순간, 펜션 직상방에 도착했던 아파치 헬기가 열상 장비로 두 정찰병의 존재를 발견했다. 항행등과 같은 모든 조명을 끄고 떠 있던 공격 헬기의 기수에서 30밀리 체인건이 불을 뿜기 시작했다.

"파파파파파팟!"

리원제와 박진성이 어렵게 고개를 돌려, 아파치 헬기 쪽을 응시할 때에는 30발이 넘는 30밀리 포탄들이 이들에게 쏟아져 내린 뒤였다.

두 사람이 서 있던 아스팔트 도로 바닥에 포탄들이 작렬하면서 주먹만 한 아스팔트 조각들이 튀어 올랐고 근처에 있던 목재

전신주는 폭발하듯 두 동강이 나 버렸다.

두 정찰병들은 자신들이 처한 상황을 파악하기도 전에 또다시 날아온, 수십 발의 체인건 탄들이 두 사람이 서 있던 골목 전체에 작렬했다.

AH-64DJ 헬기는 서서히 도로를 타고 올라와 마을 일대를 살폈고 잠시 뒤, CH-47J 헬리콥터들이 공정단의 강하 지점에 도착, 직상방에서 고도를 낮추기 시작했다.

*　　　*　　　*

2016년 8월 3일 0시 51분 일본, 도쿄 외곽, 야마나시 현 북서부

타카히로 일위는 특수작전군 헬기들이 논바닥에 착륙을 할 즈음 10여 명의 중대원들과 함께 펜션 근처까지 접근해 있었다. 그의 좌우에서도 대여섯 명으로 구성된 2개 조가 함께 이동하고 있었기 때문에 측면 공격을 걱정할 필요가 없었다.

그는 가장 먼저 질퍽한 논바닥에서 아스팔트 도로 바닥 위로 올라온 다음, 중대원들이 파괴한 밴 차량을 응시했다. 불길에 휩싸여 까만 연기를 내뿜는 밴 차체가 3~4미터 정도 떨어져 있는 그의 얼굴 쪽에까지 열기를 쏟아 냈다.

타카히로는 무전병이 올라와, 자신의 곁에 합류하자마자 그의 방탄 헬멧 뒤쪽에 고정되어 있는 적외선 스트로브가 작동되고 있는지 확인했다. 아파치 헬기가 마을 상공에서 선회하는 동안 오인 사격을 받지 않기 위해서는 공정대원들 각자가 작동시킨 스트로브를 확인해야만 했다. 야시경을 통해서 적외선 점멸등을 확인한 후, 그는 M4A1의 탄창을 새것으로 교체하면서 도로 위로 합류한 공정대원들에게 소리쳤다.

"전 대원, 펜션을 포위한 뒤 다음 지시를 위해 대기하라! 대형을 이탈하면 아군 헬기의 오인 사격을 받을 수 있으니 주의하라!"

그의 지시에 공정대원들이 방탄 헬멧을 두어 번 두들기며 대답했다.

그는 논바닥에서 튀어 날린 진흙과 동료들의 피를 뒤집어쓴 중대원들의 모습을 응시하면서 가슴속에서 적개심과 공포가 동시에 솟아오르는 것을 느꼈다.

모든 상황이 그 자신과 중대원들이 예측했던 것과는 완전히 다른 방향으로 진행되고 있었지만 그는 여기서 더 이상 물러설 수가 없는 상황이라 생각하고 있었다. 더구나, 작전 초기의 모든 위험을 무릅쓰고 전투 강하를 실행했던 공정단 병력이 현 교전 상황을 특수작전군 병력에게 양보한다면 크레모아와 경기관총 공격에 쓰러진 중대원들의 희생이 무의미한 것이 될 거라 생각하면서 그는 결사 항전의 결의를 다질 수밖에 없었다.

한쪽 무릎을 꿇고 있던 타카히로는 몸을 일으키면서 그를 응시하고 있던 부하들에게 수신호를 만들어 보였다. 펜션을 향해 신속한 약진을 지시하는 내용의 수신호에 10명의 공정대원들이 총기를 쳐들며 일어섰다.

"펑~! 콰앙!"

그렇지만 이들의 머리 위로 천둥소리가 울린 뒤 논바닥에 착륙하던 CH-47J 2번기 쪽에서 환한 섬광이 허공에 산개했다.

펜션 주변의 담벼락 쪽에서 무언가가 발사되었고 그것이 거대한 치누크 헬리콥터의 후방 로터 아래에 명중했던 것이었다.

타카히로와 그의 3중대원들의 시선이 일제히, 이들의 후방 80여 미터 지점에 떠 있는 헬기 쪽으로 향했다.

피격된 CH-47J 헬기는 후방 로터 아래쪽에서 연기를 내뿜으면서도 가까스로 지상에 착륙했다.

하지만 착륙 자체가 급하게 이루어졌기 때문에 착륙과 동시에 기체가 위아래로 크게 들썩였고 그 순간 후방 로터 블레이드들이 위아래로 들썩이듯 돌기 시작했다.

다음 순간, 후방 로터가 급격하게 기수 쪽으로 기울어져 회전했고 거대한 3엽의 로터들이 기체 중간 부분을 때렸다. 로터 블레이드들은 기체 중간 부분을 칼날로 썰 듯 두 동강 내다가 결국 박살이 나서 허공으로 튀어 날아갔다.

3~4초 만에 후방 로터 블레이드들은 모두 박살이 났고 블레이드들이 때린 기체 중간 부분을 기준으로 치누크의 기체는 두 동강이 나기 직전이 되었다.

RPG7 로켓탄에 피격된 2번기의 상황에 약간의 거리를 두고 착륙해 있던 1번기는 황급히 현장에서 이륙하기 위한 기동에 들어갔고 지상에 접지했던 특수작전군 병력들이 사방으로 대비했다.

그 광경을 야시경으로 지켜보던 공정대원들은 불과 몇 초 전의 적개심과 투지를 까맣게 잊고 예상 못 한 난장판에 압도되어 갔다.

타카히로 일위는 야시경 몸체를 위쪽으로 올린 뒤, 육안으로 현장을 지켜봤다. 2번기의 후방 로터가 뽑혀져 나간 부분에서 노란 불길과 까만 연기가 솟아 나오고 있었고 그 바로 아래쪽 램프 도어 쪽에서는 까만 실루엣들이 뭐라 소리치면서 쏟아져 나오던 중이었다.

그는 그 모습에 이성을 잃어버렸다. 그는 가슴팍의 무전기 헤드셋 키를 누른 뒤, 다른 조와 연결된 무선망에 소리쳤다.

"전 조원, 약진을 멈추고 현 위치에서 펜션과 그 일대를 향해 집중사격을 가하라! 다시 말한다! 펜션을 포위한 뒤, 내부 수색에 들어가지 않고 현 위치에서 가장 적합한 사격 위치를 확보한 후 집중사격을 가하라! 유타카 일조, 신스케! 그쪽에서 가지고 있는 모든 40밀리 유탄과 대전차 유도탄들을 펜션에 집중시켜! 지금 당장!"

그의 지시가 끝나자마자, 공정대원 한 명이 M4A1에 장착된 유탄발사기에 40밀리 유탄을 장착했다. 그가 유탄발사기를 직사 사격 자세로 쳐들 때, 타카히로가 그의 총기를 빼앗아 들었다. 그러고는 자신이 직접 40~50미터 거리에 있는 펜션을 향해 정조준한 후 방아쇠를 당겼다.

"퍽~!"

"콰앙!"

그가 발사한 40밀리 유탄이 펜션의 2층에 명중하여 폭발했고 그의 중대원들은 멍한 표정으로 그를 지켜봤다. 그러자 그가 부하들에게 버럭 소리쳤다.

"뭐하고 있는 거야? 모두 집중사격하라!"

그의 지시가 떨어지자마자, 공정대원들이 엎드려쏴 자세와 무릎쏴 자세로 사격하기 시작했다. 때맞춰, 이들의 위치 좌우에 있는 논과 밭에서도 나란히 약진하던 2개조 병력들도 M249 기관총 사격을 필두로 각종 소화기 사격을 개시했다.

"펑! 피슈슈슛! 쾅!"

"펑~! 콰앙!"

2발의 01식 경대전차 유도탄들이 불꽃을 꼬리에 달고 날아가 펜션의 1층과 담벼락 쪽에 명중했다. 수십 발의 예광탄들이 펜션의 1층, 2층과 주변으로 열을 지어 날아갔고 공정대원들은 그 예광탄 비행 궤적을 참고하여 펜션에 정확한 소총, 경기관총 사격을 가했다.

잠시 후, 3중대 병력의 위치 근처 상공으로 AH-64DJ 헬기가 날아와 제자리비행을 시작했다. 헬기는 상황을 파악한 즉시, 이들의 사격을 보조하고자 30밀리 체인건 사격을 시작했고 30밀리 포탄들이 펜션 건물 전체를 날카로운 송곳으로 얼음 기둥을 깨는 것처럼 부숴 버렸다.

교전 현장은 엄청난 총성과 폭발음으로 전쟁터가 되어 갔고 곧 마을 일대의 전기가 나가면서 무시무시한 어둠이 마을을 집어삼켰다. 그 짙은 어둠을 밝히는 것은 경기관총, 중기관총 예광탄들과 폭발 섬광밖에 없었다.

　부하들의 사격을 독려하고 지켜보던 타카히로는 자신의 눈앞에서 파괴되어 가는 펜션과 민간인 주택을 보면서 자신과 자신의 중대원들이 지금 현실 세계에 있는지 의심하기 시작했다.

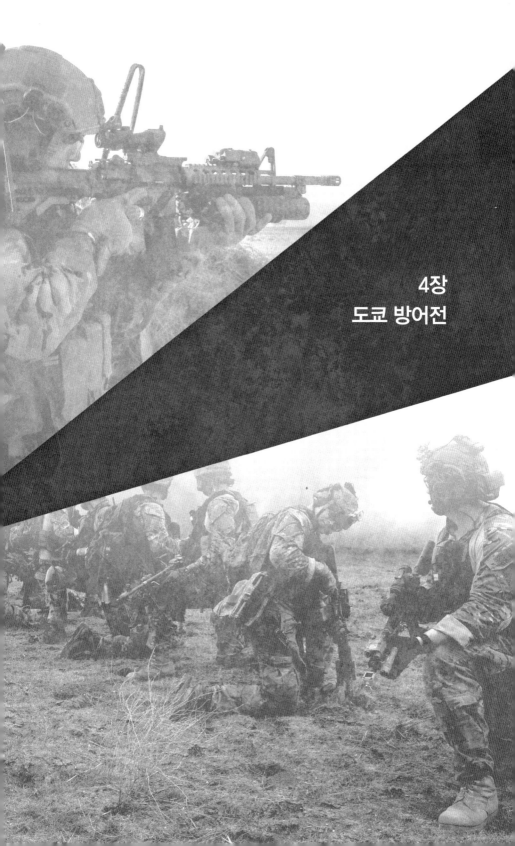

4장
도쿄 방어전

2016년 8월 3일 03시 21분 일본, 도쿄 도 북쪽, 사이타마 현

　곽성준이 천신만고 끝에 백두산 공작조의 독립 은신처로 돌아온 시각은 늦은 새벽 시간이었다. 이곳은 작전 전체와 관련된 은신처가 아닌 백두산 공작조가 임의로 수배하여, 확보해 둔 은신처였기 때문에 75정찰대대의 대대장 강민호 대좌를 제외한 그 누구도 알고 있지 않았다.

　그는 도쿄 북쪽의 외딴곳에 방치되어 있는 대형 창고 지대에 도착, 창고에 부속된 사무실에서 지동현과 김무영과 재회했다.

　지동현은 국소마취제 없이, 총격전에서 얻은 곽성준의 상처들을 말없이 꿰매기만 했고 곽성준은 말없이 고통을 삼키고 있었다. 무덥고 습한 날씨 때문에 두 사람은 비 오듯이 땀을 흘리고 있었지만 지동현은 땀을 닦지도 못한 채 상처 봉합에 집중했다. 김무영 중사는 사무실 한쪽 구석에서 노트북 컴퓨터와 스마트폰으로 비상 상황 시, 이들이 접속하는 SNS 계정에 들어가 백두산 공작조 앞으로 보내진 암호 전문을 찾고 있었다.

TV에서는 야마나시 현에서 일어난 대규모 교전이 반복해서 방송되던 중이었다. 3~4채의 펜션이 전소 중이었고 그 주변에 제1 공정단과 특수작전군 대원들이 바삐 오가는 모습이었는데, 곽 소좌는 그 화면이 현장에 있는 누군가의 방탄 헬멧에 장착된 액션 캠 화면인 것을 짐작할 수 있었다.

"우리가 저곳에서 조장 동지를 기다리고 있었다면 저 동무들과 똑같은 꼴을 당했을 겁니다. 아마, 조장 동지를 노렸던 12공작대 간나들이랑 일본 놈들이 모종의 거래를 했든지 아니면 일본 놈들이 우리 원거리 교신망에 침투한 게 아닌가 싶습니다."

지동현이 곽성준의 상처에 멸균 거즈를 붙여 주며, 중얼거리듯 말했다.

그러나 곽성준은 말없이 뉴스 화면에 시선을 고정해 두고 있었다.

뉴스 화면에는 교전 현장에서 사살당한 정찰병들과 이들을 지원해 줬던 강습소 소속 공작원들의 시신이 전리품처럼 취재 카메라들에게 공개되고 있었다.

곽 소좌는 그 장면에서 박진성 대위를 발견하는 순간 아랫입술을 지그시 깨물었다. 곽성준 외에 핵폭탄 격발 장치를 조작할 수 있는 유일한 정찰 군관이었던 그는 결국 야마나시 현에서 만약을 위해 대기하다가 사살당했던 것처럼 보였다.

그는 지동현이 상처 치료를 마치고 자리를 정리할 때까지도 침묵을 지켰다. 4평 정도의 오래된 사무실 안에는 낡은 선풍기가 열기를 내뿜으며 회전하는 소리밖에 들리지 않았다.

다행히 지동현이 슬슬 불편해했던 그의 침묵이 랩톱컴퓨터로 김승익의 긴급 명령을 확인한 김무영이 깼다.

"조장 동지! 최초 명령 수령 계정에 남겨진 암호 전문 내용을 변신(해독)했더니, 2차 명령 수령 계정으로 가 보라 했습니다."

꼼짝하지 않았던 곽성준이 그에게 시선을 보내자 그가 컴퓨터 모니터를 손가락으로 가리키며 말했다.

"그래서 2차 수령 계정으로 가 보니, 새로운 명령이 올라와 있습니다. 그런데, 이거는 조장 동지께서 직접 보셔야 할 것 같습니다."

김무영은 말을 마치며, 랩톱컴퓨터를 곽 소좌에게 들고 온 뒤, 그에게 건네줬다.

곽성준은 컴퓨터를 그의 왼쪽 위 테이블에 올려 두고, 몸을 돌려 모니터 안에 있는 내용을 읽었다.

지동현은 김무영에게 무슨 일이냐는 표정을 보였지만, 김무영은 매우 혼란스러운 표정만 지어 보일 뿐 대답하지 않았다.

조금 뒤, 곽성준이 컴퓨터를 번쩍 들어, 지동현에게 건네줬다.

김무영이 해독한 암호 명령문의 내용은 백두산 공작조가 8월

4일 02시 정각을 기해 도쿄 시내 중심가에서 핵폭탄을 터뜨리라는 것이었다. 그리고 현재 공화국 내에서 반혁명 세력들이 준동하여 정권 전복 시도가 이루어지고 있고 곧 '열도 파괴' 작전을 방해하고자 정찰병들을 습격할지도 모르니, 이 시간부로 우군의 지원이 끊어지고 그 누구와도 교신을 하지 말라는 것이었다.

지동현 상사는 컴퓨터를 김무영에게 넘겨준 뒤 곽성준을 물끄러미 쳐다봤다. 그는 이미 지동현의 스마트폰을 통해 구글 지도를 살펴보고 있었다.

"이동 준비를 할까요, 부조장 동지?"

지동현은 시선을 곽성준에게 둔 채, 그에게 진행하라는 손짓을 만들어 보였다. 그러자 김무영이 무기와 전술 장비를 쌓아둔 소파 쪽으로 향했다.

곽 소좌는 스마트폰 화면을 응시하면서 지동현에게 말했다.

"야간에 이동하면 적들의 시선을 끌게 될 테니, 동이 트면 움직입시다, 부조장 동지. 적 차단소(검문소)가 있을 법한 곳들을 예상하여 우회로들을 설정하면서 이동하면 초저녁쯤에는 도쿄 안으로 들어갈 수 있을지도 모르오."

"그것은 우리에게 일본인 협력자들이 있었을 때의 이야기 아닙니까, 조장 동지. 이제는 우리에게 적 차단소들의 위치를 미리 경고해 줄 협력자가 없기 때문에 자칫 잘못하면 도심 한복판에서 적들과 뒤엉켜 총격전을 치를 가능성이 큽니다."

곽성준은 고개를 들어, 지동현에게 시선을 보내며 말했다.

"알고 있소, 부조장 동지. 하지만 우리에게 다른 선택권이 없기 때문에 우리가 그러한 정황에 크게 구애받을 필요가 없잖소."

지동현은 곽성준의 말에 반응을 보이지 않고 그를 뚫어지게 응시했다. 곽성준은 그의 분위기를 감지하고 말을 보탰다.

"우리가 우리의 안전을 위해서 몸을 사리는 동안에 일본 놈들과 미제 놈들이 핵폭탄을 찾아낸다면 우리 대대의 모든 정찰병들의 희생이 의미 없는 것이 될 것이오. 이 임무를 마무리하고 우리가 우리 운명을 받아들이면 공화국의 미래와 우리 가족들의 미래가 보장될 테니……."

"조장 동지, 지휘부 동무들이 12공작대 놈들을 동원해 조장 동지를 제거하려 했습니다. 그게 무슨 의미인지 모르겠습니까?"

"그놈들이 우리 작전 지휘부가 아닌, 지휘 계통에 침투한 반혁명 세력의 지시에 따라 우리 임무를 방해하려 했다면 어쩌겠소?"

"만약, 그 반대의 경우라면 어떻게 하시겠소, 조장 동지? 저 최종 명령 전문을 보십시오. 우리의 최초 명령 수령 계정이 아닌 2차 계정으로 김승익 장령 동지의 단독 명령처럼 보이는 내용이 들어왔습니다. 이 점이 심상치 않아 보입니다. 더군다나, 이를 제대로 확인해 줄 방법조차도 없는데 우리가 이런 불확실한 정황 속에서 핵폭탄을 도쿄 한복판에서 터뜨린다면 우리 공화국에서 3차 대전이 일어날 수가 있습니다. 우리 공작조가 공화국의 미래를 지키는 것이 아니라 우리 손으로 공화국의 미래를 파멸로 이끌 수 있다는 말입니다."

지동현의 말이 곽성준이 애써 무시하려 했던 혼란스러운 마음을 다시 끄집어냈다.

곽성준의 표정을 살피던 지동현이 조심스럽게 말을 보탰다.

"조장 동지, 명령을 거부하는 것이 아니라 핵폭탄을 격발시키기 전에 단 한 번이라도 우리의 최초 임무에 변동이 없다는 것을 확인해 보자는 겁니다. 지금 열도 내의 모든 경찰과 군인, 심지어 민간인들까지 우리 공작조를 추격하고 있지만 그래도 우리 임의로 극단적인 선택을 할 수 없다고 생각합니다."

"그럴 방법이 있소?"

"2국장(김승익 소장) 동지의 위성 휴대전화 번호를 이용하고 싶습니다. 그 동지의 위성 전화를 걸어서 이 혼란스러운 정황을 확인하는 방법이 있을 듯합니다, 조장 동지."

곽성준은 지동현을 응시하면서 고개를 갸우뚱했다가 다음 순간, 그의 의도를 알아차리고 고개를 끄덕였다.

*   *   *

2016년 8월 3일 04시 25분 일본, 도쿄 도 북쪽, 사이타마 현

"잠을 좀 자 두시오."

곽성준의 말에 창문 밖을 응시하던 지동현이 흠칫 놀랐다. 곽성준이 그의 곁에 나란히 서자, 달빛에 보이는 논이 그의 시야에 들어왔다.

지동현은 한참이 돼서야 입을 열었다.

"저 정도로 벼가 자라는 것을 본 지가 십수 년은 된 듯합니다, 조장 동지."

"그러게 말이오."

곽성준은 팔짱을 끼고 지동현과 말없이 창고 외곽의 넓은 논과 그 너머의 한적한 도로를 주시했다. 지동현은 간간이 짧은 한숨을 내쉬었지만 곽성준은 그에게 말을 걸지 않았다. 그 상태로 3~4분이 지나자 이번에는 곽성준이 그에게 말했다.

"평강 제철소 때 기억나오, 부조장 동지?"

그 말에 지동현이 자신만의 상념에 빠졌다가 다시 현실 세계로 돌아오는 듯한 모습을 보였다.

"네, 생각납니다, 조장 동지."

2010년 북한 양강도 지역에서 일어난 평강 제철소 진압 작전은 백두산 공작조를 비롯한 대부분의 75정찰대대 정찰조들이 기억하고 싶지 않은 악몽 같은 경험이었다. 식량난이 최고조에 다다른 해당 지역에서 주민들과 인민군 보병 1개 대대가 평양으로 운송되던 식량과 연료를 탈취하여 평강 제철소로 숨어들었다.

식량을 두고 일어난 단순한 폭동을 당시 군부 강경파는 다른 불손 세력들에게 겁을 주기 위해서 북한 정권을 전복시키려는 반혁명 세력의 준동이라 왜곡시키고 이들을 무시무시한 무력으로 전멸시켰다.

그 작전의 선봉에 곽성준 소좌와 백두산 공작조와 리원제 대위의 대덕산 공작조가 있었다. 평강 제철소 인근에 낙하산으로 야간에 강습한 뒤, 내부 정보를 진압군 측에 보냈고 결국에는 대규모 헬기 강습부대와 땅크 부대가 평강 제철소 내 모든 민간인과 인민군들을 사살했었다.

하지만 그 과정에서 백두산 공작조는 200여 명이 넘는 인민군 보병들의 소총, 중화기 공격을 이틀 반나절 동안에 받았는데 곽성준 소좌와 그의 4명의 조원들은 이틀 넘도록 잠 한숨 자지 않고, 산 중턱에서 파상 공격을 해 오던 인민군과 전투를 벌였었다.

이틀째 되던 날, 휴대한 실탄과 식수가 바닥난 곽성준과 그의 조원들은 칠흑 같은 밤에 쳐들어온 인민군 보병들과 육탄전을 벌였다. 정찰병들은 빈 AK 소총은 물론 총검과 돌덩어리를 휘두르면서 근접 사격을 가하며 다가오는 인민군들을 모두 제압했다.

그러나 해가 뜨고 당시 대위였던 곽성준과 지동현 상사, 김무영 중사, 민준호 중사, 기석천 중사는 그들이 때려죽이고 찔러 죽인 인민군들이 채 20살도 되어 보이지 않는, 팔다리가 부러질 듯 삐쩍 마른 모습을 보면서 큰 충격을 받았었다.

지동현은 그때, 죽어 가던 소년병에게 자신의 마지막 남아 있던 식수 몇 모금을 먹이고 숨이 끊어지는 것을 지켜봤다. 그 이후로 그가 간간이 그때 경험에 대한 악몽을 꾸어 온 것을 곽성준은 잘 알고 있었다. 그런 그가 차분한 말투로 지동현에게 말했다.

"그 날의 전투 이후로 우리 공화국에 대한 희망을 버렸소. 이라크에서, 리비아에서 우리 정찰병 동무들이 공화국 지휘부에 달러 몇 푼 쥐여 주기 위해서 개죽음을 당하는 것들을 지켜보면서 결국에는 내 삶에 대한 희망도 버렸소."

그 말에 지동현이 피식 웃으면서 대꾸했다.

"아마 우리와 함께 싸웠던 모든 동무들이 그랬을 겁니다."

"그럼에도 불구하고 우리는 여기서 대체 무슨 지랄을 하고 있는 것이오?"

곽 소좌가 말을 마치자, 지동현의 시선이 그에게 향했다. 곽성준은 창밖을 주시하면서 말을 이어 갔다.

"우리가 핵폭탄을 격발시키면 수백, 수천 명의 사상자가 날 것이오. 공화국의 우리 인민들보다는 훨씬 더 인간다운 삶을 살고 있고 또 살이 피둥피둥 쪘지만 그래도 이 열도의 무고한 민간인들도 우리가 평강 제철소에서 개죽음으로 내몰았던 325명의 인민들과 다를 바 없소. 아무것도 모르고 먹고 살기 위해서 아등바등 사는 인민들 말이오."

그때, 지동현이 조심스럽게 곽성준의 한 팔을 잡으면서 물었다.

"정말로 핵폭탄을 격발시킬 겁니까, 조장 동지?"

곽성준의 시선이 지동현에게 향했다. 그리고 그가 고개를 내저으며 답했다.

"모르겠소, 부조장 동지."

그 말에 지동현이 깜짝 놀란 표정으로 그를 응시했고 잠시 뒤 곽성준이 말을 이었다.

"하지만 한 가지 분명한 것이 있소. 우리 임무를 위해 너무도 많은 동무들이 목숨을 바쳤고 또 공화국에서도 우리 임무 수행을 방해하고자 노동당의 작전 병력과 일본 놈들까지 동원하는 것을 보면, 나는 공화국 지휘부가 우리에게 부여했던 원래의 임무가 반드시 무언가 의미가 있을 거라 믿고 싶소."

"그것이 뭐든 말입니까?"

그 말에 곽성준이 힘없이 웃으며 대답했다.

"우리가 그것이 무엇인지 알고나 죽으면 억울하지나 않겠소. 안 그렇소?"

그 말을 하면서 곽성준은 지동현에게 한 손을 내밀었다. 그러자 지동현은 그의 손을 두 손으로 맞잡고 가볍게 흔들었다.

＊　　　＊　　　＊

2016년 8월 3일 5시 21분 일본, 도쿄, 하네다 공항, 전역합동 대테러본부

전역합동대테러본부는 새벽부터 도쿄 도심에 가용할 수 있는 모든 한미일 작전 병력과 지원 병력을 전개시키기 시작했다.

전장형과 그의 2중대원들은 선잠을 자다 깨다 하다가 이른 아침 어수선한 분위기를 감지했다. 그때부터 전장형은 잠을 포기하고 무기와 장비를 챙겨서 점검하기 시작했다.

전장형은 SCAR-L을 침대 위에 꺼내 놓고 총기에 장착된 ACOG 스코프와 전술 라이트, 소음기를 점검했다. 그런 그의 옆 침대에서 잠에서 깬 이종진이 그를 응시하고 있었다.

"일어났어요?"

전장형이 계속해서 자신을 말없이 응시하던 이종진에게 작은 목소리로 말했다. 그러자 그가 몸을 일으키고는 대꾸 대신 헛기침을 한 번 했다.

전장형은 총기를 분해하여 모든 부품들을 점검했고 이상이 없자 다시 조립했다. 그리고 그때 언제 와 있었는지 이종진이 그의 곁에 와서 앉아 있었다.

그는 전장형을 빤히 쳐다봤고 전장형이 그의 시선을 못 이기고 그를 향해 고개를 돌렸다. 그러자 이종진이 오랫동안 자신이 마음속에 담아 둔 말을 그에게 건넸다.

"중대장님이 옳았습니다. 이곳에서, 이 모든 사건들을 우리가 그냥 팔짱 낀 채 구경만 하고 있었다면 언젠가는 우리 차례가 오겠죠. 정말, 지독하게 내키지는 않지만 우리 대대 인원들이 지금 이곳에서 일본인들과 나란히 목숨을 걸고 싸우는 것에 대해서는 저도 지금은 중대장님 편입니다. 다른 사람들이 우릴 미쳤다고 하겠지만, 그래도 나도 이제는 중대장님 편입니다."

전장형은 고개를 끄덕이며 다시 총기 조립에 집중할 때, 이종진이 조심스럽게 말을 보탰다.

"그리고 부디 강정훈이 때문에 죄책감 같은 거 갖지 마십시오."

전장형은 이종진에게 시선을 보내지 않았지만 그의 말은 계속됐다.

"강 중사는 강 중사 나름대로 중대장님과 승희를 구하기 위해서 선택을 한 겁니다. 비록 제가 계속해서 중대장님 타박하는 소리를 했지만 그래도 정훈이도 승희도, 신 상사도 다들 우리가 왜 이곳에 있는지, 우리가 군인으로서 무슨 일을 하고 있는지 잘 알고 있었습니다. 우리 임무를 완수할 때까지 마음 잘 잡고 있어 주세요. 나나 승희나 신 상사나 모두 중대장님 한 사람만 바라보고 있삲습니까?"

그 말에 전장형은 갑자기 동작을 멈추고 총기를 내려다봤다. 그렇게 십여 초 이상이 지나자 최승희와 신영화가 침대에서 일어나 부스럭거리는 소리를 냈다.

잠시 뒤, 전장형이 자신을 물끄러미 바라보는 이종진에게 시선을 보내면서 조용히 대꾸했다.

"고맙소, 부중."

그 말에 이종진은 전장형의 야전침대에서 일어선 뒤 말없이 그의 어깨를 잡았다가 놓아 줬다. 그런 뒤 자신의 침대 쪽으로 천천히 걸음을 옮겼다.

＊　　　＊　　　＊

2016년 8월 3일 7시 34분 일본, 도쿄, 하네다 공항, 전역합동 대테러본부

2시간이 지난 뒤, 707부대 병력, 정보사 지원 병력과 국정원 인원들은 아침 식사를 하기 전에 제4 격납고 한쪽에서 도쿄 시내에서의 작전에 대한 브리핑 시간을 갖게 됐다.

제4 격납고에서는 국군과 국정원 병력 외에 뒤늦게 작전에 투입되는 델타포스 C스쿼드런과 NEST, TF337의 델타포스, 데브그루 대원들이 작전에 대한 브리핑을 진행하고 있었다.

전장형 일행은 그들의 반대편 구획에서 브리핑을 진행 중이었다. 조주환 소령이 모든 707부대원들에게 전달한 '도쿄 방어전'이라 불리는 작전의 내용은 다음과 같았다.

도쿄 방어전의 최우선 목표는 도쿄 도심에서의 핵테러 저지였다. 이 한미일 연합 작전은 공식적으로는 육해공 자위대와 일본의 모든 정보기관들에 의해 주도되고 있지만, 실제로는 미 태평양군 사령부와 JSOC 그리고 CIA, DIA, NRO, NSA의 모든 역량이 더 중요한 역할을 수행하는 작전이었다.

육해공 자위대와 도쿄 시경과 다른 현에서 지원 나온 경찰 병력을 포함하여 6만 명의 전투, 지원 병력이 50여 명의 한국군, 400여 명의 미군 특수부대원들과 NEST와 CIA를 비롯한 미 정보기관 요원들과 함께 도쿄 도에서 작전을 수행할 예정이었다.

이미 도쿄 내, 민간인 거주 지역에서 민간인 소개 작전이 시작되었지만 대피 과정이 북측 공작조에게 노출된다면 핵폭탄 폭발 시점이 더 당겨질 수도 있다는 우려 때문에 소개 작전은 시행부터 중단과 재개를 반복하던 중이었다.

그러한 도쿄 내부 상황과 별도로, 자위대와 경찰, 미군 특수 병력은 도쿄 시내의 주요 도로망과 중요 시설들을 중심으로 핵물질 탐지, 감시망을 구축하고 핵물질이 탐지되는 즉시, 헬기 강습 작전을 펼칠 수 있는 34개의 특수부대 작전 팀들을 도쿄 시내 전역에 투입할 수 있도록 준비 중이었다.

뿐만 아니라, 항공자위대와 육상자위대, 주일 미 공군과 주한 미 공군 그리고 미군 태평양 구성군에서 E-8 조인트 스타즈, E-3 AWACS, EP-3, OP-3, AC-130U, F-15와 A-10기 이루어진 고정익기 태스크포스와 AH-64DJ, AH-1S, CII-47J, UH-60, UH-1J, MH-47G와 MH-60M, AH-6 등의 헬기로 이루어진 회전익기 태스크포스를 구성하여 도쿄 도심 상공에 24시간 대기하도록 하였다.

그리고 언론의 눈을 피해, 만약의 경우 핵폭탄 폭발에 의한 일본인 사상자들의 구호 작전을 위해서 미 해군의 병원선 머시 (Mercy) 함과 미 태평양군 사령부 예하의 모든 전상자 처리 작전 병력이 도쿄 만에서 대기하기 시작했었다.

이 모든, 거대한 핵테러 저지 작전은 일본 자위대와 경찰 병력 전개를 시작으로 이미 진행 중이었다.

이 거대한 작전의 상세 계획에 따라 707부대 또한 각 4개 중대가 각각의 임무를 부여받고, 마지막으로 도쿄 안에 은닉되어 있는 것으로 알려진 핵폭탄에 대해서 최종 브리핑을 받았다.

"따라서 현재 미국 측에서 제공한 핵폭탄의 상세 정보가 북측이 일본 정부에게 전달한 핵폭탄 정보와 일치함으로써, 그 정보들의 신빙성을 신뢰할 수 있다 합니다."

핵폭탄에 대한 브리핑은 국가정보원의 핵테러 대비반의 팀장 최정은 요원이 진행했다. 그녀 앞에 앉아 있는 50여 명의 707부대원들과 10여 명의 정보사 요원들은 초긴장 상태로 그녀의 설명을 경청 중이었다.

"파키스탄과 아프간의 무기 밀매자들이 만든 이 핵폭탄의 크기와 위력은 미군이 80년대 말까지 우리나라를 비롯한 주요 냉전 대치 지역에서 운용했던 Mk.54 SADM, 일명 핵배낭과 매우 비슷합니다. 중량이 60kg 전후로 2인 도수 운반이 가능하며 그 폭발력은 TNT 10~20톤으로 선택, 적용이 가능합니다."

최정은 요원은 대형 스크린 내에 떠 있는 미군의 Mk.54 핵배낭의 사진을 레이저 포인터로 가리키며 국군 특수부대원들에게 그들이 맞닥뜨릴지 모르는 소형 핵폭탄의 모습을 소개했다. 그때, 한쪽 구석에 앉아 있던 고공지역대 3중대장 이승우 대위가 한 손을 슬쩍 들어 보였다. 그러자 브리핑을 돕고 있던 박미소 준위가 최정은에게 시선을 보냈고 그녀는 박 준위에게 고개를 끄덕였다.

"질문은 간단히 해 주십시오!"

박미소 준위가 이승우 대위에게 조심스럽게 말하자, 그가 앉은 채로 그러나 큰 목소리로 물었다.

"핵폭탄의 파괴 위력 수치는 킬로톤(1kt: TNT폭약 1000톤의 위력)으로 알고 있는데 TNT 10톤, 20톤의 위력이라면 어느 정도의 파괴력을 의미합니까?"

그의 질문에 최정은은 스크린 안의 사진들을 바꾸면서 대답했다.

"10~20톤 파괴 위력은 사실상 핵폭탄의 실용화 가능한 최소한계 위력입니다. 20톤 정도의 파괴 위력이라면 폭심 300~500미터 반경에 한해서만 강력한 파괴력과 치명적인 방사능 피폭을 야기할 수 있습니다. 아마 최초, 이 핵폭탄을 만들 당시 밀매자들이 확보한 플루토늄의 양이 충분하지 않고 또 핵융합을 일으키는 전자 뇌관에 대한 제작 능력의 한계 때문에 이 정도의 파괴 위력으로 제한되었을 거라 추측합니다. 그렇지만 다른 한편으로는 적들의 핵폭탄이 도쿄 도심의 직접적인 파괴보다는 시내 중심부에 방사능 테러를 가하고 일본인들의 심리적인 충격을 가하는 것을 목적으로 했다고 보고 있습니다."

그녀의 대답에 몇몇 707부대원들이 귓속말로 동료들과 의견을 교환했다. 최정은은 소형 전술 핵폭탄들의 폭발 동영상을 스크린에 올려놓고 천천히 국군 특수부대원들을 둘러봤다. 그런 뒤 마지막으로 전장형과 그의 중대원들이 앉아 있는 우측 좌석 구획에서 시선을 멈춘 뒤 모두에게 크고 분명한 톤으로 말했다.

"잊지 마십시오. 여러분. 우리가 알고 있는 전술 핵폭탄의 위력에 한참 떨어지는 위력이지만 그럼에도 여러분은 분명히 핵폭탄 폭발 위협에 노출되는 겁니다. 만약의 경우를 대비하여 각

작전 중대별로 방사능 피폭에 대한 대처 매뉴얼을 완벽히 숙지하고 대비하십시오. 이상입니다."

최정은은 설명을 마치고 지시봉을 그녀의 곁에서 대기 중이던 조주환 소령에게 건네줬다. 조주환은 지시봉을 잡은 채 뒷짐을 지고 섰다. 그는 말없이 모든 707부대원들을 차례차례 응시하고 한참이 지나고서야 말했다.

"오늘이나 내일이면 이 모든 고생이 끝날 거야. 전역합동대테러본부에서 최종 확인한 적들의 핵폭탄 격발 시간이 오늘 밤이라고 한다. 살아남아서 꼼지락거리는 적들이 있다면 오늘 밤 전후에 일을 저지를 것이고 그렇지 않다면 결국에는 대규모 군경 병력의 수색, 검문 작전에 의해서 핵폭탄을 찾아 저지할 것이야. 그러니 조금만 더 뺑이 치자고. 브리핑 끝나는 대로 각 중대별로 최종 임무하고 화기, 장비 점검하도록. 09시 30분에 각 중대별로 함께 투입되는 델타나 특수작전군 인원 쪽에 합류해. 그리고 박미소 준위가 나눠 준 스마트폰들의 전원 켜 놓고 통화 점검해 주고. 자, 질문 있나?"

말을 마치고 그가 고개를 좌우로 둘러봤지만 특전대원들은 말없이 차분하게 앉아 있었다. 그러자 조주환이 짧은 한숨을 내쉰 뒤 무표정한 그들을 향해 왼 주먹을 쳐들어 보이며 말했다.

"빨갱이들이 날려 보낸 총알도 피하고 수류탄도 피하고, 재주 있으면 핵폭탄 폭발도 피해서 그렇게 다들, 제발 살아 돌아와라! 이상이다, 여러분!"

그가 고조된 감정을 애써 감추며 응원하자 뒷자리에 앉아 있던 누군가가 불쑥 소리쳤다.

"707, 파이팅!"

그 말에 부대원들의 싸한 시선이 뒤쪽으로 향했고 큰 소리로 응원을 한 목소리의 주인인 최성수 중사가 호응이 없는 동료들의 분위기에 머쓱해했다. 그러자 이번에는 이종진 준위가 애써 미소를 지으면서 소리쳤다.

"707, 파이팅!"

그의 응원에 50여 명의 특전부대원들의 시선이 이번에는 그에게 향했고 이종진이 그들에게 한 손을 들어 보였다. 그러자 대원들 사이사이에서 "707, 파이팅!"하는 소리가 들려왔고 결국에는 대여섯 번의 산발적인 응원 구호 끝에 모두가 소리를 맞춰 외쳤다.

"707, 파이팅!"

707부대원들은 브리핑이 시작할 때마다 한층 더 생기 있는 표정으로 자리에서 일어나 근처 테이블 위에 올려 두었던 그들의 무기와 장비를 챙기기 시작했다. 전장형 또한 이종진, 신영화와 함께 이곳에 대기할 최승희 중사의 도움을 받으며 무기와 장비를 챙겼는데 잠시 뒤, 2중대원 모두에게 익숙한 목소리가 들려왔다.

"2중대장님!"

라현철 준위가 다른 정보사 인원들과 제4 격납고를 나서기 전에 그들에게 인사를 건네고자 다가왔다.

전장형은 동작을 멈추고 그를 향해 슬쩍 고개를 숙여 인사를 받았다. 라현철은 그에게 다가와 악수를 청했고 전장형은 그의 손을 맞잡았다. 라현철은 이종진과 신영화, 최승희까지 한 사람 한 사람 악수를 나눈 다음에 이들만 들을 수 있는 목소리로 말했다.

"나, 오늘 새벽에 예전에 동고동락했던 북조선의 군관 동지 한 명의 얼굴을 확인해 줬소. 2중대 동무들에게만 내 솔직히 말하는데, 나 실은 이 군관 동지의 얼굴을 오사카에서 일 터진 뒤로 검토했었던 수많은 일본인 입국자들의 사진 속에서 한 번 본 적이 있었소. 그때에는 긴가민가했지만 아마 나도 사람인지라 이 동지는 살려 보고 싶었나 보오. 그래서 그때에 모르는 척하고 그냥 넘어갔는데 오늘 새벽에 여기 일본 놈들이 가져왔던 CCTV 사진들 속에서 그 동지의 얼굴이 또 튀어나와서 결국에는 확인해 줬소. 75정찰대대 정찰 군관 곽성준 대위가 도쿄 시내에서 핵폭탄을 터뜨릴 것이오. 그 동지, 북조선의 100만 인민군들 중에 핵폭탄을 조작하고 격발시킬 수 있는 6명의 특수부대 군관들 중에 한 명이오. 그 동지가 도쿄 외곽 도로의 CCTV에서 확인됐소."

라현철의 말에 전장형과 그의 중대원들은 깜짝 놀란 표정을 지으며 대꾸조차 하지 않았다. 라현철은 그들의 반응에 피식 웃으며 말을 이었다.

"아마, 일본 놈들이 나중에 항의하면 나도 귀국해서 회초리 좀 맞을 거요. 하지만 2중대 동무들이나 다른 중대 동무들이 곽성준 대위가 핵폭탄을 터뜨리지 않도록 최선을 다해 주시오. 사연은 모르겠지만 곽성준 동지는 분명히 자기 임무를 실행할 준비가 되어 있을게요. 몸조심하시오, 2중대 동무들. 곽성준 동지와 그의 공작조는 정찰총국에서도 손에 꼽는 최정예 전력이오. 6만 명의 병력이 아니라 일본 열도 전체가 그 동지를 쫓더라도 그는 어쩌면 임무를 완수하고도 남을 능력을 가졌소. 그러니 몸조심하시오, 여러분."

말을 마치고 라현철은 전장형에게 샘플 양주 2병을 건네줬다. 그러고는 격납고를 나서는 자신의 동료들을 뜀걸음으로 뒤따라갔다.

전장형은 그의 뒷모습을 보다가 중대원들에게 시선을 보냈다. 이종진과 신영화, 최승희가 말없이 그를 마주 보다가 이내 무기와 장비를 챙기는 일을 다시 시작했다.

*　　　*　　　*

2016년 8월 3일 18시 31분 일본, 도쿄, 하네다 공항, 전역합동대테러본부

도쿄 도가 핵 테러 위협에 노출되었다는 일본 정부의 공식적인 정보 발표 전후부터 전역합동대테러본부 내에는 지휘, 통신, 본부 인원들을 제외한 대부분의 작전 병력이 도쿄 내에 투입된 상태였다.

광역적인 작전 운용을 위한 특수작전군과 제1 공정단, 제1 헬리콥터단, 중앙즉응집단의 지휘소 인원 외에 기지에 남아 있는 유일한 무장 병력은 모두 도쿄 경시청에서 지원 나온 무장경관 10여 명과 제1 공정단 소속의 경비 인원 10여 명이 전부였다.

그들은 200여 발 이상의 실탄을 휴대하고 다니던 전투 인원들과 달리 공포탄 2발이 먼저 약실에 들어가도록 장탄되고 이어서 실탄 18발이 들어가 있는 탄창 하나를 89식 소총에 결합한 게 무장의 전부였다.

대테러전 직전, 직후에는 3중의 검문소들이 운영되었지만, 이제 모든 작전 역량을 도쿄 일대에 전개한 이후로 단 1개의 검문소가 전역합동대테러본부의 격납고 구획 바로 앞에 설치, 운용되었다.

검문소의 책임자 나카무라 유타 준육위(준위)는 검문소로 사용되는 컨테이너 안에서 CCTV를 통해서 이곳으로 접근하는 3대의 GM사의 서버밴들을 지켜보면서, 안에서 에어컨 바람을 쐬고 있던 4명을 밖에서 교대로 근무하던 2명 쪽으로 내보냈다.

"다들 준비해! CIA로 보이는 차량들이 접근 중이다!"

무선망에 그의 지시가 전파되자, 땡볕에서 연신 땀을 닦으면서 서 있던 2명의 자위관들이 막 합류한 4명과 함께 움직이기 시작했다. 차단봉들을 작동시키는 인원 2명과 차량 내외부를 수색하는 4명이 총기를 점검하면서 다가오는 검정색 서버밴들을 주시했다.

유타 준육위는 차량들이 차단봉 앞 즈음에 정차할 때, 본부 상황실과 연결되어 있는 인터컴을 통해 상황실에 이들의 출현을 보고했다.

"현재 3대의 서버밴이 검문소에 도착! 지금 신분 확인 절차에 들어감!"

때맞춰, 선두 차량을 검문하던 대원이 그에게 보고해 왔다.

"존 캐플린 요원의 분석 팀 인원 6명이 분승한 차량들입니다. 신분증과 탑승 인원들을 확인했습니다. 통과 여부 지시 바랍니다!"

"잠시 대기!"

유타 준육위는 본부 상황실과 연결된 수화기로 바꿔 잡고 보고했다.

"상황실, 캐플린 요원의 분석 팀 인원 6명이 본부 진입을 요청한다!"

그러나 상황실 안에서는 어딘가와 교신 중인, 여러 사람의 목소리만 들릴 뿐 그의 요청에 응답하는 사람은 없었다.

"상황실, 듣고 있는가?"

그는 모니터 안에서 검정색 서버밴들을 응시하며 상황실의 대답을 재촉했다. 하지만 상황실에서는 여전히 다른 업무로 바쁜 소리만 들려왔고 그는 땡볕에 서 있는 부하들을 지켜보다가 결국 단독으로 판단하기에 이르렀다.

"상황실! 존 캐플린 상의 분석 팀 6명이 탑승한 서버밴 3대를 통과시키겠다. 본부 쪽에서 차량과 탑승 인원들을 2차로 확인해 주기 바란다!"

그는 제1 격납고와 제2 격납고 쪽에 상주하는 경시청 경비 인원들을 떠올리며 말했다. 그는 인터컴 통화 내용이 자동으로 녹음되는 것을 알고 있었기에, 기록을 남기고자 혼잣말을 한 뒤, 바로 검문 대원들에게 응답해 줬다.

"통과시켜, 하마다!"

대형 차단봉이 위쪽으로 올라가고, 바닥에 깔아 둔 스파이크 차단 장비가 한쪽으로 치워졌다. 그러자 서버밴들이 서행하며 검문소를 통과, 200여 미터 떨어져 있는 격납고 구획으로 향했다.

유타는 컨테이너 출입문을 열고 바깥으로 머리를 내밀고 멀어져 가는 차량들을 응시했다. 그는 격납고들 앞쪽에서 오가는 정복 경찰관들의 모습을 확인한 뒤에서야 부하들에게 손짓을 하며 말했다.

"다들 들어와, 더위 먹기 전에!"

그 말에 먼저 근무를 서고 있었던 2명이 방탄복까지 땀으로 완전히 젖은 몸을 이끌고 컨테이너 안으로 들어왔다.

*　　　*　　　*

2016년 8월 3일 18시 41분 일본, 도쿄, 하네다 공항, 전역합동대테러본부

서버밴들이 검문소를 통과하자마자, 조수석에 앉아 있는 연갈색 머리의 푸른 눈을 가진 탐 셰리단 요원이 3대의 차량에 분승한 5명 외의 또 다른 5명의 인원들에게 무선망을 통해 불렀다.

"동무들! 준비하시오! 적 차단소 통과!"

그는 영어 대신 유창한 한국말로 지시를 내렸고 그의 신호에 후방 좌석 뒤쪽의 적재 공간에서 방수포를 뒤집어쓰고 있던 리원제 대위와 정찰국 공작원 1명이 후방 좌석 쪽으로 몸을 옮겨 왔다. 그런 뒤, 후방 좌석에 앉아 있는 다른 사람들과 AKS74U 기관단총, RPK74 경기관총을 꺼내 분배하기 시작했다.

일본에 암약하는 12개의 최종 공작조들 중 '파란눈 공작조'라 불리었던 탐 셰리단, 북한 이름 정승태의 공작조가 이제 전역합동대테러본부를 기습하려는 순간이었다.

그와 다른 서버밴에 탑승한 크리스 베이츠, 북한 이름 정승철은 수십 년 전에 월북한 미군 부친과 루마니아 모친 사이에 태어난 2명의 백인, 북한인들이었다. 두 사람은 서방세계에서의 장기 비밀공작을 위해서 북미와 일본에서 교육을 받고 이후에 정찰 군관학교를 거쳐 공작원이 된 인원들이었다.

탐 셰리단과 크리스 베이츠는 유사시, 서방 취재진으로 위장하여 한국과 일본의 요인들을 암살할 임무를 지녔지만 이제 전역합동대테러본부를 기습, 도쿄 전체에 대한 본부의 지휘, 통신망을 마비시키는 임무를 수행할 계획이었다.

게다가 셰리단은 야마나시 현의 지옥 같은 전투에서 그와 그의 조원들이 직접 구출해 온 리원제 대위와 3명의 정찰국 공작원들을 임무에 합류시켜서, 모두 11명의 정찰병들이 본부를 타격하는 상황이었다.

"2호차 동무들은 좌측에 있는 직승기들의 위치를 확인하시오. 그리고 3호차에 있는 동무들은 저 직승기들을 파괴하지 않도록 하시오!"

그는 7호 발사관과 40밀리 유탄발사기가 장착된 AK 소총을 가진 3호차 병력에게 경고했다.

두 번째 서버밴에 탑승해 있는, 셰리단의 형, 베이츠는 전역 합동대테러본부에 주기되어 있는 헬기를 탈취, 하네다 공항 안으로 진출하여 공항 관제탑들과 택싱을 준비 중인 민간 여객기들을 40밀리 유탄발사기로 공격하여 대혼란을 야기하도록 되어 있었기 때문이었다.

"저쪽, 저쪽에 적 경비병들이 있으니 지휘소가 있는 게 확신하오!"

리원제가 운전석과 조수석 사이로 고개를 내밀며 말했다. 셰리단은 고개를 한 번 끄덕인 뒤, 무전기 헤드셋의 키를 누르며 모두에게 지시를 내렸다.

"나와 리원제 동지가 적 경비병들을 무력화시키는 시점부터 각 조별로 임무를 수행한다! 행운을 빈다, 동무들!"

셰리단은 UH-1J 헬기 한 대와 AH-1S 한 대가 주기되어 있는 헬기장을 지나, 제1 격납고를 50여 미터 정도 남겨 둔 시점에서 모두에게 공지했다. 서버밴들이 다가가자, 예상대로 MP5A5 기관단총을 휴대한 6명의 경찰관들이 각 격납고의 출입문 쪽에서 걸어 나오기 시작했다.

"자, 동무들 준비하시오!"

셰리단은 차량을 감속시키면서 그의 조수석과 후방 좌석에 대기 중인 정찰병들에게 말했다.

그의 서버밴을 선두로, 두 번째, 세 번째 서버밴이 정차했다. 셰리단은 백팩을 들고 운전석에서 내렸고 그의 뒤쪽 서버밴에서도 베이츠가 하차했다. 반팔 셔츠에 청바지, 그리고 무전기와 위성 휴대전화 따위를 수납하는 전술 조끼를 착용한 백인 2명의 모습은 일본 경찰관들에게 경계심을 갖게 하지 않았다.

셰리단은 옆구리에 끼고 있는 백팩 안에 소음기가 장착된 VZ61 스콜피온 기관권총을, 베이츠는 손잡이에 방아쇠가 장착된, 우지 기관단총이 내부에 장착된 서류 가방을 들고 있었다. 크리스는 빠른 걸음으로 셰리단의 우측에 합류, 나란히 걸었다.

"곤니찌와~!"

셰리단이 미소를 지어 보이면서 그를 향해 다가오는 2명의 경찰관과 그들 뒤에 서 있는 4명의 경찰관들에게 인사를 건넸다. 그러자 한 손에는 무전기를, 다른 한 손에는 방문객 리스트를 들고 있는 40대 정도의 경찰 간부가 그에게 고개를 끄덕이며 반응했다.

양측의 거리가 5미터 정도의 거리까지 좁혀질 때, 셰리단이 총기를 꺼내 들면서 소리쳤다.

"지~금!"

"파파파파팟!"

"타타타타타타~!"

셰리단과 베이츠가 나란히 서서 전방의 경관들에게 권총탄들을 퍼부었다. 순식간에 4명의 일본인들이 쓰러졌고 2명의 경찰 관들은 반격하지 않고 격납고 안으로 대피하려 했다. 그들을 향 해 셰리단이 스콜피온을 어깨에 견착하고 번개같이 방아쇠를 당 겼다.

"파파팟! 파팟!"

둔한 총성과 함께 2명의 경관들이 쓰러졌다. 그때, 3번 격납 고 안에서 89식 소총을 휴대한 2명의 자위대원들이 뛰쳐나왔지 만 그들이 상황을 파악하려는 찰나 베이츠가 서류 가방을 그들 쪽으로 쳐들고 손잡이 쪽의 방아쇠를 당겼다.

"타타타타타! 타타타타타!"

15~16미터 거리에 있던 자위대원들이 9밀리 권총탄을 뒤집 어쓰고 쓰러졌다. 셰리단과 베이츠는 방탄복을 입고 있는 적들 은 머리에 총탄을 명중시켰고 그렇지 않은 자들은 몸통에 수 발 의 총탄들을 집중시켰다.

다음 순간 3대의 서버밴의 모든 출입문들이 개방되면서 정찰 병들이 모습을 드러냈다. 그들은 바닥에 엎드린 채로, 총기 탄 창을 교체하는 셰리단 그리고 서류 가방 안에서 마이크로 우지 기관권총을 꺼내 드는 베이츠를 엄호했고 3번째 서버밴에서 하 차한 2명의 정찰병들은 1번 격납고와 2번 격납고의 출입문들을 향해 7호 발사관을 쳐들고 정조준했다.

바로 이어서, 두 정찰병이 대전차 로켓탄을 발사했다.

"펑! 펑!"

2발의 고폭탄이 셰리단과 베이츠의 위치 직상방을 스쳐 지나간 뒤, 격납고 출입문 쪽에 그대로 작렬했다.

"쾅! 쾅!"

보안 잠금장치가 되어 있던 출입문들 쪽에서 까만 연기와 불꽃이 사방으로 튀어 날렸고 그것들이 시야에서 사라지기도 전에 셰리단이 바닥에서 벌떡 일어나 소리쳤다.

"각 조, 담당 구획으로 진입! 진입!"

그의 지시에 첫 번째, 두 번째 서버밴에 대기 중이던 정찰병들 5명이 달려 나왔고 7호 발사관 사격을 실행했던 2명은 세 번째 서버밴에 돌아가 다시 탑승, 다른 2명의 정찰병들과 검문소의 자위대 병력을 제압하고자 후진으로 현장을 이탈했다.

리원제와 정찰병 2명이 지휘, 통신 시설이 있는 제1 격납고를 향해 RPK74를 쳐들고 달려갔다. 육상자위대 군복을 착용하고 수백 발의 기관총탄과 수류탄 7발을 휴대한 그들이 격납고 출입문 근처에 도달할 때, 내부에서 비틀거리며 나오는 자위관들이 그들과 마주쳤다.

리원제는 잠시도 망설이지 않고 방아쇠를 당겼다.

"타타타타! 타타타타타!"

3명의 자위관들이 그의 기관총탄들에 피탄되어 쓰러졌고 리원제는 그들을 6~7미터 정도 앞에 두고 뜀걸음을 멈췄다. 그는 방탄복 수납 포켓에서 수류탄 2발을 꺼냈다. 다른 정찰병들 중 한 명은 그를 엄호하고자 기관총 총구를 격납고 쪽에 겨누고 있었고 다른 한 명은 리원제와 마찬가지로 수류탄을 꺼내 들었다.

두 사람은 완전히 개방되어 있는 제1 격납고의 출입구를 향해

4발의 세열수류탄들을 조심스럽게 던져 넣었다.

"쾅! 콰쾅!"

수류탄들이 폭발하자마자, 리원제는 정찰병들에게 수신호를 전달하며 달려 나갔다. 조금 뒤 리원제는 격납고 외부에 기관총 사수 한 명을 남겨 놓고, 베이츠와 나머지 한 명의 정찰병을 데리고 제1 격납고 내부에 진입했다.

그들의 모습을 곁에서 주시하던 셰리단 또한 한 명의 기관총 사수를 2번 격납고 외부에 남겨 놓고 다른 2명의 공작원들과 함께 2번 격납고 내부로 향했다.

그들이 아직도 가시지 않은 짙은 연기를 헤치며 격납고 내부로 진입할 때 1번 격납고에서는 3정의 경기관총 총성이 폭발하듯 울려 퍼졌고 검문소가 있는 곳에서도 7호 발사관이 만들어 냈을 폭발음이 일대에 울려 퍼졌다.

5장
역습

2016년 8월 3일 19시 2분 일본, 도쿄, 오츠카 역 근처 교차로

　백두산 공작조는 도쿄 도심의 북서쪽에서 도쿄 중심가 남쪽의 하라주쿠, 시부야 방향으로 이동해 오고 있었다. 정찰병들은 도쿄 중심가로 향하면서 이들의 반대 방향으로 향하는 현지인들 차량들과 수시로 마주쳤다. 자위대와 도쿄 시경 병력이 시내 중심부 지역에서 민간인들을 외곽으로 대비하도록 권유하고 있었지만 엄청난 규모의 상주인구와 방문객들이 있는 도쿄 도심 지역의 특성상 민간인 소개 작전은 더디게 진행 중이었다.

　곽 소좌는 지난 수 시간의 이동 과정 중에 수십 번의 유턴과 우회로 개척 과정을 거쳤다. 그는 자신이 12공작대 병력과 조우

하기 전까지 지니고 있던 일본 정부 내 협력자가 건네줬던, 최종 검문소 정보를 참고하여 검문이 있을 만한 곳들을 미리 피해서 이동했다. 그러나 놀랍게도 오츠카 역 근처 거리는 일상생활을 똑같이 유지하는 일본인들이 다른 구획보다 훨씬 많았고 그 덕분에 정찰병들의 차량은 늦은 오후 시간대의 차량 정체 구간에 갇히게 됐다.

초저녁 시간임에도 불구하고 아스팔트 도로에서는 여전히 뜨거운 열기가 올라오고 있었고 높은 습도는 차 안에 있는 사람들조차 더욱더 지치게 만들었다.

더구나 백두산 공작조가 타고 있는 혼다 미니밴은 에어컨조차 제대로 작동하지 않아서, 3명이 공작원들은 긴장감 못지않은 더위에 녹초가 되어 가고 있었다.

이들의 차량은 수십 대의 현지인들의 퇴근, 귀가 차량들 사이에 갇혀 있는 상태로, 정찰병들은 30~40미터 앞쪽, 교차로에 있는 신호등만 응시했다.

운전대를 잡고 있는 곽성준은 사실 시선은 신호등 쪽에 고정해 두었지만 머릿속으로는 혼란에 빠진 마음을 추스르고자 애쓰고 있었다. 곽 소좌와 그의 조원들은 독립 은신처를 빠져나오기 전에 김승익 소장에게 위성 휴대전화 통화를 시도했었다. 그러나 김승익은 전화를 받지 않았고 그로부터 정확히 반 시간 뒤 수십 명의 자위대 특수부대원들이 헬기와 전술 차량으로 사무실을 기습했다.

그 시점에는 백두산 공작조가 현장에서 한참 떨어진 도로를 타고 있었지만, 곽성준은 사무실 안에 남겨 둔 스마트폰 안의 동작 감지 앱을 통해서 사무실 출입문을 돌파하고 들어온 특수 작전군 대원들의 모습을 확인할 수 있었다.

결국, 곽성준과 지동현, 김무영은 백두산 공작조의 기존 지휘부가 반혁명 세력에 의해 붕괴되고 그 이후, 아예 일본인들과 손을 잡고 핵폭탄 격발을 막고자 한다 결론지었다.

곽 소좌는 김승익 소장의 최종 명령을 실행에 옮기기로 결정했고 지동현 상사는 더 이상 토를 달지 않았다. 그리고 3명의 정찰병들은 이제 그들을 추격하는 거대한 세력들을 향해 제 발로 걸어 들어가게 되었다.

곽성준이 과연 백두산 공작조 자력으로 도쿄 시내의 핵폭탄 설치 장소까지 뚫고 갈 수 있을까 생각하고 있을 때, 뒷좌석에 앉아 있는 김무영이 스마트폰을 쳐들어 보이며 호들갑 떨었다.

"조장 동지, 하네다 공항입니다! 우군 정찰조가 남아 있었는지 적 지휘소가 지금 공격받고 있다 합니다. 하네다 공항에 있는 적 지휘소(전역합동대테러본부)가 박살 나고 있습니다!"

그 말에 지동현이 얼른 그의 스마트폰을 넘겨받아 곽성준과 함께 주시했다. 하네다 공항에 있는 일본 방송사와 CNN이 촬영한 뉴스가 방영 중이었는데, 전역합동대테러본부가 구축된 공항 내 격리 지역에서 까만 연기가 치솟는 장면이 반복해서 방영 중이었다.

그 장면을 보면서 지동현이 전보다 생기 있는 목소리로 말했다.

"씨팔, 그래도 열도 안에 우리 백두산 조만 싸우고 있는 게 아닌가 봅니다, 조장 동지."

곽성준 또한 또 다른 공작조의 활동 사실에 고무되어 고개를 끄덕였다.

잠시 뒤, 곽성준은 무언가를 깨달았다는 듯 고개를 더 크게 끄덕였고 그것을 감지한 지동현이 그를 응시했다. 그러자 곽성준이 차분하게 대답했다.

"아마 저 동무들은 정말로 적 작전 본부를 파괴하려는 것이 아니라, 우리가 도쿄 안으로 수월하게 진입하도록 적들을 교란시키고자 투입된 것 같소, 부조장 동지. 우리가 핵폭탄을 격발시키기 위해 이동하는 시간을 계산하면 저들의 활약이 우리에게 결정적인 도움을 줄 것이 분명하오."

그 말을 듣고 지동현의 시선이 다시 스마트폰 화면으로 향했다. 하네다 공항 외곽에서 교전 지점으로 진입하는 자위대 헬기들의 모습이 방송되고 있었고 그는 그것을 보면서 중얼거리듯 말했다.

"정말 그럴 수도 있겠습니다. 그런데, 지금쯤이면 적들이 벌떼같이 몰려들어서 끝장을 내 놨을 것 같습니다, 조장 동지."

곽성준과 지동현, 김무영은 잠깐 동안 말없이 뉴스 화면을 주시했다.

곧 교차로 신호가 바뀌면서 차량들이 움직이기 시작했고, 곽성준은 왼손으로 변속 기어를 바꾸면서 말했다.

"부디 저 동무들의 희생이 헛되지 않기를 바랄 뿐이오."

이들의 미니밴이 다시 움직이기 시작했고 곧 정체 구간을 벗어나면서 속도를 높여 갔다.

*　　　*　　　*

2016년 8월 3일 19시 6분 일본, 도쿄, 분쿄 구, 도쿄돔

전역합동대테러본부는 도쿄 시내의 주요 도로 구간과 중요 시설 일대에 대부분의 병력과 장비를 전개시켜 둔 상태였다. 도쿄 시내 2군데의 지점에 야전 재급유 시설까지 급조하여, 30여 대에 가까운 수송 헬기, 공격 헬기, 정찰 헬기가 24시간 임무 수행을 가능하게 해 놓았고 지상군의 전술 차량들과 경장갑 차량, 74식 전차와 90식 전차의 연료 공급 장소들도 곳곳에 구축해 놓았었다.

그렇지만 하네다 공항이 북괴군 공작원들의 기습을 받았다는 소식을 듣자마자, 하네다 공항 현지의 지휘부와 도쿄 현장 지휘부가 옥신각신하기 시작했다.

방위대신과 그의 방위청 지휘부의 지휘를 받고 있는 도쿄 현장 지휘부는 하네다 공항에 가장 가까운 지역에 있는 소수 병력을 투입하려고 했고, 하네다 공항의 전역합동대테러본부 지휘부는 대규모 공격을 받고 있다 호들갑을 떨면서 도쿄 시내에 전개된 병력 다수를 보내 달라 난리를 치는 형국이었다.

하네다 공항의 지휘, 통신망이 붕괴되면 도쿄 시내에서의 작전이 원활하지 않게 되고, 바로 그 점을 북괴군들이 노린다고 강조하면서 긴급한 다수 병력 투입을 요구했던 것이다.

전장형과 2중대원들은 도쿄돔 근처의 대기 지점에서 스즈키 일위의 특수작전군 병력과 대기 중이었는데, 그들은 어느 시점부터 스즈키 일위가 심상치 않은 모습으로 누군가와 교신하는 것을 지켜보게 됐다.

다급하게 들려오는 일본인들의 대화로 인해 야전 작전용 전술 밴 트럭 안에 있는 모든 특수부대원들은 무언가 심상치 않은 일이 벌어지고 있음을 짐작하고도 남았다.

잠시 뒤, 스즈키 일위가 부전기 송수화기를 마사히로 일조에게 내던지듯 건네주고는 밴 트럭 바깥으로 나갔다. 전장형은 이종진 준위와 함께 그를 따라 나갔고 밴 트럭 주변의 전술 차량들과 대형 버스 안에서 대기 중이던 특수작전군 대원들과 경찰 SAT 대원들이 동요하고 있는 모습을 볼 수 있었다.

전장형은 최승희 중사를 출동하지 않는 지역대 본부 인원들과 함께 하네다 공항에 남겨 두고 왔기 때문에 스즈키를 쫓아다니면서 상황을 파악하려 애썼다. 스즈키 일위는 현장 지휘부가 있는 밴 트럭 쪽으로 향했고 마침, 그 입구에서 누군가와 휴대전화로 통화하던 직속상관을 발견했다.

그가 통화하는 상관을 주시하며 서 있었고 전장형 또한 그의 주변에 서서 그들을 지켜봤다. 그런데 그때, 근처에 특수작전용 서버밴 안에서 밀러 대위가 달려 나와 전장형을 자신들의 서버밴 뒤쪽으로 이끌었다.

"지금 하네다 공항의 전역합동대테러본부에 적들이 기습했어, 전! 자세한 내용은 아직 모르겠지만 현지에 남아 있는 병력이 별로 없는데, 적들이 중화기로 쓸어버린 모양이야. 지금도 산발적인 교전이 있다는데 어떻게 대응할지 이놈의 일본인들이 우왕좌왕하고 있어."

전장형은 가슴이 내려앉은 느낌에 숨이 콱 막혔다. 그는 서버밴 뒤쪽 좌석에 앉아서 하네다 공항 쪽의 무인정찰기 정찰 영상을 보고 있는 허드슨 준위 곁으로 가서 앉았다.

허드슨은 밀러 대위의 눈치를 한 번 살핀 뒤, 그가 제지하지 않자 전장형에게 랩톱컴퓨터를 통째로 넘겨줬다. 전장형은 프레데터가 실시간으로 보내 주는 전역대테러본부 격납고 구획의 상황을 두 눈으로 직접 확인할 수 있었다.

제1 격납고와 제2 격납고에서 연기가 허공 높이 치솟고 있었고, 북괴군들이 제압한 일본인들의 시신들도 종종 보였다. 밀러는 다소 당황하고 있는 전장형의 표정을 살피면서 물었다.

"혹시, 저곳에 자네 중대원이 있는 거야?"

전장형은 대답 없이 아랫입술을 꽉 깨물었다.

＊　　　＊　　　＊

2016년 8월 3일 20시 16분 일본, 도쿄, 다카다노바바

해가 지면서 대로변 내 차량 정체 구간은 해소되었지만 백두산 공작조가 찾아가는 좁은 도로 구간은 간헐적으로 정체가 이어졌다.

곽성준 소좌의 공작조는 단 한 번 정복 경관들이 실행하는 도로 내 검문을 받았지만 그들은 곽 소좌와 다른 조원들이 들이민 신분증과 차량 등록증을 확인하고 이들을 통과시켰다. 이후로 자신감을 얻은 곽 소좌는 더 넓은 도로로 진출하여 이동 시간을 단축시켜 보려 했지만 도쿄 시내 중심부로 가까워질수록 임시 검문소들이 더 많아진다는 점을 스스로에게 상기시키며 비좁고 한산한 도로들을 찾아 이동했다.

다카다노바바 지역에 이르러, 이들의 승용차는 또다시 정체 구간에 갇혔다. 도쿄 중심부로 이어지는 2개 차선들이 모두 승용차와 버스, 승합차로 100여 미터 이상 정체 행렬이 이어졌었다.

도쿄 시내 번화가 내, 백두산 공작조의 목표 지점까지 15~16킬로미터가 남아 있었기 때문에 곽성준은 조급해지는 마음을 겨우 통제하고 있던 중이었다.

왕복 2차선 도로의 좌우에 있는 고층 건물들과 지상 층의 상가들은 벌써 소등, 일과를 마치기 시작하면서 거리 내 움직임은 이제 차도 안에서만 이어져 갔다.

앞차를 따라 30~40센티미터씩 이동하던 이들의 차량이 교차로 근처에 도착할 때, 정찰병들은 갑자기 숨을 죽인 채 주변을 살피기 시작했다. 언제부터 있었는지 모를 검문소가 교차로 전체를 통제하고 있었기 때문이었다.

"자위대 놈들입니다. 1개 소대 정도의 무력인데 모두 89식 보총(소총)을 휴대한 군인들입니다. 2시 방향과 10시 방향에 적 땅크(전차)의 포신이 보이는 것 같습니다!"

지동현이 차량 우측 창밖으로 고개를 내밀고 관측한 내용을 보고해 왔다. 정찰병들이 바라보고 있는 병력은 동부방면대 소속의 1사단 보통과 병력이었다.

그들은 신분증은 물론 트렁크와 차량 안을 샅샅이 수색하고 있었고 그 때문에 차량 정체가 이어지고 있었다.

곽성준은 이 정체 행렬의 맨 앞쪽에 검문소가 있을 거라 생각하지 못한 자신의 실수를 원망했다. 정찰병들의 승용차 트렁크에는 특별한 것이 없었지만, 차량 안에는 3정의 Vityaz 기관단총과 수류탄 12발, 개인용 무전기들이 들어 있는 백팩들이 있었기 때문에 자위대원들의 수색을 피할 수 없는 상황이었다.

차량에 탑승한 사람들만 살폈던 도쿄 시경 경관들의 수색과는 완전히 다른, 철저한 차량 수색이었기 때문에 정찰병들은 교차로를 향해 조금씩 전진하면서 좌불안석이 되어 갔다.

곽성준과 지동현은 사이드미러로 후방과 반대편 차선에, 이들의 차량이 이동할 수 있는 공간이 있는지 확인했지만 1차선이 아닌 인도와 인접한 2차선을 타고 있었기에 딱히 빠져나갈 방법이 없었다.

후방에도 수십 대의 차량들이 꼬리를 물고 백두산 공작조의 등을 떠밀 듯 교차로를 향해 이동 중이었다.

불과 5분도 안 되는 시간 사이에 모든 상황이 적대적으로 바뀌었고 더 이상의 방법이 떠오르지 않자, 지동현이 긴 한숨을 쉬었다. 그런 뒤, 그의 우측에 앉아 운전대를 잡고 있는 곽성준에게 시선을 보냈다.

곽성준은 그를 슬쩍 본 뒤, 리어 미러로 뒤쪽에 앉아 거리 좌우 측을 살피는 김무영 중사를 살폈다.

잠시 뒤, 지동현이 조심스럽게 말했다.

"조장 동지, 이 차량을 버리고 새로운 기동 수단을 찾아봐야겠습니다."

정찰병들의 차량은 이제 집중 검문이 진행 중인 교차로 입구까지 20여 미터도 안 되는 거리까지 올라와 있었다.

이들의 좌측 인도 지대는 5~6층 규모의 금융 기관 건물들과 작은 녹지 공원이 있었고, 우측의 반대편 차선 너머에는 역시 비슷한 규모의 사무실 빌딩들이 서 있었지만 민간인들은 거의 눈에 띄지 않았다.

거리에는 차량들과 검문소를 운용하는 자위대 보병들만 있었고 만약 정찰병들이 차량을 버리고 인도 지대로 달려간다면 주변의 운전자들은 물론 자위대원들도 금방 알아볼 수 있는 상황이었다.

곽성준은 차창 밖을 통해 반대편 차도 너머의 가로수들을 응시했다. 바람에 움직이는 은행나무 가지들과 이파리들을 보면서 그의 입에서 자신도 모르게 한숨이 새어 나왔다.

가로수 너머의 빌딩 유리 벽면에는, 건물 반대편에서 해가 지고 난 뒤에 남아 있는 오렌지빛 하늘이 반사되어 보였고 그는 그 햇빛의 잔영이 그가 볼 수 있는 마지막 햇빛이 될 거라 생각했다.

"받으십시오, 조장 동지!"

김무영 중사의 목소리가 곽 소좌의 마음을 현실 세계로 다시 불러왔다. 곽성준이 그에게서 Vityaz 기관단총을 건네받을 때 지동현은 기관단총의 장전 손잡이를 당겨 장탄을 마쳤다.

곽성준 또한 기관단총을 장전했고 이어서 김무영이 개인용 무전기와 수류탄 4발, 예비 탄창 4개를 차례차례 건네줬다.

그사이에 정찰조의 차량 앞쪽 차량들이 5~6미터 정도를 이동했고 곽 소좌도 미니밴을 그만큼 전진시켰다.

그러자 새로운 정차 지점에서 교차로의 좌우 측 구간이 보였고 지동현이 이들의 10시 방향에 있는 74식 전차를 손가락으로 가리키며 말했다.

"땅크들이 교차로 좌우에서 대기하다가 수상한 차량이 도주를 한다면 그대로 땅크포로 박살을 내 버릴 계획인가 봅니다!"

그 말을 들으며 곽성준과 김무영은 교차로 주변의 자위대원들을 살폈다. 차량 한 대를 5명 정도의 자위대원들이 붙어서 수색을 하고 있었는데, 이들 외에도 여러 종류의 무전기들은 물론 스마트폰까지 이용하여 어딘가와 교신을 하는 자들 그리고 89식 소총을 어깨에 견착한 채 검문받는 차량들을 양쪽에서 주시하는 자들 등 모든 자위관들이 긴장 상태를 유지한 듯 보였다.

곽성준이 반대편 차선 건너의 좁은 골목길을 발견하고 그곳을 손가락으로 가리키자, 김무영 중사가 구글 지도를 통해 골목길이 어디로 향하는지 확인했다.

"저 골목길로 가게 되면 일본군들이 골목길 앞뒤에서 우리를 포위할 수 있습니다, 조장 동지."

차창 밖에서 들려오는 매미들의 거센 울음소리 속에서 김무영이 또박또박 말했다. 곽성준은 결국 오던 길을 거슬러 도보로 이탈해야 하는지 슬슬 고민하기 시작했다. 그는 보행자들이 없는 인도 지대를 3명의 정찰병들이 달려가다가 혹은 쭉 늘어서서 대기 중인 차량들 사이로 어렵게 이동하다가 자위대원들의 집중 사격을 받을 것을 걱정하고 있었다.

그러나 지동현은 말없이 10시 방향에 있는 74식 전차를 뚫어지게 응시하고 있었다.

곽 소좌는 후방에 늘어선 차량들을 엄폐물로 하여 얼마나 기동할 수 있는가 계산하고 있었는데, 지동현이 무언가 어려운 문제의 정답을 찾아낸 듯한 표정으로 말했다.

"땅크! 저 땅크입니다, 조장 동지!"

그 말에 어렵게 몸을 돌려서, 후방을 살피던 곽성준과 김무영이 그에게 시선을 보냈다.

지동현은 74식 전차를 가리키며 김무영에게 물었다.

"무영이, 우리 목표 지점까지 얼마나 거리가 남았지?"

김무영은 스마트폰으로 지도를 확인하고 말했다.

"대략 25~30킬로입니다."

대답을 듣자마자 감정이 고조된 지동현이 곽성준의 한 팔을 잡고 말했다.

"조장 동지, 저 땅크를 타고 목표 지점까지 이동합시다. 적들은 하네다 공항 기습 때문에 혼란에 빠져 있을 테고 우리가 저 땅크를 탈취해서 도로를 타고 가면, 피아 식별을 못 해서 우물쭈물할 겁니다. 게다가, 소화기를 가지고 있는 차단소나 방어 거점을 우리가 돌파하기에도 훨씬 수월할 겁니다. 이런 정체 구간에 진입하면 아예 일본 놈들 승용차들을 밟고 넘어갈 수 있을 테니."

그 말에 김무영도 동의하는 표정을 지어 보였고 곧 지동현의 의견을 거들었다.

"맞습니다, 조장 동지. 어차피 시내 곳곳에 적들이 땅크를 배치해 놓았다면 승용차보다 땅크가 대응하기에도 좋고 또 승용차 못지않은 속도를 낼 수 있으니 현재 정황에서 가장 훌륭한 방책이 될 듯합니다."

다소 흥분해 있는 두 사람과 달리 곽성준은 차분함을 유지하면서 전차들과 주변의 일본군 보병들을 살폈다. 그때 다시 이들의 앞쪽 차량들이 이동했고 곽 소좌는 교차로 쪽으로 차량을 움직이면서 마침내 결정을 내렸다.

"좋소, 부조장 동지. 우리가 교차로를 중심으로 좌우 쪽 적 도보 병력을 제압하고 무영이는 후방과 제압하지 못한 나머지 적들을 제압한다!"

그의 지시에 다른 조원들이 총기와 수류탄을 최종 점검했다. 지동현은 김무영 쪽으로 고개를 슬쩍 돌린 채 말했다.

"무영이, 74식 땅크 조종할 줄 알지?"

"네, 부조장 동지."

"땅크를 탈취하자마자 남서쪽으로 꽁지가 빠져라 조종해 가는 거야. 알겠지?"

"알겠습니다."

곽성준은 앞차를 따라 정차한 뒤, 기어를 주차 위치에 뒀다. 그런 뒤 그의 우측에 앉아 있는 지동현과 뒤쪽에 앉아 있는 김무영을 차례로 응시했다. 불과 잠시 전만 하더라도 고장 난 차량 에어컨 때문에 땀을 뻘뻘 흘려 가면서 지쳐 가던 정찰병들이 지금은 비장한 분위기로 곽성준의 시선을 맞이했다.

곽성준은 지동현에게 왼손을 들어 보였고 그가 곽 소좌의 손을 맞잡았다. 그리고 김무영이 몸을 앞쪽으로 기울여 두 사람이 맞잡은 손에 자신의 한 손을 올려 두었다.

"지옥에서 봅시다, 조장 동지. 그리고 무영이."

지동현의 한마디에 곽성준과 김무영이 어색한 미소를 지어 보였다. 그런 다음 곽성준이 차량의 시동을 끄면서 지시를 내렸다.

"지금이오, 동지들!"

그의 지시와 거의 동시에 지동현과 김무영의 차량 출입문을 열었다. 곽성준 또한 운전석 쪽 문을 열고 차 밖으로 나왔다. 그와 다른 2명의 정찰병들은 자세를 낮춘 채, Vityaz 기관단총을 어깨에 견착하고 달려 나갔다.

"1시 방향에 검문소 인원 5명, 2시 방향 적 두 번째 땅크 쪽에 적 인원 3명!"

"12시 방향에 통신병과 지휘자를 포함한 3명, 10시 방향에 적 첫 번째 땅크 쪽에 적 인원 2명!"

"후방에 적 인원 없음!"

곽성준과 지동현, 김무영이 차례로 소리치면서 전진했고 그들의 목소리에 차창을 열어 둔 몇몇 승용차의 운전자들이 반응했다. 누군가 정찰병들의 모습에 일본어로 소리치자 다른 운전자들이 다 같이 합창이라도 하는 듯이 뒤따라서 소리쳤다. 정찰병들은 그들의 반응을 무시하면서 2개 차선에 늘어서 있는 수십대의 차량 사이로 기동했다.

그러던 중 마침내, 검문 인원들이 정찰병들의 존재에 대해 경고하는 운전자들의 목소리를 듣고 반응했다. 누군가 검문 중인택시의 보닛 위로 올라섰고 그가 차량들 사이로 상체를 숙인 채다가오는 정찰병들을 발견하고 그들을 향해 한 손을 들어 보이려 했다. 그렇지만 자위대 선임 부사관이 입 밖으로 경고를 전파하기 전에 소음기를 장착한 3정의 Vityaz 기관단총 총성이 교차로 일대에 울려 퍼졌고 그는 차량 아래로 떨어졌다.

"퍽! 퍽! 퍽! 퍼퍼퍼퍽! 퍽!"

교차로의 검문 지점 10여 미터 근처에서 3명의 정찰병들이사방에 배치된 자위대원들을 향해 소음 기관단총을 발사했다. 검문 지점을 주변에서 엄호하던, 6명의 보병들이 곽 소좌 일행을 향해 89식 소총을 쳐들기도 전에 쓰러졌고 그들의 모습에 나머지 자위대원들이 어리둥절해했다.

그러던 중 정찰병들이 막 지나쳐 온, 몇 대의 차량에서 운전자들이 차 밖으로 나와 고래고래 소리 지르기 시작했고 그때서야 자위대원들이 상황을 파악하고 움직이기 시작했다.

　"테러범이다! 북조선 테러범이다!"

　그 말에 후방을 맡고 있던 김무영이 몸을 빙 돌려 3명의 운전자들을 향해 기관단총 총탄들을 날려 보냈다. 9밀리 총탄에 머리가 날아간, 2명의 민간인 운전자가 쓰러지고 나머지 한 명이 기겁을 하면서 승용차들 사이로 몸을 피했다.

　"후방 이상 무!"

　김무영이 앞서 가고 있는 곽성준과 지동현에게 소리쳤고, 두 사람은 그들의 정면에서 총기를 쳐들고 다가오는 3명의 자위대원들을 향해 전진했다.

　"탕! 탕! 탕! 탕!"

　"픽! 퍼퍼픽! 픽! 픽!"

　차량들의 트렁크와 차체 아래쪽을 살피던 자위대원이 지근거리에 있는 두 정찰병들을 가장 먼저 발견하고 소총 사격을 가했고 다른 검문 인원들이 그와 함께 정찰병들을 향해 다가왔다.

　양측이 몇 발의 총탄을 주고받았지만 자위대원들은 정찰병들의 정밀한 사격에 순식간에 제압됐다.

　"12시 방향 제압! 12시 방향 제압! 10시와 2시 방향 제압 바람!"

　곽성준이 총기의 탄창을 교체하면서 소리쳤는데, 그때에는 그가 경고한 검문 지점 좌우에서 4~5명이 자위관들이 달려오고 있었다.

곽성준과 지동현은 검문 지점을 5~6미터 앞두고 대기 중이 던 승합차 쪽에 엄폐했고 그들 쪽으로 뒤늦게 합류한 김무영 중 사를 향해 자위대원들이 소총 사격을 가했다. 놀랍게도 수 명의 자위관들이 발사한 소총탄들은 김무영 대신 검문을 위해 대기 중이던 현지인들의 차량에 명중했고 놀란 운전자들이 경적을 울 리거나 차 밖으로 달려 나오기 시작했다.

곽성준과 지동현은 15~16미터 거리를 두고 접근 중인 자위 관들에게 거의 동시에 수류탄을 투척했다. 2개의 수류탄이 1~2 초 정도의 시차를 두고 아스팔트 바닥에 떨어졌고 그것들을 발 견한 자위관들이 엄폐물을 찾고자 흩어졌다.

"쾅! 쾅!"

교차로의 좌우 측, 74식 전차들이 위치해 있던 곳의 수류탄들 이 폭발하면서 자위대원들이 쓰러졌다.

"좌측 땅크로 집중해! 지금 당장!"

곽성준이 2시 방향의 74식 전차 쪽을 향해 또 한 발의 수류탄 을 던지며 소리쳤다.

"쾅!"

또 한 발의 수류탄이 폭발했고 몸을 가누려 애쓰던 3명의 자 위대원들이 파편을 뒤집어쓰고 쓰러졌다.

지동현은 곽 소좌의 지시대로 10시 방향의 74식 전차 주변에 남아 있는 한 명의 자위관을 향해 기관단총을 쳐들었다. 그러나 마지막 탄이 발사되어 격발이 되지 않자, 그는 허리 뒤춤에 꽂아 둔 M1911A1 권총으로 교체하여 바로 방아쇠를 당겼다.

"탕! 탕! 탕!"

그의 권총탄들이 14~15미터 거리에 자위대 무전병의 허벅지와 엉덩이에 명중했고 그가 도로 바닥에 쓰러졌다. 그는 권총 사격 자세를 바로 하면서 자위대 무전병의 머리를 날려 버리려고 했지만 다음 순간, 곽성준과 김무영이 그를 승용차와 승합차 사이로 잡아끌었다.

"터터터터텅! 터터터터텅~!"

정찰병들이 탈취하고자 했던 74식 전차의 포탑에서 50구경 기관총이 불을 뿜었고 12.7밀리 기관총탄들이 정찰병들이 몸을 숨기고 있는 차량들을 박살 내기 시작했다.

차체 파편들이 사방으로 튀어 날리고 혼비백산한 일본인들이 차에서 뛰쳐나와 인도 지대로 내달렸지만 50구경 기관총탄들은 그들에게까지도 날아들었다. 귀가하거나 도쿄 외곽으로 대피 중이던 현지인 남성, 여성은 몸통이 폭발하면서 쓰러졌지만 전차의 기관총 사격은 계속해서 이어졌다.

정찰병들의 위치를 대충 짐작한 채 사격을 시작했다가 이내 검문을 위해 30~40미터 정도 늘어서 있는, 모든 차량들을 향해 기관총탄들이 흩뿌려졌다.

민간인 한 명이 차체 위로 올라가, 벗어 든 정장 재킷을 흔들며 자위대원의 사격을 제지하려 했지만 40대 정도의 그 운전자의 가슴이 50구경 총탄에 폭발해 버렸고 그는 그대로 도로 바닥으로 떨어졌다.

50구경 기관총탄들이 다시 검문 지점 쪽으로 날아들기 시작했다. 그리고 그 중기관총탄들에 의해 차체가 찢겨지고 있는 듯한 승용차 후방 쪽에서 곽성준과 지동현, 김무영이 총기의 탄창들을 교체했다.

그런데 그때 50대 정도는 되어 보이는 남성이 아스팔트 바닥을 기어서 현장을 벗어나려다가 기관단총을 장전하던 곽성준과 눈이 마주쳤다.

곽성준은 그를 빤히 내려다보고 있었는데 순간, 노인이 2~3살쯤 되어 보이는 여자아이를 등에 업고 기어가고 있음을 파악했다. 다음 순간 기관총탄들이 혼다 승용차 차체를 관통하여 나란히 있던 다른 승용차 차체에 박혔고 그 파편이 튀어 날렸다. 그때부터 여자아이가 놀라서 소리를 지르기 시작했고 노인은 공포에 질린 표정으로 꼼짝하지 못하고 정찰병들을 올려다봤다.

곽성준은 급박하고 어이없는 상황에 고개를 가로저으면서 그 노인의 한 팔을 잡아끌었지만 다음 순간 수 발의 중기관총탄들이 다시 승용차의 차체를 관통하여 노인의 등과 하체에 박혔다.

곽 소좌는 50구경 총탄에 엉망이 되어 더 이상 움직이고 있지 않는 노인과 손녀를 물끄러미 바라봤고 그때, 교차로 어디에선가 74식 전차가 시동을 거는 소리가 들려왔다.

지동현 상사가 가까스로 시야를 확보하여 그 즉시 경고했다.

"10시 방향의 적 땅크가 시동을 겁니다! 무영이, 무영이! 반대편 땅크는?"

김무영이 어렵게 고개를 들어 반대편 2시 방향에 있는 74식 전차 쪽을 확인했지만 그쪽은 그가 생각하기에, 이미 수류탄으로 제압된 자들이 전차병인지 아무도 전차를 움직이려 하지 않았다.

"2시 방향 땅크는 움직이지 않습니다!"

그러나 반대편에서 중기관총 사격을 가하는 전차는 금방이라도 기동하여 정찰병들을 깔아뭉개 버릴 듯이 엔진 소리를 고조시켰다.

김무영은 하나 있던 붉은색 연막탄의 안전핀을 뽑은 뒤 기관총탄을 퍼붓고 있는 전차 쪽으로 투척했다. 그가 연막탄을 투척하자마자 주변으로 기관총탄들이 날아들었고 승용차 뒤쪽에 있던 승합차의 차체 전면이 박살이 나서, 튀어 날렸다.

1미터 정도의 간격을 두고 있는 두 차량들 사이에서 3명의 정찰병들은 계속해서 50구경 중기관총 사격에 발이 묶여 꼼짝하지 못했다. 그러던 중 50구경 기관총 총성이 뚝 그쳤다. 때맞춰 연막탄의 짙은 붉은 연기가 전차와 검문 지점 사이에 넓게 펼쳐졌고 자위대 전차병이 중기관총의 탄통을 교체하고 있다고 확신한 곽성준이 목청껏 소리쳤다.

"지금이오! 2시 방향 땅크, 2시 방향 땅크로 기동!"

3명의 정찰병은 엄폐했던 차량들의 우측 공간을 통해 반대편 차선을 내달렸다. 곽성준과 지동현, 김무영은 5~6미터 정도의 거리를 이동하면서 자위대 전차병의 기관총 사격에 피탄된 3~4명의 운전자들이 흘린 엄청난 양의 피 웅덩이를 철벅거리면서 달려가야만 했다.

최초 계획과 달리, 정찰병들이 교차로 지대의 우측 도로변에 있는 74식 전차를 향해 달려가는 동안, 곽성준은 등 뒤쪽에서 당장이라도 105밀리 전차 포탄이 날아올까 우려했다.

　두 번째 74식 전차가 있는 곳까지 20여 미터를 달려가면서, 곽성준은 지금처럼 그의 두 발이 무겁게 느껴진 적이 없다고 생각했다. 그는 그의 오른쪽과 등 뒤에서 함께 질주하는 김무영과 지동현의 존재가 갑자기 낯설게 느껴지면서 지독한 고독을 느꼈다. 그 고독이 곽 소좌의 숨통을 틀어막으면서 누군가 갑자기 그의 심장을 꽉 움켜쥐는 듯한 느낌의 낯선 공포가 그를 사로잡기까지 했다.

　곽성준은 그의 눈앞에 보일 듯 말 듯한 오색의 띠가 그의 시야 안에서 어지럽게 날아다니는 것을 느낄 때, 다시 이들의 후방에서 50구경 중기관총 총성이 울려 퍼졌다.

　당장 뜀걸음을 멈추고 연막의 상태를 살펴야 했지만 잠시라도 지체된다면 그는 자신과 조원들이 중기관총탄에 핏덩어리가 될 거라고 믿었고 다른 두 사람 또한 같은 생각을 하고 있는지 74식 전차까지의 질주를 멈추지 않았다.

　드디어 정찰병들이 2번에 걸친 세열수류탄 공격에 즉사하거나 부상당한 전차병들을 지나쳐 전차에 도착했다. 김무영 중사가 차체 앞쪽의 조종석 쪽으로 들어가는 동안, 지동현이 지상에서 그를 엄호했고 곽성준은 힘겹게 차체 위로 올라갔다.

　"탕! 탕!"

　갑작스러운 권총 총성이 울리면서 곽성준이 기어 올라가는 포탑 쪽에 총탄이 작렬했다. 다른 부상당한 전차병들을 대피시키다가 수류탄 파편을 뒤집어썼던, 전차장으로 보이던 자위관 한 명이 도로 한가운데에 엎드린 상태로 정찰병들에게 총격을 가했다. 지동현은 민첩하게 그 자위관을 향해 Vityaz 기관단총을 겨누고 방아쇠를 당겼다.

"퍽! 퍽!"

정찰병들은 그때가 돼서야 최초 반격을 해 온 74식 전차가 붉은 연막이 남아 있는 도로 지대 대신 인도 지대로 올라와, 검문 지점을 향해 늘어서 있는 차량들을 수색하고 있음을 파악했다.

"빨리! 빨리! 땅크를 움직여, 김무영이! 여기서 개죽음당하고 싶어?"

지동현이 전차 시동을 걸고 기동을 준비하는 김무영에게 고래고래 소리쳤다. 지동현을 향해 김무영이 기동한다는 수신호를 만들어 보이자, 그도 차체 위로 신속하게 올라갔다.

곽성준은 포탑의 M2HB 중기관총을 잡고 아직 이들의 위치를 파악하지 못한 자위대 전차를 주시하고 있었고, 지동현이 먼저 포탑 안으로 들어가자 그도 그 뒤를 따랐다.

"부조장 동지! 대탄! 당장 대탄을 장전하시오!"

막 탄약수석에 앉아서 적재된 전차 포탄들을 확인하던 지동현을 향해 곽성준이 소리쳤다. 그러나 곽 소좌가 추가 지시를 내리기도 전에 전차가 움직이기 시작했고, 곽성준은 전차장 헬멧을 들고 무선 마이크에 대고 소리쳤다.

"무영이! 무영이! 빨리 땅크가 기동할 방향 잡아!"

그 말에 김무영이 대꾸를 했지만 곽성준은 헬멧을 착용하지 못했고 전차 엔진음 때문에 헬멧 속 이어폰에서 들려왔던 그의 목소리를 듣지 못했다. 그는 헬멧을 착용하면서 포탑 바깥으로 상체를 노출시켰다.

곽 소좌는 전차장 자리에서 50구경 기관총을 양손으로 붙잡았다. 전차는 굉음을 내면서 도로 위로 궤도를 굴리면서 전진했고 그는 김무영이 16~17미터 정도 전진한 뒤 교차로에서 우회전할 것을 기대했다.

그러나 별안간 백두산 정찰조의 전방, 교차로 지점에서 경찰 차량 2대가 경광들을 번쩍이며 나타난 뒤 우회전을 하여 자위대원들이 기동시키는 74식 전차 쪽으로 접근했다. 도쿄 경시청 소속의 경관들은 그쪽에 있는 또 다른 74식 전차를 향해 스피커로 시끄럽게 소리쳤지만 그들은 아직 정찰병들의 전차가 그들의 한참 후방 지대에서 기동하고 있는 것을 발견하지 못했다.

곽성준은 차내 인터컴을 통해 지동현과 김무영에게 경고를 전파했다.

"직 전방에 적 경찰 차량 2대 출현, 우리가 교차로에서 우회전을 하기 전에 제압하지 않으면 저들을 우리 후방에 두게 된다! 무영이, 기동 간에 내 추가 지시에 귀를 기울여! 그리고 부조장 동지는 전차포 사격 준비를 서둘러 마치시오. 안 그러면 우리 전차로 지옥 불이 쏟아져 들어올 것이오!"

"알겠습니다, 조장 동지!"

"알겠습니다!"

전차가 10여 미터 정도 전진하고 우회전을 준비할 즈음, 결국 경찰 차량에 있는 정복 경관들이 포탑 위에 모습을 드러내고 있는 곽성준을 발견했다. 2대의 차량에서 권총과 기관단총을 휴대한 경찰관들이 쏟아져 나왔고 그들 중 한 명이 정찰병들의 전차가 움직이는 것을 발견하고 크게 떠들기 시작했다.

곽성준 소좌가 인터컴에 소리치며 50구경 기관총 방아쇠를 양쪽 엄지로 눌렀다.

"직 전방 경찰 병력을 제압한다!"

"터터터터터텅! 터터터터터텅!"

십 수 발의 중기관총탄들이 날아가, 경찰 차량에 작렬하고 박살 난 경광등과 사이드 미러가 허공 높이 튀어 날렸다. 허공에 비상하는 것들은 그것들이 전부가 아니었다. 중기관총탄에 피탄된 경찰관들의 몸통과 머리가 폭발하면서 피와 살점이 사방으로 흩뿌려졌다.

"적 땅크! 적 땅크가 우리를 발견했습니다!"

김무영의 경고에 곽성준은 총구를 살짝 돌려서 30여 미터 정도 거리에 있는 적 전차 쪽으로 겨눴다. 그가 방아쇠를 당기기도 전에 자위대의 105밀리 전차포가 먼저 불을 뿜었다.

"펑!"

천둥소리가 울리면서 정찰병들의 전차가 바로 우측에 두고 지나쳤던 지하철 출구에 포탄이 명중, 까만 연기와 열기가 사방으로 퍼졌다. 최초 포탄이 작렬할 때의 충격에 주변 건물의 유리창들이 박살이 나서 쏟아졌고 곽성준은 적 전차가 공격해오는 것을 파악, 재빨리 포탑 안으로 몸을 들여놓았다.

"아, 씨!"

그는 고막을 찌르는 통증을 잊고자 소리를 지르며 전차장용 조준경을 통해 전방 상황을 파악, 그 즉시 김무영에게 소리쳤다. 양측이 50미터도 안 되는 지근거리에서, 서로를 향해 포구를 고정하고 거리를 좁혀 가는 상황이었다.

"무영이, 땅크를 우회전시키지 말고 적 땅크 쪽에, 내 기관총에 제압된 적 경찰 차량들 위로 몰아가!"

"안 됩니다, 조장 동지! 미쳤습니까? 우리가 적 땅크의 측면에서 머뭇거리면, 적 땅크가 우리가 우회전할 공간까지 먼저 진출합니다. 우리 출구가 차단당한단 말입니다!"

조종석에서 전방 상황을 주시하던 김무영이 반발했지만 지동현이 곧바로 그에게 소리쳤다.

"이 자식아, 당장 기동해! 적 땅크가 2차 사격을 하기 전에 당장 조장 동지가 지정한 지점으로 땅크를 몰아가란 말이야, 이 새끼야!"

지동현의 호통이 채 끝나기도 전에, 이들의 전차가 급가속을 하여 도로 위를 횡단했다. 정찰병들의 전차가 붉은 연막 속을 헤치고 들어갈 때 거리 어디에선가 소총탄들이 날아와 전차 차체에 작렬했고 곽성준 일행은 자신들이 일본군 보병들의 대응사격을 받고 있음을 깨달았다.

"충돌! 충돌!"

김무영의 경고가 인터컴에 전파될 때, 이들의 74식 전차가 교차로의 좌회전 차로 안에서, 곽성준의 기관총 사격에 만신창이가 된 경찰 차량의 후방을 들이받고 그대로 올라탔다.

그때에는 지동현과 곽성준이 포탑을 오른쪽으로 돌려놓은 상태로 전차포 사격 준비를 마쳤는데, 이들의 우측에 또 다른 74식 전차가 정찰병들을 향해 포신을 돌리고 있었다.

그러나 자위대 전차의 긴 포신이 그것의 측면에 서 있는 가로등에 부딪치면서, 선회를 마치지 못했고 정찰병들의 전차포는 120도 정도의 회전을 마친 뒤 15~16미터 미만의 거리에서 자위대의 74식 전차의 우측면을 확보했다.

"펑! 쿵!"

곽 소좌의 지시를 기다리지 않고, 지동현이 그 즉시 대전차 고폭탄을 발사했고 그 포탄은 자위대 전차의 측면 하부에 명중했다. 자위대의 전차는 몇 개의 보기륜들이 파괴되고 그쪽에서 까만 연기를 내뿜기 시작했다.

"한 발 더!"

곽성준이 조준경으로 코앞에 있는 적 전차의 우측면을 주시하면서 소리치자, 이미 지동현이 가까스로 장전을 마친 뒤 보고했다.

"장전 끝!"

"펑~! 쿵!"

거의 비슷한 지점으로 곽성준 소좌가 직접 격발시킨 두 번째 대전차 고폭탄이 작렬했다. 그때부터 자위대 전차의 차체 하부에서 불길이 새어 나오다가 조금 뒤, 전차의 차체 위쪽까지 거

세게 번져 갔다.

곽성준은 그때가 돼서야 김무영에게 지시를 내렸다.

"무영이, 땅크 후진! 땅크 후진! 교차로 정중앙 지점까지 후진해서 우회전을 실시하라, 무영이!"

지동현은 고폭탄을 장전한 다음 인터컴에 소리쳤다.

"3탄 장전!"

"접수!"

곽성준은 조준경으로 적 전차를 조준한 뒤 제3 탄을 발사했다.

"펑! 쿵!"

3번째로 발사된 105밀리 대탄이 자위대의 전차 포탑 측면의 끝 즈음에 명중했고 그때 차체 외부에 장착된 차장용 연막탄 발사기들이 파괴되면서 전차 주변 허공에 까만 연기와 연막탄 연막이 함께 퍼졌다.

곽성준은 전차가 후진으로 교차로 한복판으로 향할 때, 포탑 바깥으로 머리를 조금 내밀고 주변을 살폈다. 자위대 전차 쪽에서 매캐한 냄새가 그의 코를 찔렀고 짙은 땅거미가 내려앉은 거리는 이제 무인지경처럼 보이기까지 했다.

*　　　*　　　*

2016년 8월 3일 20시 56분 일본, 도쿄, 하네다 공항, 전역합동대테러본부

한미일 특수부대의 대기 공간이며, 각 해당국 부대원들의 무기, 장비를 점검하고 전술 토의를 해 온 제4 격납고에 안에는 한국과 미국 측 인원들 소수가 남아 있었다. 그들은 이미 전역합동대테러본부 지휘부와 통신, 감시 장비가 위치한 제1 격납고와 일본 자위대, 정부의 정보기관들과 한미 정보기관의 분석실들이 위치한 제2 격납고가 현재 괴한들에 의해 집중 공격을 받고 있음을 파악했다.

동구권제 RPK74 경기관총 총성과 RPG7 발사음을 청취했던 특수부대원들은 그 즉시 한미일 특수부대원들의 숙소 공간이자, 잉여 무기와 탄약이 있는 제3 격납고로 이동하려 해지만 앞서 나간 격납고 측면 출입문과 후문으로 나간 델타포스 대원 2명과 정보사의 라현철 준위, 강상욱 준위, 이승주 상사는 격납고 바깥에서 최소 2정 이상의 추측되는, 기관총 사격을 받은 뒤로 다시 모습을 볼 수 없었다.

이제 격납고 안에는 국정원 요원 6명과 707부대의 최승희 중사와 박미소 준위밖에 없었다. 국정원 요원들은 2명을 제외한 나머지 인원들은 무기를 휴대하지 않은 상태였고, 최승희 중사와 박미소 준위는 전역합동대테러본부의 보안 통신망 밖에서, 707부대와 대한민국 합참 지휘부와의 직접 교신을 지원하고자 남아 있었기 때문에 완벽한 무장 상태가 아니었다.

글록17 권총을 휴대하고 있는 국정원 요원들은 2개의 탄창을 가졌고, USP 택티컬 권총을 휴대한 박미소 준위와 최승희 중사는 3개의 탄창을 가진 것이 이들의 화력 전부였다.

국정원 요원들은 이미 5대가 넘는 스마트폰과 무전기로 외부에 현재 상황을 알렸지만 정작 이곳에서 도움을 받을 수 있다고 생각하는 사람은 아무도 없었다.

"타타타타타타타! 타타타타!"

"탕! 탕! 탕!"

격납고의 우측 측면 출입문을 열고 바깥 상황을 살피려던 국정원 요원이 경기관총탄 세례를 받고 혼쭐이 나서 안으로 다시 들어왔다. 그는 대기하고 있던 최정은 요원, 최승희 중사, 박미소 준위에게 소리쳤다.

"격납고가 포위된 상태에서 하나하나 접수되는 것 같으니 일단, 비무장 인원은 격납고 안에 몸을 숨기도록 합시다!"

그의 지시에 기밀문서들과 보안 통신기기를 파괴한 국정원 분석, 통신 요원들이 격납고 안쪽 공간으로 향했다. 이곳 격납고는 보잉 727~737급의 항공기 정비를 하던 대형 격납고였기 때문에 수십 개의 경량 칸막이와 큐비클로 만든 독립 구획들이 50군데가 넘었다.

외부와의 교신, 통화 상태를 유지한 채 4명의 비무장 요원들이 한 명씩 숙소 공간이나 장비 창고 등의 공간에 몸을 숨겼다. 그리고 북괴군들에게 대응을 할 수 있는 4명의 특전여군들과 국정원 요원들이 2명씩 짝을 지어, 격납고 안으로 들어올 수 있는 5군데의 출입문들을 주시했다.

5분 넘게 들려오던, 요란한 폭발음과 경기관총 총성이 그치자 격납고 안에 있는 사람들이 모두 숨죽인 채 외부 소음에 귀를 기울였다. 잠시 뒤, 격납고 바깥에서 북괴군 공작원들의 목소리가 들려왔다.

최승희 중사는 박미소 준위와 함께 격납고 전면 구석에 있는 출입문과 격납고 우측 벽에 있는 출입문을 20여 미터의 거리를 두고 경계 중이었고 국정원 요원들은 이들과 등을 맞대고 격납고 후방 출입문과 좌측 벽에 있는 출입문을 경계 중이었다.

이들은 북괴군 기습조가 제1 격납고와 제2 격납고의 지휘, 분석 시설을 완전히 파괴하면 그다음 제3 격납고를 건너뛰고 제4 격납고로 몰려올 것이라 예상했다. 최초 기습 시도 자체가 이루어졌다는 것은 적들이 이미 선억합동대테러본부 시설 전체에 대한 정보를 가지고 있다는 것을 의미함을 잘 알고 있었기 때문이었다.

정찰병들의 기습과 함께 전력이 차단된 이후로 벌써부터 격납고 안이 후덥지근해지고 격납고 안에 있는 사람들이 땀을 삘삘 흘리면서 숨 막히는 정적 속에 갇혀 있었다.

격납고 외부에서 약하게 들어오는 불빛들이 내부를 보일 듯 말 듯 비춰 주고 있었고 박미소와 최승희는 수시로 내부 구조를 살펴서 만약의 경우에 대비했다. 그때 누군가의 휴대전화 진동음이 들려왔고 박미소 준위가 신경질적인 표정을 지으며 고개를 돌렸다. 그러나 그 휴대전화의 주인은 최승희였다. 최승희는 민첩하게 전술 조끼 수납부에 있던 스마트폰을 꺼내 들고 속삭였다.

"최승희입니다!"

"최 중사! 지금 상황은?"

전장형의 목소리가 스마트폰에서 들려왔고 최승희는 주변을 한 번 둘러본 뒤 작은 목소리로 대답했다.

"제1 격납고와 제2 격납고가 기습당했습니다. 정보사 인원과 델타 인원 몇 명이 제3 격납고로 개인화기를 가지러 가다 적들에게 제압된 것 같습니다. 현재 제4 격납고에 권총을 휴대한 707, 국정원 인원 4명이 최소 5~6명 이상 규모로 예상되는 적의 기습에 대비 중입니다!"

"지금 하네다 공항으로 지원 병력이 가고 있을 거다! 조금만 버텨, 승희야!"

잠시 전까지 침착하게 낮은 목소리로 통화를 하던 최승희가 안타까움이 느껴지는 전장형의 목소리에 갑자기 말을 잊었다. 그런 최승희의 분위기를 감지한 전장형이 다시 말했다.

"최 중사! 야, 최 중사!"

"네, 중대장님."

"정신 똑바로 차리고 있어! 쫄지 말고 정신 똑바로 차리고 있어! 알았어?"

"네!"

"전화 끊지 말고 통화 유지해!"

"네, 중대장님."

최승희 중사와 박미소 준위는 회의용 테이블들 3개를 엄폐물로 삼고자 엎어 놓고, 그 뒤에 몸을 숨긴 채 출입문들을 주시했다. 그런데 갑자기 박미소가 무언가 생각난 듯 정적을 깨고 국정원 요원들에게 소리쳤다.

"적들이 정문이나 후문 쪽에서 RPG7이나 수류탄으로 출입문을 개척한 다음에 기관총을 난사하며 진입할 겁니다! 조심하십시오!"

박미소 준위는 다시 시선을 전방으로 향했고 그녀가 전파한 경고에 맞춰서 테이블들 뒤로 완벽히 몸을 숨겼다. 최승희 또한 그녀의 조치에 따랐고 두 사람은 권총을 파지한 두 손만을 테이블 모서리 위로 노출시킨 채 북괴군의 공격을 기다렸다.

그리고 다음 순간, 박미소의 경고가 현실이 되었다.

"쾅!"

두 특전여군은 격납고 정문 쪽에서 7호 발사관의 사격음이 들리자마자 민첩하게 고개를 숙이면서 양쪽 귀를 막았다. 거의 동시에 거대한 여객기 동체가 들락거리는 격납고 대형 출입문 정중앙을 지옥 불이 뚫고 들어왔다. 파편들과 강력한 열기가 707 대원들의 엄폐 위치를 강타했지만 최승희는 숨을 참고 있는 상태에서 온몸에 힘을 주고 대비했다.

다음 순간, 최승희와 박미소 준위는 권총을 쳐들고 정문 쪽을 향해 사격 자세를 잡았다. 그렇지만 그다음 순간 다시 두 번의 격렬한 폭발이 두 사람 앞에서 일어났다.

"쾅! 쾅!"

깨알같이 작은 수십 개의 파편들이 두 여군의 엄폐물인 테이블들을 날아와 박혔고 처음과는 확연히 다른, 두 사람의 숨통을 틀어막을 듯한 강력한 화염과 열기가 내부로 쇄도해 왔다.

2발 이상의 수류탄들이 폭발한 직후, 최승희는 자신도 모르게 반격을 위한 준비 상태를 놓쳐 버렸다. 강력한 폭발 충격이 몽둥이처럼 그녀의 머리를 가격했기 때문에 그녀는 의식과 무의식의 경계선에서 내던져진 상황이었다.

격납고 바닥에 두 무릎을 꿇은 채, 머리를 처박고 있던 그녀 곁에서 박미소 준위가 권총 사격을 시작했다. 그녀가 방아쇠를 당길 때마다 딱총 소리처럼 들려오는 총성들이 최승희의 고막을 북처럼 두들겼고, 그 기괴한 느낌을 감지하는 순간 최승희가 아랫배에 힘을 주고 호흡을 되찾았다.

"장탄! 장탄!"

박미소가 권총의 탄창을 갈아 끼우며 소리치는 것이 최승희의 귀에는 전화 통화를 할 때의 목소리처럼 들려왔다. 하지만 최승희는 곧바로 정신을 차리고 권총 사격 자세를 잡았다. 그 직후 수발의 권총탄들이 그녀의 총구에서 발사됐다.

"탕! 탕! 탕! 탕! 탕!"

최승희는 자욱한 연기 속에서 기관총 예광탄들이 날아오는 1시 방향을 향해 권총탄을 퍼부었다. 권총 사격을 가하면서, 최승희는 격납고 바깥에서 날아오는 수발의 기관총 예광탄들을 두 눈으로 확인할 수 있었다.

그런데 그때 격납고 바깥에서 707부대원들의 위치 쪽으로 강력한 불빛이 투사되었다.

"최 중사, 이동! 이동!"

심상치 않은 상황을 감지한 박미소가 별안간 최승희의 한쪽 어깨를 채어 잡고 그녀를 최초 위치의 왼편으로 이끌었다. 최승희는 그녀의 손에 이끌려 몸을 일으켰는데, 그 순간 그녀의 2시 방향에서 총구 섬광을 발견했다.

최승희는 박미소에 의해 몸의 중심을 잃은 상태에서 적군의 실루엣을 향해 한 손으로 쥔 권총의 방아쇠를 당겼다.

"탕! 탕!"

"타타타타!"

최승희가 사격하는 표적을 발견한 박미소 준위 또한 왼손으로 들고 있던 권총을 높이 쳐들며 방아쇠를 당겼다.

"탕! 탕! 탕!"

두 특전대원이 발사한 권총탄에 십 수 미터 쪽에 서 있던 괴한이 쓰러졌다. 그러나 두 사람이 바로 서서 쓰러진 적군을 확인하기도 전에 방금 전 쏟아져 들어온 불빛이 훨씬 강력해져서 두 여군의 시야를 차단했다.

"콰콰콰쾅!"

그 직후, 엄청난 파열음이 울려 퍼지면서 격납고 안으로 육상 자위대의 경장갑 차량이 진입해 왔다. 최초 대전차 로켓 공격에 파괴된 정문 구획을 통해 진입한 장갑 차량이 기관총 거치대에 장착된 탐조등을 비추기 시작했다.

장갑 차량은 순식간에 안쪽으로 깊이 들어와 두 특전대원이 엄폐했던 테이블들을 그대로 들이받고 정차했다.

최승희와 박미소는 장갑 차량의 위쪽 마운트에 설치된 M249

기관총이 불을 뿜는 것을 확인하지도 못하고 격납고의 좌측 구획으로 몸을 피했다. 두 사람이 긴 테이블들과 의자들, 사무실용 파티션들 사이로 자세를 낮추고 달려갔고, 장갑 차량의 기관총과 함께 움직이는 탐조등 불빛이 그녀들의 뒤를 바짝 추적하는 형국이었다.

그러던 중 두 사람이 막다른 벽에 다다르면서, 그곳에 쌓아져 있는 파티션들 뒤에 몸을 숨겼다. 그때에도 장갑 차량의 경기관총은 격렬한 총성을 내뿜으며 5.56밀리 총탄을 날려 보냈다.

박미소 준위는 자신이 엄폐한 위치로는 기관총탄들이 관통해 오지 않자, 바깥쪽에 웅크리고 있는 최승희를 자신 쪽으로 잡아 끌었다. 두 사람은 서로 바짝 붙어 앉은 채 겨우 총격을 피하고 있었지만 최승희는 이제 곧 더 이상 버틸 수 없음을 잘 알고 있었다.

정찰병들은 6~7발씩 기관총을 끊어 쐈는데, 무작정 난사를 하지 않고 두 특전대원들의 엄폐 위치를 예상하면서 사격을 가해 왔다.

"파파파팟!"

웅크리고 앉아 있는 최승희 중사의 바로 오른쪽을 수발의 기관총탄들이 뚫고 들어왔고 그때의 파편이 최승희의 왼쪽 뺨과 목에 생채기를 냈다.

최승희는 파티션들을 뚫고 그녀의 곁으로 가까워지는 총탄들의 비행음을 들으면서 한국 땅의 가족과 친구들을 떠올렸다. 그리고 자신과 중대원들을 구하고자 목숨을 바쳤던 심술궂고 소중했던 동기 강정훈의 얼굴을 떠올렸다.

박미소 준위는 언제 최승희의 전술 조끼에서 스마트폰을 빼내 갔는지 전장형에게 큰 소리로 상황을 보고했는데 최승희는 그녀가 들고 있던 스마트폰에 매달려 있는 야광 캐릭터 마스코트를 발견했다. 강정훈 중사가 오래전에 선물해 줬던 그것을 보는 순간 최승희는 갑자기 정의 내릴 수 없는, 강력한 감정이 솟구치는 것을 느꼈다.

그녀는 꼼짝하고 싶지 않은 마음을 겨우 통제하면서 USP 택티컬 권총을 쥔 오른손을 가슴 높이로 쌓여 있는 파티션들의 모퉁이 너머로 내밀었다. 그 때문에 그녀의 몸이 총탄들이 뚫고 들이오는 곳으로 움직였고 박미소가 그녀의 어깨를 다시 잡아끌었다. 그러나 최승희는 그녀에게 끌려가지 않고 장갑 차량 쪽으로 대충 총구를 겨누고 방아쇠를 당겼고 그때에도 그녀의 머리 위쪽과 측면에 관통탄들이 지나쳐 갔다.

"탕! 탕! 탕! 탕! 탕!"

그녀의 눈앞에서 45구경 권총탄의 탄피들이 튀어 올랐고 그녀는 계속해서 총성이 들려오는 방향을 짐작하며 방아쇠를 당겼다. 그리고 잠시 뒤, 무지막지하게 울려 퍼졌던 총성이 뚝 그쳤다.

이후, 최승희는 자신이 현재 현실 세계에 있는지를 의심하게 만드는 정적에 휩싸였고 박미소 또한 스마트폰 통화를 중단하고 꼼짝하지 않았다.

"타타타타타! 타타타타타!"

9밀리 탄을 사용하는 총기 특유의 전자동 총성이 들려왔다가 다시 조용해졌다. 최승희와 박미소는 권총을 어깨 높이로 쳐들고 조심스럽게 몸을 움직였다. 쌓여 있는 파티션들의 모퉁이 너머로 고개를 내밀기에는 많은 용기가 필요했지만 최승희는 망설이지 않고 권총 총구와 고개를 동시에 내밀었다.

그 순간 그녀의 시야에 강력한 조명이 투사됐고 그녀는 그것을 향해 총구를 쳐들고 방아쇠를 당기려 했지만 누군가의 목청이 터질 듯이 크게 소리쳐 왔다.

"아군이다, 아군이다! 2중대, 사격 중지! 2중대, 사격 중지!"

그 말에 최승희는 거의 다 당겼던 방아쇠를 얼른 놓아 줬다. 그녀의 눈앞에는 경장갑 차량의 탐조등이 아닌 HK사의 기관단총에 장착하는 전술 라이트 빛, 여러 개가 있었다.

"2중대 사격 중지! 우린 아군이오!"

파티션 파편들이 과자 부스러기처럼 흩뿌려져 있는 바닥 위에서, 최승희와 박미소가 엉거주춤 앉은 상태로 사격 자세를 취하고 있었다. 그때, 그들을 향해 누군가 한 손을 쳐들며 소리치고 있었다.

그는 곧 총기의 전술 라이트를 천장 쪽을 향하게 했고 한 손을 두 특전여군들에게 들어 보이며 소리 쳤다.

"나, 라현철이오. 라현철!"

최승희와 박미소가 그 앞쪽에서 나와 서자, 경장갑 차량을 기습하여 정찰병들을 제압한 라현철 준위와 델타포스 대원 2명이 두 사람 앞에 서 있었다.

라현철은 최승희에게 MP5A5 기관단총과 예비 탄창 한 개를 던져 준 뒤, 6~7미터 정도 거리에 있는 경장갑 차량 쪽으로 걸음을 옮겼다. 장갑 차량은 처음 두 특전대원들이 엄폐했던 지점에 정차해 있었는데 라현철은 차량 운전석과 기관총 마운트 쪽에 있는 적군들의 시신을 응시하고 있었다.

아직도 어리둥절한 상태인 최승희 중사가 기관단총의 접철식 개머리판을 어깨에 완벽하게 견착하고 그의 곁에 섰다. 박미소 준위 또한 격납고 바깥쪽을 주시하던 델타포스 대원에게서 MP7A1 기관단총을 넘겨받아 경계 위치를 잡았을 즈음, 최승희는 라현철이 운전석 안에 피투성이가 되어 있는 누군가를 빤히 바리보는 것을 알게 됐다.

다른 격납고 쪽에서 다시 총성이 울려 퍼지고 있었는데, 이번에는 RPK74 총성뿐만 아니라 9밀리 권총탄을 사용하는 여러 정의 총기 총성들이 압도적으로 빈번하게 들려왔다.

라현철은 운전석에 있는 누군가에게 담배 개비를 물려 주고 불을 붙여 줬다. 최승희가 아직도 후들거리는 두 다리로 겨우 그의 곁에 서서 운전석 쪽에 시선을 보낼 때, 라현철이 적군에게 나지막한 목소리로 말했다.

"오래간만이오, 리원제 동지."

피투성이가 되어 있는 정찰병이 담배를 문 채 라현철을 향해 고개를 두어 번 끄덕였다. 그러고는 그대로 숨이 끊어졌다.

라현철은 어깨 너머 뒤쪽에 서 있는 최승희 중사의 존재를 의식하지 않고, 말없이 리원제의 시신을 응시했다.

잠시 뒤, NEST 팀과 함께 헬기로 도쿄 시내로 향하다가 기
수를 돌려 긴급 복귀하여, 라현철 준위 일행과 함께 정찰병들을
제압한 델타포스 C스쿼드런의 대원 5명이 격납고 안으로 조심
스럽게 모습을 드러냈다.

6장
도시 파괴전

2016년 8월 3일 21시 14분 일본, 도쿄, 신오쿠보 역 4km 전방

곽 소좌의 정찰조가 검문소에서 탈취한 74식 전차가 도쿄 도로에 진입할 때부터 도로 안팎은 아수라장이 되어 갔다. 도로 위의 운전자들은 물론, 인도 지대에 있던 민간인들까지 새까맣게 보이는 74식 전차가 요란한 디젤 엔진음을 토하며 시속 60 킬로미터에 가까운 속도로 질주하는 것을 지켜보며 넋이 빠졌다.

전차는 차체 전면부의 모든 조명을 켜 놓고 도로 안에서 걸리적거리는 민간인들의 차량들을 위협하며 나아갔다.

전차의 기동 내내, 포탑 아래 차체 앞쪽에 위치한 조종수석에서 전차를 조종하는 김무영 중사는 진땀을 흘리면서 조향 방향을 유지하고자 애썼지만, 전차의 존재를 알고도 비키지 않는 몇몇 일본인들 때문에 황당해했다. 그들은 분명 정찰병들의 전차를 작전 중인 육상자위대의 일원으로 생각했고 김무영 중사는 결국 그들의 차량을 모두 차체로 들이받아 도로 밖으로 튕겨 보냈다.

곽성준은 처음에는 해치를 닫은 채, 포탑 안에서 전차장용 조준경을 통해 전방의 도로 상황을 파악했다. 하지만 그는 곧 목적지에 가까워진다는 느낌에 항공 추격이 있는지 살피고자 해치를 열고 포탑 위로 몸을 드러냈다.

그가 해치 바깥으로 몸을 내밀자마자 진한 경유 연소 냄새가 그의 콧속에 들어왔다. 전차장용 헬멧을 착용한 그는 눈앞으로 방풍 안경을 내려 쓴 뒤 차분하게 전방과 좌우를 살폈다.

왕복 4차선 도로의 좌우에는 인도 지대와 그 너머의 고층 건물들이 빼곡히 서 있었다. 인구가 조밀한 지역이었기 때문에 그의 시선이 닿는 모든 곳에 상가 건물들이 있었고 그곳들 일부는 조명을 켜 놓고 있었다.

"쾅! 콰콰쾅! 콰콰콰쾅."

"빠아앙!"

38톤의 무게를 가진 전투용 전차의 존재를 확인하고도 길을 비켜 주지 않는 3대의 고급 세단들이 차체 앞쪽에 들이받힌 뒤 노변 쪽으로 튕겨 나갔다. 그리고 반대편 차선에서는 정찰병들의 존재에 기겁을 한 차량들이 급정거를 하다가 앞뒤 차량들이 추돌하는 경우가 계속해서 일어났다.

"조장 동지, 전방 교차로를 건너가면 목표 지점으로 곧장 이어지는 구간입니다. 직선 구간으로 3킬로미터만 기동하면 됩니다."

포수석에서 스마트폰 지도 앱을 살피던 지동현 상사가 인터컴을 통해 알려 왔다. 곽성준은 잠시 해치 아래, 포탑 안으로 시선을 보냈지만 그의 모습을 확인하지 못하고 결국 인터컴으로 대꾸했다.

"알겠소, 부조장 동무."

"쾅! 콰콰콱! 콰콰콱!"

곽 소좌가 대답을 마칠 때, 전차 앞쪽에서 서행하던 승합차 한 대를 전차가 차체 앞쪽으로 슬쩍 들이받았다. 그러나 전차 좌우로 튕겨져 나갔던 작은 승용차들과 달리 소형 승합차는 차체의 우측이 74식 전차의 좌측 궤도 아래로 들어갔고 다음 순간 승합차의 절반이 종잇장처럼 구겨지면서 궤도 아래로 빨려 들어갔다. 결국 승합차의 운전석 부분만 궤도 아래에 말려들어 가지 않은 채로 남았고 3조원은 황급히 전차를 세웠다.

그러자 운전석 쪽에서 기적적으로 살아 있었던 운전자가 혼비백산해서 차창을 통해 도로 바닥으로 몸을 날렸고 그 직후, 3조원은 전차의 가속페달을 있는 힘껏 밟았다. 디젤 엔진이 굉음을 내면서 허공으로 까만 매연을 내뿜었고 곧이어 전차의 좌측 궤도에 남아 있던 승합차의 전방 부분을 완전히 밟고 넘어갔다.

그런 뒤, 서서히 속도를 높이기 시작했고 이를 주변에서 지켜본 수십 명의 운전자들과 보행자들이 곽성준이 알아들을 수 없는 말들을 외쳤다.

심지어, 포탑 위에 모습을 드러내고 있는 곽 소좌에게 누군가 음료수 병을 투척해서 그것이 포탑에 맞고 깨지기도 했지만 그는 전혀 동요하지 않고 전차의 조향 상태를 김무영에게 전파해 줬다.

해당 도로에 진입한 뒤, 4번째 교차로를 지날 때 즈음 전차 안의 정찰병들은 분주한 시내 도로 한복판에서 수십여 대는 될 법한 민간인들의 차량들이 신호등을 무시한 채 74식 전차가 지나가기를 기다리고 있는 기묘한 모습을 보게 되었다.

교차로를 넘어갈 때 곽 소좌는 물론, 지동현 상사와 김무영 중사까지 너털웃음을 터뜨리는 광경이 이들의 눈앞에 펼쳐졌다. 이들의 전차가 도로를 독점하여 기동하도록 거들어 주고 있는 2명의 일본 교통경찰들의 모습이 이들의 눈에 들어왔었기 때문이었다.

곽 소좌는 꺼내 들고 있던 45구경 권총을 그들에게 겨눌 필요도 없었다. 그들 중 한 명이 그를 향해, 마치 우군끼리 인사를 건네는 것처럼 손을 들어 보이고 있었기 때문이었다.

이제 전차가 양쪽 궤도를 미끄러지듯 굴리면서 전진하는 도로의 양옆은 전보다 더 규모가 큰 상업 지역이었다. 건물들은 4~5층 규모가 아닌 10여 층 이상의 규모가 대부분이었다. 그럼에도 도로 안에는 비교적 차량들이 적었고 김무영은 잠망경을 통해 전방을 주시하며 전차 속도를 높이기 시작했다.

그러나 환대 아닌 환대를 받으며 도로를 타고 질주하던 정찰병들의 전차 후방에서 경찰 순찰 차량들이 따라붙기 시작했다. 처음에는 1대였지만 곧 2대, 3대가 따라붙었고 이제 5대가 되어 전차를 향해 거리를 좁혀 왔다. 상황이 심상치 않음을 직감한 곽 소좌가 조원들에게 경고했다.

"무영이, 최고 속도로! 최고 속도로!"

그의 다급한 목소리에 지동현까지 탄약수석 해치를 통해 머리를 내밀어 후방을 살폈다. 그런 뒤 다시 포탄 안으로 몸을 들여놓았고 김무영에게 속도를 내도록 재촉했다.

곽 소좌는 45구경 권총을 한 손으로 쳐든 채, 쐐기 모양의 대형을 이루어, 이들의 후방에서 접근 중인 경찰 차량들을 주시하고 있었다.

"적 순찰 차량 5대가 빠른 속도로 거리를 좁히고 있다. 현재 100메터(미터) 미만 거리!"

그는 후방 상황을 전차 안에 전파한 뒤, 전차장 해치 좌측에 장착된 M2HB 기관총의 손잡이를 잡았다.

전차장용 큐폴라는 회전이 가능하지만 그가 사용할 수 있는 중기관총은 해치 좌측에 고정되어 좌우로는 꼼짝도 하지 않았다. 때문에 그가 만약의 경우 전차 후방에서 추격 중인 경찰 차량들에게 50구경 기관총 사격을 가하려면 74식 전차의 포탑을 후방으로 돌려야 하는 상황이었다.

곽 소좌가 그 점에 대해서 언제 결정을 내려야 할지 고민하려는 찰나, 때맞춰 전차 직후방에 있는 경찰 차량에서 권총 사격을 가하기 시작했다. 유탄 몇 발이 그의 머리 위를 스쳐 지나갔고 그는 시끄러운 전차 엔진 소리 속에서 분명히 유탄의 비행음을 들었다.

5대의 경찰 차량들이 경광등을 번쩍이면서 74식 전차의 10여 미터 후방까지 접근했고 차량의 좌측 조수석에 탑승한 경찰관들이 딱총을 쏘듯 권총 사격을 가해 왔다.

오렌지색 가로등들이 대낮처럼 밝혀 주는 도로 안에는 이제 경찰 차량들과 시내 중심으로 향하는 74식 전차만이 남아 있는 상황이었다.

곽성준이 인터컴을 통해 지동현 상사를 호출할 때에는 훨씬 더 많은 9밀리 권총탄들이 까만 전차 차체로 날아와 튕겨 나갔다.

"부조장 동무, 후방의 차량들을 50구경으로 제압하겠소!"

그의 말이 끝나기가 무섭게 105밀리 라이플포를 장착한 포탑이 천천히 좌측으로 선회하기 시작했다. 그리고 곽성준은 해치 입구에 엉덩이를 걸터앉았다. 그렇게 자리를 잡아야, 그가 중기관총의 손잡이를 양손으로 잡고 사격 자세를 잡을 수 있었다. 총 몸 위의 가늠자, 가늠쇠 쪽에 고정한 그의 시야 안에 도쿄 번화가의 건물들과 네온 불빛, LED 불빛이 괴기스러울 정도로 아름답게 보였다가 곧 사라졌다.

곽 소좌는 방풍 안경을 벗어 올린 뒤, 장전 손잡이를 당겼다. 그런 뒤 실눈을 뜨고 50구경 M2HB 기관총의 총구를 가장 격렬하게 권총 사격을 가하는 차량들에게 고정했다. 엄지손가락들로 방아쇠를 누르는 것은 총구 고정과 거의 동시에 이루어졌다.

"터터터터텅~! 터터터터텅!"

오렌지색 조명이 밝혀 주는 도로 안으로 예광탄들이 쏟아져 나갔다.

그 직후 그의 시야 우측에 있는 2대의 경찰 차량들이 50구경 기관총탄들을 뒤집어썼다. 붉은색과 파란색 불빛이 회전하던 경광등들이 박살이 나서 튀어 오르고 차체 앞쪽의 보닛이 폭발하듯 솟구쳐 올랐다.

다른 또 한 대의 차량은 중기관총탄들이 차체에 박히자마자 급회전을 시도하다가 차량 후방이 허공으로 붕 떠올랐다. 그리고 차체가 뒤집혀진 채 전차 뒤를 미끄러져 따라왔고 다음 순간, 그의 M2HB 중기관총이 나머지 가운데, 우측 차량들을 향해 불을 뿜었다.

"터터터터텅! 터터터터터텅!"

수십 발의 50구경탄들이 쏟아져 나갔고 그의 시야 맨 우측에 있던 경찰 차량들이 급정거를 시도했다. 그러자 곽성준은 정차하던 그들에게 총구를 고정한 채 재빨리 양 엄지손가락으로 방아쇠를 길게 눌렀다.

그의 육안에서도 총구에서 뿜어져 나가는 거친 불꽃들이 보였고 뒤이어 뻗어 나가는 예광탄들이 무시무시하게 보였다.

전차의 10기통 디젤엔진 소리 때문에 분명하게 들을 수는 없었지만, 곽성준과 포수석에서 앉아 있는 지동현은 2대의 경찰 차량들이 폭발하여 불기둥에 휩싸이는 것을 볼 수 있었다.

하지만 다음 순간, 곽성준 소좌를 당황하게 만드는 상황이 벌어졌다. 그의 시야 가운데에서 뒤따르던, 최초 권총 사격을 가했던 경찰 차량이 전조등과 경광등을 끈 채 갑자기 전차 후방을 향해 맹렬하게 돌진해 왔던 것이다.

그가 콧방귀를 끼면서, 혹시라도 '가미카제'식 공격을 가해 오나 하면서 총구를 문제의 차량 쪽으로 향하려 했다. 그러자 그는 M2 기관총의 총구를 최대한 낮춰도 차체 아래쪽으로 사격을 가할 수 있는 한계 각도까지 내려간 상태였다. 그때서야 정찰병들은 왜 경찰 차량이 전차 후방으로 바짝 붙으려 하는지 알 수 있었다.

"터터터텅! 터터터텅!"

두 번의 점사에도 50구경탄들은 74식 전차 후방 2~3미터에 위치한 경찰 차량의 차체에 박히지 않았다. 아스팔트 바닥에서 튕겨진 예광탄들이 도로 주변의 주차장 벽면과 공원 쪽으로 날아가 버렸다.

게다가, 무슨 마음을 먹었는지 곽성준은 죽어도 알 수 없을 3명의 모터사이클 폭주족들까지 그의 시야 좌측 노변, 전차의 7시 방향에서 굉음을 내며 따라오고 있었다.

곽 소좌는 도쿄에 입성하기까지 겪었던 모든 고생과 위기 상황 속에서 그토록 침착했던 그조차도 지금 벌어지고 있는 괴상한 광경에 고개를 가로저었다.

전차 후방에 바짝 붙어 있는 경찰 차량에서도 포탑 쪽으로 사격을 가할 수 없는 상황이었기 때문에 이들은 이 상태로 거의 1km 넘게 도로를 타고 올라왔다.

설상가상으로 모터사이클 폭주족들이 시끄러운 음악을 틀고 괴성을 지르면서 곽성준을 자극했다. 그가 보기에 폭주족들은 그와 다른 정찰병들을 향해 저주를 퍼붓는 것 같았고 그는 별다른 고민 없이 M2HB 기관총의 총구를 그들의 전방 쪽에 겨누고 방아쇠를 눌렀다.

"터터터터터터터텅!"

십 수 발의 총탄들이 쏟아져 나가고 폭주족들의 전방, 노변에 주차되어 있던 승용차 몇 대와 미니밴에 박히면서 차체 조각과 유리 조각이 파편처럼 사방으로 튀었다. 폭주족들이 파편을 뒤집어쓴 직후, 3대의 모터사이클들이 도로 바닥으로 뒹굴었다. 마지막 한 대 남아 있던 경찰 차량은 그 틈을 타, 급정거한 뒤 도로 좌측에 있는 골목길로 들어가 버렸다.

곽 소좌가 찡그린 채 그곳을 주시할 때, 전차를 조종하는 김무영이 그에게 다급히 외쳤다.

"조장 동지, 도로 전방에 차단소가 나타났습니다. 전방에 화력 동원이 필요합니다! 전방에 화력 동원이 필요합니다!"

그의 다급한 외침에 곽 소좌가 대꾸하기도 전에 전차의 포탑이 빠른 속도로 움직이기 시작했다.

후방으로 향해 있던 긴 105밀리 포신이 다시 전방으로 향할 때, 곽 소좌가 해치 안으로 몸을 들여놓았다. 그가 지동현 상사를 호출할 때에는 그는 이미 105밀리 포탄을 장전하고 포수석에서 조준경을 통해 전방을 주시하던 참이었다.

"조장 동지, 놈들의 경장갑차와 순찰차들이 도로 한가운데를 봉쇄하고 있습니다."

곽성준은 전차장석에 앉아서 역시 전차장용 조준경을 통해 전방 상황을 살폈다. 도로 한복판에 일본 경시청 대테러부대의 경장갑 차량 한 대와 경찰 버스 한 대가 정찰병들의 전차 진로를 가로막고 있었다. 근처 노변에는 수 대의 경찰 차량들이 주차되어 있었기 때문에 곽 소좌와 그의 정찰병들은 이제부터 자신들의 고속 침투를 제지할 시도들이 이어질 거라 예측했다.

"3조원 동무."

곽 소좌의 호출에 역시, 짐망경으로 전방을 주시하고 있던 긴무영이 대답했다.

"네, 조장 동지."

"무슨 일이 있더라도 전차를 세우지 말고 차단선을 돌파하라. 여기서 미적거리기에는 우리의 목표 지점이 한참 멀다."

"알겠습니다."

"모두들, 저 앞의 차단선은 이제 맛보기이고 거리 곳곳에서 적들의 반땅크(대전차) 잠복조들이 포진해 있을 테니 이제부터 우리는 땅크전을 수행하는 정황으로 여기시오."

말을 마치고 곽성준의 시선이 그의 좌측 아래에 포수석으로 향했다. 그의 것과 마찬가지로 포수용 조준경에서 새어 나오는 열상 모드의 초록색 빛에 지동현의 모습이 보였다. 그는 대답 대신 그의 조장을 비장한 표정으로 빤히 쳐다보고 있었고 곽성준은 그를 향해 고개를 한 번 끄덕여 보였다.

다음 순간, 잠시 진정되어 있는 듯한 디젤엔진이 다시 격렬하게 돌기 시작했다. 그리고 74식 전차의 육중한 차체가 속도를 얻어 가면서 곽성준의 머리 위쪽, 해치 바깥에서 세찬 바람이 포탑 안으로 쏟아져 들어왔다.

"거리 150메터, 놈들의 경장갑차에 대탄을 먹이겠습니다."

지동현은 진즉에 105밀리 대전차 고폭탄을 장전해 놓고 이제 발사 과정만 남겨 놓았었다. 곽성준은 전차장용 조준경을 통해서 이들의 전방을 차단한 경찰 차량들과 경장갑 차량을 주시하며 지동현에게 사격 명령을 내릴 시기를 계산 중이었다.

*   *   *

2016년 8월 3일 21시 36분 일본, 도쿄, 신오쿠보 역 주변 거리

정찰조원들의 74식 전차가 500여 미터 전방에서 포착된 순간부터, 해당 도로를 차단한 도쿄 경시청 경찰 병력과 대테러부대원들은 숨 막히는 긴장감에 압도되어 가고 있었다.

7대의 경찰 차량과 대테러부대의 경장갑차 1대가 도로를 좌에서 우로 가로지르도록 만든 차단선은 정찰병들의 도쿄 중심부 진입 시도를 막는 마지막 보루였다.

그럼에도 74식 전차는 구식 전차라는 사실과 상관없이, 시속 50킬로미터 이상의 빠른 속도로 도로를 타고 내려오고 있었고 도로 차단 지점과 가까워질수록 일부 경찰들은 동요하고 있었다.

이제껏, 일본 본토 안에서 많은 경찰과 자위대원들이 정찰조원들과 무시무시한 혈전을 치를 때마다 지각했던 사실이었지만, 지금 이들 또한 과연 자신들이 일본 땅 한복판에서 북조선 군인들과 전투를 치르고 있다는 점을 실감하지 못했다.

타다히코 서장은 그의 수행 경관들과 함께 차량 바리케이드의 우측에 있는 쇼핑 센터 건물의 입구 쪽에서 일대에 포진한 경찰 병력들을 주시했다. 근처 건물의 옥상에 포진해 있는 경찰 저격조들로부터 74식 전차에 대한 상황 보고가 타다히코 서장의 수행 경관 다이기치 경위에게 전달되었다.

"서장님, 적들이 전차 바깥으로 몸을 노출시키지 않고 있답니다. 전차 조종수석의 해치 또한 닫혀 있습니다. 현재 대략의 거리가 150미터 미만입니다."

그의 보고에 서장은 고개를 가로저으며 전방을 주시했다.

"전원 사격 준비! 전원 사격 준비!"

타다히코 서장이 휴대용 확성기를 통해 차단선 일대 거리의 모든 인원들에게 지시를 내렸다. 그는 지시를 하달하면서도 수십 년 된 구닥다리 전차 한 대를 현재 100여 명 이상의 병력이 지닌 화력으로 저지할 수 없음에 답답해했다. 또 다른 한편으로는 일이 이 지경까지 오게 만든 전역합동대테러본부를 저주했다.

일설에 의하면 특수작전용 헬기와 대전차 공격용 헬기 그리고 경찰, 육자대 특수병력을 운용한다는 초법적인 조직이 대체 어디서 뭘 하고 있길래, 고작 3명의 정찰병들이 육자대의 전차 한 대를 가지고 도쿄 중심가를 전쟁터로 만들고 있는지 기가 막힐 따름이었다.

"펑!"

"타타타타타~!"

별안간, 차단선의 정중앙에 정차해 있는 경장갑 차량 상부 해치 쪽에서 40밀리 유탄 한 발이 발사됐고 그 직후 차체에 장착된 M249 기관총이 불을 뿜었다.

타다히코 서장의 지시가 떨어지지 않았음에도 긴장한 대테러 부대원들이 난사하기 시작한 것이었다.

"참, 나~!"

타다히코는 혀를 끌끌 차면서 다시 확성기를 쳐들고 최종 지시를 하달했다.

"사격 개시! 사격 개시!"

그의 지시가 떨어지자마자, 차단선과 도로 양옆에 주차된 차량들 쪽에 엄폐, 은폐한 경찰관들이 각자의 권총과 89식 소총 사격을 시작했다.

74식 전차가 통과하고 있는 거리 일대와 달리 차단선 구축 지점은 대부분의 도심 조명들을 차단해 놨기 때문에 총탄이 발사될 때마다 경찰관들의 총구 섬광이 쉴 새 없이 번쩍거렸다.

그러나 잠시 후, 차단선의 100여 미터 전방까지 다가온 전차의 전방에서 강력한 조명이 차단선 쪽으로 뻗어 왔다. 워낙 강력한 조명이기에 차단선 근처에서 사격 중이던 일부 인원들은 제대로 전방을 주시할 수 없었고, 전차 쪽에서 총알 한 발 날아오지 않은 상황인데도 불구하고 몇몇 경찰관들이 동요하기 시작했다.

"자리 지켜! 자리 지키라구! 저거는 탐조등 빛이다! 탐조등 불빛이란 말이다!"

차단선을 구축한 차량들 쪽에서, 누군가가 자기 휘하 인원들에게 고래고래 소리치며 진정시켰지만, 탐조등 불빛 한 번으로 상당수 인원들이 권총 사격을 멈췄다. 곧 거리 한가운데에 천둥소리가 울려 퍼졌다.

"콰앙!"

멀리에서 다가오던 74식 전차의 포구에서 엄청난 양의 노란 화염이 분출되었고 그다음 순간, 차단선 앞쪽에 있던 경장갑차가 거대한 불꽃을 사방으로 퍼트리면서 크게 들썩였다. 이어서, 거리 전체에 쩌렁쩌렁 울리는 중기관총 총성과 함께 전차 쪽에서 기관총 예광탄들이 차단선과 근처 차도, 인도 안으로 쏟아져 날아왔다.

설상가상으로 105밀리 포탄이 발사되는 순간, 도로 양쪽에 대피시켜 둔 승용차들의 경보장치들이 울리면서 거리 일대의 경찰관들을 더욱더 혼란스럽게 만들었다.

74식 전차의 포탑에 장착된 7.62밀리 공축기관총은 차단선 일대를 좌에서 우로, 훑어가는 사격을 가해 왔고 기관총탄들이 아스팔트 바닥과 가로수 줄기, 경찰 차량들에 작렬했다.

생전 처음 들어 본 105밀리 전차포 포성에 이어 공축기관총 총성이 거리에 울려 퍼졌다. 게다가 모든 사람들의 눈에 분명하게 보이는 기관총 예광탄들은 그야말로 현장 병력을 패닉 상태에 빠뜨리고도 남았다.

결국 최초 권총 사격을 가하던 경찰 병력의 상당수가 바닥에 납작 엎드리거나 노변에 주차된 차량들 쪽으로 은폐했다. 모두가 허둥대기 시작하는 상황이 전개되면서 이윽고 74식 전차가 차단선에서 50미터 미만의 거리까지 도달했고 그 순간 훨씬 더 고조된 엔진 소리를 터뜨리면서 질주해 왔다.

"웃떼(사격)! 웃떼~!"

타다히코는 무전기를 잡고 정찰조의 공격에 압도된 정복 경관들 대신, 근처에 포진해 있는 대테러부대 저격조들과 대테러부대원들에게 집중사격을 명령했지만 어딘가에서 날아온 50구경 저격탄 한 발이 전차의 탐조등을 박살 낸 것이 이들의 저지 시도의 전부였다.

게다가, 도로 좌우의 빌딩들 쪽에 위치를 잡고 있던 대형 조명 차량들이 뒤늦게 조명을 작동시켰고 그 바람에 도심 조명이 차단된 구획 안으로 들어온 뒤 아예 보이지 않았던 전차의 거대한 차체가 강력한 조명에 의해, 갑자기 모두의 시야에 들어왔다.

곧이어 각자 들고 있던 무전기에 소리를 고래고래 지르던 타다히코와 수행 경관 그리고 현장의 모든 도쿄 시경 인원들의 두 눈이 휘둥그레지는 광경이 벌어졌다.

60킬로미터 안팎의 속도로 질주하던 74식 전차가 반파된 경장갑 차량을 피한 뒤 도로를 좌에서 우로 막아선 순찰차들 쪽으로 접근했다.

그리고 전차의 육중한 차체가 겹겹이 세워져 있던 경찰 차량들과 충돌하는 순간 74식 전차의 차체가 허공으로 치솟듯 경찰 차량들 위로 올라왔다.

최고 속도로 움직이던 궤도들이 차체에 닿는 순간 차량들을 짓이기면서 전진한 뒤, 전차가 다시 아스팔트 도로 바닥으로 내려왔다. 접지 순간의 충격 때문에 전차 차체 측면의 고정해 둔 방수포 뭉치와 장비함이 통째로 떨어졌고 개방되어 있던 전차장용 해치가 저절로 닫혀져 버렸다.

이 놀라운 장면을 지켜본 몇몇 경찰관들은 전차의 궤도나 구동륜이 망가져서 전차가 기동할 수 없을지도 모른다고 생각했지만 74식 전차는 잠시 주춤한 뒤, 다시 까만 매연을 허공으로 내뿜으며 움직이기 시작했다.

강한 충격을 받았을 유동륜, 보기륜이 이상 없이 돌기 시작했고 전차는 다시 속도를 얻어 가며 차단선 구축 지점에서 멀어져 갔다.

"사격! 사격하란 말이다!"

경찰 간부 한 명이 목소리를 높여 소리쳤지만, 정찰병들의 전차를 향해 권총 사격을 재개하는 사람은 없었다. 도쿄 시내를 향해 질주하는 전차를 모두가 반쯤 넋이 빠져서 쳐다보기만 할 뿐이었다.

그 모습을 보며 태블릿PC로 거리 차단 상황을 모니터하던, 수행 경관 다이키치 경위가 중얼거렸다.

"맙소사, 이제 도쿄 시내 한복판에서 전쟁이 벌어지겠습니다, 서장님."

그와 나란히 서 있는 타다히코는 충격과 긴장에 미친 듯이 떨고 있는 왼손을 다른 한 손으로 붙잡으면서 전율하기 시작했다.

＊   ＊   ＊

2016년 8월 3일 21시 54분 일본, 도쿄, 분쿄 구, 도쿄돔

하네다 공항의 교전을 델타포스 병력이 마무리한 직후, 전장형과 이종진은 최승희와 직접 통화하고서야 안도할 수 있었다. 두 사람이 신영화 상사에게 상황을 전달하고 함께 가슴을 쓸어내릴 때쯤 대기 지점 일대의 자위대원들이 분주하게 움직이기 시작했다.

도쿄돔 주차 구획에 주기해 둔 1대의 CH-47J 헬기와 1대의 AH-1S 코브라 헬기, 1대의 UH-1J의 메인 로터들을 기체에 묶어 두는 타이를 제거하고자 십수 명의 지원 요원들이 바삐 움직이고 있었고 그 모습을 지켜보던 전장형이 스즈키 일위나 마사히로 일조를 찾고자 고개를 두리번거렸다.

그때 밀러 대위가 지휘용 밴 트럭에서 나와 그의 델타포스 대원들에게 향하다가 멈춰 섰다. 그런 뒤 대원들의 대기용 버스

앞에 서 있던 전장형 일행에게 소리쳤다.

"미스터 전! 도쿄 시내 한복판으로 DPRK 특수부대원들이 진출했다. 이놈들이 지금 타입 74전차(74식 전차)를 타고 시내 한복판을 휘젓고 다닌다고, 젠장!"

그 말에 전장형 곁에 서 있던 이종진과 신영화가 바닥에 내려뒀던 방탄복과 총기를 챙겨 들었다. 이미 주변에 모든 특수작전군, 제1 공정단 대원들이 분주하게 움직이고 있는 상황이었다. 전장형은, 한 손가락으로 거수경례를 해 보이며 자리를 떠나는 밀러 대위에게 한 손을 들어 보였다.

"그래도 다행히 육자대의 최신형 전차는 아닙니다. 구닥다리 74식 전차라고 하니 결국에는 시내 어디에선가 대전차 화기로 저지되지 않겠습니까?"

신영화가 방탄복 앞쪽에 붙어 있는 수납부들을 점검하며 말하자 이종진이 대꾸했다.

"그런데 만약 도쿄 시내에 있는 딸딸이대(자위대) 보병들과 경찰관들이 그놈들 전차에 대적할 만한 전차를 가지고 있지 않는 한, 구닥다리 전차나 최신형 전차든 똑같이 무시무시한 존재라고, 신 상사. 우리가 들고 있는 화기를 봐 봐. 아무리 최신형 기관단총이나 자동권총을 가지고 있어도 9밀리 권총탄이 전차의 장갑을 뚫을 수 없기는 마찬가지야. 북쪽 새끼들은 그 점을 알고 과감하게 전차를 탈취한 게 아닌가 싶어. 호랑이 담배 피우던 시절(냉전 시절)에 소련 놈들이 북해도에 상륙해서 밀고 내려오는 것도 아닌, 지들 수도 한복판에서 전차를 저지해야 할 상황을 누가 예상이나 해 봤겠어? 그것도 빨갱이들 것도 아닌 지들 것을."

그 말에 신영화 상사가 입을 다물었다.

때맞춰 주차장에 주기 중이었던 모든 헬리콥터들이 로터 블레이드 회전력을 확보하면서 이륙 준비에 들어갔다. 제1 공정단과 특수작전 대원들을 탑승시킨 CH-47J 헬기와 UH-1J 헬기가 이륙하여 북서쪽 도심을 향해 날아갔다.

잠시 뒤 스즈키 일위와 마사히로 일조가 707부대원들쪽으로 다가왔다. 그들 뒤쪽에는 그들이 지휘하는 병력이 주차장 쪽으로 향하고 있었는데, 전장형은 그들이 밀러 대위의 델타포스 병력 쪽으로 합류한다고 생각했다.

"전 상! 레츠 고우! 레츠 고우!"

전장형이 스즈키 일위에게 오케이 수신호를 만들어 보인 뒤, 방탄복을 착용할 때 근처 상공에서 요란한 로터 회전음을 토해 내면서 헬기 한 대가 다가왔다. 밀러 대위 일행과 특수작전군 대원들이 대기 중인 구획으로 착륙하고 있는 대형 기체는 육상자위대 것이 아닌, 주일미군 특수전 병력의 기체였다. 공중급유용 프로브가 기체 앞쪽에서 삐죽 튀어나와 있는 특수작전용 MH-47G가 착륙하고 스즈키가 그 헬기를 가리키면서 전장형과 2명의 707부대원들에게 소리쳤다.

"갑시다, 여러분!"

전장형이 이종진 준위와 신영화 상사를 살펴보자 그들이 전장형에게 오케이 수신호를 차례차례 만들어 보였다. 그 직후, 3명의 707부대원들이 MH-47G 헬기를 향해 달려가는 스즈키 일위 일행을 뒤따라 달렸다.

이미 개방되어 있는 램프 도어 쪽에서는 M4 자동소총을 휴대한 승무원이 이들의 걸음을 재촉하듯 손을 흔들어 보이고 있었다.

＊　　　＊　　　＊

2016년 8월 3일 22시 12분 일본, 도쿄, 요요기 역과 하라주쿠 역 사이 중간 지점

최초로 제대로 된 저항을 받은 곽성준 소좌 일행은 이제 그들 앞에 엄청난 전투가 기다리고 있음을 직감했다.

지동현은 아예, 탄약수석으로 자리를 옮겨 앉았고 곽성준이 포수석에 앉았다. 그는 포수용 조준경을 통해 전방 도로 상황을 주시했는데 이미 상황 전파가 진행 중이었는지 도로 위에서 민간인들의 차량들을 발견하기가 쉽지 않았다.

그는 조준경을 통해 셀 수 없이 많은 가로등, 건물 조명들이 밝히는 넓은 거리를 이들의 전차가 질주하는 것을 지켜봤다. 그의 몸속에서 아드레날린이 용솟음치고 있었음에도 그는 심호흡조차 하지 않으며 자신의 긴장과 두려움을 통제하고 있었다.

간혹, 교차로를 통과할 때마다 거리 구석에 숨어서 74식 전차의 이동을 지켜보는 경찰 차량과 육자대의 전술 차량이 조준경 안에 들어왔지만 그들은 아무런 조치를 취하지 않았으며 곽 소좌 또한 105밀리 포를 격발하지 않았다.

잠시 뒤, 김무영 중사가 조종수석에서 차내 인터컴을 통해 그에게 상황 보고를 해 왔다.

"조장 동지, 목표 지점까지 이제 1킬로메터 미만의 거리입니다."

그의 보고에 곽성준이 조준경 안에 고정되어 있던 시선을 그의 좌측, 지동현 쪽으로 보냈다. 두 사람은 몇 초 동안 말없이 일생일대의 순간에 대한 긴장감과 비장한 심정을 공유했다.

그러나 잠시 후, 전차의 조준경을 통해 환한 백색 조명이 차내로 유입되기 시작했다. 조명뿐만 아니라 차체에서 느껴지는 미세한 진동을 통해 정찰병들은 근처 상공에 헬기가 출현했음을 직감했다.

곽 소좌는 강력한 공중조명을 투사하는 헬기들이 방송사들의 취재 헬기이거나 아니면 육상자위대의 헬기라고 예상했으며 이제, 헬기들이 현장에 도착한 것으로 보아 대부분의 일본인들이 도쿄 시내에서 무슨 일이 일어나고 있는지 파악하고 있다 여겼다.

"직전방에 최종 교차로가 있습니다. 교차로 너머에 목표 건물이 있을 겁니다, 조장 동지."

김무영이 전차의 가속페달을 밟으면서 목표 건물의 방향을 확인시켜 줬다. 정찰조의 목표 건물은 바로 교차로 너머에 있는 4층 주차 건물로, 이곳은 인근의 상가 지역과 기타 업무 지역의 유동 인구들을 위한 편의시설이었다.

한 층당 축구장 하나 반의 주차 공간을 가지고 있는 건물이었기 때문에 많은 사람들과 차량들이 오갔고, 차량들이 진출입하는 출입구 또한 많았기에 현재의 상황에서 74식 전차가 자취를 감추기에는 가장 적절한 장소였다.

곽 소좌는 임무 완수에 대해 조심스럽게 낙관하면서 단호한 어투로 4조원에게 지시를 내렸다.

"고생 많다, 무영이. 조금만 더 버텨 줘!"

"알겠습니다, 조장 동지."

헬멧 안의 이어폰을 통해 곽성준의 목소리를 들은 김무영은 이제껏 느껴 왔던 두려움과 긴장감이 최고조에 달해 있음에도 훨씬 더 침착할 수 있었다. 그는 교차로를 횡단하자마자 전차의 변속 기어를 조작하여 목표 건물 출입구로 조심스럽게 진입할 동선을 눈앞에 그려 봤다.

그는 최대한 빠른 속도로 네거리를 건너가서, 주차 건물에 진입, 기분 나쁜 공중조명과 보이지 않게 전차를 추적하고 있을 적들을 떨쳐 버리고 싶었다. 그가 그런 조바심을 달래고 넓은 교차로로 진입하면서 가속페달을 더 깊게 밟을 때, 별안간 그의 눈앞에 전차 위쪽에서 쏟아지는 것과는 비교도 안 될 만큼 강력한 조명이 쏟아져 들어왔다.

그러나 다음 순간 곽성준의 다급한 목소리가 차내 인터컴에 울려 퍼졌다.

"교차로 좌측에 적 직승기! 좌측에 적 직승기다!"

김무영이 그의 경고를 인지하는 순간, 그의 좁은 시야에 집 채만 한 헬리콥터 한 대가 들어왔다.

놀랍게도 네거리의 우측 모퉁이 너머에 숨어 있던, AH-1S 코브라가 4~5미터 정도의 낮은 고도를 유지한 채 교차로 안으로 미끄러져 들어온 것이었다.

공격 헬기 조종사의 과감한 진로 차단 시도에 김무영은 혼비 백산하여 조향 손잡이를 왼쪽으로 틀어 버렸고 그 바람에 도로 한가운데로 질주하던 74식 전차가 10시 방향으로 나아갔다.

전차의 차체가 워낙 빠른 속도로 질주하고 있었기 때문에 조향 손잡이를 원위치시키려는 김무영은 젖 먹던 힘까지 다 짜내야 했다. 그 다급한 순간, 그의 머릿속을 스쳐 가는 생각 하나가 있었는데 그것은 바로 잠시 뒤, 74식 전차 후방이나 측면을 향해 헬기가 토우 대전차 미사일을 발사할지도 모른다는 것이었다.

"끄아아아!"

그가 신음 소리에 가까운 괴성을 지르며 전차를 다시 도로 정 중앙으로 이동시키려 할 때, 차체 전체에 강력한 충격이 전달되었다.

*   *   *

2016년 8월 3일 22시 12분 일본, 도쿄, 요요기 역과 하라주쿠 역 사이 중간 지점

"적들이 회피 기동에 들어간다! 빨리 사격해! 빨리 사격하란 말이야!"

코브라 헬기의 조종사 츠쿠다 준육위가 소리치자 그의 앞쪽 사수석에 앉아 있는 신쇼 이등육위가 2.75인치 로켓 발사 방아쇠를 덜컥 당길 뻔했다.

그러나 그는 방아쇠에 걸쳐진 손가락의 긴장 상태를 가까스로 유지했고 때맞춰 츠쿠다 준육위가 헬기의 기수가 전차를 쫓아가도록 움직였다. 그는 사수석 앞쪽에 설치된 TSU(광학 조준장치)를 통해 전차를 추적하고 있었다.

정찰병들의 74식 전차는 교차로를 건너던 중 코브라 헬기를 피하고자 교차로의 한쪽 모퉁이 쪽으로 질주했고 그쪽 인도 근처에 있는 가로등을 들이받았다. 거대한 가로등이 거목처럼 상가 건물들 쪽으로 쓰러져 버렸고 이후에도 전차는 인도 안을 휘저으며 교차로에서 멀어져 가기 시작했다.

그때, 74식 전차는 코브라 헬기의 위치에서 1시 방향, 300여 미터 정도 거리에 있었으며 사수 신쇼 이위의 광학조준경 내, 조준선 가운데에 완벽하게 들어와 있는 상태였다.

그렇지만, 그는 2.75인치 하이드라 로켓탄들이 빠른 속도로 기동하는 전차에 명중하지 않고 전차 뒤쪽의 빌딩들에 작렬할 것 같다는 조바심에 방아쇠를 당기지 못하는 상황이었다. 그 때문에 츠쿠다 준육위가 흥분해서 그에게 소리쳤다.

"빨리! 빨리! 어떻게 좀 해 보란 말이야, 뭐하는 거야?"

신쇼는 츠쿠다의 부산스러운 재촉뿐만 아니라, 눈가로 들어와 터지는 땀방울도 애써 무시하면서 전차에 대한 정조준 상태를 유지했다.

그와 조종사 츠쿠다 준육위에게 도교 경시청 간부들은 어떠한 일이 있더라도 민간인들의 건물과 공공시설을 파괴하면 안 된다는 주문과 무슨 일이 있어도 북괴군 특수병력의 전차를 교차로에서 저지해야 한다는 임무를 동시에 전달했었다.

전시 상황이라고 브리핑을 받으며 출동한 두 명의 자위관 조종사들에게 현재의 상황에서 그러한 주문이 얼마나 얼토당토않은가는 다시 생각해 볼 필요도 없었다.

하지만 그렇다고 대놓고 무시하면서 양쪽 파일런에 장착한 24발의 로켓탄들을 일본 본토에서 가장 땅값과 임대료가 높은 동네에 쏟아 내 버릴 수도 없는 상황이었다. 발사 후 유도가 가능한 토우 미사일을 이들 두 사람 만큼 아쉬워할 사람이 세상에 없는 상황이었다.

어쨌든, 사수는 로켓 공격을 망설이고 있었고 조종사는 전차가 교차로에서 벗어나는 최악의 상황 때문에 길길이 날뛰고 있었다.

신쇼 이위는 연신 두 눈을 깜빡이면서 0.1초 정도나 될 최적의 발사 시기를 기다렸다. 그는 몇 초 안에 전차의 측면을 향해 로켓탄들을 발사하지 않으면 어쩌면, 츠쿠다가 아예 전차 쪽으로 코브라를 몰고 육탄 공격을 할 것 같다고 생각했다.

다음 순간, 74식 전차가 교차로 정중앙에서 제자리 비행을 하고 있는 AH-1S 헬기의 기수에서 3시 방향 지점을 통과할 때, 신쇼는 전차 너머의 배경 지대에 넓은 야외 주차장이 나타난 것을 확인했다.

전차의 측면 너머, 낮은 펜스 너머로 보이는 것은 주차된 십수 대의 차량들과 텅 빈 아스팔트 바닥이었고 그는 때맞춰 동물적인 감각으로 발사 방아쇠를 덜컥 당겼다. 그렇지만 그가 방아쇠를 당겼다고 느끼는 찰나 그의 시야 안에 있던 거대한 전차의 모습이 뿌연 연막 속으로 사라지기 시작했다.

"아~!"

신쇼 이위의 입에서 아차 하는 소리가 나올 때에는 이미 74식 전자의 포탑에서 발사된 연막탄들이 근처 허공에 차양을 치는 시점이었다.

"피숫! 슈숫!"

6발의 로켓탄들이 전차가 있었던 지점으로 날아갔고 코브라 헬기의 기체 전체에 발사 충격이 전달되었다. 로켓탄들은 환한 섬광을 꼬리에 달고 차도 너머의 주차장 쪽을 향해 날아가 곧바로 폭발했다.

조준경 안으로 환한 섬광이 쏟아져 들어왔고 코브라 헬기의 사수와 조종사는 육안으로 폭발 지점들을 주시했다. 그러나 헬기와 야외 주차장 사이의 허공에 짙은 연막들이 흩어져 있어서 제대로 보이는 것이 없었다.

"표적 파괴 확인 불가능!"

신쇼가 외치자 츠쿠다는 참았던 숨을 내쉬며 그를 속으로 저주했다. 그는 만약 문제의 전차가 로켓탄에 파괴되지 않았다면 이번에는 자신이 임의로 코브라의 기수 쪽에 설치된 20밀리 발칸 사격을 가하겠다고 마음먹고, 헬멧에 장착된 헬멧 사이트(Helmet Sight)를 우측 눈앞으로 위치시켰다. 그런 뒤 사이클릭 조종간과 페달을 움직여서 코브라 헬기가 74식 전차가 최초로 향하는 도로 입구 쪽으로 접근했다.

헬기가 전차가 이동하던 방향으로 접근하면 접근할수록 로터 회전 바람이 전차의 연막을 더 지저분하게 흩어 놓았고 이들의 시야는 더욱더 제한받았다.

"표적 파괴 확인 가능하나?"

조종사의 질문에 신쇼 이위는 전방 사수석 안에서 머리를 여러 번 크게 움직이기만 할 뿐 대꾸하지 않았다.

츠쿠다 준육위는 짧은 한숨을 내쉬고 본인조차도 내키지 않는 결정을 내렸다. 그는 이것 또한 사수가 반대할지라도 그대로 강행할 마음을 먹고 말했다.

"적 전차를 육안으로 확인하고자 전방의 도로를 그대로 타고 올라가겠다. 연막 지대를 돌파하고 나서 혹은 그 이전에 적 전차를 확인하면 20밀리 건으로 제압하라!"

"뭐라고?"

전방 시야 확보가 불가능한 곳으로 진입한다는 말에 신쇼 이위가 곧바로 받아쳐 왔지만, 츠쿠다 준육위는 사이클릭을 움직여 헬기를 전진시켰다.

조금 뒤, 두 명의 조종사들 시야는 짙은 구름 속을 통과할 때처럼 아무것도 보이지 않았다. 신쇼는 본능적으로 계기판을 살피면서 헬기의 고도와 좌우 수평 유지 상태를 확인했고 츠쿠다는 발칸의 사격 방아쇠에 손가락을 걸친 채 그의 본능에 따라 헬기를 전진시켜 갔다.

그는 헬기가 워낙 낮은 고도에서 기동하고 있기 때문에 도로 주변에 있는 가로수들의 잔가지가 로터 블레이드에 날아가는, 미세한 느낌을 조종간을 통해 감지하던 참이었다.

두 사람이 30여 미터 정도를 헬기가 전진해 나갔겠다고 짐작했을 때 마침내 허공에 가득했던 연막이 사라졌다. 그와 동시에 깨끗한 전방 시야가 헬기의 조종석에서 확보되었고 신쇼가 기체 좌우를 실피고자 계기판에서 시선을 옮길 때, 기체 앞쪽에 강력한 진동이 울려왔다.

"타타타타타! 타타타타타~!"

"뭐야?"

신쇼 이위가 두 눈이 휘둥그레져서 전방으로 뻗어 나가는 붉은색 20밀리 발칸포탄들을 발견하고 소리쳤다.

발칸 사격과 동시에 코브라 헬기의 후미 쪽이 급격히 쳐들어지면서 사수석과 조종수석에 있는 두 사람의 몸이 앞쪽으로 쏠렸다. 츠쿠다 준육위가 전방 200여 미터 지점에서 74식 전차 후방을 포착하고 경고 없이 발칸 사격을 가하고 이제는 비행 속도를 급가속하고자 꼬리를 들고 전진하는 것이었다.

"여기는 시내 한복판입니다! 20밀리 건을 발사하면 어떻게 합니까? 사방에 불이 켜져 있는 민간인들의 빌딩들이 있잖아!"

신쇼의 말에 츠쿠다는 전진 비행에 집중하면서 퉁명스럽게 대꾸했다.

"어차피, 토우 미사일을 탑재하지 못한 상황에서 뭐가 달라지겠어? 이 동네 건물들이 2.75인치 로켓탄에 무너지나 20밀리 발칸탄에 박살이 나나 무슨 차이야? 적 전차를 제지하는 데 신경 써, 이 사람아! 놈들이 우리 손아귀에서 벗어나면 도쿄 전체가 끝장이란 말이다. 이 고지식한 사람아."

두 사람이 옥신각신하는 그 짧은 순간에 코브라 헬기는 도로를 타고 이동하는 74식 전차의 후방 100여 미터 미만의 거리까지 접근했고 츠쿠다는 기체를 감속시켰다.

그러자, 지면 쪽으로 향해 있던 코브라 헬기의 기수가 원위치되었고 전차의 후방을 향해 완벽한 조준이 가능해졌다. 신쇼는 그때를 놓치지 않고 이번에는 자신이 직접 발칸포의 사격 방아쇠를 당겼다. 광학조준경 안의 조준선에 전차의 후방이 대문짝만하게 보였다.

"타타타타타타~!"

20밀리 발칸탄들이 전방으로 뻗어 나갔고 그것들 중에 일부가 전차 차체에 작렬했다. 그렇지만 빗나간 몇 발이 74식 전차가 향하는 전방 어딘가로 날아갔고 그는 그 광경에 다시 겁을 덜컥 집어먹었다. 그가 멈칫하는 것을 감지한 츠쿠다가 또다시 신쇼를 다그쳤다.

"빨리 쏴! 쏘란 말이야!"

츠쿠다가 건 사이트를 통해 전차 후방을 조준하고 다시 방아쇠를 당기려 했지만 다음 순간, 도로 위에서 질주하던 74식 전차가 재빨리 우회전하는 것을 목격했다. 전차는 그 길로 도로 우측에 있는 4층짜리 주차장 빌딩 안으로 들어가 버렸다.

"신쇼 이위, 표적 확인해! 표적 확인해 봐!"

츠쿠다가 다급하게 외치며 헬기의 메인 로터가 회전하는 주변 공간을 살폈다. 도로가 충분히 넓기 때문에 헬기의 로터 블레이드가 가로수의 나뭇가지들이나 간접 조명을 제공하고 있는 가로등들에 닿지는 않았다. 그렇지만 그는 현재와 같은 전투 환경에서는 언제든 돌발 상황이 생길지 모른다고 생각했다.

그 때문에 츠쿠다는 숨을 내쉬지 못한 채 정신없이 주변을 살피면서 코브라 헬기를 전진시켰다. 아스팔트 바닥에서 불과 10여 미터 정도의 고도를 유지하면서 육자대의 공격 헬기가 100여 미터 미만의 거리에 있는 주차 건물을 향해 나아갔다.

경찰 병력이 이곳 일대에 있던 모든 차량들을 소개시키거나, 여의치 않은 경우 노변에 강제 주차를 시켜 놓았다.

그래서 코브라 헬기가 도로 정중앙에서 비행할 때, 양쪽 도로가를 따라 주차되어 있는 50여 대가 넘는 차량들의 경보장치가 헬기의 진동으로 인해 작동되기 시작했다. 사방에서 요란한 경보음과 함께 차량들의 전후 운행등들이 일제히 깜박였다. 그리고 그 광경은 땀을 뻘뻘 흘리며 빌딩들 사이로 코브라를 조종하는 츠쿠다 준육위의 넋을 빼놓다시피 했다.

그런데 그의 넋을 완전히 빼놓는 상황이 뒤따랐다.

"타타타타타타~!"

신쇼 이위가 광학조준경을 통해서 완벽한 조준을 했는지 코브라 헬기의 기수를 기준으로 2시 방향에 있는 주차 건물을 향해 무차별 사격을 가하기 시작했다. 천천히 비행하던 기체에 20밀리 포탄의 충격이 전달되었고 식은땀을 흘리며 전방을 주시하던 츠쿠다의 시야에 3연장 포신에서 쏟아져 나온, 뿌연 화연이 가득해졌다.

수십 발의 발칸탄들이 주차 건물의 외벽을 향해 날아갔다. 20밀리 탄들 대부분은 건물 외부로 노출되어 있는, 1층에서 2층으로 올라가는 경사로 위의 74식 전차 측면에 명중했다. 발칸포탄들이 차체에 작렬, 폭발하거나 일부는 벽과 차체에서 튀어 다른 곳으로 날아갔다. 그 바람에 주차 건물의 외벽 붙어 있던 대형 광고 전광판까지 박살이 나서 노란 불꽃을 쏟아 내며 인도 바닥으로 떨어졌다.

전차는 곧 2층에 도착하여 건물 내부 쪽으로 사라졌고 신쇼 이위는 20밀리 포사격을 그 즉시 중단했다.

그때쯤에는 AH-1S 헬리콥터가 주차 건물의 30~40미터 거리까지 접근했지만 고도를 높이지 못하고 2층 정도의 높이에서 제자리 비행을 하고 있었다.

엎친 데 덮친 격으로 잠시 뒤, 주차 건물의 출입구들에서 안에 대비해 있던 민간인들이 너 나 할 것 없이 뒤섞여서 거리로 뛰쳐나오기 시작했고 그들을 안전지대로 대피시키고자 경찰관들이 호각을 불며 도로와 인도를 뛰어다녔다.

환한 가로등 빛을 제외하면, 무인지대같이 보이던 거리가 몇 초 만에 러시아워의 출퇴근길처럼 되는 바람에 츠쿠다와 신쇼는 헬기의 무기를 사용할 생각은 아예 접어 버렸다.

그 상태로 5분 정도가 지나자 다시 거리는 완전한 통제 상태에 들어갔고 코브라 헬기는 천천히 주차 건물 주변을 선회하면서 건물 외벽에서 외부로 노출된 틈새들을 통해 정찰병들의 위치를 확인하려 애썼다.

잠시 뒤, 5대의 육자대 병력 수송 트럭들과 2대의 경장갑 차량들이 주차 건물 주변에 도착했고 트럭에서 하차한 병력들이 거리 곳곳에 포진하기 시작했다. 경찰 차량들은 주차 건물 근처의 도로를 차단했고 자위대 도보 병력은 주차 건물의 차량 출입구들과 사람들이 오가는 출입구들을 감시할 수 있는 위치를 잡아 갔다.

74식 전차가 자취를 감춘 주차 건물은 10분도 되지 않는 시간 동안에 공중과 지상에서 완벽하게 포위, 차단되었고 그 광경을 지켜보던 츠쿠다가 안도의 한숨을 길게 내쉬었다. 그러고는 신쇼 이위에게 또박또박 끊어 말했다.

"뭐가 어찌 됐건 우리가 이곳까지 날아온 소기의 목적은 달성한 것 같군."

하지만 그의 말에 신쇼는 아직도 넋이 빠져서 대꾸하지 않고 2층 내부가 보이는 외벽 틈새들을 주시하기만 했다. 곧이어 두 사람의 무선망에 현장 지휘를 맡고 있는 도쿄 경시청의 간부가 아닌 육상자위대의 항공 통제반에서 새로운 상황을 전파해 왔다.

"호텔 투 식스(H2-6)! 여기는 도쿄 컨트롤이다, 이상. 호텔 투 식스! 여기는 도쿄 컨트롤이다, 이상."

거리를 가로지르는 고압선 몇 가닥 때문에 비행에 집중 중인 츠쿠다 대신에 신쇼가 대신 응답했다.

"호텔 투 식스, 카피!"

"현재 호텔 투 식스의 위치로 에코 원(E1)과 에코 투(E2)가 합류한다. 에코 원과 에코 투에게 현재 임무를 인계하고 최초 대기 지점으로 이동하라, 이상."

"라저, 도쿄 컨트롤. 현 시간부로 호텔 투 식스는 최초 대기 지점으로 이동하겠다, 이상."

신쇼는 츠쿠다가 주차 건물의 반대편 쪽으로 기체를 완전히 움직인 뒤에서야 방금 전에 전달받은 지시를 그에게 주지시켰다.

"이곳으로 아파치(AH-64DJ 공격 헬기)들이 합류한답니다. 우리 보러 이제 그만 빠져 달라는데요?"

그 말에 츠쿠다 준육위는 왼손등으로 눈가의 땀방울을 닦으며 콧방귀를 꼈다.

초동 조치에 있어서 세운 공로를, 뒤늦게 헬파이어(대전차 미사일)를 장착해서 왔다는 이유만으로 다른 공격 헬기 조종사들에게 넘겨야 할지 모른다는 생각 때문이었다.

그는 별말 없이 조심스럽게 기체를 움직이며 혹시라도 주차 건물의 창이나 넓은 틈새 공간으로 74식 전차를 발견할 수 있는지 주시했다. 그러나 두 베테랑 조종사들의 노력은 별 소득 없이 끝나고 곧 근처 상공에서 역시 저고도로 접근 중인 2대의 새까만 기체들에게 자리를 양보해 줘야 하는 시간이 왔다.

"호텔 투 식스, 호텔 투 식스, 여기는 에코 원, 에코 투이다. 현장에 합류한다. 수고했다!"

교신망에 또 다른 조종사의 교전 합류 통보가 전파되었다. 코브라 헬기 승무원들의 시선이 이들의 먼 3시 방향으로 향하자 낯익은 실루엣들이 포착됐다.

구닥다리 기체인 AH-1S보다 훨씬 더 최신형 대전차 헬리콥터인 AH-64DJ 아파치 2대가 그들을 호출하면서 주차 건물 근처 공역으로 고도를 낮추며 접근 중이었다. 그리고 양쪽 파일런에 강력한 대전차 미사일들을 상착한 기체들이 다가오는 광경을 지상의 군, 경찰 병력이 고개를 쳐들고 올려다보고 있었다.

그 다급한 와중에도 최소 3곳 이상의 주차 건물 출입구를 통해 74식 전차의 출현에 기겁을 한 민간인들의 승용차들이 아직까지도 빠져나오고 있었다. 뿐만 아니라, 근처 건물 창문의 커튼과 버티컬 틈새로 일생일대의 구경거리를 놓치지 않으려는 민간인들의 모습이 보이기 시작했다.

✳   ✳   ✳

2016년 8월 3일 22시 23분 일본, 도쿄, 요요기 역과 하라주쿠 역 사이 중간 지점

주차장 2층의 정중앙 지점까지 이동한 74식 전차는 그때가 돼서야 겨우 멈춰 섰다.

김무영 중사가 조종수석 해치를 열고 나와 주차장 내부 구조를 파악하고 있었으며 전차 내부에서는 곽 소좌와 지 상사가 아이패드를 통해 외부 상황을 파악 중이었다.

두 사람에게 주차 건물 주변의 포위 상황을 가장 확실하게 전달해 주는 것은 바로 NHK와 CNN 아시아 채널이었다. 두 방송의 속보 뉴스에서 숨 가쁘게 전개된 도쿄 도심의 상황이 최소한 2대 이상의 방송국 취재용 헬기들에 의해서 거의 실시간으로 전달되고 있었다.

"미제 놈들까지 합류한 것일까요?"

지동현이 액정 화면 한쪽에서 항행등을 번쩍이며 선회 중인 AH-64DJ 아파치 헬기를 가리키며 말했다. 그러자, 대꾸가 없던 곽성준이 곧 주차 건물 쪽으로 슬쩍 닿았던, 방송사 헬기의 서치라이트 빛을 통해 아파치 헬리콥터의 기체를 확인했다. 그런 뒤, 손가락으로 2대의 아파치들을 가리키며 대답했다.

"미제 놈들 것이 아니라, 육자대 놈들이오. 아직 양키 놈들이 끼어들 만큼 큰 사건이 안 터졌다고 여기는 것이오."

"도쿄에 있는 모든 경찰과 군 무력이 죄다 이곳으로 몰려드나 봅니다. 보병들만 해도 최소 2개 중대 무력은 되어 보입니다."

방송 화면에 개미 떼처럼 보이는 경찰관들과 자위관들을 보며 지동현이 힘없이 말했다. 곽성준은 잠시 그 화면을 보다가 이내 몸을 일으켜 전차장석으로 자리를 옮겼다. 그런 뒤, 전차장용 해치를 열어젖힌 뒤 조심스럽게 고개를 내밀었다.

디젤엔진은 아이들 상태로 돌고 있었고 언제 나왔는지 김무영 중사가 74식 전차의 우측 궤도 내 유동륜, 기동륜과 보기륜을 살피고 있는 모습이 그의 눈에 들어왔다.

"무영이, 차체 기동 가능해?"

그의 물음에 김무영이 플래시 전원을 차단하면서 미간을 찌뿌렸다. 그런 뒤 마지못한 목소리로 대답했다.

"겨우 움직이기는 할 텐데, 적 직승기의 20밀리 포탄 때문에 보기륜 몇 개가 손상당했습니다. 계속 고속 주행을 해서 압박을 가하면 문제가 생길지도 모르겠습니다, 조장 동지."

그가 대답을 마치기 직전, 별안간 정찰조의 위치 쪽으로 강력한 탐조등 빛이 비쳐 왔고 AH-64DJ 헬기 특유의 로터 회전음이 훨씬 더 가깝게 울려 퍼졌다.

김무영은 본능적으로 자세를 낮추며 조종수석으로 달려갔고 곽성준은 차체 안으로 몸을 들여놓았다. 그런 뒤, 해치 주변의 잠망경으로 주차 건물의 북쪽을 주시했다.

아파치 헬기 한 대가 위험을 무릅쓰고 74식 전차의 위치를 정확히 파악하고자 건물 북쪽 벽면으로 접근 중이었다. 4엽의 로터 블레이드들이 만들어 내는 강력한 바람이 2층 벽면에 좌우로 뻥 뚫린 공간을 통해 내부로 유입되었다.

주차장 바닥에서 믿기지 않을 정도의 먼지가 일어나서 2층 내부를 뿌옇게 만들었다. 시야가 좁은 잠망경을 통해 아파치 헬기 쪽을 주시하는 곽 소좌의 다리를 지동현 상사가 잡고 흔들었다.

그의 시선이 지 상사에게 향하자 그가 단호한 표정으로 말했다.

"조장 동지, 지금 이탈하십시오. 더 지체되면 이 전투에 휩쓸려 버려서 영영 기회가 없을 듯합니다."

사실, 곽성준은 전차가 이곳 주차 건물에 도착하기 전에 이탈, 단독으로 최종 임무 지점을 향해 가고 있을 시점이었다. 그러나 그는 그의 선택에 대해 아직도 확고부동한 태도를 가지고 있었기 때문에 지동현의 말에 들은 체도 하지 않았다. 하지만 그런 그를 지 상사도 그냥 두지 않았다.

"조장 동지!"

그는 곽 소좌의 좌측 팔을 자신 쪽으로 잡아끌었다. 그런 뒤, 그의 팔을 거칠게 흔들면서 다시 말했다.

"지금 이탈하지 않으면 최종 임무의 완수도 불가능합니다. 조장 동지가 우리 때문에 이곳에서 개죽음을 당한다면 그 많은 우리 정찰병 동무들의 희생이 무슨 의미를 가지게 될지 아십니까?"

곽성준은 자신의 코앞에까지 다가와 있는 지동현의 얼굴을 그대로 응시하며 숨 고르기를 했다.

"끼이익! 끼익!"

갑자기, 전차 주변에서 승용차들의 타이어 마찰음이 들려오자 지동현은 곽성준을 놓아주었다. 다음 순간, 두 사람 사이에 대화가 이어지기도 전에 요란한 폭발음이 2층 전체를 뒤흔들면서 두 정찰병들이 자신의 자리로 돌아왔다.

"쾅! 콰앙!"

"파파파파파~!"

두 정찰병들은 각자의 위치에서 조준경을 주시했고 곧 포탑이 폭발음이 울려 퍼지는 곳으로 선회했다. 그 짧은 순간에 전차 안의 정찰병들은 2층 전체에 쩌렁쩌렁 울리는 포성이 아파치의 30밀리 체인건 발사음임을 직감할 수 있었다.

포탑이 2층 북쪽 구획을 향하자, 이들의 조준경 안에 불타고 있는 2대의 민간인 차량들이 보였다. 차량들은 2층에서 1층 출입구로 이어져 있는 경사로를 타고 내려가다가 74식 전차로 오인받아 사격을 받은 상황이었다. 경사로에 진입했던 한 대는 완전히 파괴되어서 굴러 내려갔고 뒤따른 또 다른 차량은 완전히 불길에 휩싸여 2층 진입 지점 근처의 기둥을 들이받았다.

"저기! 11시 방향에 적 직승기!"

곽성준은 자신도 모르게 소리를 질렀고 포수석에 앉아 있던 지동현이 그 즉시 반응했다.

74식 전차의 위치에서 11시 방향, 60~70미터 지점에 AH-64DJ 헬리콥터의 기수 부분이 보였다. 헬기 기체가 뚫려 있는 벽면의 중간 부분을 통해서 보였고 정찰병들은 그 넓은 틈새를 통해 아파치가 30밀리 체인건 공격을 가해 온 것처럼 105밀리 전차포 공격이 가능하다고 여겼다.

"11시 방향, 표적 적 직승기! 발사! 발사!"

곽성준의 지시에 맞춰, 지동현이 포탄을 격발했다.

"펑~!"

밀폐된 공간에서 105밀리 포탄이 발사되자, 발사 충격이 2배가 되어 정찰병들의 머릿속과 뱃속을 강타했다. 넋이 빠질 듯한 충격에도 불구하고 곽성준과 지동현은 조준경을 통해 11시 방향을 주시했지만 그들이 볼 수 있는 것은, 헬기가 보이던 곳 근처에서 확산되는 콘크리트 먼지와 화연이 전부였다.

"빌어먹을~!"

지동현이 탄식하며 서둘러 새 포탄을 장전하기 위해 탄약수석으로 자리를 옮겼다.

북쪽 외벽으로 접근해서 호버링하던 아파치 헬기는 74식 전차의 포격에 혼비백산하여 자취를 감춰 버렸고 2층 주차장 안은 50~60여 대의 승용차, 승합차들의 경보장치가 울리면서 아수라장이 되어 버렸다.

주차장 천장에서는 스프링클러가 터져 물이 쏟아졌고 화재경보기까지 울리기 시작했다. 잠시 후, 2층 내부를 밝히던 모든 조명이 꺼지면서 전차가 머무르는 공간은 암흑에 휩싸였다.

그 모든 혼란에도 불구하고 전차 안의 정찰병들은 무서울 정도로 침착을 유지했다. 정찰병들은 각자의 위치에서 주변을 감시하려 애썼다.

지동현 상사가 새 포탄을 장전을 마칠 즈음, 곽성준이 전차장 조준경으로 주변을 살폈다. 시야가 넓었던 거리와는 완전히 다른 제한된 공간이었기에 그가 조준경으로 볼 수 있는 것은 많지 않았다.

"놈들이 직승기로 건물을 포위한 다음에 우리 전차를 노릴 겁니다. 보병들이 지금쯤 2층으로 올라와 자리를 잡고 있지 않겠습니까?"

지동현의 말에, 조준경을 통해 주변을 살피던 곽 소좌가 그에게 대꾸 없이 시선을 보냈다. 그는 뭔가 생각하는 듯한 모습을 보였다가 이내 차내 한쪽 구석으로 자리를 옮겼다. 그곳에 그가 찾는 물건들이 있었기 때문이었다.

*　　　*　　　*

2016년 8월 3일 22시 33분 일본, 도쿄, 요요기 역과 하라주쿠 역 사이 중간 지점, 주차 건물 2층

주차 건물 내부에서 외부에 떠 있는 공격 헬기 쪽으로 전차포 사격이 가해지자, 건물을 포위하고 있던 자위대 병력과 경찰관들은 깜짝 놀랐다.

이후로 건물 외벽에 바짝 붙어서 제자리비행을 하던 아파치 헬기들은 고도와 위치를 바꿔서 74식 전차를 직접 찾으려 하지 않았다. 강력한 화력을 가진 헬기들이 대기 상태로 전환하자 현장 지휘부에서는 때마침 현장에 도착해 있던 대전차 화기를 가진 동부방면대 소속 1사단 보통과 병력을 투입하기를 요청했고 이는 곧 전역합동대테러본부에 의해서 승인되었다.

그 결과, 토시로 일위가 지휘하는 대전차반 22명의 자위관들이 2층 주차장으로 이어지는 4곳의 출입구들 중 3곳으로 은밀하게 진입하기 시작했다. 주차 건물 전체의 전원이 차단되었기 때문에 엘리베이터들은 물론, 건물 내부의 모든 조명이 소등된 상태였다.

따라서 야간 투시경을 휴대한 노련한 자위관들 22명이 선발되었고 이들은 모두 3개 조로 각자의 구획을 배정받아 이동 중이었다.

3개 조는 모두 01식 경대전차 유도탄 발사기를 1기씩 휴대하고 있었기에, 자위대 병력이 건물 안에서 공격할 수 있는 기회는 모두 3번이었다.

1층에서 2층으로 향하는 3곳의 경사로에서 동시에 자위관 3개 공격조가 이동을 개시하고 10여 분 정도가 지나자, 토시로 일위의 휴대용 무전기에 각 조 병력이 2층에 진입했다는 보고가 들어왔다.

그들의 보고를 들으면서 토시로 일위와 그의 공격조원들은 거의 앉은걸음으로 2층 주차장에 주차된 승용차들과 기둥들을 찾아 이동했다. 모두가 방탄 헬멧 앞에 개인용 야시경을 착용하여 제한된 시야를 가지고 있었기 때문에 그는 74식 전차를 찾는 임무는 자신과 무전병이 수행하기로 결정했다.

그래서 그는 대열 끝에 남고 준이치 이등육조의 인솔 하에 5명의 자위관들을 차량들 사이로 전개시켰다.

자위관들은 최대한 조심스럽게 이동한다고 했지만, 그들의 89식 소총의 총열 덮개 부분과 개머리판이 자신의 탄띠나 주차된 차량들에 부딪치는 소리가 시끄럽게 들려왔다.

토시로 일위는 그러한 상황에 미간을 찌푸리면서도 야간 투시

쌍안경으로 주차장 내부를 천천히 둘러봤다. 그리고 그때, 다른 공격조에서 무선망에 나타났다.

"2조입니다. 우리 쪽 출입구를 향해 놈들의 전차가 포구를 고정하고 있어서 움직일 수 없습니다. 다음 지시를 기다립니다."

토시로는 공격 2조가 주차장의 북동쪽 출입구를 담당하고 있음을 스스로에게 상기시킨 뒤, 전차의 위치를 찾고자 분주히 움직였다. 토시로 일위의 공격 1조는 2조의 대각선 위치에 있는 남서쪽 출입구 근처에 포진한 상태였다.

토시로는 회심의 미소를 지으면서 성대 마이크를 통해 속삭였다.

"2조, 현 위치에 대기하라. 그렇지만 결코 위치를 노출시키지 말라."

"알겠습니다, 이상."

토시로 일위는 자신의 위치에서 2시 방향, 50~60미터 거리에서 74식 전차의 실루엣을 찾았다. 그는 전차 방향을 손가락으로 가리켜서 무전병에게 그가 보고할 내용을 전달했다. 그런 뒤, 상황실에 전차 위치를 보고하는 그를 남겨 두고 앞쪽으로 앉은걸음으로 전진하여 준이치 이등육조를 찾았다.

준이치는 다른 자위관들을 전후좌우에 위치시키고서 01식 경대전차 유도탄 발사기를 어깨에 올려 둔 채 대기 중이었다. 그 또한 승용차 보닛 부분 너머로 정찰병들의 전차 위치를 확인한 상태였다.

토시로가 앉은 자세로 사격 준비 중인 준이치의 곁으로 다가가 앉았다. 스프링클러에서 쏟아진 물이 그의 두 무릎과 엉덩이 부분을 적셨다. 굳이 토시로 일위가 말을 하지 않아도, 준이치 이조는 그가 곁에 자리를 잡는 것과 거의 동시에 발사 준비 과정에 들어갔다.

준이치가 그를 지켜보면서, 각조 조장들과 공유하는 무선망에 곧바로 상황을 공지했다.

"여기는 1조다, 우리 조에서 전차의 후방에 사격을 가할 수 있다. 공격이 가능한 또 다른 조가 있는가?"

그의 보고에 공격 3조가 바로 대꾸했다.

"저희 조도 방금 전차의 위치를 파악했습니다. 적 전차의 좌측 궤도 부분을 공격할 수 있습니다. 현재 사격 위치를 잡고 있습니다."

토시로는 술술 풀리는 상황이 다소 의아했지만 그래도 머뭇거릴 수는 없다 생각했다. 발사 준비를 마친, 준이치가 엄지손가락을 들어 보이자 그 즉시 지시를 내렸다.

"전 공격조, 내 지시에 맞춰서 동시에 사격한다."

"알겠습니다."

"지금부터~"

토시로 일위는 준이치 이조와 나란히 앉아서 대전차미사일 발사기를 우측 어깨에 올려놓고 있는 그의 왼쪽 어깨에 손을 올려놓고 말을 이었다.

"다섯을 세고, '하나'에 동시 발사한다."

"공격 3조, 접수!"

토시로 일위는 잠시 야시경 몸체를 장착대에서 뺀 뒤, 육안으로 주차장을 주의 깊게 살폈다.

외부에서 유입되는 조명에 의해서 보일 듯 말 듯한 형체들이 가득했다. 그러나 멀리에 보이는 74식 전차의 거대한 형체는 분명하게 보였다. 특이점이 없다 결론짓고서야 그가 참았던 숨을 내쉬었다. 그런 뒤, 다시 성대 마이크 위에 손가락 몇 개를 들이댄 뒤 말했다.

"공격 3조, 지금부터 카운팅 한다. 다섯! 넷!"

토시로가 셋을 세기 직전, 준이치 이조가 숨을 크게 들이쉰 뒤 숨을 참았다. 그는 야시 조준 장비를 통해 74식 전차의 차체 후방을 완벽하게 정조순한 상태였다.

"셋~! 둘!"

토시로와 준이치는 물론, 모든 자위대원들이 숨죽인 채 대전차 미사일 발사 과정을 지켜봤다. 그러나 토시로 일위의 입에서 '하나'라는 신호가 나오기 직전 전차의 포탑이 움직였다.

토시로의 공격조의 위치를 기준으로 포탑이 크게 왼편으로 돌더니 전차의 좌측면을 공격할 공격 3조 위치에서 멈췄다. 그리고 다음 순간 모든 자위대원들이 우려한 상황이 이어졌다.

"퍼엉~!"

천둥소리와 함께 일대가 환해질 정도의 화염이 포구에서 내뿜어졌다. 거의 동시에 공격 3조 엄폐 중인 지점 일대의 천정이 파괴되어 무너져 내렸다. 또다시 2층 안에 주차된 차량들의 경보 장치가 울리면서 사방에서 차량의 방향 지시등이나 전조등이 일제히 깜박이기 시작하면서 아수라장이 되었다.

준이치 이조는 토시로 일위의 지시 없이, 자신이 독자적으로 판단하여 대전차 미사일을 발사할 참이었다. 그러나 토시로 일위가 그의 좌측 어깨를 채어 잡았다. 그런 뒤 그에게 뭐라 소리치려는 찰나, 두 사람의 뒤쪽에서 자위관 한 명이 다급하게 소리쳤다.

"수류탄! 수류탄이다!"

토시로는 마음속으로 아차 하면서 무작정 준이치 이조를 앞쪽으로 떠밀었다. 대전차 미사일 발사기를 어깨에 올려 두고 있는 그를 앞세우고 토시로 일위가 엄폐 위치 앞쪽으로 나아갔고 그 사이, 이들의 후방에서 수류탄이 폭발했다.

"콰앙!"

세열수류탄 한 발이 차량과 차량 사이의 바닥에서 폭발하면서 차량들이 크게 들썩였고 3명의 자위대원들이 나가떨어졌다.

토시로는 바닥에 넘어뜨린 준이치 이조와 그가 지닌 대전차 미사일 발사기의 상태를 확인하려 했지만 야시경을 잃어버린 그는 아무것도 볼 수 없었다. 게다가 두 귀가 반쯤 먹은 상태였기에 무선망에서 누군가 떠드는 소리조차도 파악할 수 없었다. 그러나 곧 반쯤 넋 나간 그의 뺨과 목덜미 쪽으로 무언가 튀어 날아왔다.

토시로 일위가 몸을 일으키면서 본능적으로 따끔거리는 곳을 만져 볼 때, 그의 눈앞으로 노란색 반딧불이 따위들이 스쳐 지나갔다. 그리고 다시 무언가 뜨거운 조각들이 비산하여 그를 덮쳤다. 그때서야 그의 양쪽 귀가 터졌고 그의 중대원이 외치는 소리가 메아리치는 게 들려왔다.

"기관총이다! 5시 방향, 적 기관총~!"

그사이에 수십 발의 기관총탄들이 자위대원들의 엄폐 위치에 흩뿌려졌다.

"응사해! 응사하란 말이다!"

토시로는 그의 조원들에게 소리치며, 탄띠와 권총에 연결되어 있는 랜야드 끈을 더듬으면서 바닥에 떨어져 있는 권총을 찾으려 했다. 곧 바닥에서 그의 권총이 끌어 올려져 손 안에 들어왔다.

그는 두 승용차 사이, 수류탄이 폭발했던 지점을 지나 승용차들의 후방 쪽으로 권총을 쳐든 채 다가갔다. 그의 중대원들 몇 명이 5시 방향의 기둥 쪽을 향해 격렬하게 소총 사격을 가하고 있었지만 하나둘씩 잠잠해졌다. 그리고 토시로가 실눈을 뜨고 기관총 사격이 있었던 지점을 확인할 때에는 개인화기로 응사하는 자위대원은 아무도 없었다.

"아아! 아아아!"

토시로 일위가 엄폐하고 있는 차량 후방 근처에서 누군가 고통에 가득 찬 비명을 지르고 있었다. 그는 목소리의 주인공이 그의 무전병인 것을 알아차리며 알 수 없는 전율에 온몸을 부르르 떨었다.

복부 총상을 입었던 무전병의 등 뒤 무전기에서는 기관총 예광탄들이 어딘가에 박혀서 불꽃을 튀게 만들었고 그로 인해, 토시로 일위는 그의 위치를 육안으로 확인했다.

그는 물이 흥건한 바닥으로 몸을 낮춰 무전병을 자신 쪽, 두 승용차 사이 공간으로 끌어당겨 왔다. 그다음으로 그가 취한 행동은 무전병의 총상 부위에 대한 응급처치가 아닌 그의 방탄 헬멧에 장착된 야시경 몸체를 빼어내 자신의 헬멧 앞에 장착하는 것이었다.

그때서야, 토시로 일위는 주변 상황을 파악할 수 있었다. 3명의 부하들은 주변 바닥에 쓰러져 있었으며 1명은 수류탄이 폭발할 때 즉사했는지 승용차의 차체 상부에 축 늘어져 있었다.

그는 최초 이들에게 기관총 사격이 시작되었던 5시 방향을 응시했지만 아무것도 보이지 않았다. 뿌연 연기가 주변에 퍼져 있었으며 스프링클러의 물줄기까지 그의 시야 안에 지저분하게 들어왔다. 그리고 곧 그의 온몸을 압도했던 아드레날린이 가시자 보이지 않는 적과 이들의 후방에 위치한 74식 전차의 존재를 인식하면서 자신의 등골이 오싹해지는 것을 느꼈다. 그때 조마조마해지는 그를 기겁하게 하는 소리가 그의 아래쪽에서 터져 나왔다.

"으아아아~!"

다시 의식을 차린 무전병이 고통에 못 이겨 소리를 질렀고 곧 누군가 그의 입을 틀어막았다. 토시로의 등 뒤쪽에서 준이치 이조가 합류한 것이었다. 그는 다른 한 손으로 토시로에게 자신의 수류탄을 건네주고 곧이어 무전병의 탄입대 쪽에 고정되어 있던 수류탄까지 빼내 그에게 건네줬다.

총격전으로 대응하는 것 대신, 이들이 기습을 당했던 것처럼 수류탄 3발로 반격하자는 무언의 건의였다. 토시로 일위는 자신의 것까지 모두 3발의 수류탄을 챙겨 두 무릎 앞에 내려놨다. 그는 미친 듯이 떨고 있는 자신의 두 손을 마주 잡아서 진정시키고자 애썼다. 권총을 허리춤의 총집에 넣는 동안에도 그의 손은 계속 떨고 있었고 그는 초록색으로 보이는 야시경의 시야가 이렇게 괴기스럽게 보이기는 처음이라 생각했다.

준이치 이조가 무전병의 입을 틀어막으려고 하자 그가 몸부림치기 시작했다. 그러나 두 사람의 상황에 아랑곳하지 않고 토시로 일위는 몸을 일으켜 세웠다. 그의 오른손에는 안전핀이 제거된 수류탄이 쥐어져 있있으며 투척 직전의 자세를 취한 상태였다.

하지만 수류탄을 내던지는 다음 동작을 취하는 순간 그는 그의 오른쪽에서 시커먼 형체가 불쑥 나타나는 것을 봤다. 그리고 그 실루엣 쪽에서 엄청난 폭발음이 울려 퍼지면서 그의 가슴팍과 머리가 폭발했고 완전 자동으로 발사하는 기관총 총성이 이어졌다.

"타타타타~! 타타타타타타~!"

*　　　*　　　*

2016년 8월 3일 23시 13분 일본, 도쿄, 요요기 역과 하라주쿠 역 사이 중간 지점, 주차 건물 맞은편 현장 지휘소

"토시로 일위네와는 아직도 교신이 안 되나?"

"네, 연락이 두절된 게 분명합니다!"

부관의 대답에 하타노 이좌는 난감한 표정을 지으며, 이동식 지휘소 내에 설치된 모니터들을 응시했다. 교전 지역 내에서 비행 중인 OP-3 정찰기가 실시간을 보내오는 영상에는 도쿄 도심 거리를 최고 속도로 질주하고 있는 90식 전차 2대의 모습이 담겨 있었다.

하타노 이좌가 무전기의 송수화기를 들고 있는 부관에게 다시 시선을 보내자, 그는 여전히 대전차 공격조들과 교신이 이루어지지 않는다는 의미로 고개를 가로저어 보였다. 그리고 그때, 통신 콘솔 쪽에 앉아 있던 통신관이 한 손을 번쩍 들어 도쿄 경시청 간부들의 시선까지 끌어모은 뒤, 소리쳤다.

"우군 전차들이 도착했습니다. 현시점까지 전달받은 상황 외에 추가 내용이 없으면 바로 진입해도 되냐고 묻고 있습니다."

"지금 적들의 전차가 몇 층에 있지? 2층인가?"

"잠시 전, 최종 확인된 장소는 3층이었습니다."

"우군 전차들도 3층까지 올라가서 적 전차를 찾아내야 하는 것을 알고 있는가?"

"네!"

하타노 이좌는 경시청 간부들의 분위기를 살핀 뒤, 수염으로 까칠해진 아래턱을 한 손으로 문질렀다. 그는 90식 전차가 교전 현장에 합류한 것에 대해 안도하고 있지만 다른 한편으로는 토시로 일위의 공격조들의 상황과 위치가 파악되지 않은 채, 그들이 90식 전차의 오인 사격을 받게 될지 모른다 우려했다. 그러나 10여 분이 넘도록 일체의 교신이 되지 않는 그들 때문에 마냥 대기할 수 없는 상황이었다.

74식 전차 한 대 때문에 도쿄 시내가 만신창이가 되어 버린 사실에 분개하는 경시청 고위 간부들과 전역합동대테러본부의 지휘부 인원들이 숨도 쉬지 않은 채, 현장에서 자위대 병력의 동원에 대한 작전 권한을 일임받은 하타노를 응시하고 있었다.

"콰앙~!"

가공할 위력을 가진 듯한 천둥소리가 이동식 지휘소 트럭이 있는 거리 일대에 울려 퍼졌나.

하타노 이좌는 흠칫 놀라기는 했지만, 기갑병과의 많은 훈련 경험 덕분에 그 소리가 74식 전차의 전차포탄이 주차 건물의 건너편 빌딩 어딘가를 박살 낸 것이라 짐작했다. 곧, 지휘소 출입문이 덜컥 열리며 자위관 한 명이 고개를 들이밀며 소리쳤다.

"놈들이 주차 건물 쪽으로 접근하던 아파치 헬기를 향해 전차포 사격을 가했습니다. 도로 건너, 맞은편 건물의 3층과 4층 강화유리 외벽이 포탄 때문에 완전히 무너져 내렸습니다. 이쪽 상황이 난리도 아닙니다."

그의 보고, 주변 거리 통제 상황 보고를 듣고 있었던 도쿄 경시청의 간부들과 그의 수행원들이 회의 테이블에서 벌떡 일어나 출입문 쪽으로 향했다.

자위관이 출입문을 완전히 열어젖히자, 시끄러운 AH-64DJ

헬기들의 소리가 지휘소 안으로 쏟아져 들어왔다. 그리고 곧 출입 문가에 서서 방금 전 105밀리 포탄의 피탄 지점을 살펴보던 누군가의 탄식이 지휘소 안의 모두의 귀에 들려왔다.

"맙소사~!"

하타노 이좌는 망설임 없이 그의 부관을 향해 검지를 쳐들며 지시를 내렸다.

"우군 전차들을 당장 주차 건물 안으로 투입시켜!"

"네!"

하타노의 부관이 90식 전차들의 선임 전차장과 교신을 할 때, 하타노의 시선이 지휘소의 한쪽 벽면에 배치된 대형 스크린들 쪽으로 향했다. OP-3기와 아파치 헬기가 전송해 오는 2개의 열 영상 화면 안에서, 포신을 주차 건물 쪽으로 향한 채 정지 상태로 대기 중이던 90식 전차 2대가 천천히 움직이기 시작했다.

숨죽인 채, 그 모습을 주시하고 있는 그의 곁에 도쿄 경시청의 고급 간부가 다가와 섰다. 그러고는 긴 한숨을 쉰 뒤 나지막이 말했다.

"오늘 밤, 이 일대 거리에서 3차 대전이 일어나고 있는 것 같소. 이게 정말 실제로 일어나고 있는 사건이 맞소?"

*   *   *

2016년 8월 3일 22시 53분 일본, 도쿄, 요요기 역과 하라주쿠 역 사이 중간 지점, 주차 건물 3층

"적 땅크! 적 땅크다!"

지동현 상사가 아이패드를 곽 소좌 쪽으로 들이밀며 소리쳤다. 그는 인터컴을 통해 김무영 중사에게도 상황을 전파했다.

"무영이, 건물의 북쪽, 남쪽에서 적들의 전차가 올라오고 있다!"

곽성준은 액정 화면 속에서, TV 생중계 영상을 통해 곧 맞닥뜨릴 육자대 전차의 모습을 확인했다. 그리고 그의 경고가 뒤따랐다.

"모두들 정신 바짝 차리시오! 놈들이 90식 땅끄들을 이곳으로 올려 보내고 있소!"

말을 마치면서 곽 소좌는 지동현을 빤히 쳐다봤다. 그는 곽성준에게 담담하게 말했다. 다급하고 절박한 상황에 어울리지 않게 평정심을 담은 말투였다.

"조장 동지, 지금입니다. 더 지체되면 모든 희생이 무용한 게 됩니다."

곽성준은 말없이, 아이패드의 화면과 지동현의 얼굴을 번갈아 봤다. 그러나 이들의 침묵은 김무영 중사가 전차의 엔진 출력을 높이면서 깨졌다.

74식 전차는 주차장 한가운데에서 수 미터 후진하여, 때마침 근처에 주차되어 있는 승합차들 사이로 들어갔다. 그런 다음, 105밀리 포신을 좌측으로 45도 정도 움직여, 3층 주차장의 북쪽 출입구 쪽에서 정지시켰다.

"대탄 장전~!"

지동현이 소리친 뒤, 포수석 쪽으로 어렵게 자리를 옮겨 포수용 조준경을 통해 북쪽 차량 출입구를 주시했다.

정찰병들의 전차는 90식 전차가 곧 모습을 드러낼 출입구와 40여 미터 정도 거리를 두고 있었다. 그럼에도 불구하고 50톤의 육중한 차체를 가진 90식 전차가 엔진의 최대 출력을 내면서 2층에서 3층으로 이어지는 경사로를 타고 올라오는 소리와 진동이 정찰병들에게도 전달되고 있었다.

지동현은 이마에서 눈가로 땀방울들이 내려오는 것을 닦을 엄두도 내지 못하고 격발할 타이밍만을 기다렸다. 그는 초록색 조준경 영상을 주시하는 내내 숨을 참고 있었다. 그리고 그 긴장된 시간 내내, 자신의 심장이 뛰는 것을 생생하게 느끼고 있었다.

이윽고 북쪽 출입구 근처에서 환한 조명이 퍼져 오기 시작했고 정찰병들은 다음 순간 벌어질 광경을 짐작할 수 있었다.

90식 전차의 거대하고 새까만 차체가 그것의 포신을 앞세우고 출입구 쪽에 나타났다. 90식 전차는 엔진이 몸살이 날듯 엔진음을 고조시켰기 때문에 출입구 근처에 주차되어 있는 몇 대의 승용차들의 경보기가 울리기 시작했다.

90식 전차는 출입구에서 양쪽 궤도를 서로 반대 방향으로 굴림으로써, 최소한의 기동으로 우회전을 실행했다. 차체가 완전히 우회전을 실행하기 전에 이미 포신과 포탑은 오른쪽으로 향하여 주차장 내부를 경계하고 있었다.

지동현 상사는 90식 전차가 우회전을 마치고, 가장 강력한 방호력을 가진 차체 전면을 74식 전차 쪽으로 향하기 전에 선제사격을 해야 한다고 생각 중이었다. 그는 그 결정적인 순간을 놓치지 않기 위해서 온몸의 신경세포를 100% 긴장 상태로 유지하고 있었고 곧 절체절명의 판단을 실행에 옮겼다.

"콰앙~!"

74식 전차의 105밀리 전차포 포구에서 샛노란 화염과 엄청난 양의 화연이 쏟아져 나왔고 대전차 고폭탄이 발사 순간과 거의 동시에 90식 전차의 포탑 우측 측변에 명중했다.

90식 전차의 차체 우측면 일대에 까만 연기가 퍼지면서 차체 전체가 보이지 않게 되었고 지동현은 조급한 마음을 억누른 채 탄약수석으로 자리를 옮겨 새 대탄의 장전 과정에 들어갔다. 동시에 그는 김무영에게 다음 기동을 지시했다.

"무영이! 후진, 후진하라! 사격 위치를 당장 이탈하라!"

지동현은 대탄 장전을 마치고 포수석으로 다시 돌아올 때, 김무영 중사가 전차를 후진시키기 시작했다.

74식 전차는 승합차들 사이에 은폐시켰던 차체를 후방 쪽으로 튕겨 내듯이 움직였고 후방에 거리를 두고 있던 승용차들을 덮쳤다. 엔진 RPM이 급격하게 올라가면서 굉음과 함께 무서운 기세로 양쪽 궤도가 돌기 시작했고 곧 74식 전차 차체 후방에 있던 승용차 한 대가 납작하게 찌그러졌다. 그때가 돼서야 정찰병들의 전차가 다시 후방으로 수 미터를 이동하게 되었고 그때, 90식 전차의 반격이 시작되었다.

"콰앙~!"

주차장 내부 전체를 뒤흔드는 포성과 함께 전속으로 후진하는 74식 전차의 주변, 기둥에 90식 전차가 발사한 전차포탄이 작렬했다. 74식 전차 포탑에서 1미터 정도 떨어져 있던 기둥이 파괴되면서, 그때의 충격파가 차체 안에 있는 정찰병들을 때렸다.

"아~!"

지동현 상사는 이 포수용 조준경을 통해 90식 전차의 위치를 찾으려다가 머릿속에 망치질이 가해지는 충격파에 압도되었다. 그는 오줌보와 항문이 열리지 않도록 최대한 엉덩이 쪽에 힘을 줬지만 그가 힘을 줄 때마다 다음 순간 엉덩이에서 힘이 빠져나갔다. 그리고 그가 눈을 한 번씩 깜빡일 때마다, 한없이 무거워진 눈꺼풀이 자기도 모르게 아래쪽으로 내려오려 했다.

그는 충격에서 회복하기 위해 자신의 머리를 차체 벽에 세게 부딪쳤다. 그의 깨진 이마에서 피가 흘러내리기 시작할 때가 돼서야 그는 충격에서 겨우 회복했다. 그런 뒤, 자신과 비슷한 상황에 처해 있을 조종수석의 김무영 중사를 불렀다.

"무영이! 무영이!"

그가 대꾸가 없자, 지동현이 목이 터져라, 더욱 큰 소리로 소리쳤다.

"무영이! 정신 차려, 이 동무야! 여기서 이대로 뒈질 거야?"

"아, 부조장 동지."

막 잠에서 깬 듯한 김무영의 목소리가 들려오자 지동현은 다시 소리쳤다.

"빨리, 전속으로 후진해서 놈들의 시야에서 빠져나가라!"

대답 대신, 김무영은 곧바로 후진 속도를 높이면서 반응했다. 74식 전차는 다시 한 번 차량 주행로를 횡단한 뒤 주차선에 맞춰 주차되어 있던 경차들을 짓밟고 넘어갔다.

정찰병들이 새로운 엄폐 위치를 확보하고자 이동하는 사이에 상황을 파악한 90식 전차는 74식 전차와 마주 보면서 기동했고 계속해서 74식 전차에 대한 조준 상태를 유지하고 있었다.

74식 전차가 후진 기동으로 주차장 남서쪽으로 50여 미터 이상을 이동한 시섬에, 90식 선차의 두 번째 APFSDS탄이 발사됐다.

"쾅~!"

지동현은 포수용 조준경을 통해 무시무시한 불꽃과 화염을 쏟아 내는 90식 전차의 포구를 볼 수 있었다. 거의 동시에 엄청난 충격이 이들의 차체를 강타했다.

육자대 전차병들의 두 번째 대전차 사격은 74식 전차의 포탑 우측면을 거대한 발톱으로 찢어발긴 듯한 피해를 입혔다.

다행히, APFSDS탄의 텅스텐 철심이 포탑 내부로 뚫고 들어오지는 않았지만 지동현은 몽둥이로 머리를 강타당한 듯한 충격에 정신이 혼미해져 갔다. 그런 그를 이번에는 김무영이 깨우려 애썼다.

"부조장 동지! 부조장 동지~! 우리 피탄된 겁니까? 피탄된 겁니까?"

김무영이 미친 듯이 소리쳤지만 인터컴 망에 지동현의 대꾸가 들려오지 않았다. 그가 포수용 조준경에 머리를 박은 채로 현실 세계와 의식 세계의 경계선 위를 걷고 있는 동안 자동 장전 장치를 통해 제3 탄을 장전한 90식 전차가 기둥 하나를 피한 뒤, 74식 전차 쪽으로 접근했다. 양쪽 전차들의 거리는 20미터 내외였고 이번에는 그야말로 완벽한 시야를 양측이 공유하고 있는 상황이었다.

90식 전차의 전차장과 포수는 이 순간을 위해 이 먼 길을 달려왔다고 뿌듯해하는 순간이었다.

그들의 입장에서는 더욱 완벽하게도, 김무영 중사가 차체 후진 조향을 잘못하는 바람에 74식 전차는 중형세단 차량들 사이에 끼인 채 차체를 움직이려고 애쓰고 있었다.

이제 90식 전차가 날려 보낼 포탄이 이제 74식 전차의 포탑 측면을 완벽히 관통할 수 있는 사격 각도가 확보되었음은 교전 현장의 모든 전차병들이 알고 있었다.

최대 출력으로 후진을 하려고 애쓰던 김무영이 잠망경을 통해, 90식 전차의 포신이 74식 전차 우측 측면을 향하고 있음을 파악했다.

그는 잠시 후, 이 구식 전차의 내부가 불바다가 될 것을 직감했고 차체를 좌우로 움직이면서 가속페달을 젖 먹던 힘까지 짜내어 밟았다.

그러나 최고 속도로 움직이는 양쪽 궤도가 전차 아래쪽에 끼어 있는 승용차들의 전면부나 측면부와 마찰하면서 거친 불꽃만 사방으로 날려 보낼 뿐 차체는 전후좌우로 들썩거리기만 했다.

김무영은 자신들의 최후가 임박했다고 직감했고 그의 무의식은 10년이 넘게 가 보지 못했던 개성의 고향 집을 떠올렸다.

그러나 잠시 뒤, 74식 전차의 우측 궤도 뒤쪽에 끼어 있던 세단 승용차의 차체 일부가 아예, 차체에서 뜯겨져 나왔다. 그리고 그것이 후진 방향으로 움직이는 궤도에 의해 짓밟혀서 앞쪽으로 날아가 버렸다. 그때서야 정찰병들의 전차가 뒤쪽으로 움직이기 시작했다.

"쾅~!"

다시 움직이는 74식 전차를 향해 90식 전차가 세 번째 날개 안정식 분리 철갑탄을 발사했고 그 직전에 74식 전차의 차체가 후방으로 튀어 나갔다.

포탄은 74식 전차 근처에 주차되어 있던 승용차 두 대를 관통한 뒤 폭발했고 까만 매연과 화염이 일대에 넓게 퍼졌다. 90식 전차는 다시 분주하게 움직이며 정찰병들의 위치를 찾으려 애썼다.

"콰앙!"

조급해진 자위대 전차병들이 4번째 APFSDS탄을 74식 전차가 이동했을 지점을 대충 가늠하여 발사했다. 그리고 90식 전차가 정찰병들의 전차가 후진 기동으로 이동했을 경로를 자신들의 우측에 두고 직진했다.

90식 전차는 잠시 후, 2층 주차장으로 이어져 있는 경사로 출입구를 차체 12시 방향에 두게 됐다.

최초 조우 직후, 80여 미터 정도의 거리를 이동하면서 74식 전차와 정면으로 포사격을 주고받았지만, 단번에 적을 제압할 거라는 자위대원들의 예측은 현실과 매우 동떨어진 것으로 밝혀졌다. 90식 전차가 2층으로 이어지는 경사로를 앞두게 되는 시점까지 74식 전차의 모습이 포착되지 않았다.

90식 전차는 잠시 진출입구를 앞두고 정차했다. 그때에도 전차장이 조작하는 조준경이 쉴 새 없이 좌우로 움직였지만 이내 별 소득이 없다고 판단 내렸는지 조준경이 원래 자리에서 멈췄다.

그런 뒤, 천천히 전차의 10기통 디젤 엔진 소리가 고조되면서 90식 전차의 차체가 앞쪽으로 움직였다.

자위대 전차병들은 2층으로 내려가서 추가 수색을 할 계획을 세웠고 그것을 실천하는 중이었다. 90식 전차의 운전병은 좌우 폭이 넓지만 전차의 입장에서는 다소 급한 경사를 가진 2층으로 향하는 진입로 입구 쪽으로 조심스럽게 전차를 몰아갔다.

좌우로 차체 앞부분이 두 번 정도 움직인 뒤, 정확한 진입이 가능하다고 판단한 90식 전차가 천천히 경사로 진입구를 통과하기 시작했다. 그때 궤도 차량의 특징에 따라 90식 전차의 차체 앞부분이 잠시 허공에 떠 있는 상태가 되었다. 차체의 중간 부분이 진입구를 통과하면 그때가 돼서야 차체 앞부분이 경사로 위로 내려오도록 되어 있었지만 90식 전차의 궤도 앞쪽이 경사로 사면 위에 닿기 전에 자위관들이 깜짝 놀랄 일이 벌어졌다.

"쾅!"

90식 전차의 아래쪽에 있는 경사로의 중간 즈음에서, 유압 서스펜션을 이용한 낮은 포복 사격 자세를 취하고 있었던 74식 전차가 105밀리 대전차 고폭탄을 허공에 떠 있던 90식 전차의 차체 아래쪽을 향해 발사했던 것이다.

방어력이 취약하기로 악명 높은 90식 전차의 차체 바닥에 105밀리 대탄이 명중한 직후, 90식 전차의 차체 앞쪽이 경사로 위에 떨어졌다. 그러고는 전차는 꼼짝도 하지 않다가 잠시 뒤, 내부에서 수차례 폭발음이 들려오기 시작했다.

"쾅! 쾅!"

90식 전차의 내부에서 포탄들이 연쇄 폭발을 일으키면서, 전차의 하부와 포탑 주변에서 오렌지색 화염과 *까만* 연기가 쏟아져 나왔다. 3차 폭발에서는 결국 포탑이 떨어져 나왔고 사방으로 차체 파편들이 비산했다.

전문 전차병도 아닌, 북한군 특수부대원들이 전차를 탈취했다는 상황에 대해 코웃음을 쳤던 전차 승무원들은 이 상황에 당혹해하거나 황당해할 찰나도 없이 전차 내부에서 최후를 맞이했다.

지동현 상사와 김무성 중사는 무시무시한 폭발에 움찔하면서도 90식 전차의 최후를 지켜보고 있었다. 두 사람 모두 입을 반쯤 벌린 채, 꼼짝도 하지 않고 이 놀라운 광경에 압도되어 갔다.

이내, 정신을 차린 지동현이 인터컴을 통해 김무성 중사에게 소리쳤다.

"무성이, 어서 이곳에서 빠져나가자!"

김무성은 90식 전차에서 아직도 들려오는 폭발음에 깜짝깜짝 놀라고 있었기 때문에, 그의 지시를 듣지 못했다. 지 상사는 헬멧에 장착된 마이크를 입가로 당기면서 더 크게 소리쳤다.

"어서 이탈하란 말이다, 이 동무야! 뭐하고 자빠져 있는 거야?"

그는 경사로를 안전하게 내려가도록, 김무성의 전차 조향을 유도해 주기 위해서 포수식 해치를 열고 포탑 위로 상체를 노출시켰다. 그는 몸을 빙 돌려서 74식 전차의 후방 쪽을 주시했다. 그러나 그때, 지동현은 눈앞에 펼쳐진 광경을 보고 온몸이 얼어붙었다.

74식 전차의 먼 후방, 2층 주차장 한복판에 또 다른 90식 전차가 포구를 이들의 전차 후방에 고정해 둔 채 서 있었다.

지동현은 아무 생각 없이 전차병 헬멧을 벗어 버린 뒤, 포탑 위에 엉덩이를 걸치고 앉았다. 그가 씁쓸한 미소를 지은 뒤, 그 자세로 90식 전차를 바라보며 긴 한숨을 내쉬었다. 그때, 동료 자위관들의 복수를 위한 두 번째 90식 전차의 포탄 사격이 뒤따랐다.

"퍼엉!"

120밀리 날탄이 포구 밖으로 나오는 순간, 장탄통들이 떨어져 나가면서 텅스텐 탄심이 74식 전차의 포탑을 향해 날아갔다.

＊　　　＊　　　＊

2016년 8월 3일 23시 07분 일본, 도쿄, 요요기 역과 하라주쿠 역 사이 중간 지점, 주차 건물 옥상

전장형 대위 일행이 탑승한 MH-47G 헬기가 교전 현장에 도착했을 시점에는 주차 건물 안에서 전차포 포성이 그친 직후였다.

"상황 전파! 상황 전파다!"

지상과 교신을 마친 스즈키 일위가 모두가 볼 수 있도록 한 손을 들어 보이며 말했다. 707부대원들 포함한 모든 특수작전군 대원들이 각자 착용한 헤드셋을 통해 아래쪽, 주차 건물 내부 상황을 청취했다.

"적 전차가 최초 포진했던 2층에서 현재 3층으로 이동하여 방어 거점을 형성한 상황이다. 아군의 공격 헬기들과 도보 공격조들이 직접 대전차 공격을 가하려 했지만 아직 해결된 것이 없다. 현재 우리 위치는 건물의 5층, 옥상은 옥외 주차장인데, 주차 건물 전 층에는 민간인 차량들이 일부 주차되어 있고 몇 명의 민간인들이 남아 있는지도 확인 안 된 상황이다. 현재 전역 합동대테러본부에서 현장 지휘부와 접촉 중이다. 우리는 일단, 목표 건물 옥상으로 내려간 후 3층으로 내려가 적 전차의 위치를 파악한 뒤, 다음 지시를 기다린다."

스즈키의 설명이 끝나기도 전에 밀러 대위가 그의 전파 내용을 전장형 대위와 그의 중대원들에게 영어로 통역해 줬다. 잠시 뒤, 전장형이 조종석 근처 M134 도어건 쪽에서 기체 바깥으로 머리를 내밀고 지상을 살폈다.

주차 건물의 인근에는 훨씬 더 높은 빌딩들이 셀 수 없이 많았고, 대부분 불이 켜져 있었으며 도로 쪽에도 수많은 현장병력이 움직이고 있었다.

그가 보기에도 지상 상황은 혼란 그 자체였다. 그가 한숨을 내쉬면서 답답한 마음을 표현할 때, 주차 건물 2층에서 매우 강력한 섬광이 주변 상공으로 퍼졌다.

"호울리 쉣~!"

밀러 대위가 그 광경을 보며 탄성을 내뱉었다. 스즈키와 전장형이 그의 위치로 다가가자 그가 기체 밖으로 손을 뻗으며 가리켰다.

"헬파이어! 헬파이어!"

밀러의 말에 나머지 두 대테러부대 장교들은 황당한 표정을 지었다. 스즈키는 황급히 교전 현장의 지휘부와 교신을 시도했지만 교신이 지연되자 그는 아예 휴대전화를 꺼내 현장에 있는 누군가와 통화를 시도했다.

그동안 MH-47G 헬기는 교전 현장 근처 상공에 도착했고 주차 건물과 거리를 두고자 근처 빌딩들 위를 선회하기 시작했다. 그때쯤, 스즈키 일위가 전장형과 밀러에게 현장 상황을 영어로 설명해 줬다.

"2대의 아파치 헬기들이 장착하고 있는 헬파이어 2발을 3층 안에 발사했소."

밀러 대위가 그 말에 고개를 가로저어 보였다. 그뿐만 아니라 전장형 대위 또한 일본인들의 상황 대처에 믿기지 않았다. 표적이 확보되지 않는 상황에서 단순한 비유도식 로켓탄도 아닌 강력한 대전차 미사일을 무작정 건물 안에 쏴 대는 조치는 말 그대로 경악을 금치 못할 것 같았다.

잠시 후, 조종석에서 밀러 대위를 호출했고 밀러 대위가 조종석 쪽으로 자리를 옮겨 그들과 대화를 나눴다. 그런 뒤, 스즈키와 전장형에게 돌아와 말했다.

"타이조, 아무리 우리가 당신들의 진압 작전에 최대한 협조를 하겠다 했지만 지금처럼 당신들의 공격 헬기가 미사일과 기관포를 건물 안에 난사하고 있다면 우리 조종사들이 주차 건물 상공으로는 절대로 진입하지 않겠다 하고 있소. 지금 헬파이어만 발사하는 것이 아니라 30밀리 체인건으로 건물 외벽을 박살 내고 있다 하지 않소? 당신네 병력을 목표 건물에 투입하고 싶다면 당장 아파치들의 사격을 중지시키시오."

이번에는 스즈키가 난감한 표정을 지으면서 아랫입술을 지그시 깨물었다. 그런 뒤 몸을 빙 돌려, 밀러와 전장형을 등지고 그의 지휘부와 교신을 재개했다. 밀러는 전장형과 시선이 마주치자 일본인들의 조치를 도무지 이해할 수 없다는 듯 고개를 가로저어 보였다.

스즈키가 휴대전화로 현장 지휘부와 통화를 하는 동안, 그의 부대원들 또한 숨죽인 채 그를 주시하고 있었다. 3명의 MH-47G 헬기 승무원들과 707부대원들 또한 그를 빤히 쳐다보며 곧 일어날 상황을 기다렸다.

그리고 통화를 마친, 스즈키가 밀러 대위를 향해 엄지를 높이 쳐들어 보였다. 밀러는 더 묻지 않고 헤드셋을 통해 조종석에 전달했다.

"위아 굿 투 고우! 위아 굿 투 고우!"

스즈키 일위는 수신호를 보내자, 마사히로 일등육조가 기내 양옆에 앉아 있는 그의 부대원들에게 소리쳤다.

"투입 준비! 투입 준비!"

그의 지시가 전달되자마자 부대원들이 총구를 바닥 쪽으로 두고 세워 둔 M4A1 소총과 MP5A5 기관단총, MP5SD5 기관단총의 장전 손잡이를 일제히 당겼다. 그런 뒤, 각자의 방탄 헬멧 앞에 야시경 몸체를 장착하기 시작했다.

전장형은 이종진 준위와 신영화 상사에게 헬멧에 야시경을 장착하라는 수신호를 전파하며 소리쳤다.

"목표 건물의 옥상에 패스트 로프로 전개된다!"

이종진이 곁에 앉아 있는 신영화 상사가 전장형에게 큰 소리로 물었다.

"중대장님, 저 아래에서 지금 헬기가 건물에 로켓을 쏴 대고 있는데 이 와중에 얘들을 들여보낸답니까? 얘네들이 건물 안에서 꼼지락대고 있는데 공격 헬기가 외부 창을 통해서 체인건 탄을 퍼부어 버리면 어쩌려고 그런 답니까?"

그 말에 이종진이 오만상을 쓰면서 전장형 대신 대꾸했다.

"그걸 누가 몰라요? 저 아래 상황이 지금 개판 오 분 전인데 물불 안 가리고들 있으니. 지상의 저 많은 병력도 꼼짝 못 하고 있는데 대테러부대를 투입하면 뭐가 달라질 거라 생각하는지. 니미, 진짜 괜히 염병할 섬나라까지 와서 빨갱이들 때문에 팔자에도 없는 좆뺑이 치게 생겼네.”

전장형은 이종진의 어깨를 잡고 신영화에게 자신의 결정에 따라 달라는 듯 고개를 몇 번 끄덕여 보였다. 그런 그의 모습을 이종진은 체념한 듯한 표정으로 쳐다보고 있었다.

특수작전용 치누크 헬기가 고도를 낮추며 주차 건물 옥상으로 접근했다. 절반 정도 내려와 있던 후방의 램프 도어가 완전히 수평 상태로 내려와 있었으며 스즈키의 대테러부대원들 3명이 두 가닥의 굵은 로프 뭉치들을 램프 도어 위로 밀어내려 하고 있었다.

그러나 그때 고층 건물 지대에서 흔히 볼 수 있는 강풍이 헬기 기체를 강타했고 기체가 기우뚱했다. 그러자 아래쪽으로 로프 뭉치를 밀어내야 할 일본인들이 자기들끼리 소리치며 머뭇거렸고 전장형은 자신의 총기를 안고 그 모습을 물끄러미 바라봤다. 보다 못한 밀러 대위가 헬기 승무원과 함께 그들 쪽으로 달려갔다.

전장형은 707대원들이 만약의 경우를 대비해, 교전 준비를 하는 것을 지켜보다가 램프 도어 쪽으로 옮겨 갔다. 그가 램프 도어 쪽에 도착할 때쯤 기체가 다시 한 번 강풍에 좌우로 기우뚱했고 일본인들은 더 우왕좌왕하는 모습을 보였다.

“무슨 일입니까?”

전장형이 밀러 대위에게 묻자 그가 대답했다.

"강풍 때문에 패스트 로프 하강이 위험하다며 다들 망설인다! 젠장!"

그가 대꾸하는 순간에도 스즈키와 그의 대원들이 옥신각신하고 있었다. 그 광경에 전장형은 짜증이 솟구쳤고 아예, 그들을 비집고 나가 램프 도어 위에 올라섰다.

전장형이 램프 도어 끝에 낮은 자세로 서 있자, 헬기 승무원이 그가 램프 도어 아래로 추락하지 않도록 그의 허리 쪽 탄띠를 붙잡았다. 그동안 전장형은 지상과 근처 건물들의 각종 케이블과 가로수, 현수막 따위가 펄럭이는 것을 통해 대충의 풍속을 가늠했다.

전장형이 기체 안으로 다시 몸을 들여놓는 순간, 언제 와 있었는지 이종진 준위와 신영화 상사가 그의 뒤쪽에 서 있었다.

전장형은 스즈키 일위와 그의 선임 부대원들 사이로 끼어들며 소리쳤다.

"팔로우 미! 팔로우 미! 위 캔 고우 다운! 위 캔 고우 다운!"

전 대위는 두꺼운 로프 뭉치를 두 손으로 밀어내기 시작했고 곁에 있던 2명의 특수작전군 대원들이 당황한 표정을 지어 보이다가 이내 그를 도왔다. 그들의 반응에 고무된 전장형이 다시 소리쳤다.

"레츠 고우! 레츠 고우!"

그의 재촉에 우거지상을 하고 있는 이종진과 신영화가 전장형을 따라 램프 도어 쪽으로 걸어 나갔고 그때가 돼서야 다른 특수작전군 병력도 전 대위 일행 쪽으로 합류하기 시작했다.

전장형은 그의 등 뒤로, 자신의 대원들과 스즈키 일위의 대원들이 하강 준비를 마치고 대기하는 것을 확인한 후, 움직였다.

기체 좌우 측면에서 별다른 어려움 없이 로프를 잡고 하강하는 다른 군용 헬기들과 달리, MH-47G 헬기는 패스트 로프를 하는 경우, 투입되는 대원이 로프를 두 손으로 잡기 위해서는, 램프 도어 끝 서서 두 팔을 있는 대로 다 뻗어도 로프를 손 안에 넣을 수 없었다.

그래서 결국, 지상으로 로프 하강을 시도하는 대원이 램프 도어 끝에서 서 있다가 로프를 향해 한 걸음 뛰어 나가야 했기 때문에 추락 위험이 높았다.

그러한 이유 때문에 전장형은 늘 이 기종에서의 로프 하강을 달가워하지 않았다. 그것도 지금과 같은 야간에 강풍이 부는 상황에서는 이종진의 불평이 매우 설득력 있다고 생각할 정도였다.

그러나 전장형은 지금 상황에서는 그러한 속내를 표현할 수도 없었다. 결국 그가 심호흡을 한 뒤 과감히 로프를 향해 몸을 날렸다. 그는 두 손으로 로프를 잡고 두 다리로 로프를 감아 안았는데 하필, 그 순간 강풍이 헬기 쪽을 덮쳐 왔고 그의 몸이 허공에서 기우뚱했다.

전장형은 본능적으로 젖 먹던 힘까지 동원하여 로프를 꽉 잡았고 기체의 움직임을 파악하기 위해서, 미끄러져 내려가는 하강 과정을 시작하지 않았다.

곧 바람이 약해지고 거대한 치누크 헬기의 제자리 비행 상태

가 안정되자, 그는 두 손에서 힘을 살짝 뺐고 그의 몸이 아래쪽
으로 미끄러져 내려가기 시작했다.

전장형 대위는 그때서야 헬기의 요란한 로터 회전음과 하강풍
을 체감하면서 자신이 속해 있는 현실 세계를 새롭게 인식할 수
있었다. 그를 시작으로 이종진 준위와 신영화 중사가 로프에 매
달려 그의 뒤를 따라 내려왔다.

707부대원들이 건물 옥상에 접지하자마자, 그들은 사주경계
를 위해 사방으로 흩어졌다. 뒤이어 특수작전군 병력이 도착하
여 그들의 사주 경계 위치에 합류했고 1분도 되지 않아 대부분
의 일본군 병력이 패스트 로프를 마쳤다.

그러나 그때 전보다 훨씬 강한 바람이 옥상 일대를 때렸다.
옥상 한쪽 구석에 있는 대형 전광판이 휘청할 정도로 강한 바람
이 불었고 그 순간 퍽 하는 소리가 들려왔다. 하강 과정을 마치
지 못한 2명의 대원들이 옥상 바닥에 떨어진 것이었다.

"어휴, 저 등신들."

신영화 상사가 겨우 몸을 일으키는 일본인들을 힐끗 보고는
중얼거렸다.

잠시 후, 허공에 있던 로프가 바닥으로 그대로 떨어졌고 로프
를 투하해 버린 MH-47G 헬기가 서서히 움직이기 시작했다.
거의 동시에 전장형과 스즈키 일위의 헤드셋 이어폰에 밀려 대
위의 음성이 들려왔다.

"최대한 빨리 지원 병력을 데리고 돌아오겠다, 행운을 빈다,
전, 스즈키!"

미군 헬기는 교전 지점에서 거리를 두고자 북서쪽 상공으로 천천히 멀어져 갔다. 2개의 거대한 메인 로터들이 만들어 내는 소리는 한참 동안 주변 상공에 울려 퍼졌고, 기체의 모습이 보이지 않을 때가 돼서야 주차 건물 일대에는 아파치 헬기의 소리만이 한일 연합 특수부대원들의 귓가에 들려오기 시작했다.

707부대원들과 특수작전군 병력은 5층에서 3층까지 간략한 내부 수색을 하면서 내려왔다. 5층과 4층에는 몇 대의 차량들만이 주차되어 있었기 때문에 이들 부대원들이 많은 시간을 할애하여 수색할 필요가 없었다. 그러나 이들이 5층에서 4층을 거쳐 이동하는 동안, 3층 상황은 조용했다. 하지만 스즈키 일위와 현장 지휘부 사이의 교신이 두절되는 바람에 이들은 모두 초긴장 상태에 들어갔다.

전장형은 SCAR-L의 견착 사격 자세를 유지하면서 대형을 이끌고 있었다. 그의 바로 뒤에는 스즈키 일위가, 그의 뒤에는 신영화와 이종진이 뒤따르고 있었다.

"쾅! 쾅! 쾅!"

대테러부대원들이 계단 통로를 통해 2층으로 향할 즈음, 격렬한 폭발음들이 들려왔다. 계단을 내려오다가 동작을 멈춘 모든 부대원들은 이 폭발음들이 바로 계단 통로 내벽과 내벽 너머의 주차 공간 쪽에서 들려오는 것을, 진동을 통해 감지했다. 전장형은 2층 주차장으로 이어지는 방화문을 앞두고 정지했다. 그가 한 손을 들어 정지 신호를 보내자 숨죽인 발걸음 소리들이 그치고 거의 동시에 방화문 쪽으로 십 수 개의 적외선 레이저 탄착 점들이 몰려들었다.

곧 스즈키가 전장형의 등 뒤로 다가왔고 전장형은 고개를 어깨 너머로 돌리며 자신의 귓가를 가리켰다. 그러자 스즈키가 고개를 가로저어 보였다. 여전히 건물 밖의 현장 지휘부와 교신이 되지 않는다는 대답이었다.

전장형은 고개를 최대한 어깨 너머로 돌려, 1열로 계단 벽에 밀착한 채 대기 중인 부대원들을 살폈다. 그가 보기에, 일체의 조명이 없는 상태에서 야간 투시경을 통해 보이는 그들의 모습은 그의 예상보다는 차분했다.

계단 사면의 가장 위쪽에서부터 천천히 아래쪽으로 내려오던 전장형의 시선 안에 이종진의 모습이 보였다. 방탄 헬멧에 야시경까지 착용한 그의 머리가 전장형이 보란 듯이 좌우로 크게 가로저어 보이고 있었다. 상황이 맘에 들지 않는다는 그의 표현이었고 전장형은 그런 그를 향해 왼쪽 검지를 들어 보였다.

그런 뒤, 스즈키의 어깨를 두들긴 뒤 그의 반응을 살폈다.

스즈키는 시선을 그의 어깨 너머로 보내, 마시히로 일조의 반응을 살폈다. 마시히로는 때맞춰 다시 들려오는 폭발음 때문에 움찔했다가 마지못해 고개를 끄덕였다.

전장형이 그들의 대답을 확인한 뒤, 2층 방화문 앞에 섰고 스즈키 일위가 그의 곁에 붙어 섰다. 2층 주차장 안에서는 알 수 없는 폭발음과 요란한 기계음이 고조되어 갔다.

스즈키는 몰랐지만, 전장형은 그 소리가 이라크의 도심 지역에서 빈번하게 들어왔던 전차의 기동음임을 알고 있었다. 그리고 그 때문에 그 또한 더욱더 긴장감에 휩싸여 갔다.

전장형은 방화문의 위아래 경첩을 확인하고 손잡이를 당겨 봤다. 그는 방화문을 당겨서 열고 주차 공간으로 나가는 동선을 스즈키 일위와 그의 등 뒤에 일렬로 늘어서 있는 모든 대테러부 대원들이 볼 수 있도록 양손 수신호로 만들어 보였다.

그런 뒤, 총기 개머리판을 어깨에 견착한 뒤 진입 자세를 잡았다. 그러나 전장형에게 문을 열어 줄 스즈키 일위는 그를 조심스럽게 밀어내고 그 자리에 자신이 섰다.

그는 전장형을 잠시 빤히 응시하다가 이내 출입문 쪽으로 시선을 보냈다. 전장형은 중단 거리에서 뛰어난 사격 능력을 가진 이종진 준위를 수신호로 불러, 스즈키 일위의 등 뒤로 보냈다. 만일의 경우, 스즈키를 보호하고자 하는 생각이었던 것이다.

그러고 나서야 전장형은 방화문 손잡이를 잡고 돌렸다. 그리고 조심스럽게 문을 열어 당기기 시작했고 문 틈새로 스즈키가 총구를 들이밀며 주차 공간을 살폈다. 이윽고 전장형이 문을 완전히 열어젖히는 순간 그는 스즈키를 선두로 대테러부대원들이 소리 없이, 신속하게 쏟아져 나갈 것을 머릿속으로 그렸다.

하지만 현실은 완전히 엉뚱하게 진행되었다. 별안간 전장형의 시야에 강력한 조명이 쏟아져 들어왔고 누군가 일본어로 소리치는 게 계단 통로 안에 울려 퍼졌다.

전장형은 그 순간, 강력한 조명이 전차의 탐조등 빛임을 직감하고 소리쳤다.

"전차다! 전차다! 모두 물러서!"

전장형은 황급히 소리쳤지만 그의 한국어를 알아들은 자위대원들은 없었다. 이종진 준위는 자신을 앞질러 나가 버린 마사히로 일등육조를 향해 "다메! 다메!"라고 소리쳤지만 그는 이미 강력한 광원 쪽으로 사라져 버린 뒤였다. 전장형은 이종진과 함께 자신들의 지휘관을 뒤따라 나가려는 다른 특수작전군 대원들을 제지했고 일순간, 이들이 우왕좌왕하기 시작했다.

다음 순간, 전장형이 우려하던 상황이 벌어졌다.

"타타타타타! 타타타타타!"

50구경 기관총성이 주차장 전체를 쩌렁쩌렁 울리면서 환한 예광탄들이 출입구를 통해 안쪽으로 쏟아져 들어왔다. 계단 통로 안쪽으로 날아 들어온 50구경 총탄들이 통로 벽면을 작렬하면서 거친 콘크리트 가루들이 사방으로 비산했다.

전장형은 2명의 특수작전군 대원들을 계단 위쪽으로 거칠게 밀어서 쓰러뜨린 뒤 몸을 빙 돌렸다. 그때에는 이미 이종진 준위가 통로 바닥으로 몸을 날려, 방화문을 닫으려 했고 주차 공간에서 날아오는 중기관총탄들이 천천히 움직이는 방화문으로 집중되었다.

다른 구획들보다 상대적으로 두껍지 않은 방화문 주변의 벽면을 50구경 총탄들이 뚫고 들어왔고 역시 중기관총탄들이 관통하면서 방화문은 누더기가 되어 갔다. 전장형은 이종진의 두 다리를 잡고 자신 쪽으로 힘껏 끌어당겼다.

그렇지만 다음 순간 모두의 귀를 먹게 하는 무시무시한 폭발

음이 들려왔고 뜨거운 열기와 무시무시한 고통이 그의 육체를
삼켜 버렸다.

*   *   *

2016년 8월 3일 23시 52분 일본, 도쿄, 요요기 역과 하라주쿠 역 사이 중간 지점, 주차 건물 2층

전장형이 눈을 떴을 때는 스즈키가 전장형의 곁에서 그의 목
한쪽을 압박대로 누르고 있었다. 정신이 든 그가 몸을 일으키려
하자 스즈키 일위가 그가 몸을 일으키도록 도왔다.

전장형은 계단 통로가 아닌 주차 공간에 나와 있었고 그의 주
변에 많은 대테러부대원들이 응급처치를 받거나 응급처치를 해
주고 있었다.

"어떻게 된 거요?"

전장형이 스즈키가 대 주던 압박대를 자신의 손으로 누르면서
묻자, 스즈키가 고갯짓으로 전장형의 등 뒤를 가리켰다. 전장형
의 시선이 그쪽으로 향하자 90식 전차의 모습이 보였다. 스즈키
일위가 영어로 천천히 설명해 왔다.

"저 멍청이들이 우리를 적으로 오인하고 기관총 사격을 가한
다음에 전차 포탄까지 날려 보낸 겁니다. 천하의 바보 같은 전
차병 자식들~!"

전장형은 정신이 번쩍 들었고 스즈키의 한 팔을 채어 잡으며

고개를 두리번거리기 시작했다. 그러자 그가 묻기 전에 스즈키가 먼저 말해 줬다.

"당신네 중대원 한 명이 부상당했습니다."

스즈키가 손짓으로 가리키는 곳에 경추 보호대를 하고 응급 후송용 침대에 누워 있는 이종진이 보였다. 전장형은 몸을 급히 일으켰다가 현기증에 다시 주저앉았다. 그러자 스즈키가 그를 일으켜 세웠고 두 사람은 이종진 쪽으로 다가갔다.

육자대가 아닌 민간 구급요원들이 이종진의 상태를 휴대전화로 보고하며 후송용 침대를 밀고 이동하려 했고 전장형이 그들의 앞을 막았다. 스즈키가 응급요원들에게 상황을 설명할 때, 전장형이 이종진을 내려다보며 소리쳤다.

"부중! 부중!"

이종진은 그의 목소리에 겨우 두 눈을 떴다. 그런 뒤, 억지로 웃어 보였고 전장형은 그의 왼팔과 복부 쪽에 응급처치가 되어 있는 것을 알 수 있었다. 충격을 받은 전장형을 보며 이종진이 겨우 기력을 짜내 말했다.

"보쇼, 중대장님. 나, 왼팔 부러지고 갈비 몇 대 나간 것 같소. 우리 할 만큼 했으니 더한 꼴을 당하기 전에, 이제는 중대장님도 뻥이 그만 치고 뒤로 물러서요."

전장형은 난감한 표정을 지으며 긴 한숨을 내쉬었다. 이종진은 그의 한 손을 잡으며 무언가 말을 하려 했지만 통증이 느껴졌는지 인상을 쓰면서 꼼짝하지 않았다. 전장형은 그의 얼굴에 자신의 얼굴을 들이밀며 말했다.

"알았으니까 그만 말해요, 부중."

"아니, 아니, 그게 아니라."

"예?"

이종진은 통증을 꿀꺽 삼킨 뒤, 겨우 입을 열었다. 그는 전장형만이 자신의 말을 들을 수 있는 것을 확인한 후에 말을 이었다.

"중대장님, 우리도 이 정도면 할 만큼 했어요. 나까지 피 흘렸으니, 이제 중대장님은 물러서도 돼요. 쪽바리 새끼들하고 빨갱이 새끼들이 서로 잡아먹게 그냥 구경만 하란 말이오. 제발!"

전장형이 말없이 그를 내려다보자 이종진은 그의 손을 더 세게 잡으면서 말했다.

"중대장님을 원망하는 사람은 아무도 없소. 그러니 괜히 엉뚱한 짓 하지 말고 물러서 있다가 조심히 귀국하자구요. 알았죠?"

전장형은 마지못해 고개를 끄덕여 보인 뒤 그를 빤히 쳐다보고 있던 응급요원들에게 이종진의 후송을 허락해 줬다.

전장형은 이종진의 후송 침대가 앰뷸런스 쪽으로 가는 것을 지켜보다가 이들이 전차포 공격을 받았던 계단 출입구 쪽으로 시선을 옮겼다. 방화문은 떨어져 나가서 보이지도 않았고 근처 벽은 엉망이 되어 무너져 있었다.

전장형의 곁으로 스즈키 일위가 다가와 섰다. 그는 90식 전차의 공격에 부상당한 자신의 대원들을 응시하면서 전장형에게 말했다.

"저 멍청이들(90식 전차)이 우리가 투입될 때 즈음에 적 전차를 파괴했답니다. 이제 끝난 걸까요, 전 상?"

전장형은 고개를 돌려 말없이 그를 응시했다. 스즈키도 그의 시선을 감지하고 고개를 원위치하여 그를 응시했다. 전장형은 지독한 갈증을 느끼면서 힘없이 대답했다.

"이게 끝이 아니라면 이다음부터는 정말로 무시무시한 재앙이 벌어질 것만 같소."

7장
판도라의 상자

2016년 8월 4일 0시 52분 일본, 도쿄, 하라주쿠 역 근처

주차 건물 쪽에서 들려온 폭발음이 그친 뒤로, 교전 현장 거리는 이제 숨 막히는 긴장에 휩싸였다. 도쿄 경시청 산하의 경찰 병력 60%, 그리고 일본의 최정예 대테러 전력인, 합동즉응집단의 특수작전군 병력 50%, 도쿄 일대를 관할로 두고 있는 육해공 자위대 병력 대부분이 집결해 있는 거리 일대는 그야말로 전면전 상황에서 일대 결전을 앞두고 있는, 최전방 공격개시선과 다를 바 없었다.

"콰앙!"

잠잠했던 주차 건물 안에서 폭발음이 또다시 울려 퍼졌다. 교전 현장을 선회하던 육자대의 아파치 헬기들은 서서히 고도를 높이면서 선회 반경을 넓이기 시작했다. 거리 전체를 경장갑 차량과 군용 트럭으로 봉쇄한 뒤, 숨죽인 채 대기 중이던 육상자위대 병력 또한 서서히 움직이기 시작했다. 십수 명의 자위대원들이 도보로 주차 건물 안에 진입한 뒤, 잠시 후 경장갑 차량 2대가 90식 전차들이 진입했던 것처럼 각기 다른 1층 출입구를 통해 주차 건물 안으로 진입했다.

이 모든 과정은 일대 상공에서 대기 중이던 일본 방송사 헬기들의 촬영 팀이 실시간으로 열도 전체에 생중계를 하고 있었다. 그리고 이 모든 광경을 일본인들뿐만 아니라, 특별한 임무를 가진 또 한 무리의 북조선인들 또한 지켜보고 있었다.

주차 건물의 동서남북 차단 지점들 근처에는 도쿄 경시청 소속 경찰관의 복장과 민간인 복장을 한 22명의 노동당 직속 12 공작대 공작원들이 포진해 있었던 것이다. 이들은 모두, 소음기가 장착된 22구경, 9밀리, 45구경 권총 그리고 VZ61, AKS74U와 같은 자동화기로 무장한 채, 만약의 경우 일본 군경의 차단선을 돌파한 정찰병들을 추격, 제거할 예정이었다.

교전 지점, 남서쪽에 위치한 20층 건물의 옥상에는 공작조장 장성호와 그의 오른팔 로학승이 야시 장비들을 가지고 정찰조원들의 출현에 대비하고 있었다.

"거리에 있는 자위대 새끼들이 죄다 주차 건물 안으로 진입하나 봅니다. 저쪽 좀 보십시오, 건물의 북쪽에서 들어가는 병력은 1개 중대는 넘어 보입니다."

로학승의 말대로, 최초 주차 건물을 에워싸고 있던 1차 봉쇄선 구성 병력 모두가 건물 안으로 들어가고 있었다. 그 모습을 내려다보며, 공작조장 장성호가 아랫입술을 지그시 깨물었다. 그는 아무리, 자신과 자신의 공작원들이 정찰병들에 대한 사살 명령을 실행 중일지라도 그 정찰총국 인원들이 일본인들에게 일방적으로 사냥당하는 광경을 지켜보는 것이 그리 유쾌한 일이 아니라 여겼기 때문이었다.

　장성호는 저 아래쪽의 지옥 같은 전투에서 천신만고 끝에 살아남은 정찰병들을 사살해야 한다는 것이 처음에는 내키지 않았지만, 이제는 차라리, 그들 정찰조원들이 일본인들을 최대한 많이 죽이고 결국에 자신과 자신의 공작원들의 손에 죽는 것이 낫다고 생각했다.

　조금 뒤, 거센 바람이 불고 있는 이곳 옥상까지 주차 건물 쪽에서 들려오는 여러 사람들이 만들어 내는 환호성이 들려왔다.

　난간 앞에 서 있는 장성호가 그쪽을 저격소총의 조준경을 통해 살펴보자, 스마트폰으로 뉴스 생중계를 모니터하던 로학승이 심드렁하게 말했다.

　"방금, 저 건물 안에서 들려온 소식입니다, 조장 동지. 정찰병 애들의 전차가 쪽바리들의 최신 전차에 의해 완전히 파괴되었다고 합니다. 지금, 정찰병들의 시신을 수습하기 위해서 74식 전차 내부에서 일어나는 포탄들의 연쇄 폭발이 그치기를 기다리고 있다 합니다."

　주차 건물뿐만 아니라, 그 소식을 접한 도쿄 시민들이 거리 곳곳에서 환호성을 터뜨렸고 그 소리가 두 공작원들의 귀에도 들려왔다.

방송국 헬리콥터들은 차츰 더 고도를 낮췄고, 이들을 지켜보던 AH-64DJ 헬기들은 오히려 선회하던 상공을 그들에게 내주고 비켜나기까지 했다. 장성호는 그 광경이 도쿄뿐만 아니라, 열도 전체에 승전보를 전하고 싶은 전역합동대테러본부와 그들의 지원 병력을 위한 뻔한 배려라고 확신했다.

교전 현장을 통제, 정리하는 군경 병력의 모습을 카메라에 담기 위해서 고도를 낮췄던 후지 TV의 벨222 헬리콥터가 장성호와 로학승이 자리 잡은 위치 근처 상공을 스치듯 지나쳐 갔다.

"이 열도 원숭이 새끼들, 신이 났구만!"

로학승의 비아냥에 장성호가 공감하는 코웃음을 치며 멀어져 가는 헬기를 응시했다. 헬기가 사라지자 그의 시야에 도쿄 도심의 아름답고 화려한 야경이 들어왔다.

엄청난 사건이지만, 그것이 너무도 급작스럽게 일어났기 때문에 시내의 다른 구획들은 여전히 환하게 밤하늘을 밝히고 있었다.

장성호는 이 기괴한 교전 환경에서 한시라도 빨리 철수하고 싶었다. 그러나 그가 지상에 투입해 둔 공작원들은 각자의 위치에서 종종 나타나는 수상한 사람들에 대해 무선망에 보고해 왔고 그러면 7.62밀리 저격소총을 가진 로학승이 2차로 확인, 장성호에게 사살 여부를 물었다. 이제껏, 6명 정도의 민간인들이 이들의 확인을 거쳤고 전차들의 전투가 종료된 지 30분이 넘어

가는 시점이 되어 갔다.

장성호는 조준경으로 주차 건물 쪽을 다시 살폈다. 그는 검정색 전투복 차림의 특수작전군 병력이 주차 건물에서 빠져나오는 것을 일없이 지켜봤다.

그는 100여 명에 가까운, 그들 대테러부대원들의 모습을 지켜보면서 오늘 밤 그들과 맞닥뜨릴 일이 없기를 바랐다. 그가 의미 없이, 긴 한숨을 내쉬는 순간, 무선망에 공작원의 보고가 다시 들어왔다

"차단 지점 '바'입니다, 조장 동지. 육자대 군복을 입은 자가 검문소를 통과했는데 행색이 의심스럽습니다"

보고가 끝나기도 전에 로학승이 옥상 난간에 거치해 둔 그의 저격소총을 이들의 위치 11시 방향, 먼 아래쪽으로 향했다.

장성호 또한 조준경으로 그곳을 주시했다. 차단소 쪽의 경찰 병력에게 등을 보인 채 북서쪽으로 멀어져 가는 자위관 한 명이 두 사람의 야간 투시 모드의 고배율 시야에 포착됐다.

장성호는 감시 대상의 뒷모습을 뚫어지게 주시하며 무선망에 지시를 하달했다.

"차단 지점 '바'에 배치된 동무들 중 지금 보고된 자위관의 앞모습 보이는 동무는 지금 보고하시오."

그의 지시가 떨어지자마자, 차단 지점 일대에 포진해 있는 5명의 공작원들 누군가가 응답해 왔다.

"량정욱입니다, 저도 그 동무가 보입니다. 잠시만 기다려 주십시오."

잠시 뒤, 량정욱의 확신에 찬 목소리가 무선망에 전파됐다.

"조장 동지, 저 자위관 놈은 백두산 정찰조의 총조장인 듯싶습니다."

그 말을 듣는 순간, 장성호는 목덜미에 강력한 전기가 통하는 느낌을 갖게 됐다. 그러한 느낌을 가진 공작원은 그 혼자만은 아니었다.

장성호의 추가 지시가 있기도 전에 로학승은 저격소총의 십자 조준선 안에 있는 그를 노리고 방아쇠를 당기려 했다. 그러나, 문제의 자위관은 인도 지대 안에서 홀연히 사라져 버렸다. 그 즉시, 로학승이 무선망에 소리쳤다.

"저격소에서 제압이 불가능하다! 지상에서 조치하라! 반복한다! 저격소에서 제압이 불가능하니 지상에서 당장 조치하라!"

로학승의 말이 끝나기도 전에 장성호가 옥상 전체에 쩌렁쩌렁 울릴 정도로 소리쳤다.

"전 조원들은 지금 당장 차단 지점 '바' 일대로 집결하여 노란 띠가 둘러진 철갑모(방탄 헬멧)을 착용한 자위관을 제거하라! 놈은 백두산 정찰조의 총조장 곽성준 소좌이다. 이 동무를 저지하지 못하면 공화국에 불벼락이 떨어질 것이다!"

그의 급박한 목소리가 무선망에 울려 퍼지면서, 두 사람의 위치에서 한참 먼 지상에서 십수 명의 그림자들이 다급하게 움직이는 게 이들의 눈에 보였다.

∗   ∗   ∗

2016년 8월 4일 1시 12분 일본, 도쿄, 하라주쿠 역 근처

곽성준은 인근에서 길을 잃어버린 육자대 1사단의 병력을 인솔한다 둘러대고, 도쿄 경시청 인원들이 운용하던 차단소를 통과했었다. 그는 자신의 두 조원들이 잠시 전, 최후를 맞이했음을 알고 있었지만 눈물을 머금고 걸음을 이어 갔다.

그는 이 모든 상황들이 열도 땅에 발을 디딜 때, 이미 정해져 있음을 잘 알고 있었지만 막상, 그 모든 계획들이 현실이 되자 너무 어리둥절해하는 자신의 모습에 적잖이 당황하고 고통스러워하기까지 했다.

곽성준은 자신이 사살했던 자위대 대전차반의 장교 군복을 입고 있었는데, 현장에서 즉사한 군복 주인의 끈적한 피가 군복 상의와 탄띠에 묻어 있었다. 그리고 그 피비린내가 그가 숨을 쉴 때마다 그의 콧구멍을 통해 들어와 숨통을 틀어막았다.

그러나 그가 차단소가 보이지 않는 거리에 진입할 때, 그는 최소한 3명 이상의 괴한들이 자신의 뒤를 밟고 있음을 감지했다.

그때부터 곧 쓰러질 것만 같다 여긴 그의 몸에 잉여의 힘이 축적되기 시작했다. 생존을 위한, 곽성준의 본능이 그것의 역할을 충실히 수행하는 순간이었다.

곽 소좌는 만약에 있을 총격전과 이탈을 위해 주변을 차분하게 둘러봤다. 왕복 4차선 거리를 사이에 둔 양쪽 거리에는 사무실이 위치해 있는 고층 빌딩들과 상업 건물들이 뒤섞여 있었다. 도로 위에는 오가는 차량들이 없었고 인도 지대에도 단 한 명의 민간인도 그의 눈에 띄지 않았다.

곽성준은 주변을 둘러보면서 등 뒤의 괴한들이 그를 공격할 절호의 기회를 앞두고 있다 짐작했다. 그는 그러한 생각이 들자마자 허벅다리 쪽에 있는 권총집 쪽으로 오른손을 위치시켰다. 그리고 왼손으로는 탄입대 쪽에 수납되어 있던 수류탄 한 발을 꺼내 잡았다.

잠시 뒤, 그는 도로 건너편에 위치한 건물의 유리 벽면에 비치는 괴한들의 모습을 확인했다.

곽 소좌는 그들이 모두 4명이며, 단독으로 그리고 2명이 짝을 지어 그의 뒤를 따르고 있음을 알게 됐다.

그는 그들이 일본인 사복형사들이라 추측했고 이에 대해 전술적인 대책을 세우고 실행하는 것은 그로부터 오랜 시간을 필요로 하지 않았다.

곽성준은 민첩하게 몸을 돌리면서 20여 미터 즈음에서 미행해 오고 있는 사내들에게 사각 수류탄을 던졌다. 수류탄이 그의 손을 떠나 1초가 조금 못 되는 시간 동안 허공에 떠 있을 때, 곽 소좌가 생각지도 못했던 일이 일어났다.

"수류탄이다!"

일본인들로 짐작했던 괴한들 중 한 명이 한국어로 소리쳤고, 곽성준은 그들을 향해 권총을 쳐들었다. 그러나 그가 번개같이 뽑아 든 권총의 손잡이 아래의 탄띠에 연결되어 있는 랜야드 끈이 팽팽해지면서 곽 소좌의 사격 자세를 방해했다.

곽성준은 깜짝 놀라, 랜야드 끝을 제거했고 그 짧은 순간에 괴한들이 4명이 아닌 7명임을 알게 됐다. 노련한 전투 정찰조장인 그조차도 숨이 탁 막히는 상황이었다.

그는 눈을 두어 번 깜빡이는 순간 동안 그가 과연 절체절명의 임무를 완수할 수 있을지, 스스로에게 물었고 곧 그 자신에게 이곳까지 오기 위해 감수했던, 수많은 희생과 무자비한 살상에 대한 대가로써라도 마지막으로 힘과 의지를 쥐어짜도록 독려했다.

수류탄이 둔탁한 소리와 함께 인도 바닥에 떨어지자, 5~6미터 거리를 두고 있던 괴한들이 바닥에 납작 엎드리거나, 건물의 화단 지대 쪽으로 몸을 날렸다.

곽성준은 그 최후의 기회를 놓치지 않기 위해서, 랜야드 끈을 제거한 뒤에 권총을 쳐들고 사격 자세를 잡는 것 대신에 권총을 잡고 있는 오른손을 허리춤에 고정하고 그 자세로 방아쇠를 당겼다.

"탕! 탕! 탕! 탕!"

100만 조선인민군의 상위 0.1%에 들어간다는 곽성준 소좌가 날려 보낸 총탄들이 단번에 3명의 괴한들의 머리와 등판에 박혔다. 그리고 폭발하지 않은 수류탄에 의아해하며 고개를 쳐든 나머지 괴한들에게 곽 소좌의 2차 사격이 뒤따랐다.

"탕! 탕! 탕! 탕! 탕!"

"타타타타타~!"

나머지 4명의 괴한들 중 2명이 목과 가슴에 곽 소좌의 총탄들이 관통했고 나머지 2명이 곽성준에게 대응사격을 하기 시작했다.

곽 소좌는 안전핀을 뽑지 않고 투척한 수류탄 덕분에 효과적인 기습 사격을 가했지만 이제 노동당 공작원들의 반격이 이어지는 상황이었다.

"탕! 탕!"

"타타타타타~!"

살아남은 공작원들이 곽 소좌를 향해, VZ61 기관권총과 9밀리 권총 사격을 가했고 그가 엄폐한 버스 정류장의 통유리 벽과 안내판이 박살이 나서 흩뿌려졌다.

곽성준은 정류장 벽면 뒤에 엎드린 상태에서 공작원들 쪽으로 초록색 연막탄을 투척했다. 연막이 교전 현장에 넓게 퍼지면서 잠시 후에는 양측이 서로의 위치를 파악할 수 없을 정도가 되었다.

곽 소좌는 신속하게 총기의 탄창을 교체하고 이동 가능한 방향을 살폈다. 그는 도로를 가로질러, 맞은편에 있는 골목길로 이동할 작정이었다.

그는 연막 차양에 의해 차단된 노동당 공작원들 쪽을 살핀 후, 도로 위로 뛰어들었다. 그런 뒤 전력을 다해 왕복 4차선 도로 위를 질주하기 시작했다.

그가 착용하고 있는 방탄 헬멧이 도로 바닥 위에 떨어져서 뒹굴었다. 곽 소좌는 그것에 신경 쓰지 않고 도로 횡단에 집중했지만 다음 순간, 그의 이동로 주변에 "퍽"하는 소리가 들려오자 방향을 바꿔 다시 버스 정류장 쪽으로 돌아왔다. 그는 그의 발치 즈음에 박힌 총탄이 원거리에 날아온 저격탄임을 직감했었고 결국에는 도로 횡단을 마치기도 전에 저격수의 총탄에 당할 거라 확신했었다.

곽 소좌가 다른 도피로에 대해 고민해 보기도 전에, 연막을 뚫고 공작원 한 명이 나타났다. 그는 VZ61 기관권총의 접철식 개머리판을 전개시켜서 겨드랑이 사이에 끼고 총기를 어깨 높이로 유지한 채 사격을 가하면서 다가왔다.

"타타탕! 타타타탕!"

공작원이 날려 보낸 총탄들은 비교적 정확하게 곽성준의 엄폐 위치로 날아왔다. 그 바람에 곽 소좌는 엉망이 된 버스 정류장 벤치 아래 엎드린 채 꼼짝도 할 수 없었다.

총탄이 정류장에 설치된 광고판을 박살 내고, 그 파편들이 곽 소좌의 얼굴 쪽으로 튀어 날리는 바람에 그는 두 눈을 제대로 뜰 수 없었다.

상황의 주도권을 가지고 있다 생각한 노동당 공작원은 조심스럽게 걸어오면서 양측의 거리를 좁혀 왔다. 그리고 그사이에 다른 지점에서 이동해 온 6명의 12공작대 공작원들이 교전 지점으로 몰려들었다. 곧 승용차가 교전이 벌어지고 있는 거리에 나타났다.

느린 속도로 주행 중인 차량은 버스 정류장에서 50여 미터 정도의 거리를 두고 있었고, 곧 조수석에 앉아 있던 로학승이 저격소총 대신 AKS74U 기관단총의 총구를 차창을 통해 곽 소좌의 위치로 겨눴다.

"타타타타타! 타타타타타~!"

격렬한 전자동 사격이 시작되면서 그 엄호사격을 신호 삼아, 근처의 모든 공작원들이 버스 정류장 쪽으로 향해 달리기 시작했다.

곽 소좌는 익숙한 AK 보총의 총성이지만 지금 이 순간에는 공포스럽기 그지없다고 생각하며 정신을 차리고자 애썼다. 그렇지만 계속해서 그의 머리 위로 스치듯 날아가는 총탄들의 비행음과 총탄에 박살이 나서 쏟아지는 파편들은 그의 이성을 서서히 무력화시켜 가고 있었다.

그리고 그는 그러한 공황 상태가 자신을 압도하는 상황을 가까스로 밀어내고 있던 중이었다.

AK 보총 총성이 뚝 그치자, 곽성준은 엎드려 있던 자세에서 목에 힘을 주면서 고개를 살짝 쳐들었다. 그의 예상대로 근거리에 있던 시커먼 그림자가 무언가를 투척하고자 한 팔을 쳐들었고 그는 그를 향해 방아쇠를 당겼다.

"탕~!"

한 팔을 쳐들고 있는 공작원은 그 상태로 힘없이 쓰러졌고 지연 폭발을 시키려 했던 수류탄이 그대로 폭발했다.

"퍼엉!"

공작원의 손에서 번쩍하면서 주변으로 대량의 뿌연 연기가 사방으로 퍼졌다. 그리고 그 연기보다도 먼저 비산한 파편들을 뒤집어쓴 공작원 몇 명이 인도 바닥에 쓰러졌다. 그 광경을 지켜보던 승용차에서, 다시 곽 소좌를 향해 총탄을 퍼부어 댔다.

"타타타타타~!"

곽성준은 인도 바닥의 블록들을 총탄들이 때릴 때마다 튀어오르는 미세한 파편들이 쉴 새 없이 자신의 목과 머리를 때리는 것을 인내했다.

그는 두 눈을 힘껏 감고 있지 않으면 그 틈새로 미세한 돌가루들이 안구를 찌를 거라 여겼다. 그리고 그가 숨을 쉴 때마다 뜨거운 열기를 가진 돌가루들이 그의 코와 목, 폐를 점차 뜨겁게 달궈 왔고 잠시 후에는 그의 온몸이 뜨거워지는 느낌에 압도되기 시작했다.

그 와중에 이제는 동료 공작원의 수류탄 폭발에서 살아남은 나머지 공작원들이 역시 거리를 유지한 상태에서 버스 정류장을 향해 사격을 가해 왔다.

그러던 중, 한 발의 총탄이 그의 왼쪽 귓가를 스쳐 간 직후, 다른 한 발이 그의 좌측 어깨에 박혔다. 이어서 날아온 또 다른 총탄이 그의 좌측 쇄골 끝 부분에 박히면서 쇄골을 박살 냈다.

곽성준은 계속해서 날아오는 총탄들 때문에 고통에 가득 차 신음 소리는커녕 몸을 움찔할 수도 없었다. 그가 조금이라도 자세를 바꾸면 수 발의 권총탄, 소총탄이 그의 뒤통수와 등판을 박살 낼 것만 같은 상황이었기 때문이었다.

또 한 발의 총탄이 그의 좌측 목덜미를 스치고 이어서 그의 군복을 찢고 날아가 버렸다. 그때가 돼서야, 곽 소좌는 어쩌면 자신의 생이 도쿄 시내 번화가의 버스 정류장에서 마감할 거라 생각했다.

그는 초음속으로 날아오는 총탄들이 연속해서 버스 정류장의 금속 골조 기둥들에 박히거나 튕겨 날 때 나는 고약한 냄새를 맡으면서 자신도 모르게 의지의 끈을 놓으려 했다. 정신을 차리고자 온몸에 힘을 끌어모을 때마다 박살 난 쇳골 조각들이 그의 근육을 쑤셔 댔고 그때마다 그의 오줌보가 열렸다.

곽성준은 이를 악물고 두 눈을 질끈 감았다. 두 눈을 꽉 감고 있는 단순한 행동조차도 그에게는 이제 목숨을 걸고 있는 것만큼 부담스럽고 힘든 요구였다.

그는 지금 막 의식의 고삐를 놓치기 직전이었다. 감은 그의 두 눈 안에 실재하는 건지 알 수 없는 빛과 뿌연 안개 따위가 뒤섞여서 돌고 있었다. 잠시 뒤에는 그의 두 귀가 막히면서 그는 자신의 몸이 가벼워지면서 온몸을 냉기가 감쌌다.

곽 소좌는 몽롱해진 상태에서 현실 감각을 찾으려 애썼지만 그것은 그의 능력 밖의 일이었다.

잠시 후, 그는 자신의 머리 전체에 엄청난 충격이 가해지는 것을 느꼈다. 그 느낌이 실재하는 것인지, 아니면 환각에서 비롯되는 것인지 구분하려 할 때 다시 한 번 그의 머리통에 강한 충격이 가해졌다.

그때 곽 소좌는 자신의 콧속 가득 들어오는 피비린내를 감지하면서 정신을 차렸다.

그때에는 12공작대의 공작원들이 그를 에워싸고 있었고 그중

한 명이 분에 못 이겨 곽성준의 머리통을 발로 걷어차고 있었던 것이다.

다시 그가 곽 소좌의 얼굴 한가운데를 걷어차자, 그의 코뼈가 주저앉으며 피가 쏟아져 나왔다.

"비키시오! 비키시오, 동무들!"

승용차에서 내린 장성호가 자신의 권총에서 소음기를 빼내며 버스 정류장으로 다가왔다. 그는 공화국의 운명을 좌지우지할 수도 있다는 정찰총국 조장의 얼굴을 자신이 직접 확인하고 사살할 참이었다.

장성호는 공작조원들이 비켜 준 자리로 들어와서는 한쪽 무릎을 꿇고 앉았다. 그런 뒤 아직도 엎드린 채 피를 쏟고 있는 곽성준의 머리채를 잡고 그의 얼굴을 확인했다.

그는 말없이 일어선 뒤, 그를 에워싸고 있는 공작원들의 얼굴을 쓱 훑어봤다. 만만치 않은 희생을 감수하고 결국 임무를 완수했다는 만족감보다는 급박한 총격전을 치르고 난 뒤에 보이는 고조된 감정이 모두의 얼굴에서 읽혀졌다.

장성호는 자신의 총구를 곽 소좌의 머리에 겨누고 방아쇠에 걸쳐진 손가락에 힘을 더해 갔다. 같은 공화국 특수부대원으로서의 연민의 정을 애써 무시하면서 그는 차라리, 최대한 빨리 정찰조장의 머리에 총탄을 박아 넣는 것이 그에게 예의를 갖춰 주는 거라 생각했다.

그런데, 갑자기 그의 좌우에 서 있던 공작원이 차례차례 힘없이 쓰러졌다. 그 순간 방아쇠를 끝까지, 거의 다 당겼던 장성호는 지금 방아쇠를 완전히 당기면 자신의 머리가 박살이 날 것만 같은 느낌에 압도됐다.

결국 그는 방아쇠를 끝까지 당기지 않고 본능적으로 몸을 날렸고 그 짧은 순간에 또 다른 두 명의 공작원들의 머리와 가슴이 폭발하면서 쓰러졌다.

장성호는 곽성준의 존재에 대해서 신경 쓸 겨를도 없이, 미친 듯이 몸을 차량 쪽으로 몸을 굴렸다. 그사이에 최소 2발 이상의 총탄들이 날아와 인도의 블록을 박살 냈다.

"저격수다! 저격수다!"

가까스로 차량 앞쪽에 몸을 엄폐시킨 장성호가 소리치자, 로학승이 그의 곁에 합류하며 대꾸했다.

"우리 후방, 건물 옥상입니다, 조장 동지!"

장성호는 그때가 돼서야, 방금 전 공작원 4명이 제압된 버스 정류장 쪽을 살펴봤다. 곽성준 소좌는 엎드린 자세로 꼼짝하지 않았고 그의 주변에 자신의 부하들이 엄청난 양의 피를 근처에 쏟아 내고 있었다. 대략 4미터 미만의 거리였기 때문에 장성호는 자신의 권총을 곽 소좌의 머리를 향해 쳐들었다. 그에게는 눈을 감고 쏴도 명중시킬 수 거리였지만, 신중에 신중을 기하려 했다.

그렇지만 장성호가 방아쇠를 당기기도 전에 그의 오른 팔뚝이 "퍽!" 하는 소리와 함께 폭발했다. 강력한 7.62밀리 철갑탄이 북조선 노동당의 최고 공작조장의 팔뚝을 절단 냈고 그가 들고 있던 권총이 도로 바닥에 떨어졌다.

$$* \qquad * \qquad *$$

2016년 8월 4일 1시 24분 일본, 도쿄, 하라주쿠 역 근처

　정찰총국 최종공작조 소속 6명의 정찰병들은 서로 다른 세 군데의 위치에서, 버스 정류장을 향해 7.62밀리 저격탄들을 날려 보내고 있었다. 그들 중 버스 정류장과 일대 거리를 내려다보는 3층 레스토랑 건물의 옥상에 자리 잡고 있는 정찰조장 성윤택은 러시아제 드라구노프 SVD 저격소총의 조준경을 통해, 버스 정류장 근처에 정차한 차량을 주시하고 있었다.

　조금 뒤, 다른 저격조들이 성윤택에게 보고해 왔다.

　"놈들의 차량 앞쪽에 2명이 엄폐하고 있습니다. 우회해서 제압하도록 허락해 주십시오, 조장 동지."

　성윤택은 육안으로 도로 왼편의 빌딩들 사이에 몸을 숨기고 있는 라영석 중사 저격조 쪽을 살폈다. 라 중사는 교전 현장에 있는 모든 최종공작조의 정찰병들과 마찬가지로 같은 정찰병인 곽성준 소좌의 상황에 분개하고 다급해하고 있는 눈치였다.

　성윤택 소좌 또한 라영석 중사 못지않게 노동당 소속의 반혁명 분자(12공작대 공작원)들을 사살하고 동료 정찰 군관을 구하고 싶은 마음이 굴뚝같았다. 그러나 그는 상황을 차분하게 주도할 작정이었다.

　그는 버스 정류장 쪽에서 4명의 노동당 공작원들을 쓰러뜨렸던 김기철 중사의 저격조 쪽을 응시하며 무선망을 통해 물었다.

"기철 동무, 그쪽에서 승용차 쪽에 엄폐한 두 놈을 제압할 수 있겠소?"

김기철 중사는 자신의 저격 위치를 성윤택이 응시하고 있는 것을 알고 있는지 왼손을 흔들어 보이면서 대꾸했다.

"가로수들 때문에 차량 쪽까지는 어렵습니다, 조장 동지."

성윤택은 긴 한숨을 내쉬며, 지금 중대한 결단을 내려야 하는 상황을 마지못해 받아들이기 시작했다. 그는 생사 확인이 되지 않은 곽성준 소좌를 서둘러 빼내지 않으면 공화국에 절망적인 반혁명의 폭풍이 불어닥칠 거라 알고 있었다.

물론, 그 또한 마음 한편으로는 도대체 왜 우군 정찰병들이 도쿄 한복판에서 전쟁터를 방불케 하는 사건을 일으키고, 왜 변절한 노동당 공작조가 그들의 목숨을 노리는지 더더욱 알 수 없었다.

무엇보다도 대체 왜, 북조선과 일본이 전면전 정황에 들어갈 때 활동을 시작할 최종공작조가 이들 양측의 전투에 개입해야 하는가는 그의 머리를 멍하게 할 정도로 충격적이었다.

성윤택은 다시, 도로 건너편을 주시하며 라영석과 그의 부사수에게 지시를 내렸다.

"영석 동무, 남아 있는 두 명의 적들을 당장 제압하시오!"

"네, 조장 동지. 버스 정류장의 11시 방향에서 기습하겠습니다!"

지시를 내린 뒤, 성윤택 소좌는 자신의 저격소총 개머리판에 어깨를 견착하면서 지원사격 태세를 갖췄다. 하지만 도로를 건너가려던 라영석 중사와 리종혁 중사가 갑자기 주춤하더니 원래 위치인 빌딩 주차장 입구 쪽으로 뛰어들어 갔다.

그 순간, 도로 안으로 강력한 탐조등 빛이 쏟아져 들어왔고 경장갑 차량과 군용 트럭 소리가 거리 전체에 울려 퍼지기 시작했다.

"빌어먹을 쪽바리 새끼들!"

성 소좌는 저격소총을 쳐든 뒤, 몸을 빙 돌려서 반대편 난간 벽 쪽으로 달려갔다. 그를 뒤따르던 리길영 상사가 다급한 목소리로 경고했다.

"조장 동지, 일대의 자위대 무력이 죄다 몰려오나 봅니다."

두 사람이 곽성준 소좌가 있는 버스 정류장 쪽을 등지고, 새로운 표적들을 향해 2정의 저격소총 총구를 겨눌 때, 2대의 경장갑 차량과 4대의 5톤 트럭에서 육자대 병력이 하차하고 있었다. 그들은 교전이 일어나는 지점 일대에 신속하게 차단선을 구축하기 시작했다.

성윤택은 그들을 주시하면서 무선망에 지시를 내렸다.

"기철 동무의 저격소는 현 위치에서 최대한 적들을 저지시키시오! 곽 소좌의 대피를 위해서는 가지고 있는 모든 유색역량을 동원하시오!"

지시를 전파하자마자, 성윤택 소좌는 일본 본토에 잠입한 지 12년 만에 처음으로 일본인을 살상하게 됐다.

"탕! 탕!"

성윤택 소좌의 저격소총 총구에서 떠난 2발의 7.62밀리 철갑탄들이 차단선 구축 후, 이들의 교전 현장으로 접근하던 자위관 장교와 무전병의 방탄 헬멧을 꿰뚫었다.

두 자위관들이 쓰러지자, 주변에 있던 자위대원들이 엄폐물을 찾기 위해 사방으로 흩어졌다. 경장갑 차량들에 장착된 5.56밀리 기관총들이 사방으로 기관총탄을 퍼부어 댔지만 그들은 정찰병 저격수들의 위치를 파악하지는 못한 상태였다.

성 소좌와 리길영 상위의 저격 위치에서 도로 차단 지점 사이의 거리는 70~80미터 정도였지만, 경장갑 차량의 기관총 사수들은 기관총 사격 각도가 확보되는 훨씬 더 먼 곳에 있는 건물 고층들을 향해 기관총을 난사했다.

2정의 기관총 총성이 거리를 뒤흔들었지만 이들의 견제 사격에 합류하는 육자대원들은 아무도 없었다.

성윤택을 포함한 모든 최종공작조의 정찰병들은 자위대 병력이 사격 군기가 잘 잡혀 있어서, 무턱대고 방아쇠를 당기지 않고 조심스럽게 대응한다 생각지 않았다.

그렇지만 기관총 총성 때문에 사방에 흩어져 있는 자위대원들은 알 수 없었지만, 눈먼 기관총탄들이 근처 건물들의 유리벽을 박살 내는 동안 성윤택과 김기철 중사는 6명의 자위대원들의 머리를 저격탄으로 박살 내 놓고 있었다.

두 정찰병들이 기관총 사수들을 즉각 제거하지 않은 이유는 지금과 같이 그들의 기관총성을 은폐 소음으로 삼기 위한 목적을 가지고 있었던 것이다.

경장갑 차량의 기관총 사수들은 총기 거치대에 장착된 탐조등 불빛이 산란되는 곳 일대로 기관총탄들을 흩뿌렸지만, 차체 아래쪽 인도 지대와 트럭들 쪽에서 병사들이 하나둘 쓰러지는 것을 파악조차 하지 못했다.

하지만 그러한 상황이 현장에 있는 모든 자위관들이 저격탄에 쓰러질 때까지 이어지지는 않았다.

"도꼬(저기)! 도꼬!"

경장갑 차량 차체 위에 앉아서, 탐조등을 이곳저곳으로 비추어보던 자위관 한 명이 버스 정류장 쪽에서 움직이는 그림자들을 발견하고 소리쳤다. 그는 즉시 탐조등을 그곳으로 비췄고 곽소좌를 부축해 일으키려던 2명의 정찰병들이 강력한 탐조등 빛에 노출되었다.

그들 쪽으로, 기관총 사수가 총구를 겨눴고 사격 자세를 잡았지만 그는 방아쇠를 당기기도 전에 저격탄이 그의 목 정중앙을 관통했다. 거의 동시에 경장갑 차량의 탐조등이 역시 저격탄에 박살이 났다.

또 다른 경장갑 차량의 기관총 사수와 탐조등을 운용하던 부사수는 즉시 상황을 파악하고 경장갑차 안으로 몸을 들여놓으며 해치를 닫으려 했다. 그러나, 해치가 거의 닫히는 순간 그 좁은 틈새로 7.62밀리 철갑탄이 들어가 기관총을 잡았던 자위관의 머리를 꿰뚫었다.

"탕! 탕! 탕! 탕!"

그 광경에 경장갑차 차체 아래쪽에 엎드려 있던 대여섯 명의 자위대원들이 89식 소총 사격을 가했고 그들이 날려 보낸 총탄들이 엉뚱하게도 버스 정류장 근처의 장성호, 로학승이 엄폐 중인 차량 쪽으로 날아갔다.

가까스로 용기를 낸 그들 자위관들의 반격에 도로 좌우에 엄폐한 채 숨죽이고 있던 십수 명의 자위관들 또한 사격에 합류함으로써 이제, 성윤택 소좌 일행의 최초 저격에 의한 공포 효과는 사라지게 됐다.

차츰 일사불란해지는 자위대 병력의 소화기 사격을 지켜보던 최종공작조의 정찰병들은 잠시 사격을 멈추고 자위대의 대응 상황을 지켜봤다.

그러던 중, 경장갑 차량 쪽을 주시하던 성윤택 소좌에게 라영석 중사의 다급한 보고가 전달됐다.

"조장 동지! 2시 방향에 반땅크 로케트(대전차 로켓)가 조장 동지 쪽을 노립니다!"

라 중사가 보고를 마치기도 전에, 자위대원들의 총탄들이 지상에 있는 그의 저격 위치를 파악하고 쏟아졌다.

성윤택은 무선망에서까지 들려오는 유탄 비행음들을 들으면서 라영석이 적 대전차 유도탄 사수를 저지할 수 없을 거라 짐작하고 그 즉시, 웅크리고 있던 몸을 일으켰다. 성 소좌는 민첩하게 저격소총의 총구를 그의 시야 2시 방향으로 향하면서 총기 개머리판을 어깨 쪽으로 힘껏 잡아당겼다.

그때, 성윤택은 자신의 십자 조준선에, 육자대 자위관은 자신의 어깨에 올려 둔 01식 경대전차 유도탄 발사기 조준선을 통해 서로를 정조준한 상태였다. 양측이 60여 미터 미만의 거리에서 완벽한 조준을 마치고 각자의 방아쇠에 힘을 가했다.

성 소좌는 0.5초 빠르게 방아쇠를 끝까지 덜컥 당겼다. 그는 이렇게 급작스러운 격발이 명중률을 크게 떨어뜨리는 것을 잘 알고 있었지만 이 정도의 단거리에서는 자신의 능력을 믿을 수밖에 없었다.

"퍽!"

"피슛~!"

로켓 발사기 몸체 좌측의 조준부를 통해 그를 주시하던 자위관의 방탄 헬멧을 성 소좌가 날려 보낸 저격탄이 관통했다. 그러나 그 순간, 자위관은 격발 방아쇠를 눌렀으며 HEAT탄이 발사기 튜브에서 튀어 나간 뒤, 환한 섬광과 함께 2차 점화를 하며 날아갔다.

"피슛~! 쐐애애액!"

HEAT탄은 순식간에 성 소좌의 저격 위치를 스치듯 지나쳐 가, 먼 뒤쪽에 있는 고층 빌딩의 중간층 즈음에 작렬했다.

그때부터, 자위대원들의 사격이 성윤택 쪽으로도 집중되기 시작했다. 최종공작조의 모든 저격 위치가 자위대 병력의 소화기 사격에 견제되면서 경장갑 차량들의 M249 기관총들이 다시 불을 뿜었다.

기관총 예광탄들이 어지럽게 날아다니는 시점부터 일본인들은 하나둘 용기와 자신감을 되찾고 대응 사격에 합류해 갔다.

그러던 중, 경장갑 차량 너머에서 누군가가 연막탄 하나를 투척했고 그것은 성 소좌의 위치 전방에 짙은 연막 차양을 만들어 갔다.

자위관들 또한 연막의 등장 후 점차로 소총 사격을 중단하고 상황을 주시했다. 곧 콩 볶는 듯한 소리로 시끄러웠던 거리가 믿기지 않을 만큼 고요해졌다.

＊　　＊　　＊

2016년 8월 4일 1시 34분 일본, 도쿄, 하라주쿠 역 근처

아베 타케시 일등육조는 자신의 직속상관인 오노 마사키 일등육위와 무전병이 최초 저격에 쓰러진 직후, 우왕좌왕하는 병력을 통제하느라 진땀을 뺐었다.

그러나 경장갑 차량의 승무원들과 다른 중대에서 지원 나온 대전차 공격조원들까지 괴한들의 저격에 쓰러진 시점에는, 오랜 자위관 생활을 했던 그 또한 공포에 압도당해 꼼짝하지 못했다.

저격이 시작되고 10여 분 동안 그가 할 수 있는 일은 다른 젊은 자위관들과 마찬가지로 휘황찬란한 주얼리 샵과 명품 샵 쪽에 납작 엎드린 채, 비상용 휴대전화를 통해 육자대의 공격 헬기들과 특수작전군 병력의 즉각 지원을 요청하는 것이 전부였다.

그렇지만, 타케시는 자신만을 바라보고 있는 중대원들의 시선에 의해, 가슴 밑바닥에서부터 모든 용기를 끌어모아 몸을 일으켰다. 그런 뒤, 그는 중대원들에게 사격 구획을 할당한 뒤 사격 명령을 내렸고 곧 용기백배하여 연막탄을 투척, 새로운 반격의 물꼬를 텄다. 그는 육자대의 레인저 스쿨에서, 아주 오래전에 얻었던 전술기량을 더듬어 가며 저격수들에 대한 측면 공격을 실행할 생각이었다.

그가 투척한 연막이 충분히 은폐 여건을 형성한 듯하자, 그는 도로 건너편 프렌치 레스토랑 화단 쪽에 엄폐한 와타나베 쇼타 삼등육조를 호출한 뒤 지시를 내렸다.

"와타나베! 지금 우리 조가 레스토랑 건물 쪽의 적 저격소로 기동한다! 우리 쪽 기동에 맞춰 그쪽도 조심히 기동하라!"

"네, 알겠습니다."

가슴팍 쪽에 위치한 헤드셋의 키에서 손가락을 떼면서, 타케시 일등육조는 6명의 자위관들의 표정을 살폈다.

처음에는 공포에 압도되었던 그들은 이제 몇 차례 대응사격을 가하면서 자신감을 얻은 듯 보였다. 그는 미니미 기관총을 휴대하고 있는 오사무 육사장(병장)에게 손가락을 쳐들어 보이며 말했다.

가슴팍 쪽에 위치한 헤드셋 키에서 손가락을 떼면서, 그는 6명의 자위관들의 표정을 살폈다. 처음에는 공포에 압도되었던 그들은 이제, 몇 차례의 대응사격을 가하면서 자신감을 얻은 듯 보였다.

그는 기관총을 휴대하고 있는 오사무 육사장과 5명의 중대원들에게 한 손가락을 쳐들어 보이며 말했다.

"목표인 레스토랑 건물까지는 절대로 중도에 멈추지 않고 전력을 다해 달린다. 다른 병력들이 적 저격수들에게 모든 화력을 퍼부을 테니, 우리는 절대로 적에게 대응사격을 하고자 멈추면 안 된다! 다들 알았나?"

그의 말에 자위관들이 자신의 소총 총열 덮개를 두 번 때리는 것으로 응답했다. 그런 뒤, 타케시가 몸을 일으켰고 그의 중대원들이 차례로 일어섰다.

그는 직전방을 향해, 상가 건물의 벽에 바짝 밀착하여 나아갔다. 그의 뒤를 중대원들이 각자의 총구로 사주경계를 유지하면서 뒤따랐다.

"가자! 가자!"

타케시가 속삭이며 건물의 가장 북쪽 구석에 있는 샤넬 샵의 모퉁이에서 도로 안으로 달려 나갔다. 이들의 15~16미터 전방의 연막 쪽을 향해 달리는 동안, 그의 심장이 터질 듯이 뛰었다.

7명의 자위대원들의 전투화 발소리와 89식 소총의 멜빵이 덜그럭거리는 소리가 도로 일대에 울려 퍼졌다.

타케시 일등육조는 그들이 일단, 연막 속으로 무사히 들어가기만 한다면 각종 특수화기, 장비 그리고 특수전 교육을 받은 특수작전군 병력 따위가 없어도 북조선 테러범들을 제압할 수 있다 자신하기까지에 이르렀다.

그리고 곧 그의 바람대로, 이들 병력이 모두 연막 지대 안으로 무사히 진입했고 그 즉시, 레스토랑 건물 쪽으로 방향을 바꿔 기동했다.

그동안 서너 번의 단발 총성들이 거리 전체에 울려 퍼졌고 그 때문인지, 타케시와 그의 중대원들은 일체의 사격을 받지 않았다.

이들 자위대원들은 양측 사이에 있는 주차된 차량들 쪽에 잠시 들러, 동태를 살핀 뒤 다시 프렌치 레스토랑 건물에 도착했다.

그때부터 타케시 일등육조의 심장이 다시 터질 듯이 뛰었다. 그는 레스토랑 건물 일대를 조심스럽게 훑어본 뒤, 기관총 사수인 오사무와 유탄발사기 사수를 건물의 모퉁이 두 곳에 배치했다.

자위관들이 약정된 위치에서 각자 화기로 건물 위쪽을 경계하기 시작한 시점에 이르자, 그때부터 타케시는 도로 건너편에 있는 3층 주차 건물 쪽을 응시했다.

와타나베 삼등육조와 그가 이끄는 5명의 자위대원들이 뒤늦게 그쪽 건물에 도착하여 건물 안으로 진입 중이었다.

그들 병력은 레스토랑 건물 맞은편, 주차 건물의 3층에서 엄호사격 위치를 잡은 뒤, 타케시 일등육조 병력이 레스토랑 건물 안에 진입, 옥상을 제압할 때 엄호사격을 실행할 계획이었다.

잠시 뒤, 도로 쪽으로 노출된 주차 건물의 외부 계단 구획에서 누군가 들고 있는 플래시 빛이 어지럽게 산란했다. 조명이 차단된 주차 건물 안에서 계단을 오르고자 휴대한 플래시를 사용하는 그들의 모습에 타케시는 혀를 끌끌 찼다.

와타나베 삼등육조 일행이 3층에 도착할 즈음, 별안간 처음 자위대 병력이 하차했던 지점에서 기관총 예광탄들이 벌 떼처럼 날아들어 자위관들이 이동했던 외부 계단 통로 구획을 뒤덮었다.

"타타타타타~! 타타타타~!"

타케시는 입이 쩍 벌어진 채, 기관총 예광탄들로 아수라장이 되어 가는 와타나베 쪽을 응시했다. 그러다가 곧 시선을 옮겨 문제의 기관총탄들이 날아오는 이들의 후방, 경장갑 차량 쪽을 살폈다. 그러자 그가 죽어도 이해할 수 없는 광경이 그곳에서 벌어지고 있었다.

북조선 테러범들을 제압하기 위해 투입된 육자대의 경장갑 차량들 쪽에서 2정의 기관총이 불을 뿜고 있었고 그는 그 즉시, 경장갑차 승무원들과 공유하는 무선망에 고래고래 소리쳤다.

"사격 중지! 사격 중지! 주차 건물 쪽에서 지금 아군이 사격을 받고 있다! 사격 중지!"

그러나 타케시의 상황 전파에도 아랑곳하지 않고 기관총들은 계속해서 와타나베 삼등육조 일행의 위치로 사격을 가했다. 몇 명의 자위관들이 타케시처럼 무선망에 기관총 사격을 제지하고자 소리쳤고 그들의 조치에 마침내 경장갑 차량들 쪽에서 기관총 사격이 뚝 그쳤다.

"망할 놈의 새끼들 같으니! 다 죽여 버리겠어!"

타케시가 끓어오르는 분노를 주체하지 못하며 경장갑 차량 쪽을 응시했다. 그렇지만 다음 순간, 다시 5.56밀리 경기관총 특유의 빠른 연사음이 울려 퍼지며 기관총탄들이 바로 타케시 일등육조 병력 쪽으로 날아오기 시작했다.

"아~!"

그가 중대원들에게 경고하고자 입을 열었지만 말이 나오기도 전에 인조 대리석 바닥으로 몸을 날려야만 했다. 거의 동시에 세련된 도심 분위기와 차별을 두고자 사용한, 레스토랑의 붉은 벽돌 외벽이 과자처럼 부서지며, 돌가루가 비산했다.

바닥에 납작 엎드려 있는 자위대원들의 머리 위로 기관총탄들이 무시무시한 비행음을 내면서 날아다녔다.

그 순간, 타케시는 잠시 전까지 가졌던 자신감과 용기가 막연한 공포로 바뀌는 것을 인지했다. 그는 지금, 이들에게 기관총 사격을 가하는 자들이 자위관들이 아닌 제3의 인물들이라 확신했다.

그는 어쩌면, 특수작전군의 바보들이 지금 아군들을 북조선 사람으로 오인하고 사격을 가하고 있다고 생각했다. 그는 5.56 밀리 기관총탄들이 자신의 방탄 헬멧을 윗부분을 툭툭 치고 지나가는 느낌에 전율했지만 금세 침착을 되찾았다.

그는 엎드린 자세에서 가까스로 품속에서 스마트폰을 꺼냈다. 특수작전군의 투입을 통제하는 현장 지휘부와 통화하고자 뒤통수가 날아갈 각오로 조치를 취하려 한 것이었다.

하지만 타케시 일등육조가 노멕스 경장갑을 벗고 전화번호를 누르기도 전에 그와 자위대원들이 엎드려 있는 바닥 주변에 묵직한 것들이 둔탁한 소리를 내며 떨어졌다.

그것들이 낯선 형태의 사각 수류탄들이라는 것을 그가 알아
차렸을 때는 이미, 레스토랑 옥상에서 5개의 사각 수류탄들이
자위대원들의 엄폐 위치에 투척된 뒤였다.

＊　　＊　　＊

2016년 8월 4일 1시 54분 일본, 도쿄, 하라주쿠 역 근처

"현장에 아군 병력들이 괴한들에게 제압당했다! 누구든 이
교신을 듣고 있다면 북서쪽 교차로로 지원 병력을 요청해 달라!
적들이 수류탄과 기관총으로 우리, 우리 병력을 쓸어버렸다! 누
구든, 이 교신을 듣고 있다면, 제발 지원 병력을 요청해 달라.
여기는 현장 지휘부의 북서쪽 교차로 거리이다!"

겁에 질린 와타나베 삼등육조의 목소리는 현장지휘부로 전달
되었고 그 순간, 현장의 모든 일본인들이 공포와 충격에 꼼짝하
지 못했다.

또한, 이제 절규에 가까운 와타나베의 지원 요청은 처음 총격
전이 일어난 버스 정류장 그리고 프렌치 레스토랑 일대를 내려
다보고 있는 교전 지대의 남서쪽 고층 건물 옥상까지 들려왔다.

20층 건물의 옥상에는 전장형 대위, 신영화 상사, 타이조 스
즈키 일위와 그가 지휘하는 5명의 특수작전군 부대원들이 막
도착하여 저격 위치를 구축하고 있었다.

신영화 상사와 특수작전군 저격수가 헬리패드의 가장자리에

자리를 잡고 50구경 저격총을 통해 먼 아래쪽 지상의 치열한 교전 현장을 주시했다.

이들 외에도 육자대 1개 중대 병력과 30여 명의 경시청 기동대 병력이 교전 지점으로 향하고 있었지만 피아가 식별되지 않고 상황이 파악되지 않은 탓에 직접 와타나베 삼등육조 일행의 구출 작전이 시작될 가능성은 희박했다.

전장형과 스즈키 일위는 지상의 교전 상황을 완전히 파악, 전파하는 막중한 임무에 부담감을 느끼고 있었다.

저격, 관측 위치를 구축한 지 10여 분이 되도록 한국군과 일본군 모두, 그들의 위치에서 확실히 직선거리로 800~900미터 거리인 교전 지점 상황을 파악할 수 없었다.

숨죽인 채 지상을 주시하는 그들의 등 뒤에서 누군가 떠드는 소리가 들려왔고, 전장형은 그들이 델타포스 병력임을 확신했다.

헬리패드의 철제 바닥을 걷는 소리를 앞세우고 밀러 대위와 3명의 델타포스 대원들이 전장형과 스즈키 일위 쪽에 합류했다.

전 대위는 그들이 SOFLAM 레이저 표적 지시기와 새트컴을 휴대한 것을 힐끗 본 뒤, 스즈키 일위 쪽으로 시선을 보냈다. 그도 모르겠다는 듯 고개를 가로저어 보였다.

밀러는 위성 휴대전화로 누군가와 통화를 하면서 산발적으로 총성이 울리는 교전 지점을 내려다봤다. 그런 뒤, 시선을 전장형과 스즈키에게 향한 뒤 통화를 마쳤다. 그의 질문이 두 특수부대 장교에게 건네졌다.

"지금 이 상황에 대해서 두 사람이 알아둘 게 있다."

"뭡니까?"

스즈키가 일본인들 특유의 발음과 말투가 아닌 완벽한 영어로 묻자 밀러 대위는 전장형을 응시하며 대답했다.

"저 교전 지점에서 현재 적 공작조들이 있다고 한다. 그리고 그들 중에 누가 핵폭탄을 조작하는지는 확인 불가능한 상황이야."

전장형과 스즈키가 대꾸 없이 그를 주시하자 그는 조심스럽게 말을 이어 갔다.

"따라서 현재 미일 작전지휘부가 지금 당장 저 교전 지점을 초토화시키도록 합의했다고 연락이 왔다!"

놀라서 꼼짝하지 못하는 스즈키와 달리 전장형이 그에게 한 걸음 다가서며 물었다.

"초토화라뇨?"

"빌어먹을, 지금 도쿄 시내 한복판에서 핵폭탄이 폭발할 수 있다니까 뭐든 적으로 의심되면 일대를 싹 쓸어버리라는 거야."

스즈키 일위는 지휘부에 자신이 들은 충격적인 사실을 지휘부에 2차로 확인하고자 자신의 무전병 쪽으로 다가갔다. 전장형은 밀러를 빤히 응시했고 그가 다시 전 대위에게 첨언했다.

"CIA가 최종으로 확인한 정보야. 핵폭탄 폭발 약정 시간이 가까워졌으니 이제부터는 DPRK 놈들로 의심만 되더라도 그

놈들이 얼쩡거리는 도심 블록 전체를 싹 쓸어버리는 전술을 허락한 거야. 도쿄 시내에 항공폭탄 사용 허가까지 난 상황이야, 전!"

"그게 무슨 말이오?"

전장형은 그에게 되물으면서도 그의 어깨 너머에 있는 허드슨 준위가 레이저 표적 지시기를 트라이포드 위에 설치하는 것을 응시했다. 그러자 밀러가 전장형이 쳐다보는 허드슨 쪽으로 시선을 보내면서 답했다.

"지금 저 아래 교전 현장을 완전히 초토화시킬 거야. 그다음에 놈들에 대한 신원 확인과 핵폭탄 수색 작업에 들어갈 거야."

"이런, 말도 안 되는, 미친 계획이 어딨소? 저 아래에 아군 보병들이 기관총 화망에 잡혀 있단 말이오."

전장형이 밀러에게서 스즈키 일위 쪽으로 시선을 옮기며 물었지만, 그는 스즈키가 무전기 송수화기를 든 채 초긴장 상태로 서 있는 것을 보게 됐다. 전장형이 보기에, 누군가 고급 간부와 교신 중인지 완벽한 차렷 자세로 대답을 할 때마다 고개를 슬쩍슬쩍 끄덕였다.

밀러 대위는 전장형이 그를 주시하는 것과 상관없이 허드슨 준위에게 다가서며 곧 있을 화력 유도 준비에 들어갔다.

허드슨 준위는 밀러 대위의 델타 팀에서 JTAC(Joint Terminal Attack Controller: 합동 최종 공습 통제사) 임무를 수행하는 대원이었고 그는 이미 교전 현장 일대 수백 미터 상공에서 선회 중인 콜사인 '아처 투(Acher2)'을 가진 AC-130U에게 자신이 조작

중인 SOFLAM의 ID 번호와 GPS 좌표를 전송한 뒤, 교신을 이어 가고 있었다.

그는 삼각대 위에 거치되어 있는 SOFLAM을 통해, 빌딩의 먼 아래쪽 거리를 주시하면서 육자대 경장갑 차량들과 프렌치 레스토랑에서 번쩍거리는 총구 섬광 위치를 확인했다. 그런 뒤 GPS 디지털 지도를 통해 그것들의 위치를 확인하고 그 즉시, 새트컴의 송수화기의 키를 잡고 말했다.

"아처 투, 아처 투, 여기는 슬림 원(Slim 1)이다!"

"슬림 원, 고우~!"

건섭의 응답이 들려올 때, 스즈키 일위와 마사히로 일등육조가 합류하여 허드슨을 응시했다.

허드슨 준위는 그들의 시선과 전장형 대위를 힐끗 본 후, 디지털 지도를 주시하면서 공습 유도를 위한 교신을 이어 갔다. 그때에는 그가 SOFLAM을 통해서 자위대원들에게 기관총 사격을 가하고 있는 경장갑 차량 한 대에 레이저를 조사하고 있었다.

"최초 좌표 확인 지점에서 확인된 장갑 차량 알파 원, 알파 투, 그리고 알파 원과 알파 투의 북동쪽 100여 미터 전방의 2층 구조물 브라보 원, 마지막으로 브라보 원(2층 구조물) 반경 200여 미터 안에 관측되는 모든 인원들을 표적으로 하겠다. 알파 원과 알파 투는 40밀리 포 그리고 브라보 원은 105밀리 포, 마지막으로 브라보 원 반경 100미터 안의 개별 표적들에 대해서는 25밀리 개틀링 건으로 제압하도록 요청한다. 현재 레이저로 표적 지정된 장갑 차량 알파 원이며 아군의 위치는 지정된 킬 박스의 남서쪽 480미터 거리에 있는 구조물이다, 이상."

허드슨은 디지털 지도와 육안으로 보이는 교전 지점을 번갈아 보면서, 숙련된 솜씨로 차분하게 공습 유도 내용을 전송했다.

잠시 뒤, 아처 원 승무원의 목소리가 새트컴을 통해 들려왔고 그 목소리는 허드슨의 표적 지시 및 공습 요청 내용을 그대로 복창해서 확인했다.

전장형은 허드슨 준위와 새트컴 송수화기에서 들려오는 건쉽 승무원 간의 교신 내용을 들으면서 늘 그래 왔듯, 숨을 참았다.

평범한 교신을 하는 듯한 양쪽의 대화 뒤에 일어나게 될 현실 세계에서의 결과물을 너무도 잘 알고 있었던 것이 그 이유였다.

곧 AC-130U기의 최종 확인 교신이 들려왔다.

"슬림 원, 여기는 아처 투, 목표 최종 확인!"

허드슨은 송수화기를 든 채 밀러 대위를 주시했다. 밀러는 그에게 고개를 크게 끄덕였고 그가 키를 잡고 응답했다.

"오케이, 아처 투, 클리어드 앤 핫!"

허드슨이 대꾸하는 순간, 전장형과 밀러, 스즈키가 모두 지상의 교전 지점을 향해 각자 야시경과 저격용 야시 조준경을 쳐들고 살폈다.

전장형은 방탄 헬멧 앞에 장착된 야시경을 통해 밤하늘을 살폈다. 보일 듯 말 듯한 AC-130U기의 형체는 기체 주익 끝에서 반짝이는 적외선 항행등이 깜빡이는 것으로 확인할 수 있었다.

잠시 뒤, 마침내 현장의 특수부대원들에게 익숙한 광경이 시작되었다.

야시경을 통해 보이는 이들의 지상 교전 지대에 별안간 환한 조명 한 줄기가 하늘에서 비쳤다.

AC-130U기가 정확하고 효율적인 사격을 가하기 전에 기체에 장착된 대형 적외선 탐조등을 표적들이 위치한 지점에 비추고 있는 것이었다. 건쉽은 이제 곧 적외선 탐조등 빛을 지상에 고정한 채, 표적을 중심으로 선회 비행을 하면서 포격을 가할 예정이었다.

곧이어 먼 아래 지상 쪽에서 고주파의 폭발음과 함께 불기둥이 솟구치고 밤하늘에서 뒤늦게 40밀리 보포스 포의 발사음이 울려왔다.

"퍼퍼퍼펑! 펑! 펑!"

이후로 최소 20여 발 이상의 40밀리 보포스 탄들이 도쿄 도심의 거리로 쏟아졌고 그 직후 2대의 경장갑 차량들이 불길에 휩싸였다.

전장형과 델타포스 대원들이 숨죽인 채 그 광경을 지켜보고 있는 동안, 스즈키 일위와 마시히로 일조는 포탄들이 떨어지는 곳에 있을 아군들을 생각하며 탄식했다.

허드슨 준위는 그들의 반응에 신경 쓰지 않고 SOFLAM을 통해 장갑 차량들이 파괴된 것을 아처 투에게 보고해 줬고 다음 공격 과정에 들어가도록 요청했다.

그가 말을 마치기도 전에 프렌치 레스토랑이 위치한 거리에서 엄청난 크기의 섬광과 먼지 기둥이 솟구쳐 올랐다. 이어서, 건쉽이 선회하고 있을 밤하늘에 천둥소리와 같은 포성이 울려 퍼졌다. AC-130U기가 가공할 위력을 가진 105밀리 포사격을 시작한 것이었다.

전장형은 그가 서 있는 곳에서도 지상에 울려 퍼지는 진동을 느낄 수 있었다. 그의 초록색 시야 안에는 작은 종이 박스처럼 보이는 2층짜리 프렌치 레스토랑이 105밀리 포탄이 작렬할 때마다 무너지는 모습이 그대로 보였다.

✳   ✳   ✳

2016년 8월 4일 2시 04분 일본, 도쿄, 하라주쿠 역 일대 상공

"건 레디!"

아처 투의 조종사 마틴 레크너 대위는 그의 조종석 좌측 어깨 옆에 설치된 HUD를 통해 지상의 표적들을 응시하다가 이내, 화기통제관(FCO)의 보고를 듣자마자 방아쇠를 당겼다. 그 즉시, 기체에 105밀리 고폭탄이 발사되는 진동이 전달됐고 거의 동시에 각종 감시, 추적 장비 모니터들로 지상을 주시하고 있던 승무원들의 피해 평가가 인터컴을 통해 보고되어 왔다.

"표적 명중, 이번 제3 탄에 의해 도로 쪽에 인접한, 표적 구조물의 절반이 붕괴되고 있다. 지상의 아군 JTAC가 추가 사격을 요청해 왔다. 제4 탄의 표적은 동일한 표적 구조물로 한다.

제4 탄의 표적과 아군 JTAC가 보내온 위치 좌표는 전과 같다, 이상."

화기통제관은 조종실 후방, 전자 장비들이 가득한 공간에서 각종 감시, 관측 장비를 모니터하는 2명의 승무원들에 의해 선택된 표적들 중 즉각 사격 대상인 것들을 자신의 콘솔에 장착된 조이스틱으로 선택하여 아처 투의 조종사에게 보내왔다.

4번째로 선택되어 조종사의 앞쪽의 상황판에 입력된 표적은 방금 전 105밀리 사격을 받았던 지상의 프렌치 레스토랑이었다.

레크너 대위는 모니터를 응시하던 시선을 그의 우측 부조종사 쪽으로 보냈다. 그와 마찬가지로 야시경을 착용한 채 거대한 건쉽의 선회 비행에 집중 중이던 부조종사는 그의 시선을 느꼈는지 고개를 돌려 봤다.

레크너는 10여 분 전, 자세한 상황 전파도 없이, 일본 도심 내 부수적인 민간인 재산 피해나 민간인 사상자 발생에 상관없이 지상의 화력 유도에 따라 최대한의 화력을 퍼부어 신속한 공격을 가하라는 명령을 받았다.

그는 잠시 전, 40밀리 포로 일본군의 경장갑 차량들을 박살냈고 이제는 4번째 105밀리 포탄을 일본인들의 빌딩으로 날려보내기 직전이라는 상황이 전혀 실감 나지 않았다.

부조종사 듀크 윌슨 준위는 그런 그의 의도를 알았는지 고개를 건성으로 한 번 끄덕여 보인 뒤, 비행 패턴을 유지하고자 시선을 정면으로 거둬 갔다.

"건 레디!"

그때, 화기통제관의 보고가 인터컴에 전파됐다. 보통의 4명의 화기 운용병들이 105밀리 탄을 장전하는 속도라면 진즉에 사격 준비가 완료되었겠지만 현재 아처 투의 선회 고도에 불어오는 돌풍 때문에 조금 지체된 것이었다.

보통 건쉽들은 돌풍이 불고 있는 때는 105밀리 포를 사용하지 않았지만, 상황이 상황인 만큼 아처 투는 돌풍이 기체를 뒤흔들지 않는 공역에 들어갈 때만 105밀리 탄을 장전하고 사격해 왔다.

레크너 대위는 짧은 한숨을 내쉬며, 고개를 반대편으로 돌려 HUD 쪽으로 시선을 보냈다. HUD와 그의 전방 콘솔 내, 지상 표적을 확대해 실시간 중계하는 모니터를 차례로 확인했다. 때맞춰 화기통제관이 그의 105밀리 포의 완벽한 조준 상태를 확인해 줬다.

"지상 표적에 조준 끝! 현재 터뷸런스 없음! 건 레디!"

그는 이해할 수 없는, 현 상황에 대한 불안감을 무시하고, 방아쇠에 걸쳐진 손가락에 힘을 가했다. 다시 쿵! 하는 충격이 아처 투 전체에 울려 퍼졌다. 4번째 105밀리 탄이 지상의 건물에 명중하는 순간 엄청난 불기둥이 사방으로 치솟았고 그는 그것이 가스 배관에서 비롯된 폭발임을 직감했다.

레크너는 그 폭발이 아프가니스탄의 산악지대나 과거 팔루자와 같은 이라크의 전투 지대가 아닌 일본인들이 거주하고 일하는 도시 한가운데에서, 그것도 자신이 발사한 포탄에 의해서 발생했다는 사실을 믿을 수가 없었다.

그는 위아래 입술을 입 안으로 끌어들인 뒤 입을 꽉 다물었다. 그런 그의 심정을 알고 있는지 모르는지, 화기통제관의 건조한 음성이 또 인터컴에 울렸다.

"표적 구조물 완전 붕괴 중! 추가 사격 요청이 없기 때문에 건(105밀리)의 제5 탄 장전 후 대기하도록 조치했음!"

"댓츠 어 라저~! 추가 표적 지정이 있을 때까지 전 대원 대기!"

레크너 대위는 아처 투에 탑승해 있는 모든 승무원들에게 지시를 내린 뒤, 자신의 마이크를 한 손으로 감싼 다음 긴 한숨을 내쉬었다. 그의 심리적 상태를 알 턱이 없는 대원들은 긴장된 목소리로 곧장 응답해 왔다.

"라저, 스키퍼!"

"라저 댓!"

레크너 대위는 야시경 몸체를 눈가 위쪽으로 세워 놓고, 육안으로 HUD를 통해 지상을 주시해 봤다. 노란 불길이 거리 일대를 대낮처럼 환하게 밝히고 있었다.

*　　　*　　　*

2016년 8월 4일 2시 12분 일본, 도쿄, 하라주쿠 역 근처 고층 건물

5번째 105밀리 탄이 프렌치 레스토랑 근처 버스 정류장에 작렬하면서 거대한 먼지 기둥이 주변을 집어삼켰다. 그러고 나서야 105밀리 포 사격이 멈췄다.

허드슨은 SOFLAM을 통해서 그리고 고배율 야간 투시경을 통해 공습 지점을 관측한 밀러 대위의 도움으로 피해 평가를 실시간으로 전달했다.

"표적 브라보 원이 완전히 파괴됐다. 현 시간부로 브라보 원 반경 200미터 안에 있는 개별 표적들을 제압해 주기 바란다, 이상."

"카피 댓, 슬림 원."

아처 투의 대답이 들려온 뒤, 밤하늘에서 지상으로 비추었던 거대한 빛줄기가 스위치를 꺼 버린 듯이 눈 깜짝할 사이에 사라졌다.

건쉽이 적외선 조명 외에 다른 야간 암시 장비들을 가동하여 개별 표적들에 대한 급작 사격에 대비하고 있음을 모두가 알고 있었다.

전장형은 AC-130U기의 프롭 엔진음이 고조되는 것을 들을 수 있었는데 잠시 뒤 하늘에서 환한 예광탄들이 지상으로 쏟아져 내렸다.

25밀리 개틀링 건 포탄들이 지상에 작렬하고 나서야 AC-130기 쪽에서 긴 폭발음이 들려왔다. 전장형이 그토록 보고 싶지 않았던 25밀리 포가 지상의 개별 표적들, 즉 사람들을 향해 사격을 개시한 것이었다.

"부우우우웅~!"

25밀리 개틀링 건 발사음이 메아리가 되어 도쿄 도심의 밤하늘에 퍼졌다. 거대하지만 이곳 공습 유도 지점에서는 한 마리의 새처럼 보이는 스푸키의 기체에서 노란 예광탄들이 벌 떼같이 쏟아지면 그 직후, 긴 폭발음과 같이 들리는 발사음이 이어졌다.

거의 10여 분에 가까운 시간 동안에 AC-130U기는 지상에서 사람의 형체가 관측되는 순간마다 그 즉시 개틀링 건 탄을 퍼부었다.

그때쯤에는 공습을 받고 있는 거리 곳곳에서 화재가 발생하여 화염과 연기가 허공 높이 치솟고 있었다.

그리고 그때, 전장형은 스즈키와 마시히로가 육자대원들과 교신 중이었던 무전기를 앞에 두고 고개를 떨구는 것을 보게 됐다. 그들의 무전기에서는 AC-130U기의 공격을 받고 있는 와타나베와 그의 소대원들의 절규가 들려오고 있었다.

전장형은 고개를 돌려 밀러 대위에게 시선을 보냈다. 전 세계의 분쟁 지역을 돌며 수많은 죽음을 목격하고 미합중국 정부를 위한 합법적인 살인을 했을 그조차도 지금의 상황에서는 도저히 차분함을 보일 수 없었는지 연신, 수염으로 까칠한 자신의 턱을 계속 만지면서 지상을 응시하고 있었다.

전장형은 긴 한숨을 쉬면서 고개를 돌렸다. 그가 공습이 이어지는 지점의 반대편 하늘을 올려다봤을 그때, 그는 뒤통수를 강하게 맞는 듯한 충격을 받게 됐다.

그의 초록색 시야 안에 또 다른 4마리의 거조들이 들어왔었기 때문이었다.

전장형은 막 도쿄 도심 상공에 진입하여 대기 공역을 부여받은 또 다른 4대의 AC-130U기들을 발견했었던 것이었다.

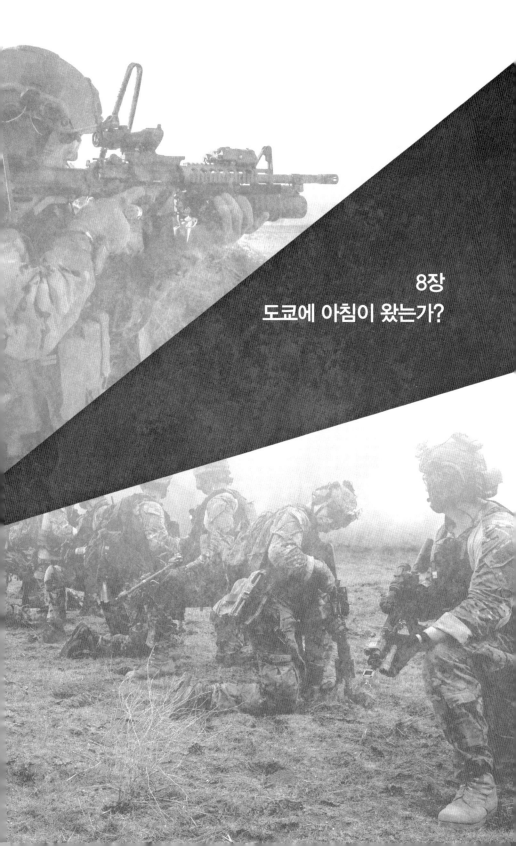

8장
도쿄에 아침이 왔는가?

2016년 8월 4일 2시 23분 일본, 도쿄, 오모테산도

최종공작조의 조장 성윤택 소좌는 리길영 상사와 함께 곽성준을 구출한 뒤, 가까스로 교전 지점을 벗어났다. 그들이 대기해 둔 차량으로 현장을 이탈한 직후 교전 지점은 밤하늘에서 쏟아지는 수십 발의 포탄들에 의해서 쑥대밭이 되었던 것을 그들은 두 눈으로 확인할 수 있었다.

이들의 벤츠 세단이 한적한 거리로 진입할 즈음, 교전 지점 주변에 뒤늦게 합류했던 또 다른 최종공작조 대원들의 승합차가 따라붙었다.

"다음 지시가 있을 때까지 거리를 유지하고 우리 후방을 지키시오! 그리고 언제든 반항공(대공) 사격을 할 수 있도록 화승총의 탐지부(시커)를 활성화시켜 두도록 하시오."

성윤택은 휴대전화로 승합차의 정찰총국 직속 공작원들에게 지시를 내렸다. 그의 목소리에 정신을 차린 곽성준은 어리둥절한 표정으로 주변을 둘러봤다. 그러자 뒷좌석에서 총상을 입은 그의 어깨에 응급처치를 해 주던 리길영 상사가 성 소좌에게 소리쳤다.

"곽 소좌가 의식을 되찾았습니다, 총조장 동지!"

그의 보고에 성윤택은 리어 미러를 통해 곽성준을 응시하며 큰 소리로 말했다.

"최종공작조 총조장 성윤택이오. 성준 동지, 최종 임무 지점을 지금 당장 알려 줘야겠소."

"무슨 말이오?"

곽성준이 몸을 추스르며 대꾸하자, 성윤택이 목소리를 높였다.

"최종 임무 지점 말이오! 동무의 최종 임무 실행을 위해 도쿄도에 있는 모든 최종공작조 인원들이 적들과 전쟁을 치르고 있소! 지금 당장 최종 임무 지점을 말하시오. 우리가 동무를 그곳에 도착하도록 모든 것들을 보장하겠소! 도쿄 시내에 곽성준 동무 하나를 잡으려고 수천 명의 적 병력이 움직이고 있단 말이오!"

그 말에 정신을 차린 곽성준이 차창 바깥의 깜깜한 도심 거리를 주시했다. 그런 뒤 손목시계를 살피고 핵폭탄 격발 예정시간까지 남아 있는 시간을 확인했다.

"동무!"

성윤택이 다시 리어 미러를 통해 그를 응시하며 대답을 재촉했다. 그러자 곽성준이 곁에 앉아 있는 리길영 상사의 VZ61 기관권총을 뺏어 들면서 대답했다.

"도쿄 미드타운 근처의 메가 몰이오, 동무들. 메가 몰로 나를 데려다 주시오. 모든 임무는 그곳에서 완료될 것이오."

그 지시를 듣자마자 성윤택은 내비게이션 화면을 응시하면서 100여 미터 후방에서 뒤따르는 승합차에게 상황을 전파했다.

"동무들, 최종 임무 지점은 메가 몰이오. 동무들은 우릴 지원하고 다른 동무들에게는 약정된 대로 교란 작전을 시작하라 전달하시오!"

성윤택은 전화 통화를 마치자마자 차량을 가속하면서 도쿄 시내 롯폰기 근처에 새로 개장한 대형 쇼핑몰로 향했다.

곽성준은 극심한 피로와 온몸에서 느껴지는 고통을 겨우 삼키면서 스스로를 추스르기 시작했다. 그는 당장 죽을 것만 같았던 상황에서 임무를 수행할 수 있는 기회와 지원 병력을 확보했다는 사실에 얼떨떨했지만 차분하고자 애썼다.

*　　　*　　　*

2016년 8월 4일 2시 32분 일본, 도쿄, 하라주쿠 역 근처 고층 건물

콜사인 아처 투를 가진 AC-130U의 지상, 교전 지점에 대한 화력 투사가 완료되자 그곳 일대는 105밀리 포탄들에 의해 완파된 건물 자체의 화재뿐만 아니라, 건물과 건물 사이에 설치되었던 도시 가스관이 파괴되어 엄청난 불길이 솟아오르고 있었다.

밀러 대위와 전장형 대위가 쌍안경으로 그곳을 살피고 있을 때, 새트컴으로 교신 중이던 허드슨 상사가 갑자기 밀러에게 소리쳤다.

"케빈! 조인트 스타즈(E-8)에서 우리 교전 지점에서 롯폰기 방향으로 빠져나간 차량들이 2대 있다고 합니다! 그 차량들이 아군 것인지 아니면 적 공작조 차량인지 확인해 달라고 합니다!"

"스즈키 상?"

밀러 대위는 쌍안경을 내려놓고 허드슨 준위 뒤쪽에 서 있는 스즈키 일위와 야스히로 일조 쪽으로 시선을 보내며 물었다.

그러자 스즈키가 모르겠다는 두 손, 손바닥을 하늘 쪽을 향한 채 어깨 높이로 들어 보였다. 그러나 밀러는 특수작전군 지휘관이 확실하지 않다는 대답에도 불구하고 허드슨에게 바로 물었다.

"그 차량들에 대해서 가용한 제압 수단은?"

"우리 MQ-9 1대와 일본인들의 F-15 전폭기 2대입니다! 이미 이쪽 공역으로 들어와 있다고 합니다!"

현재 도쿄 도심 상공에는 6천 명 이상의 지상군이 투입된 도쿄 내 지상 작전을 지원하기 위해서 E-8 조인트 스타즈와 E-3 AWACS가 투입된 상태였다. 이들 기체들은 도쿄 도 공역에서 대기 중인 항공자위대의 F-15J와 CH-47J, UH-60JA, UH-1J, AH-1S, AH-64DJ 그리고 미군의 A-10, AC-130U, MH-60M, MH-47G, AH-6, MQ-9 를 도쿄 상공에서 통제하고 있었다.

밀러는 다시 스즈키 일위에게 시선을 보냈지만, 스즈키는 그의 시선을 외면했다. 그러자 밀러 대위가 기다렸다는 듯이 허드슨에게 지시를 내렸다.

"쉐인, 양쪽 기체들을 동원하여 괴 차량들을 제압하라 전달하시오!"

허드슨 준위는 그 즉시 새트컴을 통해 E-8기와 E-3기의 지상, 공중 상황을 전파받고 있는 미군 지휘부에게 밀러 대위의 결정을 통보했다.

전장형은 밀러와 함께 야전용 랩톱컴퓨터를 통해 허드슨 준위가 알려온 괴 차량이 향하는 방향을 파악했다.

밀러가 디지털 지도의 확대, 축소를 통해 추적이 이루어지는 일대 지역을 확인하면서 전장형에게 나지막한 목소리로 말했다.

"빌어먹을, 전! 이게 현실 같아? 여기가 도쿄가 아니라 빌어먹을 팔루자 같아. 아니, 곧 팔루자가 될 거야. 하네다 공항의 일본인들 본부 지휘소가 적 기습에 먹통이 돼서 지금 우리 미군 특수작전사령부와 주일미군 사령부가 함께 현장 지휘에 뛰어들었다구. 그런데, 지휘부 놈들이 오래전에 이라크에서 작전 진행을 하는 것과 똑같이 행동하고 있다고. 제기랄, 하다 하다 이런 일을 하게 될지 꿈에도 몰랐다구."

전장형은 밀러 대위가 허드슨 준위를 포함한 다른 델타포스 대원들 그리고 스즈키 일위의 특수작전군 병력을 능숙하게 통제하는 모습과 달리 자신도 큰 충격을 받고 임무를 수행하고 있다고 느꼈다.

잠시 뒤, 삼각대 위에 고정된 SOFLAM을 앞에 두고 새트컴으로 교신을 하던 허드슨이 밀러 쪽으로 다시 소리쳤다.

"케빈, 이쪽에서 빠져나간 두 차량들 외에 긴자 쪽에서도 수상한 차량들이 10여 이상 나타났다고 합니다. 거의 동시다발적인데, 아무래도 우리가 처음 발견한 2대에게서 우리 시선을 분산시키려는 것 같다고 합니다. 어쩌면 롯폰기 쪽으로 도주한 놈들이 핵폭탄 소재를 알고 있을지 모르니 우리도 움직이라고 합니다!"

"좋아, 바로 이거야."

밀러는 랩톱컴퓨터를 휴대 상태로 정리하여 곁에 있던 전장형에게 넘겨주고, 다른 델타포스 대원에게 소리쳤다.

"콜, 우리 쪽으로 당장 헬기 보내달라고 해. 우리가 최초 도주한 적 차량 2대를 추적한다!"

그 말에 허드슨이 걱정스러운 표정으로 대꾸했다.

"팀장, 우리 헬기가 자칫 잘못하면 이 난장판 속에서 아군 사격에 피격될 수 있습니다!"

"빌어먹을, 우리가 그런 것을 두려워할 게 아니야. 만약에라도 적들이 핵폭탄을 작동시키면 우리는 도쿄 도심 상공 어디에 떠 있든지 그대로 핵폭탄 폭발에 노출된다구. 그런데도 우리가 그것 말고도 더 걱정할 게 있어?"

밀러의 대꾸에 헬리패드 쪽에 있는 모든 한미일 특수부대원들이 벗어 들고 있던 방탄 헬멧들을 착용하고 총기 장전 상태를 확인했다.

전장형은 델타포스 대원들이 3대의 위성중계 무전기들을 통해서 각기 다른 곳과 교신을 하느라 야단 떠는 동안 이제는 거의 무인지경처럼 보이는 도쿄 시내의 야경을 응시했다.

고층 건물들의 꼭대기 즈음에서 반짝이는 항공기 충돌 방지등을 제외하면 대부분의 빌딩 조명들이 차단되어 있고 한참 아래쪽의 거리에도 일부 가로등이 켜져 있는 곳을 제외하고는 대부분의 지역이 칠흑같이 어두운 상태였다.

＊　　　＊　　　＊

2016년 8월 4일 2시 52분 일본, 도쿄, 오모테산도

"콰앙!"

성윤택이 차량을 교차로에서 좌회전시키자마자 교차로 정중앙에서 차량 안의 모든 사람들의 눈을 멀게 할 만큼의 엄청난 빛이 천둥소리와 함께 퍼졌다.

"미사일! 미사일!"

리길영 상사가 소리치자, 성윤택을 차량을 도로 한가운데에서 좌우로, 지그재그 운행을 시작했다. 정찰병들은 차량 바깥의 밤하늘을 살피면서 어떤 공격을 받았는지 확인하려 했지만 이들이 육안으로 발견할 수 있는 것은 아무것도 없었다.

곽성준은 성윤택과 리길영에게 차분하게 말했다.

"폭발 규모로 보면 저고도에서 반땅크 미사일을 날려 보낸 것이오. 무인정찰기나 공격용 직승기일 테니 무리하게 운행하지 말고 지하차도나 지하 주차장에 엄폐, 은폐를 해 가며……."

그가 말을 마치기도 전에 이들이 잠시 전 통과했던 교차로 일대가 대낮처럼 밝아지면서 엄청난 폭발음이 도로를 뒤흔들었다.

폭발과 동시에 도로를 따라 전파된 폭발력이 차체를 거칠게 흔들었고 3명의 정찰병은 일시적으로 귀가 먹은 상태가 되었다.

성윤택은 그 충격 때문에 스티어링 휠을 제대로 통제하지 못해 차량이 도로 좌측에 주차된 민간인들의 승용차들의 측면에 부딪친 뒤, 차량들의 차체 측면을 긁으면서 나아갔다.

이들의 차량 뒤쪽에서는 흡사 열기구만 한, 거대한 노란 불기둥의 궤적이 아직도 일부 남아 있었다.

정찰병들은 그 항공폭탄이 이들의 후방에서 뒤따르던 승합차를 노렸음을 짐작하고도 남았다. 그러나 지금 이 순간 이들 정찰병들이 승합차에 탑승했던 인원들의 운명을 걱정할 때는 분명히 아니었다.

성윤택은 두 다리가 후들거리는 것을 겨우 통제하며 가속페달을 밟고 있었다. 그는 뒤에 앉아 있는 두 사람처럼 교차로를 초토화시킨 것이 전폭기들이 투하한 항공폭탄이라는 것을 본능적으로 알아차렸다.

정찰병들의 벤츠가 왕복 2차선 도로 안에서 다시 지그재그로 질주했고 성윤택이 정신을 차릴 때쯤에 뒤에서 리길영이 소리쳤다.

"6시 방향, 반땅크 미사일! 이쪽으로 떨어집니다!"

리길영은 후방 창을 통해 까만 밤하늘에서 유성처럼 보이는 것이 떨어지는 것을 발견하고 소리쳤다.

"저 정도 고도면 10초 전후에 우리 차량에 직격할 것이오!"

곽성준 소좌가 소리치자, 성윤택은 터질 듯이 뛰는 심장 고동을 느끼면서 미사일 공격을 피할 수 있는 무언가를 찾고자 전방을 살폈다.

그는 좁은 교차로를 지나서, 도심 공원 근처 도로 지대로 들어왔다. 그러던 중 그가 2시 방향의 공원 안에 작은 터널이 있는 것을 발견했고 그 직후, 그는 가속페달을 끝까지 밟았고 차량은 도로를 가로질러서 인도 지대로 진입했다. 그런 다음 공원 주변의 낮은 경계벽을 들이받고 산책로를 따라 터널로 질주했다.

"이야야야!"

성윤택이 목청이 터질 듯이 소리 지르면서 차량을 몰아갔고 그의 등 뒤쪽에서 가까워지는 헬파이어 미사일을 지켜보던 리길영 또한 괴성을 질렀다.

차량이 터널 안으로 들어오면서 차량 내부는 어둠에 휩싸였고 거의 동시에 강력한 진동이 터널 안을 질주하는 차량에게까지 전달됐다.

"씨팔! 씨~팔~!"

방금 벤츠가 통과했던, 터널 입구가 무너지는 것을 바라보면서 리길영이 소리쳤고 성윤택은 터널 출구에서 급정거를 했다. 곽성준은 때맞춰 차량 실내등을 켰고 성윤택과 그가 내비게이션 지도를 보면서 방향을 확인했다.

"메가 몰까지 얼마나 남았소?"

곽성준의 질문에 성윤택이 내비게이션을 조작하고는 대답했다.

"이곳에서 600메터가 조금 안 되는 것 같소."

곽성준은 자신의 어깨에 묶여 있는 압박대와 들고 있는 VZ61 기관권총을 차례차례 살폈다. 그러자 그의 생각을 읽은 성윤택이 말했다.

"내가 이 차량을 몰고 적들을 다른 곳으로 유인할 테니, 성준 동지는 우리 리길영 상사와 함께 메가 몰을 향해 도보로 이동하시오. 만약 다른 공작조들도 우리처럼 항공폭탄 공격을 받지 않았다면 최소한 한 개 조 정도는 현장에 도착하여 동지를 도와줄 것이오."

그 말에 리길영이 두 사람 사이로 머리를 들이밀면서 말했다.

"총조장 동지, 제가 이 차량을 가지고 놈들의 시선을 끌겠습니다!"

그 말에 성윤택이 한 손가락을 쳐들고 그에게 단호하게 말했다.

"시간이 없소, 우리가 지금 여기서 의리 따질 때가 아니잖소. 길영 동지에게 모든 것을 맡길 테니 무슨 일이 있더라도 곽성준 동지를 메가 몰로 데려가시오."

그의 말에 리길영이 대답할 새도 없이 성윤택이 실내등을 끄고 기어를 주행 위치로 옮겼다.

리길영은 잠시 그의 조장의 뒷모습을 보다가 결국 출입문을 열고 나왔다. 그런 뒤 곽성준이 나오도록 조심스럽게 도와줬고 그가 차 밖에 나오자마자 차량이 급가속을 하면서 터널 바깥으로 향했다.

터널 안에서 리길영과 곽성준이 멀어져 가는 벤츠를 지켜보고 있었는데, 차량이 터널에서 한참 떨어진 도로 위로 진입하여 달리기 시작할 즈음 별안간 하늘에서 노랑 불덩어리들 수십 개가 떨어졌다.

그것들은 열을 맞춰 떨어지다가 성윤택의 차량을 직격했고 그 순간 차량이 속도를 잃어버렸다. 두 정찰병들은 터널 안에서도 근처 상공을 지나치는 전폭기의 강력한 제트 엔진음을 들을 수 있었다.

몇 초 뒤, 이번에는 하늘에서 쏟아진 F-15J기들의 20밀리

발칸포탄들보다 더 큰 불덩어리가 떨어져 벤츠에 명중했고 차
량은 산산조각이 나 버렸다.

성윤택의 차량이 헬파이어 미사일에 명중하고 거센 불길에
휩싸일 때까지, 10여 분 정도가 지나자 리길영이 곽성준의 한
팔을 잡아끌면서 말했다.

"이제 이동하십시다, 동지."

곽성준은 그를 따라 터널 바깥으로 조심스럽게 나갔고 가지
와 이파리가 많은 수목들 쪽으로 달려갔다.

리길영은 달려가면서도 자신의 직속상관이 탑승했던 성윤택
의 차량 쪽에서 시선을 떼지 못했다. 두 사람은 수풀 지대를 통
해서 메가 몰이 보이는 건물지대 쪽으로 이동하기 시작했는데
이들의 머리 위, 한참 높은 상공에서는 아직도 전폭기의 제트
엔진음이, 먼 남쪽과 북동쪽에서는 헬기 소리가 들려오고 있었
다.

*   *   *

2016년 8월 4일 3시 02분 일본, 도쿄, 도쿄 미드타운 근처 상공

전장형과 신영화, 밀러 대위의 델타포스 팀 그리고 스즈키 일
위를 포함한 특수작전군 대원 11명은 MH-47G 헬기에 탑승한
뒤, 최초 도주 차량이 항자대의 F-15J기와 미군 MQ-9 기에

의해서 파괴된 현장으로 향하고 있었다.

MH-47G 헬기는 램프 도어를 아래쪽으로 개방해 둔 채 비행하고 있었고 그 덕분에 탑승해 있는 한미일 특수부대원들은 갑자기 유령의 도시처럼 변해 버린 도쿄 시내 거리를 두 눈을 확인할 수 있었다.

간간이 불이 켜 있는 층이 있는 곳이 있었지만 대부분의 고층 건물들은 불이 꺼져 있었고, 마찬가지로 종종 가로등이 켜져 있는 거리도 있었지만 대부분의 거리는 어둠에 휩싸여 있었다. 게다가 육자대의 군용 차량이나 도쿄 경시청의 순찰차들을 제외하고는 도로 위를 달리는 민간인들의 승용차도 거의 눈에 띄지 않았다.

심지어 헬기가 비행하는 곳의 반대편 먼 도심 지역에서 환한 섬광이 일대 하늘을 밝혔고 그것이 항공폭탄의 폭발에서 비롯되었음을 알고 있는 대원들은 더욱더 긴장할 수밖에 없었다.

전장형과 신영화는 델타포스 대원들 쪽 구획에 앉아서, 멍한 표정으로 거센 바람이 쏟아져 들어오는 램프 도어 공간을 응시하고 있었다.

그때 누군가가 그에 작은 생수병을 건네줬다. 스즈키 일위였다. 전장형은 그것을 건네받아 미지근한 물을 길게 한 모금 마셨는데 그는 그때부터 자신의 방탄복과 전투복 바지에서 나는 땀 냄새와 피비린내를 맡을 수 있었다.

붉은색 작전등을 통해 보이는 모든 델타부대원이나 특수작전군 대원의 몰골이 그와 똑같았다. 전장형은 생수병을 곁에 앉아 있는 신영화 상사에게 건네주면서 스즈키를 향해 고개를 크게 끄덕여 보였다. 그러자 스즈키가 전장형을 향해 엄지손가락을 쳐들어 보였다.

"전, 스즈키!"

그때 밀러 대위가 랩톱컴퓨터를 들고 두 지휘관들에게 다가 왔다. 그는 전장형과 스즈키에게 랩톱컴퓨터 안의 공중 정찰 영 상을 보여 주면서 소리쳤다.

"아군 CAS(근접항공지원)에 제압된 차량에서 2명의 적들이 도 주했다. 이들이 현재 은신한 곳이 메가 몰이라는 대형 쇼핑몰 건물이야! 지휘부에서는 이곳에 핵폭탄이 있을 거라면서 우리 병력이 강습하여 수색하기를 원해!"

그 말에 스즈키가 밀러에게 머리를 들이대며 물었다.

"핵폭탄이 있다는 것을 어떻게 알 수 있습니까?"

밀러는 랩톱 화면을 손가락으로 가리키며 대답했다.

"메가 몰 근처에 대형 교차로 지점에 NEST가 설치한 도심 방사능 탐지 장치들이 있는데, 2명의 적 생존자들이 메가 몰에 들어간 후 얼마 뒤에 방사능이 탐지됐다고 해, 스즈키 상!"

그 말을 마친 뒤, 밀러는 전장형에게 시선을 보낸 뒤 확신에 찬 표정을 지으면서 말했다.

"이제 결전의 순간이 올 거야. 우리가 적들을 빨리 찾아내 제 압하지 못하면 도쿄 한복판에서 핵폭탄이 터질 거라구! 젠장, 이거는 정말 우리 일생일대에서 최악의 추격전이 될 거야, 전, 스즈키!"

밀러는 두 사람의 표정을 차례차례 살펴 고개를 끄덕여 보인 뒤 말했다.

"대원들 준비시켜, 스즈키 상! 1분 안에 메가 몰에 도착할 거야!"

스즈키 일위의 수신호에 마사히로 일조가 자리에서 일어나 그의 대원들에게 수신호와 함께 투입 준비를 구두로 전파했다. 그리고 그즈음부터 MH-47G 헬기는 거리 좌우에 있는 건물들 높이 아래로 고도를 낮춰, 도로 위로 저공 침투 비행을 시작했다.

전장형은 긴 한숨을 내쉰 뒤, 자신의 총기와 야시경을 점검했고 신영화는 AI AWM-F 저격소총의 접혀 둔 개머리판을 펼친 뒤 총기 전체를 점검했다. 전장형은 옵스코어 FAST 헬멧 위쪽, 뒤쪽에 고정해 둔 적외선 스트로브를 작동시킨 뒤 착용한 다음, 신영화의 헬멧에 장착된 적외선 스트로브도 작동시켰다.

허드슨 준위는 MQ-9과 F-15J, A-10기를 메가 몰 인근 상공으로 불러들이고자 지휘부와 분주하게 교신 중이었고 밀러 대위는 나머지 대원들과 지상 전개를 위한 모든 준비를 마친 뒤, 램프 도어 쪽을 주시한 채 서 있었다.

조금 뒤, 스즈키와 마사히로가 그의 자위관들과 함께 부대 구호 따위를 외치면서 사기를 고조시켰다.

헬기는 거대한 동체의 속도를 유지하면서도 마치 도로 위 차량처럼 교차로에서 천천히 우회전을 실행했고 그 직후에는 더 이상 비행 속도를 가속하지 않았다. 인터컴을 통해 조종사들과 교신 상태를 유지하던 밀러가 모두를 향해 두 손을 들어 보인 뒤 소리쳤다.

"30초 전! 30초 전!"

그의 상황 전파를 듣고 전장형이 어깨 너머, 기내 창을 통해 바깥을 살폈다. MH-47G은 천천히 고도를 낮추면서 2시 방향에 위치한 메가 몰 4층의 옥외 주차장 한가운데로 접근 중이었다.

완전히 아래쪽으로 개방되어 있는 램프 도어 위에 델타포스 대원 한 명과 160특수전항공대의 승무원이 조종석과 기내에 대기 중인 대원들에게 착륙 과정을 실시간으로 전파해 줬다.

그들은 조종사들에게 옥외 주차장 일대의 광고 전광판들과 홍보용 구조물들 때문에 직접 착륙이 불가능하다고 알렸다. 잠시 뒤, 특수작전군 대원들이 로프들을 램프 도어 위로 올려놓았고 패스트 로프 전개에 대비했다.

헬기가 안정된 상태로 제자리 비행을 유지했고 그대로 고도가 낮아지기 시작하자, 전장형은 SCAR-L의 권총 손잡이와 총열 덮개 아래쪽을 꽉 잡고 램프 도어 쪽을 주시했다. 그의 곁에 앉아 있던 신영화는 메고 있는 전술 군장을 벗어 놓은 뒤, 저격소총 외에 부무장으로 지니고 다녔던 MP9 기관단총과 탄창들을 빼내 챙겼다.

"10초 전! 10초 전! 빌어먹을, 행운을 빈다!"

밀러가 2차로 상황을 전파하고 모두의 시선이 램프 도어 쪽으로 향했다. 그때 제자리 비행을 하고 있는 MH-47G의 상공을 지나쳐 가는 UH-1J 헬기가 모두의 시선에 포착됐다.

헬기 승무원이 육자대 헬기로 보이는 기체를 손가락으로 가리키면서 인터컴으로 보고를 했지만 문제의 헬기가 패스트 로프 실행 지점과 거리를 두고 있었기 때문에 MH-47G 조종사들은 예정대로 병력 투입 과정을 진행했다.

2개의 로프가 지상으로 투하되고 곧 승무원과 마사히로 일조가 기내에 서 있는 특수부대원들을 향해 엄지손가락을 쳐들어 보였다.

이어서, 전술용 백팩과 각종 통신 장비, 개인화기를 휴대한 밀러 대위와 허드슨 준위, 콜(Sig Cole) 중사, 코브(Dan Kove) 중사가 차례로 로프를 잡고 내려갔다. 그 뒤를 전장형과 신영화가 나란히 서서 로프를 잡았다.

전장형은 로프를 잡자마자 야시경을 통해 보이는 옥외 주차장 일대를 살폈다.

아직도 수십 대의 민간인 차량들이 드문드문 주차되어 있었고 델타포스 대원들은 그 차량들 쪽에 자리를 잡고 주변 경계 중이었다.

"신 상사, 고우!"

전장형은 왼편에 나란히 서서 로프를 잡고 있던 신영화에게 소리치고 램프 도어 바닥에서 몸을 날렸다. 그런 뒤, 로프를 타고 미끄러져 내려왔다.

그의 머리 위에서는 그의 귀에 익숙한, 엄청나게 시끄러운 엔진음과 로터 회전음이 들려왔다. 그런데 전장형은 지상까지

3~4미터 정도 거리를 남겨 둘 즈음 다시 한 번 MH-47G 헬기의 후미 쪽에서 비행 중인 UH-1J를 또다시 발견했다.

전장형은 주차장 바닥에 접지하자 5~6미터 정도 떨어진 곳에 주차되어 있는 승합차 쪽으로 달려갔다. 그곳에는 밀러 대위와 콜 중사가 사주 경계를 하고 있었다.

전장형은 그들 쪽으로 달려가면서 어깨 너머로, 교범에 나온 것처럼 완벽한 자세와 타이밍을 보여 주면서 로프 하강 중인 6명의 특수작전군 대원들을 올려다봤다.

그런데 전장형이 고개를 원위치하기도 전에 밀러 대위가 고래고래 소리치는 것이 그의 귀에 들려왔다.

전장형은 본능적으로 위험을 감지하고 한 손으로 신영화의 팔을 채어 잡고 뜀걸음을 재촉했다.

그때 MH-47G 헬기와 거리를 두고 있던 UH-1J가 기체의 우측면을 MH-47G의 후미, 패스트 로프 전개가 이루어지는 방향을 향한 채 접근하고 있었다. 그리고 놀랍게도 육자대의 휴이 헬기는 출입문이 완전히 개방되어 있는 기체 우측에서 환한 탐조등 빛과 함께 셀 수 없이 많은 기관총 예광탄들을 치누크 헬기를 향해 퍼붓기 시작했다.

＊　　　＊　　　＊

2016년 8월 4일 3시 12분 일본, 도쿄, 도쿄 미드타운 근처, 메가 몰 상공

탐 셰리단이 UH-1J을 치누크 헬기의 후방 쪽으로 몰아가는 동안 기내에는 크리스 베이츠를 포함한 3명의 최종공작조 정찰병들이 헬기의 도어건인 M249 기관총과 5.45밀리 RPK 2정으로 집중사격을 가하고 있었다.

셰리단은 그들의 총구에서 격렬한 총성과 함께 쏟아져 나간 수십 발의 기관총 예광탄들이 제자리 비행 중인 MH-47G의 기체 후방에 작렬하여 로프를 타고 지상으로 내려가던 6명의 군인들이 지상으로 추락하는 것을 두 눈으로 확인할 수 있었다.

그는 탐조등이 치누크 헬기의 후방을 비추고 있었기 때문에 야시 장비를 착용하고 있을 한미일 특수부대원들이 적잖게 당황하고 있을 거라 예상했고 실제로 후방 램프 도어 쪽에 서 있는 그 누구도 대응사격을 해 오지 않았다.

곧 MH-47G 헬기가 서서히 고도를 높이면서 기수를 우측으로 움직이기 시작했고 셰리단은 신속하게 치누크 헬기의 6시 방향에서 함께 고도를 높이며 우측으로 선회했다.

그는 MH-47G 헬기가 기체 좌우 측에 M134 미니건과 M240 경기관총을 장착, 모두 4정의 7.62밀리급 화기를 장착하고 있었기 때문에 치누크의 기체 측면으로부터 대응 사격을 받게 되면 UH-1J가 치명타를 입을 수 있음을 잘 알고 있었다. 하지만 현 상황에서 치누크 헬기의 도어 거너들은 그들 헬기의 6시 방향 위쪽에 떠 있는 휴이 헬기를 향해 사격 각도를 확보하기도 어려웠고 설령, 사격 각도를 확보하고 집중사격을 가했다가는 자신들의 헬기 메인 로터 블레이드들에 손상을 입힐 수 있었다.

셰리단은 MH-47G 헬기의 좌우 측면에 자신들의 위치를 노출시키지 않기 위해서, 미군 조종사들이 기수를 움직이는 대로 휴이 헬기를 그대로 움직였다.

정찰병들의 헬기는 마치 치누크 헬기의 그림자가 된 것처럼 치누크를 따라 우측으로 120도 정도를 회전했었고 이어서 반대 방향으로 50~60도 정도를 함께 선회했다. 그 때문에 미군 도어 거너들은 UH-1J을 향해 정확한 대응 사격 각도를 확보할 수 없었고 고작 램프 도어 쪽에서 몇 명이 소화기 사격을 하는 것이 대응 사격의 전부였다.

이미 치누크 헬기의 우측면에서 후방 사수 한 명이 기체 바깥으로 몸을 최대한 내밀고 M240 기관총을 조심스럽게 발사해 왔다. 하지만 MH-47G의 후방 로터 블레이드들을 피해서 총탄들을 날려 보내는, 그의 사격 각도 때문에 7.62밀리 기관총탄들은 UH-1J의 한참 아래쪽으로 날아가 버렸다. 조금 뒤, 기체 우측면의 전방 도어 거너까지 M134 미니건을 잡고 미니건 탄을 퍼부었지만 노란 예광탄들은 UH-1J 휴이 헬기의 근처에도 미치지 못했다.

"놈들이 반격한다! 서둘러, 이 동무들아!"

셰리단이 그의 조종석 뒤쪽에서 치누크 헬기를 향해 미친 듯이 기관총탄들을 퍼붓고 있는 공작원들에게 소리쳤다. 그러자 그때 베이츠가 기내 바닥에 뒀던 제1 공정단 대원들이 사용하는 접철식 89식 소총을 집어 들었다. 소총의 총구 쪽에는 06식 소총척탄(총류탄)이 장착되어 있었고 그는 그것을 가지고 조심스럽게 기내 바깥으로 겨눴다.

때맞춰 도어 건인 5.56밀리 미니미 기관총 사격을 하던 공작원이 탄통을 새것으로 교체하고자 사격을 멈췄고 베이츠는 차분하게 총류탄이 장착된 자동소총을 어깨에 견착하고 MH-47G의 동체를 주시했다.

"이탈한다! 적 직승기가 이탈한다!"

베이츠의 우측에 있던 공작원이 치누크를 한 손으로 가리키며 소리쳤다.

그의 경고대로 탐조등이 환하게 비추고 있는, 50여 미터 거리에 있는 특수작전용 헬리콥터가 대응 사격을 포기하고 다른 조치를 취하고 있었다.

MH-47G는 램프 도어 위쪽에 설치된 2개의 로프들을 지상으로 투하하고는 현장을 이탈하기 위해서 가속 과정에 들어갔다.

거대한 치누크 헬기가 기수를 바짝 숙인 채 큰 덩치에 어울리지 않은 신속한 기동을 시작했다. MH-47G는 기체의 모든 출력을 짜내, 기동을 하는지 순식간에 UH-1J와 거리를 벌리기 시작했고 셰리단이 황급히 그에 대처했다.

"꽉 잡아, 동무들!"

셰리단은 UH-1J 헬기가 치누크 헬기와 지금보다 더 거리를 두게 되면 그들의 대응 사격에 끝장이 날 수 있다는 생각에, 헬기 기수를 신속하게 치누크 헬기의 후미 쪽으로 향했다. 그런데 하필 그 순간, 베이츠가 MH-47J의 동체를 향해 정조준을 마친 총류탄을 발사했다.

"펑!"

UH-1J 헬기가 기수를 좌측으로 돌리면서 그가 발사한 총류 탄은 엉뚱한 곳으로 날아갔다. 먼 지상의 인도 지대에서 번쩍 하면서 총류탄이 폭발했고 베이츠가 셰리단을 향해 소리를 지르기도 전에 휴이 헬기는 빠른 속도로 치누크 헬기의 뒤를 쫓기 시작했다.

"꽉 잡아, 꽉 잡아, 동무들!"

셰리단은 헬기를 급가속시키면서, 고층 건물들이 빼곡하게 서 있는 거리를 향해 날아가는 MH-47G를 추격했다. 메가 몰 상공에서 벗어난 두 헬기들의 거리는 여전히 50~60미터 정도 였지만 치누크 헬기는 훨씬 더 빠른 속도로 거리를 벌리기 시작했다.

게다가 미군 특수전 헬기는 조명이 거의 없는 도심 거리에서 점점 더 고도를 낮춰 가고 있었고 그 뒤를 바짝 쫓으려는 셰리 단은 본능적으로 미군 조종사들이 자신들을 위험으로 끌어들이고 있다고 느꼈다.

셰리단은 조종사들을 위한 특수 야시경은 물론 플리어(FLIR)와 같은 다양한 야간 항법 장비들을 갖춘 MH-47G 헬기를 그와 비슷한 속도로 추격하다가는 이들의 헬기가 도심 거리에 추락할 수 있다고 생각했다.

기내 안으로 세찬 바람이 쏟아져 들어오고 있었지만 셰리단은 쉴 새 없이 식은땀을 흘리면서 4차선, 6차선, 때로는 2차선 도로 위를 저공으로 비행하는 적 헬리콥터를 따라 조종간을 움직였다.

"픽!"

그의 뒤쪽에서 베이츠가 총류탄 한 발을 발사했다. 하지만 총류탄은 미군 헬기와 한참 떨어진 주변 빌딩에 작렬하여 폭발했다.

그러던 중 별안간 MH-47G 헬리콥터의 기체 후방에서 엄청나게 밝은 조명이 휴이 헬기를 향해 투사되었다. 수십 발의 플레어들이 허공에서 투사되어 셰리단과 정찰병들의 시야를 차단하다시피 했다.

셰리단은 실눈을 뜨고 치누크 헬기의 위치를 놓치지 않고자 애썼지만 미군 특수전 헬기는 대량의 플레어들을 투사한 다음 고도를 더 낮췄다. 그러고는 셰리단의 시야에서 기체를 가속시키다가 수백 미터 전방에서 갑자기 사라졌다. 가로등이나 건물의 간접 조명 따위가 일체 없는 교차로 너머의, 깜깜한 허공 속으로 진입한 것이었다.

"안 돼! 안 돼, 우회해! 뭐하는 거야?"

감속하지 않은 채, 치누크 헬리콥터가 사라져 버린 넓은 교차로 지점을 향해 헬기를 몰아가는 셰리단에게 그의 뒤쪽에서 베이츠가 고래고래 소리쳤다.

셰리단은 그의 재촉에 반응하지 않고 사이클릭 조종간을 꽉 잡고 양 페달 위에 올려 둔 두 발도 움직이지 않았다. 그때 베이츠가 그의 왼쪽 어깨를 거칠게 잡고 소리쳤다.

"야, 임마! 속도 줄여! 저 속에 들어가면 우리 직승기가 추락할지도 모르잖아!"

그 말에 셰리단을 아랫입술을 지그시 깨물면서 헬기의 기수를 살짝 쳐들면서 감속했다. 그러자 미끄러지듯이 허공을 나아가던 휴이 헬기가 왕복 4차선 도로들이 만나는 교차로 직전에서 직진 비행을 멈췄다.

셰리단은 50~60미터의 고도에서, 처음 MH-47G 헬기에게 기습 사격을 가했던 때처럼 기수를 천천히 좌측으로 90도 선회시켜, 기체 우측을 교차로 쪽으로 향하게 했다. 그러자 베이츠가 두 번째 총류탄을 장착한 89식 소총을 교차로 너머, 일체의 조명이 없는 거리를 향해 겨눴고 5.56밀리 기관총 장탄을 마친 공작원이 기관총 거치대 쪽에 장착된 탐조등을 작동시켜서, 그곳으로 비췄다.

잠시 뒤, 휴이 헬기가 도로 위로 80여 미터 이상까지 고도를 확보하는 동안 4명의 정찰국 공작원들은 분주하게 미군 헬기가 사라진 방향을 주시했다.

셰리단은 교차로 근처의 6~7채의 고층 건물들의 옥상 층 이상으로 기체를 상승시키고 싶지는 않았다. 비록 작전용 피아 식별 장치 IFF를 작동시키고 있지만 무선망을 통해 적들에게서 피아 식별 요청을 받는 순간 자신들이 격추될 것이 분명했기 때문이었다.

치누크 헬기가 사라져 버린 칠흑같이 어두운 도심 구획을 내려다보면서 그가 답답한 한숨을 내쉴 때 별안간 누군가 기내가 떠들썩하게 소리쳤다.

"우리 좌측면에 적 직승기! 좌측면에 적 직승기!"

그 말에 베이츠는 몸을 빙 돌려 총류탄이 장착된 89식 소총을 휴이 헬기의 좌측, 기체 바깥으로 겨눴다. 그곳에는 정찰병들의 헬기가 처음 치누크 헬기를 공격했을 때처럼 집채만 하게 보이는 MH-47G 헬기가 한쪽 측면을 휴이 헬기를 향한 채 떠 있었다.

가장 먼저 이들 후방에서 나타난 거대한 실루엣을 발견한 공작원은 RPK74 사격을 시작했다.

"타타타타타~!"

그렇지만 그가 십 수 발의 기관총탄을 퍼붓고 다른 정찰병들이 뒤늦게 MH-47G 헬기 쪽으로 총구를 겨눌 때에는 이미 200여 미터도 안 되는 거리에서 발사된 100여 발 이상의 M134 미니건탄과 M240 기관총탄들이 UH-1J의 기체를 뒤덮는 상황이었다.

"아아아아!"

"파파파팍!"

미니건들이 기내 안에 작렬하면서 베이츠와 다른 2명의 정찰병들의 몸이 총탄에 폭발했다.

셰리단은 사이클릭 조종간과 컬렉티브 조종간을 조작하여 황급히 기수를 낮췄지만 MH-47G 헬기에서 날아오는 노란 예광탄들 궤적은 북괴군 휴이 헬기와 연결된 밝은 끈처럼 그대로 따라왔다.

또다시 날아온 100여 발이 넘는 미니건들이 기체에 작렬하고 그때 조종석 등받이와 머리보호대를 관통한 7.62밀리 탄들이 셰리단의 머리를 박살 내 버렸다.

＊　　　＊　　　＊

2016년 8월 4일 3시 22분 일본, 도쿄, 도쿄 미드타운 근처, 메가 몰

MH-47G 헬기가 육자대 헬기로 보이는 UH-1J에 의해서 피격된 상황 이후로, 전장형 일행과 밀러 대위의 델타포스 팀은 주차장에 추락한 6명의 특수작전군 대원들을 응급처치를 해 주고 이들을 엄호하고자 델타부대원 한 명을 남겨 놓은 뒤, 곧바로 핵폭탄 수색에 들어갔다.

특수작전군 대원들 중 겨우 기동이 가능한 스즈키 일위와 그의 대원 한 명이 옥외 주차장에서 작전지휘부에 상황을 전파하고 메가 몰을 수색을 위한 지원 병력 투입과 부상자 후송을 요청하고 있을 때, 델타포스 대원들과 707부대원들은 주차장 좌측 구석에 있는 비상계단 통로를 통해 1층으로 내려가고 있었다.

전장형은 델타포스 대원들의 뒤를 따라 건물 외부로 노출되어 있는 비상계단 통로를 내려가는 동안 야시경을 통해 도쿄 시내 상공에 얼마나 많은 항공기들이 집결해 있는지 확인할 수 있었다.

델타포스 대원들이 적외선 라이트를 계단 바닥과 통로 벽 쪽으로 어지럽게 비추면서 내려가는 동안 전장형은 MQ-9으로 추정되는 저속 항공기 2대와 그것들보다 훨씬 더 먼 상공에서 낮은 천둥소리를 내면서 매우 빠르게 움직이는 6~7개의 제트기들의 항행등을 발견했다.

그 항공기들의 먼 아래쪽에는 도쿄 도심이 납작 엎드려 있는 것처럼 보였다.

전장형은 얼굴과 목 전체는 물론 총기를 잡고 있는 두 손바닥까지 땀에 흠뻑 젖어 있음을 애써 무시했다. 앞서 가는 델타부대원이 들고 있는 휴대용 방사능 측정기에서 약한 탐지음이 들려올 때마다 그는 핵폭탄 가까이로 가고 있다는 막연한 두려움을 느끼기도 했다.

마침내 한미 특수부대 병력이 1층에 도착했고 선두에 선 델타부대원이 방사능 측정기를 통해서 쇼핑몰 일대를 살폈다. 전장형과 신영화가 각자의 총기로 사격 자세를 취한 채 쇼핑몰 내부와 외부를 살피는 동안 밀러는 허드슨 준위와 함께 미군 지휘부와 교신을 취했다.

그런데 잠시 뒤, 쇼핑몰을 등지고 서서 주차장과 메가 몰이 통째로 차지하고 있는 도심 블록의 진입로 쪽을 경계하던 신영화가 전장형의 팔을 살짝 건드렸다. 쇼핑몰 내부를 경계하던 전장형이 어깨 너머로 시선을 보내자, 신영화가 손가락으로 가리키는 남동쪽의 먼 하늘에 불꽃놀이를 하는 듯한 대량의 빛이 그의 초록색 시야에 포착됐다.

그가 보기에 마치 높은 허공 어느 지점에서 불꽃들이 폭포수처럼 쏟아지는 것 같았다. 쇼핑몰 바로 앞쪽의 화단 벽에 몸을 기댄 채, 그곳을 응시하고 있는 전장형에게 밀러 대위가 앉은걸음으로 다가왔다. MH-47G을 옆구리 쪽에 끼고 있는 그는 두 707부대원들이 응시하던 곳으로 시선을 보내면서 나지막하게 말했다.

"젠장, 저쪽 긴자 지역 상공에서 건쉽(AC-130U)들과 공격 헬기들이 휴대용 샘 공격을 받고 있는 거야! 스푸키가 플레어를 몽땅 쏘아 내고 있나 보군. 긴자 너머의 수상 버스 터미널에서 일본인들 내각 지원 인력들의 소개 작전이 이루어지는데 그쪽에 적 공작원 십수 명이 나타나 사린 가스로 보이는 화학탄을 터뜨리고 중화기로 아군을 공격하고 있어! RPG에 SA16(견착식 휴대용 지대공 미사일)에, 이거는 완전히 전쟁터가 따로 없어."

"우리 쪽에 핵폭탄이 있을지도 모르는데 지원 병력을 보내주지 않는답니까?"

"우리 쪽 말고도 남쪽에 있는 시나가와의 도심 지역에서도 핵물질이 탐지됐는데 신속 대응 병력과 지원 항공기들이 현재 그쪽에 모여 있다 해. 여유 병력이 조직되는 대로 우리 쪽으로 바로 급파해 준다고 했으니 우리가 먼저 수색을 해야 될 거야. 다른 곳에서 적들이 이렇게 갑자기 상황을 급박하게 몰고 가는 것을 보니, 내가 보기에는 이곳에 진짜 핵폭탄이 있는 것 같아. 두 사람, 오늘 이곳에 투입되기 전에 고향에 있는 가족이나 아내에게 전화 통화를 한 번이라도 했기를 바라네!"

밀러는 말을 마치면서, 수신호로 다른 델타부대원들에게 내부 수색 대형을 전파했다. 그런 다음 전장형과 신영화에게 다시 시선을 보내며 물었다.

"캡틴, 서전트, 괜찮겠어?"

전장형이 고개를 끄덕이고 신영화는 엄지손가락을 쳐들어 보였다.

밀러는 대형의 선두로 이동하고자 몸을 일으키려다가 갑자기 다시 앉았다. 그런 뒤, 전장형의 한 팔을 잡고 말했다.

"캡틴! 정말 이거는 빌어먹을, 대단한 전투야!"

밀러는 야시경 몸체 아래쪽에 보이는 입가에 미소를 지어 보이고는 앞쪽으로 이동했다.

그의 뒤를 따라 방사능측정기를 쳐든 콜 중사와 허드슨 준위, 그리고 국군 특수부대원들이 사주 경계를 하면서 뒤따라 움직였다.

콜 중사의 휴대용 방사능 측정기들은 메가 몰의 건물 후방에 있는 물류 창고 쪽으로 가까워질수록 더 분명하게 반응을 보였다. 한미 특수부대원들은 축구장 2개 규모의 건물 정면에서 우측면을 따라 이동한 뒤, 마침내 건물 뒤쪽을 눈앞에 두고 멈췄다.

간접 조명이 있었던 쇼핑몰 내부 상황과 달리, 물류 창고의 입구 쪽은 완벽한 어둠 속에 휩싸여 있었다.

대형이 정지하고 전방을 주시할 때, 전장형은 신영화 상사와 앞쪽으로 이동한 다음 진로를 개척하겠다고 모두에게 수신호를 만들어 보였다.

신영화 상사는 이미 총기를 50구경 저격소총으로 교체한 뒤, 그것에 장착된 야시 조준경으로 30여 미터 전방의 물류 창고 안쪽, 하역장 구획을 천천히 살폈다.

내부에 특별한 이상 징후가 없자, 신영화는 이동해도 좋다는 수신호를 전장형에게 보냈고 전장형이 그의 좌우 후방에 포진한 3명의 델타부대원에게 이동 재개 신호를 보냈다.

총기의 견착 사격 자세를 유지한 채로, 전장형 대위가 빠른 걸음으로 창고 출입문을 통과하여 내부로 진입했다. 출입문에서 하역장 쪽까지는 30여 미터 정도의 통로가 이어졌는데, 전장형은 그 통로의 좌측 벽에 밀착하여 전진했다.

전장형은 야시경을 통해 자신의 총기에서 뻗어 나가는 적외선 레이저 탄착점뿐만 아니라 등 뒤쪽의 델타포스 대원들의 적외선 레이저 탄착점들이 그가 주시하는 전방 이곳저곳에 찍히는 것을 볼 수 있었다.

창고 내부는 숨 막히는 열기가 가득했지만 그는 자신의 몸이 믿기지 않을 정도로 차갑다는 것을 느꼈다.

그의 후방에 약간의 거리를 두고 밀러 대위와 방사능 측정기를 휴대한 콜 중사가 뒤따라갔다.

신영화 상사는 허드슨 준위의 한쪽 어깨 위에 저격소총을 올려놓고 그들을 엄호했다.

전장형이 하역장을 앞두고 지게차 쪽에 엄폐 위치를 잡았다. 이어서 밀러 대위가 전장형 쪽에, 콜 중사는 통로 건너편의 1톤 트럭 쪽에 자리를 잡았다.

그때 그가 지니고 있는 방사능 측정기에서 근거리에서 방사능을 탐지할 때의 신호음이 울린다고 무선망에 보고해 왔다. 콜 중사는 전장형의 대기 위치에서 2시 방향 15~16미터 거리 지점에 주차되어 있는 2대의 1톤 트럭들을 손짓으로 가리켰다.

전장형은 하역 지점에서 물류 창고 안으로 향하는 입구를 주시하고 있다가, 밀러 대위가 문제의 트럭들을 가리키면서 말하는 것을 들었다.

"빙고!"

신영화 상사와 허드슨 준위가 전장형의 우측, 콜 중사가 대기했던 장소로 합류하고 밀러는 그들에게 수신호를 만들어 보였다. 그러자 콜 중사가 문제의 트럭 쪽으로 달려 나간 뒤, 모두의 엄호를 받으면서 방사능 측정기로 두 대의 트럭들을 살폈다.

하역장 안에는 모두 5대의 1톤 컨테이너 트럭들이 주차되어 있었고, 하역 지점에서 창고 안으로 이어지는 출입구엔 대형 셔터 문이 내려와 있었으며 한쪽에 있는 사람들의 출입문 또한 굳게 닫혀 있었다.

이윽고 콜 중사가 약정된 대로 육안으로 보이는 케미 라이트들을 꺾어서 하역장 벽 쪽에 밀착해 있는 트럭 주변에 던져 놓기 시작했다.

적외선 케미 라이트들은 수색 목표를 발견하지 못했지만 어쨌든 수색을 마쳤다는 표시였고 육안으로 보이는 일반 케미 라이트는 다량의 방사능이 측정되어 핵폭탄으로 의심된다는 메시지였다.

밀러 대위는 전장형의 어깨를 잡고 말했다.

"우리 등 뒤를 부탁해, 전!"

그 말을 남기고 밀러 대위는 통로를 가로질러서 문제의 1톤 트럭 쪽으로 향했다. 전장형은 자신에게 시선을 보내는 신영화에게 이들의 후방, 물류 창고 입구 쪽을 경계하라는 수신호를 만들어 보였고 그 자신은 허드슨 준위와 함께 하역장 출입구 쪽을 경계했다.

조금 뒤, 밀러 대위와 콜 중사가 컨테이너 출입문 근처에 소형 드릴로 구멍을 뚫은 뒤, 수색용 내시경을 집어넣고 출입문에 부비 트랩이 설치되어 있는지 확인했다.

"현재 부비 트랩 설치 여부를 살피고 있다. 구멍을 뚫자마자 방사능 측정기의 측정 수치가 의미 있는 수치 이상으로 올라간다. 빌어먹을, 쉐인(허드슨 준위)! 지금 당장 윗 대가리 양반들한테 그들이 가지고 있는 모든 병력과 항공기들을 보내 달라고 해! 여차하면 이 트럭을 통째로 실어다가 해상 쪽으로 투하해야 할지 모르니, CV-22를 최대한 빨리 보내 달라고 해! 망할 일본 놈들이든 우리 쪽 인원이든 빌어먹을 지금 당장 다들 이쪽으로 튀어 오라고 해!"

"라저 댓!"

공유하고 있는 무선망에서 밀러와 허드슨의 대화를 들은 전장형은 심장이 터질 듯이 뛰기 시작하는 것을 느꼈다. 그는 정의 내리지 못할 감정이 고조되면서 온몸에 아드레날린이 퍼지는 것 또한 느끼고 있었다.

그때 밀러와 그의 대원들이 컨테이너 출입문을 개방했다. 그런데 그때 문제의 트럭에서 경보장치가 작동했고 하역장 일대에 시끄러운 경보음이 울려 퍼지기 시작했다.

경보음에도 불구하고 밀러 대위와 대원 한 명이 핵폭탄 수색을 위해 컨테이너 안에 올라갔다.

작전기도가 유지될 수 없을 정도로 시끄러운 경보음을 해결하고자 나머지 한 명의 델타포스 대원이 트럭의 운전석 쪽으로 달려갔다.

전장형은 만약의 경우를 대비하여 밀러 대위가 수색 중인 트럭 쪽으로 엄호 위치를 옮기고자 조심스럽게 걸어 나갔다. 전장형은 그가 자신의 입김이 총몸을 타고 ACOG 스코프에 김을 서리게 할 정도로 뜨거운 숨을 내쉬고 있었다. 그런데 그가 통로를 절반 정도 건넜을 때, 그는 하역장 좌측 구획에 주차되어 있는 1톤 트럭의 컨테이너 아래쪽에서 부스럭거리는 소리를 들었다. 전장형은 번개같이 통로 바닥에 엎드리면서 총기 조정간을 완전자동 모드로 전환시켰다. 방아쇠를 당기는 것은 거의 동시에 이어졌다.

"타타타타타~! 타타타타!"

전장형은 문제의 트럭의 아래쪽을 향해 소총탄들을 퍼부었고 그의 총성에 깜짝 놀란 특수부대원들이 함께 반응했다.

전장형이 총격을 가하는 트럭을 향해 허드슨 준위가 함께 제압 사격을 가했고 신영화는 총기를 MP9으로 교체했다. 전장형은 순식간에 28발의 총탄들을 발사하고 제자리에 앉으면서 탄창 교체 대신에 USP 택티컬로 무장을 전환했다.

그는 그때 트럭 컨테이너 아래쪽에서 작은 섬광이 번쩍이면서 총성이 울리는 것과 자신의 위치 근처로 초음속 비행음을 남기면서 날아가는 총탄들의 존재를 감지했다.

전장형이 권총으로 무장을 전환하고 사격을 가할 때, 괴한들이 사격을 가해 오던 컨테이너 아래쪽에서 하역장 통로 한가운데로 무언가가 굴러서 들어왔다.

"수류탄이다! 수류탄이다!"

전장형은 다른 대원들에게 소리치면서 핵폭탄이 발견된 트럭 쪽으로 몸을 날렸다.

"쾅!"

수류탄 한 발의 폭발음이 모든 이들의 고막을 강타했고 짙은 연기가 시야까지 차단했다. 그럼에도 불구하고 전장형은 몸을 일으키지 않고 누운 자세로 SCAR-L에 새 탄창을 결합했다. 그런 뒤, 12~13미터 거리에 있는 컨테이너 아래쪽을 향해 다시 완전자동 사격을 가했는데 그 순간 모두가 우려했던 돌발상황이 벌어졌다.

최초, 그 존재를 노출시켰다가 전장형의 제압 사격을 받았던 괴한 외에 또 다른 괴한들이 하역장 안에서 튀어나왔다. 그리고 그들은 거의 동시에 폭발음과 같은 총성을 터뜨리면서 기관총 탄들을 한미 특전대원들에게 퍼부었다.

"타타타타타타~!"

"탕! 탕! 탕! 탕!"

하역장 출입구를 봉쇄하고 있는 셔터 문 쪽과 하역장 좌측의 트럭들 쪽에서 최소 4명의 사수들이 자동화기를 난사했고 하역 장 안에 기관총 예광탄들이 파리 떼처럼 날아다녔다.

"아아아아~!"

밀러 대위가 몸을 일으키면서 하역장 출입문 쪽을 향해 SIG MCX를 완전자동 모드로 발사했지만 곧 수 발의 총탄에 피탄되 어 쓰러졌다.

전장형은 자신의 몸을 덮친 밀러 대위를 핵폭탄 적재 트럭 아 래쪽으로 힘겹게 밀어냈다.

"쾅!"

또 한 발의 수류탄이 폭발했는데 그것은 신영화와 허드슨 준 위가 대기 중이었던 트럭 근처를 휩쓸었다.

전장형은 지독하게 요란한 총성과 폭발음으로 인해 두 눈과 귀가 꽉 막힌 상태가 되어 가면서도 처음 그가 집중사격을 가했 던 트럭 쪽, 적 사수를 향해 권총 사격을 가했다.

"탕! 탕! 탕! 탕!"

전장형은 한 손으로는 밀러를 엄폐할 트럭 쪽으로 밀면서 다 른 한 손으로 권총을 잡고 트럭의 컨테이너 출입문 쪽에 대응 사격을 해 오는 실루엣을 향해 총탄을 날려 보냈다.

그러나 야시경을 통해서 보이는 적외선 탄착점이 북괴군의 머리와 어깨 쪽에 찍힐 때마다 방아쇠를 당겨도 총탄은 표적에 명중하지 않았다. 그사이에 북괴군 공작원은 아예 트럭 뒤쪽에서 걸어 나와 전장형과 밀러를 향해 완전 견착 사격 자세를 취해 보였다.

설상가상으로 전장형의 권총 슬라이드가 후퇴고정되었고, 그때 적군이 집중사격을 가했다.

"타타타타타!"

전장형의 오른 허벅지와 옆구리 쪽을 총탄들이 꿰뚫고 들어왔고 전장형은 꺼내 들던 권총을 놓쳤다.

그러나 권총으로 향해 있던 전장형의 시선이 사격을 가해 오던 적군에게 향할 때 그의 모습이 온데간데없었다. 전장형이 어리둥절하여 고개를 두리번거릴 때, 컨테이너 안에서 핵폭탄을 수색했던 콜 중사가 SIG MCX를 쳐들고 전장형과 밀러의 뒤쪽에 서 있었다.

그는 개별대원이 휴대하고 있던 소형 위성중계 무전기를 통해 지휘무선망에 현 상황을 전파하면서 이제는 하역장 출입구, 셔터 문 너머에서 사격을 가하는 적 사수들의 위치를 파악하고 있었다.

전장형은 정신을 차리기 위해서 바닥에서 주워 든 권총으로 자신의 머리를 후려쳤다. 그러고 나서야 그는 콜 중사가 현재 메가 몰 주변 상공에 있는 아군 항공기와 교신을 취하고 있음을 파악할 수 있었다.

전장형은 밀러 대위를 콜 중사가 서 있는 트럭 뒤쪽으로 죽을 힘을 다해서 밀고 갔다. 아직도 고래고래 소리치면서 교신을 취하던 콜 중사가 밀러를 받아, 자신 쪽으로 끌어온 뒤 전장형의 한쪽 어깨를 잡아끌었다.

그때에도 이들이 엄폐하고 있는 1톤 트럭의 11시 방향에 있는 하역장 출입문 쪽, 셔터문 안에서 2정 이상의 경기관총이 전장형 일행 쪽으로 총탄을 날려 보내왔다.

전장형과 밀러, 콜 중사가 트럭 뒤로 몸을 숨기자 그들의 사격이 멈췄다. 그러나 전장형과 콜 중사는 그들이 곧 우회하여 이곳을 공격해 올 것을 예상하고 있었다.

전장형이 연기가 흩어져 가는 하역장 내부를 둘러보다가 북괴군의 수류탄 공격에 쓰러져서 꼼짝하지 않는 허드슨 준위와 신영화 상사를 발견했다. 그는 가슴속에 무거운 돌덩어리 하나가 들어앉는 듯한 느낌을 감지했지만 그러한 심정을 추스를 여유가 없었다. 곧 콜 중사가 전장형의 어깨를 채어 잡고 소리쳤다.

"캡틴! 캡틴! 킬러 에그(AH-6)가 하역장 출입문 쪽을 향해 미니 건을 발사할 겁니다!"

"왓?"

전장형은 자신의 귀를 의심하며 그에게 되물었지만 그는 대꾸 대신에 이들의 위치에서 보이는 물류 창고의 입구 바깥을 손가락으로 가리켰다.

전장형의 시선이 그곳을 향하자 처음 이들이 통과했었던 물류 창고 입구 쪽에서 레이저가 전장형 일행의 오른편을 지나쳐, 이들 후방에 위치한 하역장 출입문 쪽으로 일직선을 그어놓은 것처럼 뻗어 있는 것을 발견했다.

전장형은 그 레이저가 AH-6 헬기가 지상 표적을 향해 정밀 공격을 가할 때 사용하는 표적 지시용 적외선 레이저임을 알고 있었다.

"엎드려! 엎드려!"

콜 중사가 전장형과 밀러 쪽으로 엎드리면서 소리쳤고 때맞춰 건물 바깥쪽에서 미니건 특유의 '웅~' 하는 발사음이 헬기 소리 속에서 울려 퍼졌다. 그러자 노란 벌 떼가 물류 창고 통로를 타고 들어와 하역장 공간을 거쳐 북괴군들이 기관총 사격으로 저항하던 하역장 출입문 쪽으로 날아왔다.

2초 정도의 사격이 3번 정도 이어지면서 수 발의 미니건 예광탄들이 하역장 안에서 차량이나 구조물에 맞고 사방으로 튀어 날렸다. 그렇지만 그 사격 이후로 하역장 내부에는 더 이상의 총성이 들려오지 않았다. 수류탄 폭발에서 회복된 전장형의 두 귀에는 이제 500MD 계열 헬리콥터들 특유의 로터 회전음만 들려올 뿐이었다.

전장형은 야시경 렌즈에 묻어 있는 누군가의 피를 닦아 내고 AH-6 헬기가 조사하는 적외선 레이저를 응시했다. 그 레이저는 10여 초 정도 더 하역장 출입문 쪽을 비추다가 이내 사라졌고 곧 AH-6 헬기가 고도를 높여서 대기 공역으로 향하는지 헬기 소리가 차츰 멀어져 갔다.

전장형은 그때가 돼서야 자신의 오른 다리와 옆구리에서 피가 울컥울컥 솟아나는 것을 두 눈으로 확인했다. 그는 USP 택티컬 권총을 배 위에 올려놓고 압박대와 지혈대를 찾고자 방탄복에 붙어 있는 수납 포켓들을 뒤적거렸는데 그때 콜 중사 쪽으로 향한 그의 시선에 그의 모습이 보이지 않았다. 전장형은 즉시 동작을 멈추고 머리를 어렵게 쳐들고 밀러 대위 너머에 엎드려 있던 그를 살폈지만 그는 이미 미니건 유탄에 맞아서 꼼짝하지 않았다.

"아, 씨팔!"

전장형은 불과 10분도 안 되는 짧은 시간 동안에 일어난 이 모든 상황에 너무도 황당하고 화가 났다.

밀러는 의식은 없지만 신음 소리를 내고 있었고, 방탄복을 비켜서 그의 몸을 관통한 총상 때문에 많은 양의 피를 흘리고 있었다.

전장형은 힘겹게 몸을 일으켰다. 그다음 밀러 대위와 콜 중사의 방탄복 뒤쪽과 측면의 무전기 수납부를 더듬어 봤다. 그들이 미군 지휘부와 유지해 온 무선망에 현 상황을 알리고자 했기 때문이었다.

밀러 대위의 소형 위성중계 무전기가 박살이 난 것을 확인한 뒤, 전장형의 오른손이 콜 중사의 어깨 뒤쪽에 장착해 둔 위성중계 무전기를 확보했다.

그런데 그가 무전기를 꺼내 드는 순간 누군가가 무전기를 꺼내 든 그의 손을 힘껏 밟았다.

전장형의 시선이 어깨 너머로 향하자, 시커먼 그림자 하나가 그의 곁에 서 있었다. 그 그림자는 전장형을 향해 총구를 겨누고 있었다.

괴한은 전장형의 헬멧에서 야시경 몸체를 빼냈다. 그런 다음 2명의 델타포스 대원들의 총기와 전장형의 총기를 하역장 한복판으로 하나씩 집어 던져 버렸다.

전장형은 야시경을 뺏기는 순간 잠시 암적응을 할 때까지 눈앞을 볼 수 없었다.

그러나 조금 뒤 하역장 벽면 곳곳에 설치되어 있는 비상구 표시등 덕분에 홀연히 나타난 한 명의 적군이 뭘 하고 있는지 지켜볼 수 있었다.

170 초반 정도의 키에 일본인 남성들의 평상복 차림인 적군은 VZ61 기관권총을 한 손에 들고 다른 한 손으로는 전장형과 델타부대원들의 무전기들을 멀리 던져 놓던 중이었다.

그는 아직도 헬기 소리가 들려오는 물류 창고 입구 너머를 말없이 응시했다.

전장형은 방탄복 한쪽에 고정해 둔 대검집에서 대검을 빼내 덤벼들 생각을 하면서 대검의 손잡이 쪽으로 조심스럽게 오른손을 움직였다.

그때 적군이 전장형에 말을 걸어왔다.

"동무, 나는 이곳에서 핵폭탄을 격발할 것이오. 동무를 잡으려는 게 아니니 그만 힘 빼고 지혈이나 하시오. 그 상태면 10분 안에 의식을 잃을 것이오."

그 말에 전장형을 동작을 멈췄다. 그런 뒤 고개를 들고 적군에게 대꾸했다.

"이제 다 끝난 상황인데, 왜 핵폭탄을 터뜨리려는 거요?"

그 말에 적군은 대꾸하지 않고 전장형과 밀러 대위 사이로 들어와 섰다. 그러고는 핵폭탄이 적재되어 있는 컨테이너 안으로 올라갔다.

북괴군 공작원은 컨테이너 안의 조명을 켠 뒤, 이어서 전장형에게 대꾸했다.

"이 핵폭탄은 끝이 아니라 시작을 알리는 것이오. 공화국의 존엄을, 공화국의 미래를 위협하는 미제 놈들과 열도 놈들에게 새겨 주는 경고의 시작 말이오. 일제와 미제 놈들을 손봐 주는 우리의 임무에 왜 남조선 동무들이 끼어드는 것이오?"

그의 말을 들으면서 전장형은 컨테이너 출입문 손잡이를 잡고 몸을 일으켰다. 그는 북괴군 공작원이 힘겹게 컨테이너 안에서 여러 겹의 납을 입힌 이동용 상자의 뚜껑을 열고 그 안에 있는 핵폭탄을 조작하고 있는 것을 지켜봤다. 전장형은 허벅지에서 옆구리까지 기다란 꼬챙이가 근육과 살점을 뚫고 올라오는 극한의 고통을 느꼈다. 그렇지만 그의 눈앞에서 핵폭탄이 작동되는 것을 원치 않았기 때문에 의식을 놓치지 않고 겨우 말을 건넸다.

"핵폭탄이 도쿄 한복판에서 폭발하면 한미일 연합군이 북한을 공습할 것이오. 그 정도는 각오하고 지금 그것을 작동시키는 겁니까?"

북괴군 공작원은 전장형의 말에 동작을 멈췄다. 그의 시선이 전장형에게 향했고 그는 힘주어 말했다.

"남조선이나 일제, 미제 놈들이 폭격을 하더라도 우리 공화국에는 그것들에 의해서 파괴될 것조차도 없는 형국이오. 이미 온갖 경제 제재 때문에 우리 공화국은 말라죽어 가고 있는데 여기서 우리가 더 걱정할 것이 있다고 생각하시오? 내가 동무라면 피를 몽땅 쏟아 내고 의식을 잃기 전에 고향에 있는 식솔들 생각이나 한 번 더 하고 죽을 것이오. 어차피, 동무가 그렇게 되지 않더라도 동무는 나와 이 핵폭탄 폭발에 의해 흔적도 없어지겠지만."

북괴군 공작원은 한참 동안 이동 상자 안에서 무언가를 조작했다. 그런 다음 갑자기 어깨 너머로 전장형을 한번 살펴보고는 무언가를 꾹 눌렀다. 그러자 낯선 신호음이 컨테이너 안에 울려 퍼졌고 공작원은 그 이동 상자에서 뒷걸음질 치기 시작했다.

"이제 다 끝났소, 남조선 특전대 동무."

공작원은 컨테이너 한구석에 등을 기대고 앉았다. 그런 그의 모습을 전장형이 빤히 쳐다봤고 육상자위대 군복을 착용한 공작원은 잠시 뒤 힘없이 말했다.

"핵폭탄이 작동되었소."

전장형은 그 말을 듣는 순간 바닥에 주저앉았다. 그리고 핵폭탄 폭발을 막기 위해 그가 할 수 있는 일을 생각했지만 그의 몸 오른쪽은 이미 움직일 수조차 없었다. 전장형은 방탄복 수납부에서 세열수류탄을 꺼내 들고 안전핀을 뽑았지만 그 모습을 지켜보던 공작원이 그에게 처음보다 기력이 빠진 목소리로 말했다.

"아무 소용없소, 특전대 동무. 수류탄이든 항공폭탄이든 이 핵폭탄 상자는 지장 받지 않고 격발하도록 설계되어 있소. 이곳에서 들고 나갈 생각도 하지 마시오. 격발 과정에 들어간 상태에서 큰 충격만 받더라도 곧바로 폭발할 테니. 기운 빼지 말고 앉아서 운명을 받아들이시오."

전장형은 수류탄을 든 채 그 말을 믿을 것인지 고민했다. 적어도 시도는 해 봐야 하지 않을까 생각했지만 그는 서서히 고조되어 가는 감정 때문에 제대로 사고조차 할 수 없었다.

전장형은 컨테이너 안에 앉아 있는 적 공작원이 눈물을 훔치는 것을 볼 수 있었다. 그의 모습과 자신의 오른손 안에 안전핀이 제거된 수류탄을 보면서 전장형도 서서히 흥분하기 시작했다. 그의 오른손이 무섭게 떨기 시작하면서 그는 차라리 수류탄으로 자신과 적 공작원의 목숨을 끊을까 생각했지만 그로 인해 핵폭탄이 더 일찍 폭발하는 것을 우려했다. 결국 전장형은 바닥에 던져 둔 수류탄의 안전핀을 찾고자 바닥 위를 더듬었다. 하지만 하필 그때 그의 몸에서 힘이 빠져나가면서 수류탄의 안전 손잡이를 잡고 있는 그의 오른손에서 수류탄이 미끄러져 떨어지려 했다.

전장형은 두 눈에서 눈물이 흐르는 것을 지각하지 못한 상태로 힘겹게 수류탄 안전핀을 찾으려 애썼다.

그러던 중 결국 계속해서 힘을 집중시켰던, 전장형의 오른손이 수류탄을 움켜진 상태를 유지하지 못하게 되었고 그는 왼손으로 오른손을 덮어 잡았다. 그 상태로 전장형이 두 손을 벌벌 떨면서 수류탄을 쥐고 있는데 갑자기 누군가의 두 손이 그의 양손을 덥석 잡았다.

전장형이 깜짝 놀라 고개를 들자, 밀러 대위와 똑같은 전투복 차림에 옵스코어 헬멧을 착용한 미군의 모습이 그의 두 눈에 보였다.

그 미군의 바로 뒤쪽에 2명 그리고 신영화 상사와 허드슨 준위가 있었던 하역장 입구 한쪽에 수 명의 TF337 대원들이 총기를 어깨에 견착한 채, 자세를 낮춘 상태로 대기 중이었다.

전장형은 델타포스 대원에게 수류탄을 넘겨줬고 그가 수류탄에 안전조치를 취했다. 그런 뒤 전장형이 한쪽으로 비켜나 주자, 그의 뒤쪽에서 엄호 자세를 취하고 있던 다른 2명이 수신호를 전파했다.

델타포스 대원들은 컨테이너 출입문 쪽에서 동시에 몸을 일으키면서 북괴군 공작원에게 SIG MCX 총구를 겨눴다.

"움직이지 마! 움직이지 마!"

선두에 선 델타부대원이 소리치자 북괴군 공작원이 곧바로 응사했다.

"타타타타타~!"

"탕! 탕! 탕! 탕!"

"타타타타타!"

양측이 수 발의 총탄을 서로를 향해 발사하고 단 2초 만에 총격전이 종료됐다.

"클리어!"

선두에 선 델타포스 대원이 컨테이너 안으로 올라가면서 모두가 들을 수 있도록 소리쳤다. 전장형이 뒤늦게 몸을 일으켜, 컨테이너를 살피자 피투성이가 되어 쓰러져 있는 북괴군 공작원의 모습이 그의 눈에 보였다.

처음 전장형에게서 수류탄을 건네받았던 대원이 컨테이너 안쪽에 핵폭탄 상자를 살피기 시작했고 뒤따라 올라간 대원이 스마트폰 화면에 있는 사진을 공작원의 얼굴과 비교했다. 그는 자신이 확인한 것을 전장형에게 2차로 확인받고자 영어로 소리쳤다.

"캡틴! 이 사람과 이 사진이 같은 얼굴입니까?"

전장형은 스마트폰 화면에 사살된 공작원의 얼굴과 '곽성준'이라는 한글로 표기된 이름을 확인하고 고개를 끄덕였다.

그러자 그 대원은 공작원의 VZ61 기관권총을 집어 들고 핵폭탄을 살피는 델타포스 대원 곁으로 다가섰다. 그들 중 핵폭탄을 살피던 대원이 지휘무선망에 크게 소리치는 게 전장형에게도 들려왔다.

"여기는 엡실론 팀이다! 적이 방금 전에 핵폭탄 타이머를 작동시켰다. 타이머 액정에 표시된 남은 시각은 12분이다! 분해가 가능한 내부 구조이니 격발장치 해체를 시도해 보겠다!"

그가 무선망에 보고를 마치자, 적 공작원의 얼굴을 확인했던 델타부대원이 그에게 소리쳤다.

"프랭크, 미쳤습니까? 12분이면 해체 불가능입니다! 아군 사상자들을 데리고 어서 이곳을 빠져나갑시다!"

"아냐! 아냐! 저 인원들 데리고 먼저 빠져나가!"

"젠장, 프랭크!"

"빨리 저쪽 부상자들 챙겨, 대런!"

현장의 최선임 대원인 엡실론 팀의 프랭크 베넷 준위는 아예 헬멧을 벗어 던진 뒤, 공구 수납 가방을 꺼내 들면서 소리쳤다. 그들의 모습을 지켜보던 전장형을 대피시키고자 등 뒤에서 다른 대원들이 잡아끌었다.

전장형은 델타포스 대원의 부축을 받아 대피하기 시작할 때 그들에게 소리쳤다.

"핵폭탄을 이동시키면 안 됩니다! 핵폭탄을 작동시킨 적 공작원이 그것을 움직이면 즉각 격발이 되게 해 놨다고 했습니다!"

옥신각신하던 두 델타포스 대원들이 그 말에 잠시 주춤했다. 이어서 전장형은 십수 명의 델타포스 대원들과 특수작전군 대원들에 의해서 하역장에서 전사하거나 부상당한 인원들과 함께 건물 바깥으로 이동하기 시작했다.

그는 수류탄 파편을 뒤집어쓰고 의식을 잃었던 신영화가 정신을 차린 모습을 보고 안도했지만 밀러 대위를 제외한 모든 델타포스 대원들이 목숨을 잃은 것을 알 수 있었다.

끝도 없이 길게 보이는 물류 창고 통로를 델타부대원의 부축을 받아 걸어 나가면서 전장형은 자신과 현장의 모든 군인들이 어쩌면 핵폭탄 폭발을 앞두고 의미 없는 행동을 하고 있을지도 모른다고 생각했다. 그 생각에 그는 가슴속이 꽉 막히는 느낌을 갖게 됐지만 분주하게 움직이는 미군들을 보면서 차츰 진정해 갔다.

전장형과 신영화, 밀러 그리고 다른 대원들 시신들과 함께 쇼핑몰 물류 창고 밖으로 나오자 메가 몰 주변 도로에 미군의 MH-60M 헬기 3대가 대기 중인 것을 볼 수 있었다.

헬기들이 대기하는 장소 위로 AH-6 헬기 2대가 선회 중이었고 쇼핑몰 옥상에서는 스즈키 일위의 특수작전군 병력을 탑승시킨 MH-60M 한 대가 이륙하여 기수를 남쪽으로 향한 채 멀어져 갔다.

남미계의 얼굴인 델타포스 대원은 전장형을 가장 가까운 MH-60M 쪽으로 데리고 가서 결국에 그를 승무원에게 인계했다. 전장형이 고생스럽게 자신을 대피시켜 준 그의 어깨를 두들기자 그가 고개를 한 번 끄덕여 보인 뒤, 다시 물류 창고 쪽으로 달려갔다.

전장형이 탑승한 MH-60M 헬기 안에는 신영화 상사가 먼저 탑승해 있었는데 그는 미군 승무원이 목과 어깨에 압박대를 붙여 주고 있었다.

두 사람은 서로를 알아보자마자 서로의 손을 잡고 생존에 대한 안도감을 공유했다.

전장형이 기내 벽에 등을 기대고 앉자, 이번에는 미군 승무원이 전장형의 허벅다리와 옆구리 쪽을 살피며 응급처치를 준비했다. 그러나 전장형은 한시바삐 헬기가 이곳을 빠져나가기를 바라고 있었다.

시간 감각이 무뎌진 그는 지금 당장이라도 상상도 못할 에너지를 분출하며 핵폭탄이 폭발할 것만 같았다.

조금 뒤, 전장형의 기도에 부응하듯이 물류 창고 쪽에서 십수 명의 델타포스 대원들이 빠른 뜀걸음으로 달려 나오기 시작했다.

MH-60M 헬기들 쪽에 있던 어느 대원이 대피 과정에 들어온 델타부대원들과 데브 그루 대원들이 탑승할 헬기를 손짓으로 지시해 주면서 소리쳤고 그의 안내에 따라 1번기와 2번기에 먼저 나온 병력들이 서둘러 탑승했다.

2대의 특수전 헬기들은 그 즉시 엔진음을 고조시키면서 이륙하기 시작했고 그때 즈음, 물류 창고 쪽에서 마지막으로 나온 4명의 델타포스 대원들이 전장형이 탑승하고 있는 3번기 안으로 황급히 뛰어들었다.

전장형은 그들이 핵폭탄 작동 장치의 해체를 포기하고 즉각적인 대피 과정에 들어갔음을 직감했다. 그리고 그때서야 운이 조금만 더 따라 준다면 이곳에서 살아남을 수 있겠다는 희망적인 생각을 했다.

전장형에게서 수류탄을 건네받고, 컨테이너 안의 북괴군 공작원을 쓰러뜨린 델타포스 고참 대원이 마지막으로 전장형의 오른쪽에 앉으면서 헬기 승무원에게 소리쳤다.

"탑승 완료! 탑승 완료! 폭발까지 5분 정도 남았다! 빨리 이곳을 빠져나가!"

그의 경고가 전파되자마자, 승무원 한 명이 조종사들에게 똑같은 메시지를 소리쳐 전파했다. 이어서 이들의 헬기 또한 엔진 소리를 고조시켰고 기체가 천천히 아스팔트 도로 위에서 허공으로 움직이기 시작했다.

전장형은 그의 왼쪽에 앉아 있는 베넷 준위의 모습 너머로 멀어져 가는 메가 몰 일대를 내려다볼 수 있었다.

일체의 차량이나 통행인이 없다는 점을 제외하고는, 현재의 모든 상황이 믿기지 않게 만들 정도로 거리 일대는 평화롭게 보였다.

전장형이 시선이 위쪽으로 향하자 이들의 헬기 좌측 위에서 같은 방향으로 비행 중인 AH-6 헬기들이 보였다.

곧 베넷 준위가 자신의 손목시계를 살피면서 지휘무선망에 큰 목소리로 보고했다.

"엡실론이다! 현재 폭발 시각까지 2분 남았다! 메가 몰 일대에서 모든 아군이 안전지대로 대피 중이다! 반복한다, 현재 폭발 시각까지 2분 남았다! 그라운드 제로에서 모든 아군들이 안전지대로 대피 중이다!"

그 보고를 마친 뒤, 베넷의 시선이 곁에 앉아 있는 전장형에게 향했다.

전장형은 말없이 그를 주시했고 두 사람이 잠시 동안 침묵을 공유했다. 그사이에 근처 상공에 환한 빛이 퍼졌다. 빠른 속도로 비행하는 MH-60M 헬기들이 플레어를 3~4발씩 투사하는 것이었다.

두 사람의 시선은 플레어가 떨어지는 지상 쪽으로 함께 향했고 이들의 아래쪽에 도쿄 번화가의 고층 건물들이 빼곡하게 들어차 있었다.

이어서, 베넷 준위가 다시 시계를 보면서 지휘무선망에 보고했다.

"폭발까지 10초 남았다, 10, 9, 8, 7, 6, 5, 4!"

그의 카운팅에 맞춰, 지휘 무선망과 헬기 조종사들로부터의 경고가 기내에 전파되었다.

"전 대원! 핵폭발의 광원을 직접 보지 말기 바란다!"

"다시 말한다! 전 대원 시선 통제에 유의하라!"

"3, 2, 1!"

마침내 베넷의 카운팅이 끝나고 MH-60M이 향하고 있는 방향과 헬기 아래쪽의 도쿄 시내가 대낮처럼 환해졌다. 전장형과 TF337 대원들은 말을 잊고 강력한 조명에 모습을 드러낸 도심 지역을 지켜보면서 먼 헬기 후방에서 일어나고 있는 상황을 상상했다.

잠시 후 엄청난 빛이 사그라지면서 도심 지대가 다시 어둠에 휩싸이자, 베넷과 전장형을 비롯한 모두의 시선이 메가 몰 쪽으로 향했다. 그 시점에는 메가 몰 상공으로 치솟은 거대한 불기둥이 버섯 모양으로 퍼지면서 모두가 알고 있는 핵폭탄 구름으로 바뀌었다.

베넷은 그 광경을 지켜보면서 무선망에 보고했다.

"젠장! 엡실론이다. 방금 핵폭탄이 폭발했다! 반복한다, 방금 핵폭탄이 폭발했다."

헬기 안에 있는 모든 특수부대원들이 거대한 불기둥에 시선을 고정한 채 꼼짝하지 않았다.

전장형 또한 총기를 끌어안은 채 환한 버섯구름에서 시선을 떼지 못했다.

〈완결〉

부록

부록 차례

1. 자위대의 장비와 무기

1. 89식 소총

자위대의 제식소총 64식 소
총을 대체하고자, 1989년에
채택된 5.56밀리 돌격소총.
호와 공업에서 AR18 소총을
베이스로 개발, 제작하여 자위대뿐만 아니라 경찰 특수병력 SAT와
해상방위청에서도 운용하고 있다.

2. M249 SAW(Squad Automatic Weapon: 분대 지원 화기)

미군의 분대 지원 화기 M60 기관총을 대체하고자 채택된 FN 사의
5.56밀리 경기관총.

M249 기본형 외에 총신, 개 머리판, 급탄 시스템에 변형을 가한 M249 Para, M249 SPW, Mk.46 Mod 0, Mk.48 등의 모 델이 미군에 의해 운용되고 있 다. 육상 자위대 또한 M249를 분대 지원 화기로 운용 중이다.

3. M4A1 소총

미군의 제식소총 M16A2 소 총을 카빈형(단축형)으로 개발 한 M4 소총의 최종 버전이다. 연사 기능이 없는 M4와 달리 M4A1은 연사 가능을 갖췄고 미군 특수전 부대를 비롯한 많은 서방 권 군, 경찰 특수부대에서 운용 중이다.

4. 01식 경대전차 유도탄

자위대가 2001년 채택한 유도 형 대전차 미사일. 비냉각식 적외 선 유도 방식이기 때문에 교전 시 신속하게 표적에 대해 발사가 가 능하며 후폭풍 배출이 작아서 협 소한 공간에서도 발사가 가능하 다. (사진은 01식 대전차 유도탄과 유사한 미군의 재블린 대전차 미사일)

5. 74식 전차

육상자위대의 61식 전차를
대체하고자 개발된 고기동형
전차. 105밀리 강선포와 전
후좌우가 조절 가능한 유압식
현가장치, 레이저와 컴퓨터

제어식 사격 통제 장치를 갖춰 1974년 제식 채용 당시에는 높은 평가
를 받았다. 그리고 21세기인 현시점에도 90식 전차와 10식 전차에게
주력의 자리를 넘겨주지 못하고 노후화되면서 운용 중이다.

6. 90식 전차

1990년 채택된 육상자위대
의 3세대 주력 전차. 자동 장
전 장치가 장착된 120밀리 주
포와 최신식 사격 통제 장치,
복합 장갑과 1,500마력 파워

팩을 갖추고 있다. 하지만 생산된 전차 대부분이 홋카이도에 배치되
어 있기 때문에 홋카이도 북부 방면대 외의 다른 일본 지역에서는 여
전히 구식 74식 전차가 운용되는 상황이다.

7. 고마쓰 LAV(경장갑 차량)

자위대가 2002년에 채택한 경장갑 차량. 5명이 탑승하며 차체 위
쪽에 기관총이나 대전차 미사일을 탑재할 수 있다. 5.56밀리 탄과

7.62밀리 탄을 방호할 수 있는 장갑에 160마력의 출력을 갖췄으며 도로에서 시속 100킬로미터까지 주행할 수 있다.

8. AH-1S 코브라(Cobra)

베트남전 당시, 미 육군이 컨보이 및 근접 화력 지원을 위해 개발한 최초의 공격 헬리콥터. AH-1S는 과거 냉전 시절 유럽에서 바르샤바 조약군의 대규모 기갑 전력에 대응하기 위해 개발되어 TOW 대전차 미사일을 장착, 운용해 왔지만, 공중 강습 작전을 엄호하는 임무도 매우 빈번하게 수행한다.

9. AH-64DJ 아파치(Apache)

미 육군의 공격 헬기 AH-1 코브라의 대체 기종으로 선정되어 1984년부터 운용되기 시작한 보잉 사의 대전차/공격용 헬리콥터. 각종 전자 장비를 장착, 야간 공격 능력과 전천

후 비행 능력을 발휘하여 강력한 생존력과 무장 탑재 능력을 자랑한다. 육상자위대 또한 AH-64D 롱보우 장착형을 후지 중공업에서 라이선스로 생산, 운용 중이다.

10. UH-60JA 블랙호크(Black hawk)

미국의 시콜스키 사에서 미 육군의 주력 수송 헬기 UH-1의 후속 기종으로 개발한 다목적 헬리콥터. 대부분의 서방권 군에서 채용하여 병력 및 물자 수송, 건쉽, 의료 후송의 목적으로 현재에도 전 세계에서 활약하고 있다. 일본 또한 육상자위대에서 UH-60JA 기체를 채택하여 육자대의 공중 강습 작전을 위해 운용 중이다.

11. CH-47J 치누크(Chinook)

미국의 보잉 버톨 사에 의해 개발, 1968년 미 육군에 의해 실전 배치된 대형 수송 헬리콥터. 베트남전에서 입증했듯이 다수의 전투 병력 및 야포, 차량 등을 전투지대로 수송할 수 있는 뛰어난 능력을 자랑한다. 텐덤 로터 방식을 적용한 기

체로서 1960년대부터 오늘날까지 개량과 개조를 거듭하여 현역으로 운용 중이다. 자위대 또한 육상자위대 소속의 CH-47J 기체를 운용하고 있다.

12. UH-1J

1960년대부터 미군이 다목적으로 운용해 온 수송 헬리콥터. 미 육군은 UH-1 헬기를 도입함으로써 베트남전 당시, 헬리본 작전의 개념을 실행, 오늘날 회전익기를 운용하는 대규모 항공 기동 전술 수준에 이르렀다.

미군 외에 우리나라와 일본을 포함한 많은 서방권 국가들은 현재에도 UH-1 기체를 일부 운용하고 있다.

13. C-130H

미 공군과 서방권 공군이 폭넓게 운용하는 전술 수송기. C-130기는 단순한 병력, 물자 수송 능력 외에도 지형을 이용한 저공 침투 능력이 뛰어나며 탑승한 전투원들을 낙하산으로 침투시키거나 아니면 험한 비포장 활주로에 직접

착륙함으로써 병력과 장비를 작전 지역 내에 전개시킬 수 있다.

14. P-3C 오라이언(Orion)

미 록히드 사에서 개발,
1962년 미 해군에 의해 채택
된 4발 터보 프롭 대잠 초계
기. P-3기는 4,407킬로미터
의 작전 반경, 10~13시간의 체공 시간 그리고 해상, 해중 표적을 추
적, 제압할 수 있는 각종 감시, 탐지, 추적 장비와 폭뢰, 어뢰, 기뢰,
공대지 미사일과 같은 다양한 무장 능력을 자랑한다.

1990년대에 기체 생산이 중단될 때까지 수차례의 기체 및 작전 능
력 업데이트를 통해서 현재에도 전 세계에서 운용 중이다. 해상자위
대는 1995년 102기의 P-3기를 도입해서 운용함으로써 미 해군 다음
으로 최다 기체를 보유, 운용하고 있다.

15. SH-60K

미국 시콜스키 사에서 미
육군의 다목적 기체 UH-60
기체를 베이스로 개발한 해
상 작전용 헬리콥터. 1984년
SH-60B가 미 해군에 최초
로 실전 배치된 뒤로 현재까
지 임무 변화에 따른 다양한 탐지 장비와 무장 능력을 업그레이드해

온 기체들이 활약하고 있다. 해상자위대는 SH-60B 100여 대를 라이선스 생산하였고 현재는 10년가량의 개발을 거쳐 SH-60K를 현역에 배치 중이다.

2. 국군과 미군의 무기, 장비

1. MP5A5

독일 HK 사에서 개발한 9밀리 기관단총. 1980년 영국 SAS 부대에 의한 이란 대사관 인질 구출 작전과 같은 실전 상황하에 뛰어난 성능을 인정받으면서 전 세계 특수부대원들이 선호하는 기관단총이 되었다. 높은 명중률과 신뢰성 덕분에 각국 특수부대뿐만 아니라 많은 국가의 경찰에서도 채택되었다. 소음 기능이 있는 MP5SD6 외에도 길이를 더 줄여 휴대성을 높인 MP5K 시리즈의 모델들도 역시 널리 사용된다.

2. HK416

HK 사가 기존의 가스 직동식 M4 소총을 가스 피스톤식으로 개량한 돌격소총. 개발 배경에 델타포스의 요구가 있었던 만큼 양산 직후부터 델타포스와 데브그루와 같은 미군의 티어1 특수전 부대들 그리고 서방권 특수부대, 경찰 특수부대가 다수 채택, 운용하고 있다.

3. SCAR-L

FN 사에서 개발, 출시한 특수작전용 돌격소총 (SCAR: Special Operation Forces Combat Assault Rifle). 5.56x45mm NATO탄을 사용하는 SCAR-L(Light)과 7.62x51mm NATO탄을 사용하는 SCAR-H(Heavy)가 미군 특수부대들에 의해 사용되고 있다. CQB 작전을 위한 총열 단축형 모델은 물론, SCAR-H 모델을 기반으로 하는 지정사수 소총과 저격총 또한 채택되었다. 많은 서방권 특수부대들과 마찬가지로 국군 707부대 또한 SCAR-L을 채용, 운용 중이다. (사진은 미군 씰 팀이 사용하는 SCAR-H 모델)

4. MP7A1

HK 사에 의해 2001년부터 양산 되기 시작, 이후로 미국 영국을 비롯한 많은 서방권 국가의 군 특수 부대와 경찰에서 MP5 기관단총을 대체하거나, MP5와 함께 운용되고 있는 4.6밀리 기관단총. FN 사의

P90 기관단총과 성능, 운용 목적에서 매우 유사하며, 소음기를 장착할 경우 뛰어난 효과가 있어서 데브그루와 같은 특수부대에서 선호하는 총기이다.

5. M110 SASS

유진 스토너의 아말라이트 AR10을 기반으로 나이츠 사에서 개발한 7.62밀리 소총이다. 원래의 명칭인 SR(Stoner Rifle) 25 대신 Mk.11 Mod 0

이라는 제식 명칭으로 씰 팀이 최초로 채택했고 이후 미 육군에서도 M110 SASS(Semi-Automatic Sniper System)이라는 제식 명칭으로 채택, 지정 사수 소총으로 운용하고 있다.

6. AI AW50F

영국의 Accuracy Internation 사가 제작한 저격소총. 뛰어난 내

구성과 명중률, 다양한 탄종을 가진 라인업을 갖춘 AW(Artic Warfare) 시리즈는 최초 소요를 제기한 영국군뿐만 아니라 서방권의 대부분의 특수부대, 경찰 특수부대에서 채용, 운용 중이다.

그중 탄종 50구경탄을 사용하는 AW50은 대물 저격총으로 각국 특수부대에 의해 채택된 바 있다. (사진은 AWM 모델)

7. M249 SPW/Mk.46 mod 0

M249 SPW

Mk.46 Mod 0

M249 경기관총의 특수작전용 버전. M249 기관총의 총열의 길이와 개머리판을 축소하고 급탄부를 개량한 뒤, 피카티니 레일 시스템을 적용한 모델들로서 M249 SPW(Special Purpose Weapon)와 Mk.46 Mod 0이 미군 특수부대에 의해 운용되고 있다.

8. USP(택티컬)

HK 사에서 1990년대 초에 공개한 자동 권총. 미군 특수전부대들을 위한 Mk.23 권총과 함께 병행 개발되었지만 Mk.23보다는 평가가 좋은 편이었다. 주로 9밀리 탄과 45구경탄을 사용하는 USP 택티

컬, 컴팩트 모델들이 미국과 우
리나라를 비롯한 서방권 국가
들의 군 특수부대, 경찰에서 채
택, 운용 중이다.

9. SOFLAM(AN/PEQ-1)

미군 특수부대가 적 표적에
대해 근접화력지원이나 전술폭
격을 유도하고자 운용하는 레이
저 표적 지시기. 최대 10킬로미
터까지 레이저와 GPS를 이용한
정밀한 표적 지정이 가능하다.

10. MH-60M 페이브 호크(Pave Hawk)

미 육군의 다목적 수송 헬기
UH-60 헬기를 특수작전용으
로 개량한 기체. UH-60에 비
해 증강된 야간 항법 장치, 대
레이더 탐지 장치, 그리고 기수

에 공중급유용 프로브를 장착하여 장거리 저공 침투 비행이 가능하
다. 현재 미 육군의 모든 MH-60 시리즈 기체는 160특수전 항공 연
대에서 운용 중이다.

11. MH-47G 치누크(Chinook)

미 보잉 버톨 사의 CH-47 헬기의 특수작전용 기체. 공중 급유용 프로브와 추가 연료 탱크 그리고 FLIR, 기상레이더, 지형 추적 레이더 등의 최신 항법장치들을 탑재하여 미군 특수부대의 장거리 침투 작전을 지원한다. MH-60 기종들과 마찬가지로 160특수전 항공 연대의 주력 기체이다.

12. AH-6 '킬러 에그(Killer Egg)'

160 특수전 항공 연대의 특수작전용 공격 헬기. MH-6와 마찬가지로 특수작전을 위해서 500MD 기종이 기본 모델을 개량했다. AH-6는 7.62밀리 미니건 2정과 2.75인치 로켓탄 발사기를 기체 양쪽의 윙에 장착하여 미군 특수전 부대들의 작전에 대해 근접 화력 지원을 제공한다. AH-6 헬기는 500MD를 기반으로 하는 다른 기체들에 비해서 가장 뛰어난 야간 비행, 공격 능력을 가지고 있다.

13. MQ-9 리퍼(Leaper)

최초의 실전용 드론 MQ-1 프레데터가 헬파이어 미사일을 이용하여 중요 표적을 제거했던 전술적 효과를 기반으로, 더욱더 강력한 무장 능력과 출력을 가진 MQ-9 리퍼가 개발, 실전에 배치됐다. MQ-9은 20미터까지 늘어난 양 주익에 총 6개소의 하드 포인트들을 갖춰, 수 발의 헬파이어 미사일들을 물론 GBU12 페이브 웨이Ⅱ와 같은 레이저 유도 폭탄 그리고 자위용 스팅어 미사일까지 장착 가능하다. 특수부대원들에 의한 지상 작전에 커다란 변화를 가져온 기체이다.

14. AC-130U 스푸키(Spooky)

2차 대전 당시 10여 정 이상의 중기관총을 탑재하고 지상 공격에서 뛰어난 능력을 발휘한 B-25J 미첼 폭격기와 베트남전에서 활약한 AC-47과 AC-130A기 등 여러 건쉽 기체들이 진화를 거듭한 끝에 현재의 AC-130H/U가 탄생했다. 그중 AC-130H기는 105밀리 유탄포, 20밀리 발칸포, 40밀리 보포스 포로 무장하여 미군이 투입된 다양한 전장에서 활약하다가 2015년 모든 기체가 퇴역하고 현재 25밀리 5연장 개틀링 포와 40밀리 보포스 포, 105밀리 유탄포로 무장한 AC-130U기가 활동 중이다.

15. F-15 이글(Eagle)

미 공군의 주력기인 전천후 제공 전투기. 기본형 F-15A(단좌형)에 비해 기체 구조와 재질 그리고 무장 능력과 지상 공격 능력을 강화한 F-15E(복좌형)이 주로 운용되고 있다.

16. E-3 센트리(Sentry)

공중 경보 통제 시스템(AWACS)기로 통하는 E-3기는 보잉 707-320B 여객기를 베이스로 개발되었다. 기체의 상부에 장착된 회전식 레이돔으로 약 800킬로미터의 수색 범위를 감시하여 아군 항공 부대의 방어 작전, 공격 작전 및 기타 특수작전을 지원해 준다.

17. E-8 조인트 스타스(J-STARS)

E-3 AWACS가 공중 목표를 탐지하는 것과 달리 E-8은 지상 수색 범위 안에 있는 목표물의 수색, 감시 및 아군의 지상 작전 지원을 맡고 있다.

3. 북괴군 무기와 장비

1. AK 소총

공산권 국가들의 대표적인 제식 돌격 소총, 러시아에서 처음 개발 사용되었지만 이후, 중국, 북한

을 비롯한 대부분의 공산권 국가에서 라이선스로 생산하여 운용되었다. 기본 모델인 AK47 소총부터 AKM을 거쳐 현재의 AK74까지 많은 국가에서 운용해 왔다. 북한제 AK74인 88식 보총은 북한군의 주력 소총이다.

2. AKS74U

러시아 칼라시니코프 사의 AK74 소총의 카빈형. AK74 와 마찬가지로 5.45밀리 탄을 사용하지만 짧아진 총신과 접 철식 개머리판 덕분에 휴대성이 좋아, 러시아와 동구권 국가들의 특 수부대나 경찰 특수부대에서 사용해 왔다.

3. RPK74

서방권의 M60 기관총에 비 견되는 공산권 군대의 경기관 총, 40발 탄창이나 75연발 드 럼탄창으로 급탄되며 AKM 소 총을 기본 모델로 한 파생형이 있다. AK 소총이 5.45밀리 고속탄을 사 용하는 AK74로 진화할 때, 동일한 탄을 사용하는 RPK74 경기관총이 개발, 운용되었다. 총신이 길고 무게가 무거워 반동이 적은 편이라서 명중률도 꽤 높다. 그러나 총신 교환이 쉽지 않은 단점을 가지고 있다.

4. Vityaz 기관단총(PP-19-01)

AK 소총을 기반으로 한 9밀 리 기관단총. 작동 방식은 단 순 블로우백, 클로우즈드 볼트 식이며 러시아 군, 경찰 특수부

대에서 주로 운용하고 있다.

5. VZ61 스콜피온

1961년 구 체코슬로바키아에서 전차 승무원, 공수부대원, 경찰을 위해 개발된 기관권총으로서 동구권에 널리 보급되었다. 이후로 동구권 특수부대와 테러리스트들에 의해 애용되어 왔다.

보통 군용 권총탄에 비해 위력이 다소 약한 7.65밀리 탄을 사용한다.

6. M1911A1

M1911A1은 M9(M92F베 레 타)이 미군의 제식권총이 되기 전까지 수십 년 동안 미군의 제식권총으로 운용되어 온 권총이다. 38구경 권총보다 강력한 타격력과 저지력을 가지고 있기 때문에 현재에도 미군

특수전부대를 비롯한 일부 국가에서 운용되고 있으며 북한군 특수부대와 공작원들 또한 사용하고 있다.

7. M18A1 크레모아

유효 살상 반경 100미터를 가진 지향성 대인 지뢰로서 대규모의

대인 표적에 효과적인 무기이다. 설치 장소를 크게 제한받지 않고, 또 강력한 폭발력으로 700발의 강철 구슬을 지향한 방향에 투사한다.

8. 7호 발사관(북한제 RPG7 대전차 로켓 발사기)

RPG7은 북한을 포함한 동구권에서 사용하는 대표적인 대전차 화기로써 베트남전부터 서방권 군대를 괴롭혀 왔다. 러시아와 중국, 그리고 대부분의 동구권 국가들이 오늘날 운용하고 있으며 소말리아, 아프가니스탄, 이라크와 같은 분쟁 지역에서 다수 사용 중이다. 북괴군은 7호 발사관이라는 북한제 RPG7을 운용하고 있다.

9. 화승총(북한제 SA7, SA16 휴대용 지대공 미사일)

SA7: 1959년에 개발되어 1966년부터 실전에 투입된 러시아제 휴대용 지대공 미사일. 일선에서 운용된 지는 상당한 시간이 지났지만, 현재 북한에서도 다수 운용되는 지대공 미사일이다.

SA16: 1970년 중반에 개발되어 1981년에 실전 배치되었다. 성능은 미제 스팅어 미사일과 동등하며 북한을 비롯하여 우리나라도 러시아에서 경협차관 상환용으로 들여와 운용 중이다.

10. 안둘기(AN-2 콜트)

1945년 구소련에서 개발된 수송기로 여러 공산권 국가에서 운용되어 왔다. 이 기종은 가볍고 튼튼한 데다가 제대로 된 활주로 없이, 거리만 확보된다면 어디에서도 뜨고 내릴 수 있는 장점을 가져 북한에서도 특수부대 침투용으로 이용되고 있다.

11. MI-24A 하인드(Hind)

구소련의 밀 사에서 개발한 동구권의 대표적인 건쉽, 수송 헬리콥터이다. 서방권의 건쉽들과 달리, 병력을 수송하는 강습 작전 지원 능력이 있으며 북한군은 MI-24 헬기들을 다수 보유, 운용하고 있다.

12. MI-2 호플라이트(Hoplite)

1965년부터 구소련에서 생산된 기체로서 수송 및 화력 지원 그리고 다양한 공중 지원 작전에 투입되는 임무를 수행한다. 북괴군은 현재에도 노후화된 MI-2기들을 운용 중이다.